ASESINATO EN EL LAGO SUNRISE

CHRISTINE FEEHAN

ASESINATO EN EL LAGO SUNRISE

Traducción: Nieves Calvino Gutiérrez

TITANIA

Argentina • Chile • Colombia • España
Estados Unidos • México • Perú • Uruguay

Título original: *Murder at Sunrise lake*
Editor original: Berkley
Traducción: Nieves Calvino Gutiérrez

1ª. edición Febrero 2022

Copyright © 2021 by Christine Feehan
This edition published by arrangement with Berkley, an imprint of Penguin Publishing
Group, a division of Penguin Random House LLC
All Rights Reserved
© de la traducción 2022 *by* Nieves Calvino Gutiérrez
© 2022 *by* Ediciones Urano, S.A.U.
Plaza de los Reyes Magos, 8, piso 1.º C y D – 28007 Madrid
www.titania.org
atencion@titania.org

ISBN: 978-84-17421-53-3
E-ISBN: 978-84-19029-42-3
Depósito legal: B-32-2022

Fotocomposición: Ediciones Urano, S.A.U.
Impreso por Romanyà Valls, S.A. – Verdaguer, 1 – 08786 Capellades (Barcelona)

Impreso en España – *Printed in Spain*

Para Abbie Thomason,
una verdadera inspiración para esta historia.
¡Feliz cumpleaños!

PARA MIS LECTORES

Asegúrate de visitar christinefeehan.com/members/ para suscribirte a mi lista PRIVADA de anuncios de libros y descargarte el *e-book* gratuito *Dark Desserts*, una colección de deliciosos postres. Únete a mi comunidad y recibe noticias de primera mano, entra en los debates sobre libros, haz tus preguntas y chatea conmigo. No dudes tampoco en enviarme un *e-mail* a Christine@christinefeehan.com. Me encantaría saber de ti.

AGRADECIMIENTOS

Como con cualquier libro, son muchas las personas a las que hay que darles las gracias. A Brian, por competir conmigo en las horas de máximo rendimiento. A Domini, por editar siempre, sin importar las veces que le pida que revise el mismo libro antes de enviarlo para realizarle una nueva edición. Gracias a Mehriban (Mary) Schulz por su ayuda, su valiosa información y su inspiración también en esta historia. A Denise, por pasar las noches en vela y dejarme escribir mientras ella se encarga del grueso del trabajo del que yo nunca quiero ocuparme. Gracias a Denise y a Abbie por toda la información extra que necesitaba para las localizaciones, y al sheriff y a sus ayudantes, que estuvieron dispuestos a hablar conmigo sobre varias escenas de crímenes. No tengo suficientes palabras de agradecimiento para todos ellos.

En este libro he mezclado lugares reales y ficticios. No hay ningún pueblo llamado Knightly ni montañas Twin Devils que escalar. También tengo que agradecer al señor Knightly, el valiente gallo que protege a sus damas noche y día de todos los depredadores, la inspiración para el nombre de mi pueblo.

Siento un gran amor por la Sierra Oriental. Es un lugar de una belleza incomparable.

CAPÍTULO 1

«Mamá, papá está haciendo cosas malas otra vez.»

La voz de la niña articulaba con claridad las mismas palabras que le había dicho a su madre cuando tenía cuatro años. Cuando tenía cinco. Cuando tenía siete.

Stella Harrison sabía que estaba soñando, pero todavía no luchaba por salir del sueño. Era la quinta noche consecutiva que tenía ese sueño y la cámara había ampliado un poco más el campo de visión, como cada noche, por lo que alcanzó a ver más fragmentos de una horrible pesadilla que no podía detener. El hombre estaba pescando. Llevaba un peto vaquero remetido en unas botas altas de pescador de color oliva. Una gorra azul le cubría los ojos, así que no podía verle la cara. Había rocas entre los densos juncos y las plantas crecían a lo largo de la orilla y se adentraban en el lago. Se había abierto paso entre las rocas para salir de la sombra de varios árboles.

Trató de advertirle. Llamándole a gritos. «¡No lances la caña! ¡No lo hagas!» Cada noche veía su sedal hundirse en el mismo lugar. Esa pequeña zona más oscura en la que se formaban anillos concéntricos, como una pequeña piscina redonda, tan tentadora. El pescador siempre hacía exactamente lo mismo, como un robot al que hubieran programado. Daba un paso adelante, lanzaba el señuelo y este alcanzaba el centro de esa mancha de tinta, sumergiéndose bajo el agua y hundiéndose en sus profundidades.

La imagen cambió entonces y pudo ver debajo del agua. Debería estar tranquila. En calma. Con peces nadando. No debería estar el hombre del traje de neopreno, esperando ese anzuelo, esperando para tirar y entrar en una especie de juego terrible con el pescador más allá de la superficie. La lucha por el pez se convirtió en una auténtica batalla a vida o muerte en la que el pescador se alejaba cada vez más de la seguridad de la orilla y se adentraba en los juncos y las rocas, más cerca de la amenaza que acechaba bajo el agua.

El fabuloso pez parecía estar luchando. Parecía grande y bien valía la pena la agotadora batalla. El pescador prestaba cada vez menos atención a su entorno a medida que acercaba el pez y se daba cuenta de que estaba cerca de conseguir su premio.

Sin previo aviso, el asesino que había bajo el agua se levantó justo delante del desprevenido pescador, empujándolo de forma que sus botas no pudieron encontrar sujeción en el lecho fangoso del lago. El pescador se golpeó la cabeza con fuerza contra el peñasco que tenía detrás y cayó. El asesino le agarró las piernas de inmediato y tiró con ímpetu, arrastrándolo bajo el agua y manteniéndolo allí mientras el pescador forcejeaba y luchaba, débil por el tremendo golpe que se había dado en la cabeza contra la roca.

Stella solo pudo observar con horror mientras el asesino terminaba la escena sin prisas. Tiró del cuerpo hasta la superficie durante un momento, agarró la parte inferior de las botas y lo arrastró por una roca. A continuación, el asesino volvió a arrastrar al pescador al agua y lo enredó con su propio sedal justo por debajo de la superficie, entre los juncos y las plantas cercanas a la orilla. El asesino se alejó nadando con tranquilidad como si no hubiera pasado nada.

El objetivo de la cámara se cerró de golpe y todo se volvió negro.

Stella luchaba contra una maraña de sábanas, empapada en sudor y con el pelo húmedo. Se incorporó de golpe, presionándose los ojos con la parte inferior de las manos. Frotándose, restregándose la cara una y otra vez con las palmas de las manos. Tratando de borrar la pesadilla. Otra vez no. Habían pasado años. ¡Años! Se había labrado una nueva vida. Nuevos amigos. Un lugar. Un hogar.

Ahora la pesadilla había vuelto y se repetía. Era la quinta vez que la tenía. Cinco veces seguidas. No es que viviera en una gran ciudad. Por lo general, si había un asesinato, todo el mundo lo sabía, sobre todo en una ciudad pequeña. Pero este asesino era brillante. Era realmente brillante y por eso iba a salirse con la suya, a menos que ella llamara la atención sobre los asesinatos. Y ni aun así estaba segura de que lo atraparan.

No se había dado cuenta de que se estaba meciendo para tratar de tranquilizarse. Se obligó a parar. Tampoco lo había hecho en años. Todos esos terribles hábitos que había desarrollado de niña, y que reaparecieron de nuevo en la adolescencia, había conseguido superarlos. En ese momento descubrió que volvían a colarse en su vida.

No iba a quedarse dormida de nuevo a pesar de que fuera todavía estaba oscuro. Había planeado dormir hasta tarde. Tenía pocos días libres aunque la temporada estaba terminando. Era la propietaria del complejo turístico Sunrise Lake desde hacía varios años, transformándolo de un triste negocio en decadencia a uno que no solo obtenía grandes beneficios, sino que también ayudaba a los negocios locales. Le encantaba el *resort*, le gustaba todo, incluso el trabajo duro. Sobre todo eso. Le encantaba resolver problemas, y esos problemas cambiaban cada hora, manteniendo su mente siempre activa. Necesitaba eso y Sunrise Lake se lo proporcionaba, primero como administradora y más tarde como propietaria.

El dueño le vendió el *resort* cuando hacía cuatro años decidió que era hora de jubilarse. Mantuvieron la transacción en secreto y él se quedó el primer año como si fuera el dueño. Con el tiempo, sus visitas se hicieron cada vez menos frecuentes. Ella reformó la casa principal, pero conservó una cabaña especial para él, de modo que tuviera un lugar donde alojarse cada vez que volviera.

La propiedad era hermosa, en lo alto de las montañas que rodeaban gran parte del lago Sunrise. Knightly, el pueblo más cercano, se encontraba a una hora en coche por una carretera sinuosa. El pueblo era pequeño, pero eso hacía que la comunidad estuviera muy unida.

Stella había hecho buenos amigos allí. Le gustaba vivir en el campo. Se sentía arraigada, conectada, viva. Había todo tipo de cosas que hacer, desde esquiar hasta ir de mochilero o escalar. Allí encajaba. No iba a tirar todo por la borda por unas cuantas pesadillas. Eso sería una tontería. Sin embargo, las pesadillas eran muy vívidas y ahora se repetían, se volvían más detalladas.

Ni siquiera había un cuerpo, todavía. Se estremeció. Lo iba a haber. Lo sabía. Sabía que lo habría. En algún lugar, un pescador sería asesinado en los próximos dos días. No habría manera de demostrar que había sido un asesinato. Tenía que dejar de pensar en ello o se volvería loca.

Se levantó de la cama y fue directa a la ducha. Ella misma había supervisado las reformas de la casa principal, prestando especial atención al baño y a la cocina. Le encantaba cocinar y después de un largo día de trabajo, sobre todo quería saber que tenía agua caliente en abundancia para darse una ducha o un baño. Su cuarto de baño era una obra de arte.

La bañera independiente era profunda y la ducha más grande. Le gustaba tener espacio en la ducha y chorros en todas direcciones, ya que a menudo estaba dolorida por el trabajo que hacía, o por la práctica de la escalada, el esquí, el excursionismo o cualquier otra actividad al aire libre que realizaba. Incluso ir a bailar con sus amigas a veces se prolongaba toda la noche. Esa ducha era perfecta para ella.

Había diseñado las reformas de la casa principal para dos personas, aunque no creía que fuera a tener pareja en la vida. Era demasiado hermética. No compartía su pasado con nadie, ni siquiera con sus amigas más cercanas. No salía con nadie. En cuanto alguien empezaba a acercarse demasiado, ponía distancia. El agua caliente se derramó sobre ella mientras se lavaba su espesa melena rubia. Su pelo era lo único en lo que era un poco vanidosa. No lo llevaba suelto a menudo, pero tenía un color casi plateado, gracias a sus abuelos finlandeses por parte de madre. Había heredado de ellos ese color de pelo tan claro, junto con sus ojos azules. La cantidad de pelo y las pestañas más oscuras eran un regalo de su familia paterna. Su padre era originario de Argentina. Su madre lo había conocido en la Universidad de San Diego, donde ambos habían estudiado. Su padre pertenecía a una adinerada familia argentina. Entre sus dos progenitores, había tenido la suerte de heredar una genética increíble.

El agua caliente ayudó a disipar los últimos resquicios de la pesadilla y la bilis en su estómago. Por desgracia, el malestar persistía. No sabía muy bien qué hacer. Solo había tenido esos sueños dos veces antes y en ambas ocasiones la realidad había acabado siendo peor que sus pesadillas. Tras exhalar un suspiro, se retiró toda el agua posible del pelo antes de enrollar la melena en una toalla y luego se secó el cuerpo despacio con una toalla caliente.

Se puso sus vaqueros favoritos y una camiseta cómoda, un jersey y sus botas antes de trenzarse el pelo. No se lo secaba si podía evitarlo, y como rara vez se maquillaba o se arreglaba cuando tenía un día libre, estaba lista para salir en cuestión de minutos.

—Bailey, no puedo creer que sigas durmiendo. Levántate, animal perezoso. —Puso los brazos en jarra y trató de aparentar severidad mientras miraba al gran airedale que seguía acurrucado en su cama para perros justo al lado de la suya.

Bailey abrió los ojos y la miró primero a ella y luego alrededor de la habitación, viendo la oscuridad, como si dijera que estaba loca por levantarse tan temprano. Después de exhalar un suspiro, el perro se puso en pie y la siguió por la espaciosa casa hasta la puerta principal. Tuvo dudas junto a la puerta del porche. Hacía tiempo que había dejado de cerrar con llave o de poner la alarma, pero últimamente había reaparecido de nuevo ese hormigueo en la espalda. El revuelto de su estómago volvía a ser una realidad. Bailey esperó pacientemente a que ella se decidiera.

Stella sabía que era ridículo quedarse delante de su puerta como una boba. Tomaba decisiones todo el tiempo. Solo que ceder a sus miedos era lo mismo que retroceder, y se había prometido a sí misma que nunca lo haría. Se quedó indecisa, mirando la gruesa puerta tallada durante otro minuto antes de decidirse.

Cerró la puerta con llave y puso la alarma, furiosa consigo misma por haber cedido a las pesadillas y al terror implacable que podía consumirla cuando estaba dormida. El miedo se fue apoderando poco a poco de ella hasta que se vio envuelta en cosas que era mejor dejar tranquilas. Si de verdad pensaba reconocer que un asesinato iba a tener lugar en su querida sierra, esta vez nadie iba a ayudar con la investigación. El asesino haría que pareciera un accidente. Ella no tenía sueños a menos que el asesino fuera un asesino en serie, lo que significaba que volvería a matar. En la sierra había accidentes a todas horas.

No habría cotilleos, ni susurros ni rumores. Antes odiaba eso, que adondequiera que fuera, el asesinato era el tema de conversación. Ahora, si quería detener a un asesino, ella misma tendría que hacer las preguntas adecuadas. Varios de sus amigos trabajaban en Búsqueda y Rescate. Conocía a la médico forense. Tal vez podría dar con una razón para hacer preguntas que tuvieran sentido y, al mismo tiempo, generara sospechas de que la muerte no era un accidente.

Stella evitó adrede el puerto deportivo y caminó en la oscuridad hasta llegar al muelle familiar. Aquel no era un muelle al que los propietarios originales llevaban su barco, sino que utilizaban los embarcaderos del puerto deportivo. Era un muelle privado para disfrutar de los amaneceres y las puestas de sol, tal y como estaba haciendo ahora. Habían ubicado el embarcadero de manera perfecta para captar la belleza de las montañas reflejadas en el lago cuando el sol salía o se ponía. Nunca se cansaba de las vistas.

Estaba tan familiarizada con la disposición de los terrenos que apenas necesitaba la pequeña linterna mientras recorría el estrecho camino que la alejaba de los edificios principales, la pequeña tienda de comestibles, la tienda de cebos, el conjunto de cabañas, las zonas de juego designadas para los niños y las áreas de juego para los adultos.

El sendero la llevó por detrás de la zona de acampada y de la de auto-caravanas a un camino aún más estrecho que atravesaba un montón de rocas hasta una zona muy boscosa. Una vez superados los árboles, volvió a la costa. Parecía un lugar ridículo para poner un muelle, pero le gustaba la paz cuando más la necesitaba, como en esos momentos. Los turistas no conocían el camino para llegar al embarcadero y eso significaba gozar de una valiosa soledad cuando tenía unas horas o un día para sí misma.

El otoño había llegado, trayendo consigo los gloriosos colores con los que solo la Sierra Oriental podía cubrirse. Le encantaban todas las estaciones en la sierra, pero el otoño era sin duda su favorita. Siempre se agradecía el clima más fresco después del calor del verano. Todavía había pesca y los turistas seguían llegando, pero las cosas iban más despacio, de forma que podía tomarse un respiro. La escalada seguía siendo una posibilidad y a Stella le encantaba escalar.

Además, a todo eso se sumaba la belleza de los rojos intensos, con sus diferentes tonalidades, que iban del carmesí al rojo apagado, casi púrpura, de las hojas de muchos árboles. Lo mismo ocurría con los distintos tonos de naranja. Hasta que llegó a la Sierra Oriental ignoraba que existían tantas tonalidades, de sutiles a vibrantes naranjas, dorados y amarillos, los colores se disputaban la atención incluso entre los distintos verdes.

Las montañas se alzaban sobre el lago; bosques de árboles tan densos que parecían impenetrables desde la distancia. Las montañas se extendían a lo largo de kilómetros, cañones y ríos, bosques asombrosos y escarpadas y hermosas rocas que no se encontraban en ningún otro lugar. Este era un lugar de leyendas y había llegado a amarlo, así como a su paisaje siempre cambiante.

Stella se sentó al final de los gruesos tablones que formaban el embarcadero y contempló el agua del lago helado. Alimentado por los ríos de alta montaña y el manto de nieve, el lago Sunrise era una enorme cuenca de agua de un vívido color zafiro. Una ligera brisa agitaba la superficie, pero en su mayor parte, el agua brillaba como el cristal. A veces, la incomparable belleza del lugar le robaba el aliento. Daba igual la época del año, el lago y las montañas que lo rodeaban mostraban siempre una gran elegancia y majestuosidad.

Bailey se acurrucó junto a ella, como siempre hacía cuando se sentaba al final del muelle. Volvió a dormirse, sin saber cuánto tiempo planeaba ella estar sentada, esperando a que saliera el sol. Deseó que Bailey pudiera hablar para tener al menos a alguien con quien sondear cosas importantes, como un asesinato, pero cuando lo intentó, el perro la miró como si hubiera perdido la cabeza y le apoyó la cara en el regazo, invitándola a rascarle las orejas. Sacando provecho. Ese era su querido Bailey.

No hubo ninguna advertencia. Una mano le tocó el hombro y Stella estuvo a punto de arrojarse al lago. Bailey ni siquiera levantó la vista ni hizo ningún ruido. La mano la agarró con firmeza antes de que pudiera caerse del muelle. Giró la cabeza para fulminar con la mirada al hombre que se alzaba sobre ella. Sam Rossi era uno de esos hombres capaces de caminar en absoluto silencio. A veces, como ahora, la asustaba. Era demasiado tosco para llamarlo «guapo», con sus cincelados rasgos masculinos, todo ángulos y planos. Su mandíbula estaba siempre cubierta por una oscura sombra que no llegaba a ser barba, pero nunca iba afeitado. Rara vez sonreía, si acaso alguna vez, y cuando lo hacía, esa sonrisa no alcanzaba sus gélidos ojos.

Tenía un cuerpazo. Hombros y pecho anchos. Mucho músculo. Era fuerte. Lo sabía porque lo empleaba como manitas y tenía que hacer todo tipo de trabajos que requerían una fuerza increíble. Tenía que tener conocimientos de barcos, carpintería, pesca, escalada y la mayoría de las actividades al aire libre, y hasta la fecha, no la había fallado ni una sola vez.

Tenía cicatrices. Muchas. Se quitaba la camiseta cuando hacía mucho calor y tenía que trabajar fuera. No tanto cuando había otras personas alrededor, normalmente solo ella, o cuando estaba a una buena distancia de los demás, pero ella había visto las cicatrices y no eran bonitas. No eran la clase de cicatrices fruto de un accidente de coche. Parecía que le habían arrancado la piel de la espalda. Le habían disparado más de una vez. Tenía algunas cicatrices de arma blanca, sin duda. Ella no había mirado con detenimiento. Se había esforzado por no quedarse mirando, aunque había querido hacerlo. Nunca le había preguntado y él nunca le había dado ninguna explicación.

—Deja de acercarte sigilosamente a mí —espetó irritada mientras trataba de coger el café que él tenía en la otra mano y que estaba claro que era para ella. Él apartó la taza de café para llevar y se sentó, con Bailey entre los dos, ignorando su mano—. Sam. —Prácticamente gruñó su nombre. No podía traer el aroma de su brebaje favorito y luego no dárselo.

Él la miró, enarcando una ceja. Era obvio que creía que podía hacerlo. Colocó la taza en el lado para que ella no pudiera abalanzarse por encima del perro y cogerla. Sam bebió despacio de su taza y miró el lago, ignorándola. Bailey ni siquiera le mordió para echarle una mano. Ni levantó la cabeza ni le gruñó.

—¿Has venido aquí solo para molestarme? —preguntó Stella.

Él no respondió. Stella sabía que podía seguir haciéndole el vacío eternamente. Era lo mismo que el molesto apodo que tenía para ella. La llamaba Satine con esa voz tonta; Satine, por la protagonista de la película *Moulin Rouge*. Bueno, lo cierto es que no tenía una voz tonta; su voz era grave, hipnótica y muy sexi. Por suerte, no la llamaba Satine delante de otras personas. No hablaba mucho, así que nunca salía a relucir cuando sus amigas estaban presentes.

No muchas cosas la avergonzaban, ni siquiera que la pillaran en una situación ridícula, pero dado que estaba un poco enamorada de Sam, había cosas de las que normalmente se reiría que le resultaban casi humillantes.

Le encantaba la película *Moulin Rouge*. Le encantaba. Era su película favorita cuando estaba deprimida y quería regodearse en la autocompasión. No lo hacía con demasiada frecuencia, pero cuando se daba el caso, ponía esa película y lloraba a mares. Cuando quería ver algo que le alegrara el corazón, ponía *Moulin Rouge*, comía palomitas y lloraba y reía.

Stella ni siquiera sabía cómo pudo entrar Sam mientras ella se regodeaba en la autocompasión, pero lo había hecho. Se sentó y vio la película con ella. Después de eso, más de una vez se unía a ella y parecía estar más pendiente de ella que de la película. Como siempre, no decía nada, sino que se limitaba a sacudir la cabeza como si ella estuviera un poco loca y después se marchaba. Ni siquiera sabía si le había gustado la película, pero si no le había gustado, no tenía alma, cosa que le dijo a voces. Él ni siquiera se dio la vuelta.

Se sabía todas las canciones de memoria y cada mañana, cuando hacía sus ejercicios, se las ponía, las cantaba y las bailaba. Por la noche, hacía su rutina de ejercicios con ellas y hacía un pequeño espectáculo de cabaret. Como era natural, Sam había entrado justo cuando pasaba la pierna por encima de una silla y no lo logró del todo y aterrizó sobre su trasero. Esa fue la primera vez.

Le encantaba practicar con las sedas aéreas como forma de hacer ejercicio. Dado que la casa tenía dos pisos y era abierta, contaba con su propio aparejo y practicaba algunas noches. Por supuesto, él había entrado justo cuando se quedó enredada durante un momento y estaba boca abajo, tratando desesperadamente de liberar su pie de las sedas, con la música a todo volumen.

La tercera vez estaba haciendo un movimiento de trasero muy guay y sexi (si bien no lo decía ella) bajando hasta el suelo y subiendo de nuevo. Como no podía ser de otra forma, él estaba apoyado en el marco de la puerta mientras la observaba, con los brazos cruzados sobre el pecho y esos ojos oscuros clavados en ella. Nunca sabía qué estaba pensando porque no tenía ninguna expresión en su rostro.

Tomó por costumbre llamarla *Satine* en voz baja y con voz de película dramática. Tenía ganas de fulminarlo con la mirada, pero siempre la hacía reír. Él no compartía la risa con ella, pero sus ojos oscuros a veces se volvían suaves como el terciopelo y se le encogía el estómago de forma extraña, lo que la irritaba sobremanera.

—En serio, Bailey, ¿qué clase de perro guardián eres? —Suspiró mientras hundía los dedos en el ondulado pelaje de su perro. Era innegable que ahora que estaba a su alcance, necesitaba el café—. Sam, gracias por tener la amabilidad de traerme café. Te lo agradezco mucho.

Puesto que agradecía de verdad que le trajera café, fue fácil evitar que el sarcasmo tiñera su voz, aunque una parte de ella quería ser sarcástica. Tal vez empujarlo desde su embarcadero privado al agua helada alimentada por la nieve. Sin duda Sam encontraría la forma de arrastrarla al agua con él, así que ni siquiera podría obtener satisfacción de esa manera.

Sam le entregó la taza de café para llevar sin mediar palabra. Stella agradeció su primer sorbo mientras ambos contemplaban la brisa juguetear con la superficie del agua. Le echó una rápida mirada a la cara de Sam. Por suerte Sam nunca sonreía con aire arrogante. Era una persona sosegada en cuanto a que nunca le exigía nada. A veces estaba tan agotada al final del día que no quería tener que dar ni un poquito de sí misma a nadie.

Esos días, Sam estaba en su terraza preparando en la parrilla verduras y filetes o lo que fuera, como si supiera que ella había tenido un día espantoso y que no quería hablar. Él le señalaba la nevera y había cerveza helada en ella. Stella cogía una para ella, le daba otra a él e iba a sentarse en su columpio favorito, que colgaba del techo del porche. Sam nunca le pedía nada. Ella nunca le pedía nada a él. Esa era la mejor parte de su extraña relación. Sam parecía saber cuándo las cosas no le iban bien. Stella no preguntaba cuándo aparecería para mejorar las cosas ni cómo parecía saber que ella necesitaba un poco de atención.

Suspiró y bebió otro sorbo de café sin dejar de acariciar el pelaje de Bailey. Había encontrado algunas cosas que hacían que la vida fuera estupenda. Ese lugar y su belleza. Su perro. El café. Sus cinco amigos. Su película favorita de todos los tiempos y quizá Sam Rossi. No estaba segura de en qué categoría ponerlo. No tenían exactamente una relación. Sam no tenía relaciones. Tampoco ella. Ambos tenían demasiados secretos.

Las hojas de los árboles más cercanos al embarcadero eran amarillas y rojas, algunas anaranjadas, y se mecían con la brisa, enmarcando los tablones de madera de la orilla. Muchas de las hojas habían caído sobre las rocas donde las aguas del lago bañaban la orilla. En el embarcadero, las hojas que la brisa hacía caer sobre la madera se habían convertido en una alfombra de flamígeros colores.

El sol empezaba a salir y los colores cambiaban de forma sutil. Los rayos comenzaban a extenderse sobre el agua. Estaban bajos al principio. Un orbe dorado que apenas se veía reflejado en las profundidades del lago de color zafiro. La imagen era pura magia, la razón por la que Stella vivía allí. Se sentía conectada al mundo real. Conmovida por la naturaleza. Cuando la esfera dorada comenzó a elevarse, los árboles adquirieron un aspecto totalmente diferente. El orbe parecía haber crecido en el agua, extendiéndose por el lago, brillando bajo la superficie como un dorado tesoro.

Stella no apartó la vista de la esfera. Parecía moverse, como si estuviera viva. Cada amanecer era diferente. Los colores, la forma en que se manifestaba en el agua. La magia. No siempre podía llegar a su lugar favorito para ver la espectacular salida, pero lo intentaba. Los sonidos de la mañana que acompañaban al amanecer siempre estaban ahí. Las melodías de los pájaros madrugadores. Algunos eran el canto de los machos marcando el territorio. Algunos pájaros tenían bellas cualidades musicales, en tanto que otros parecían estar roncos.

Escuchaba cantar a los pájaros; unos terminaban con notas altas mientras que otros dejaban que sus graves notas se fueran apagando poco a poco. Los había que cantaban en un único tono más grave, como si acabaran de saludarse unos a otros o dijeran: «¡Ya estoy aquí!». Disfrutaba de su soledad mañanera antes de que saliera el sol y pudiera ver qué pájaros se levantaban con ella.

Captaba el zumbido de las abejas y a las lagartijas deslizándose por las hojas. El zumbido de los insectos y el canto de las cigarras estaban siempre presentes. Todo formaba parte de la naturaleza con la que podía contar allí, en la Sierra Oriental. Daba igual la época del año, pues siempre había algo que le proporcionaba esa conexión que necesitaba con la propia tierra en lugar de la locura que conformaba un mundo en el que no parecía encajar ni comprender.

—¿Vas a hablar conmigo?

Stella aún tenía un nudo en el estómago. Necesitaba hablar con alguien. Si iba a hablar con alguien, sería con Sam, pero ¿qué iba a decirle? Le dirigió una mirada con los ojos entornados, esperando que no viera miedo en ellos. Eso era lo que pasaba con Sam. Era demasiado observador. Se daba cuenta de todo. Detalles que los demás pasaban por alto.

No era de las que hablaban. ¿Qué sabía realmente de Sam? Quería confiar en él. Era el único hombre que entraba y salía de su casa, pero no lo conocía. No sabía nada de su vida. Ni siquiera sabía si estaba casado o tenía hijos. No sabía si estaba huyendo de la policía, aunque al mirarlo, supo por instinto que si estaba huyendo, no era de algo tan mundano como la policía. Sam se estaría escondiendo de algún crimen internacional que hubiera cometido, uno que solo la CIA o Seguridad Nacional conocieran.

Por lo general, Stella sabía todo lo que había que saber sobre sus empleados, pero no de Sam. Cuando le pidió que trabajara para ella, se mostró un poco reacio. Al final le dijo que trabajaría solo por dinero en efectivo. Bajo cuerda. Ella no solía aceptar tal cosa. Se ceñía a la legalidad de forma estricta, pero estaba desesperada por contar con un buen trabajador que supiera el tipo de cosas que Sam sabía. Por entonces, casi todas las cabañas necesitaban reparaciones. Electricidad, fontanería, paredes que se desmoronan. Mucho trabajo. Los motores de los barcos. Le necesitaba más que él a ella. Le había contratado pensando que sería por un corto período de tiempo. Ese corto período se había convertido en más de dos años.

Permaneció en silencio. Tomó otro trago de café. Siguió mirando el lago. ¿Qué podía decir que no la hiciera parecer que estaba perdiendo la cabeza? Nada. No había nada que pudiera decir. Aunque revelara su pasado, incluso mentiras de su vida que con tanto cuidado había construido, ¿qué sentido tendría? No había pruebas y dudaba que pudiera conseguir alguna de que los accidentes no iban a ser accidentes y de que un asesino en serie andaba suelto. A partir de ese momento, ni siquiera habían hallado muerto al pescador porque no se había cometido ningún crimen…, todavía. El asesino atacaría dentro de dos días. Tenía que dar la vuelta al lago y buscar el lugar.

—Llevas aquí más de dos años, Stella. No has cerrado la puerta con llave ni una sola vez. No gritas a los trabajadores, menos aún por cometer un error. Tú no eres así.

No volvió a mirarle. En su lugar, mantuvo la vista fija en el lago. El sereno lago que era tan profundo y podía contener innumerables cadáveres si alguien los lastraba. Por encima del lago se alzaban las montañas con sus hermosos árboles. Tantos lugares para enterrar cuerpos que nadie encontraría jamás. Manantiales termales. Algunas de las aguas termales estaban lo suficientemente calientes como para descomponer un cadáver.

Sin pensarlo, se llevó los dedos a la boca, como hacía de niña para no soltar nada que no debiera decir. Una costumbre. Un mal hábito que había superado a base de trabajo y que ahora había vuelto. Así de rápido. Le temblaban los dedos y quería sentarse sobre ellos. Esperaba que él no se diera cuenta, pero Sam lo veía todo. Ella sabía que así era. Sam era ese tipo de hombre. Volvió a bajar la mano al pelaje de Bailey. Metió sus temblorosos dedos en él.

—Satine, si quieres ayuda, aquí me tienes, pero tienes que hablar. Exprésate con palabras, mujer.

—¿De verdad he hecho eso? ¿Le he gritado a alguien porque ha cometido un error? —Giró la cabeza y le miró—. ¿Ha sido a ti, Sam?

Sus duros rasgos se suavizaron durante un momento. Sus ojos oscuros se volvieron casi de terciopelo, recorriéndola. Perturbándola.

—No, fue a Berenice en el alquiler de barcos el otro día.

Stella se llevó la parte inferior de la mano a la frente. Lo había hecho. No había gritado. Pero sin duda había sido cortante. De acuerdo. Más que cortante. No era una jefa cortante ni seca con sus empleados. Berenice Fulton era mayor y llevaba más de cinco años trabajando para ella. Se lo tomaría a pecho.

—Hablaré con ella.

Aquel día había sido inusualmente caluroso, cuando todo el mundo esperaba el clima más fresco del otoño. Debido a eso, los que se alojaban en el *resort* se apresuraron a alquilar los barcos porque deseaban salir al lago. Por desgracia, entre ellos había gente que no tenía la menor idea de cómo pilotar ni fondear un barco. Tanto Sam como Stella pasaron la mayor parte de la noche rescatando a grupos de cuatro y de seis personas y a parejas muy borrachas, así como a una madre soltera y sus dos hijos muy pequeños, que gracias a Dios llevaban chalecos salvavidas.

Los pescadores llevaban todo el día quejándose, un flujo constante de personas gruñonas, irritables o muy furiosas, en su mayoría hombres, que actuaban con aires de superioridad, aunque la mayoría de ellos ya la conocían. Con los años habían acabado por respetarla. Aun así, no eran inmunes a las inesperadas altas temperaturas. A la humedad, cuando el calor solía ser seco, ni a todos los turistas locos que no sabían nada de navegar en barco por el lago. Tampoco esos turistas parecían tener modales a la hora de compartir el lago con aquellos que pescaban.

A Stella le habían gritado, insultado y calumniado muchas veces, sobre todo en referencia a su coeficiente intelectual y a su capacidad para dirigir un campamento de pesca, a pesar de que Sunrise Lake no lo era, pero no corrigió a nadie. Se limitó a conservar su educada sonrisa, a escuchar todas las preocupaciones y quejas y a asegurarles que se ocuparía de solventarlas, a menos que fueran más allá de lo razonable.

Stella había aprendido hace mucho tiempo, cuando firmó como gerente, que si quería el respeto de los pescadores, tenía que plantarles cara. No era estridente, no gritaba. Cuando se dirigía a ellos, miraba a los ojos incluso a los más viejos y curtidos. Conocía bien su oficio, luchaba por sus derechos, pero se negaba a permitir que la mangonearan por muy molestos que estuvieran.

Sin embargo, al final de un día muy largo y complicado, después de ir de un barco a otro para rescatar en su mayoría a borrachos que no sabían fondear un barco, no estaba del mejor humor y había arremetido contra Berenice Fulton. Sam tenía razón. Ella no hacía ese tipo de cosas. Él había mantenido la calma. Siempre lo hacía. Sam no le gritaba a nadie. Claro que no hablaba con nadie. No tenía que hacerlo. Dirigía esa mirada suya a cualquiera que le causara problemas y dejaban de hacerlo.

Cuando subió a un barco de fiesta con cinco mujeres en bikini, que se le echaron encima, apenas las miró. Se limitó a acercar el barco, amarrarlo y ni siquiera ayudó con gallardía a las mujeres ebrias a bajar al muelle. Se alejó sin más, dejándolas con Berenice. Stella lo sabía, porque había estado observando. Había sido lo único que le había hecho reír en toda la noche.

Stella tenía pesadillas todas las noches. Después ya no era capaz de dormir, lo que significaba que estaba durmiendo muy poco.

Eso contribuyó sin duda a su creciente mal humor. El no poder comentar con nadie su malestar y la inquietud que sentía aumentó su irritabilidad. No tenía ni idea de qué hacer para proteger a sus amigos o a los conocidos que vivían en la zona.

—Berenice se alegrará de que aclares las cosas, pero yo sigo sin saber por qué estás molesta. ¿Qué está pasando?

Tomó otro sorbo de café y contempló la resplandeciente superficie del lago. Un pequeño escalofrío de temor la recorrió. No podía hablar con nadie de eso. Ni siquiera con Sam. Tenía que resolverlo sola, al menos hasta que supiera que Sam no estaba involucrado de ninguna manera. Había llegado hacía dos años. No hablaba con nadie. Era un auténtico solitario. Podía meter sus pertenencias en una mochila y desaparecer en cuestión de minutos.

A Sam se le daban bien todas las actividades al aire libre. Era extremadamente fuerte. Tenía cicatrices por todo el cuerpo, lo que indicaba que algo terrible le había ocurrido en algún momento de su vida. A nivel psicológico, ¿cómo afectaba eso a una persona? Intentó buscar información sobre él en internet, pero no encontró nada. No creía que Sam fuera un asesino de inocentes, pero tenía que saberlo antes de confiar en él lo suficiente como para hablarle de aquello.

Podía sentir los ojos de Sam fijos en ella y sabía que no iba a dejarlo correr. Estaba actuando de forma diferente. Había gritado a un empleado. Había cerrado con llave su casa. Era obvio que estaba alterada.

—¿Por qué has decidido traerme un café esta mañana, Sam?

No le llevaba café todas las mañanas. No le hacía la cena todas las noches. No pasaba por su casa para ver películas todas las noches. Ella nunca le invitaba. Sam aparecía sin más. Cuando lo hacía, siempre preparaba la cena. Le llevaba cerveza. Nunca le pedía nada. Nunca. Nunca se pasaba de la raya, ni siquiera para besarla. Stella había estado tentada de besarle más de una vez, pero tampoco había traspasado esa línea con él. Tenía miedo de que se marchara y quería tenerlo en su vida como fuera.

A Sam le gustaba tanto la escalada en bloque como la tradicional. Apareció en la zona para escalar como tantos otros. Conducía una camioneta con tracción a las cuatro ruedas con sus posesiones y acampó en uno de los campamentos locales. No le pedía nada a nadie. Parecía vivir de la tierra en su mayor parte, pero no le asustaba el trabajo y era bueno en casi todo. Se había fijado en él enseguida, trabajando en el pueblo para Carl Montgomery, el contratista local. Bueno, el único decente. Si Carl lo contrataba, significaba que era bueno.

Era imposible no fijarse en él. Stella se fijaba en todo el mundo. Era detallista, por eso era tan buena en su trabajo. Sam era un solitario, incluso en medio de una ajetreada zona de obras. Rara vez hablaba con alguien, pero eso no le impedía hacer cualquier tarea que se le encomendara. Al final decidió que sería perfecto para trabajar en el centro turístico como manitas. Podía hacer casi cualquier tipo de trabajo que ella requiriera.

Le ofreció un buen sueldo, una cabaña durante todo el año y una mejora del vehículo de tracción a las cuatro ruedas. Sam no aceptó la oferta de inmediato. Se tomó su tiempo para pensarlo. Incluso se acercó al *resort* y lo inspeccionó antes de decidirse. A Stella le gustó aún más por eso. Nunca se había arrepentido de su decisión de contratarlo, ni siquiera cuando era muy molesto porque casi nunca hablaba.

Stella clavó la mirada en sus ojos oscuros y convincentes. No fue fácil. Mirarlo a los ojos nunca lo era. A veces pensaba que era como asomarse al infierno.

—Puedo irme, si es eso lo que quieres de mí, Stella.

Al principio lo dijo en voz tan baja que no asimiló las palabras. Cuando lo hizo, todo su cuerpo casi se apagó. Tuvo que apartar la cara rápidamente, pues temía que él viera el ardor de las lágrimas. Temía que viera el pánico que sentía.

—¿Por qué me dices eso, Sam? —Apenas podía hablar, apenas podía formular la pregunta—. ¿Porque te he hecho una pregunta? ¿Por qué me dices eso? —Tenía ganas de levantarse y dejarlo allí, pero temía que si lo hacía, él metiera todas sus pertenencias en su mochila y se fuera y no volviera a verlo.

Sam era aún más hermético que ella. Era posible que no sintiera nada por nadie. ¿Tan poco significaba para él? Era lo más probable. Había construido su relación porque necesitaba a alguien. En realidad Sam era autosuficiente. Ella creía serlo, pero al final, necesitaba el *resort*, a sus amigos. A Sam. Necesitaba a Sam. La idea de estar sin él la desgarraba. Quizá se sentía tan vulnerable por las pesadillas y por la incertidumbre. Porque temía por todos.

—A veces sé cosas si la persona me importa. Tú me importas, así que sé cuándo te sientes como una mierda.

Stella agarró con fuerza su taza de café. Esa era la última confesión que esperaba de Sam. Su tono era el mismo de siempre, esa grave mezcla de masculina sensualidad que se colaba bajo su piel y le llegaba a lo más hondo. A otras personas que nunca actuaban siguiendo pequeños e inexplicables impulsos, su explicación podría haber parecido ridícula, pero para ella era perfectamente razonable.

Era la primera vez que Sam decía algo que pudiera hacerle vulnerable. Casi había dado a entender que poseía una habilidad psíquica o por lo menos una fuerte intuición. Quería corresponderle con algo de sí misma. Era justo. Algo real.

—A veces tengo pesadillas. Malas. Una vez que empiezan, vienen en grupo. No puedo dormir cuando las tengo. Nada ayuda. —Todo eso era cierto. Bebió un poco más del café y mantuvo la mano libre en el pelaje de Bailey.

Sam guardó silencio durante mucho rato. Cuando se atrevió a mirarle, él estaba contemplando las montañas. Los rayos del sol habían diseminado el color entre los árboles y la espectral niebla. La vista no dejaba de conmoverla.

—¿Qué cosas provocan tus pesadillas? ¿De qué tratan?

Eran buenas preguntas. Debería haber pensado que Sam le haría preguntas como esas. Era inteligente y una persona que arreglaba cosas.

—Cadáveres flotando bajo la superficie del lago —soltó la verdad. O media verdad. Surgió de manera estrangulada porque una parte de ella lo percibía como una mentira y Sam le había dado algo de sí mismo. Se había mostrado vulnerable ante ella después de dos años sin decidirse a dar el paso. Se había expuesto al ridículo y ella seguía cerrada. Era astuto. Sabía que había algo que no le estaba diciendo y eso tenía que doler. A ella le dolería.

Stella se obligó a levantar la vista hacia él porque al menos se merecía eso. Aquellos ojos oscuros estudiaron su rostro. Penetrantes. Viendo demasiado. Sabía que tenía ojeras. ¿Pero qué podía decirle realmente? No había ningún cadáver. Ni siquiera un accidente. Sin lugar a dudas iba a utilizar su día libre para recorrer el lago a ver si podía encontrar el lugar donde el pescador sería asesinado si no conseguía evitarlo. Lo peor de todo era que en la zona había varios lagos populares entre los pescadores. Sin embargo, estaba segura de que el lugar era su querido lago.

—Stella, eres la mujer más tranquila y con las ideas más claras que he conocido. Sé que tienes algún problema. —Se encogió de hombros—. No voy a entrometerme. No me gusta que nadie me haga preguntas, así que no voy a insistir en que hables conmigo si no quieres hacerlo. Una vez que hayas recobrado la calma, haz lo que siempre haces, piensa en pasos y aborda el problema paso a paso. Encontrarás la respuesta. Siempre la encuentras.

La voz de Sam destilaba confianza absoluta y eso la tranquilizó. Le dio confianza. Sam tenía razón. No era una niña y el asesino estaba en su territorio. Su querida sierra. No tenía ni idea de que ella ya estaba sobre su pista y que iría a por él.

CAPÍTULO 2

—Gracias, Sam. No dormir no me sienta nada bien. Parece que tienes un sueño ligero y que eres capaz de sobrevivir con solo un par de horas de sueño. Yo duermo profundamente y necesito mis ocho horas o me pongo de mal humor.

Un asomo de sonrisa cruzó su rostro durante un breve instante y fue tan hermoso como el amanecer. Creía que la sonrisa no alcanzaba sus ojos o que era tan fugaz que no la percibía. No solía verla. Por lo general, las duras líneas grabadas en lo más profundo de sus rudas facciones eran lo habitual.

—Nunca habías estado de mal humor, hasta hace poco, Stella. Diría que la causa son las pesadillas más que la falta de sueño.

—Tal vez, pero recordarme que tengo una buena cabeza sobre los hombros ayuda. Agradezco que tenga el día libre.

—Trabajas demasiado, pero parece que disfrutas con el trabajo.

—Me encanta este lugar. Me siento como en casa —admitió. Nunca le había pasado eso. Todo lo que rodea a la Sierra Oriental le atraía—. A veces me siento en la terraza, miro a mi alrededor y me siento afortunada de estar viva. No querría estar en ningún otro sitio.

—Me gusta que se puedan ver las estrellas por la noche —dijo Sam de repente—. Duermo fuera casi todas las noches y me gusta tumbarme en el catre y mirar al cielo. Ya no se pueden ver las estrellas desde cualquier lugar. Aquí son increíbles y parecen cercanas.

Sam no hablaba por norma general y esa pequeña revelación por su parte parecía un regalo. Sabía que a menudo merodeaba por el *resort* por la noche, comprobándolo todo. Era tan malo como los dos guardias de seguridad, o tal vez mejor, ya que hacía las rondas nocturnas y más.

Sabía que Patrick Sorsey, uno de los guardias de seguridad, a veces se quedaba dormido en el trabajo. Tenía cuarenta y cuatro años, tres hijos y su mujer estaba embarazada del cuarto, algo que ninguno de los dos esperaba. Tenía dos trabajos y Stella sabía que Sam le cubría. Patrick era un buen hombre, solo que estaba desbordado de trabajo.

—Resulta un poco sorprendente que unos cuantos cadáveres flotando en el lago te afecten. No es que no hayas tenido que lidiar con cadáveres, con la policía y con la médico forense más de una vez, y que yo sepa, eso nunca te ha desconcertado antes.

Eso era cierto. Al dirigir el centro turístico y estar donde estaba, se había encontrado con todo tipo de situaciones, desde ataques al corazón hasta verdaderos accidentes. En su mayoría, ahogamientos por exceso de alcohol cerca del agua. No tuvo problemas para manejar ninguno de ellos y sabía qué hacer y a quién llamar. Varios de sus amigos y conocidos, incluido Sam, formaban parte de Búsqueda y Rescate. De hecho, Vienna Mortenson, una de sus amigas, era la directora del programa de su condado. Hablaban a menudo y la mayoría de los participantes se reunían en el Grill después de cada rescate para charlar sobre lo que habían vivido. Ayudaba a aprender de cada situación.

Stella no sabía muy bien cómo responder a Sam porque él tenía razón una vez más. La conocía muy bien. Pocas cosas la desconcertaban, incluyendo los cadáveres; solo saber que un asesino en serie estaba comenzando su trabajo allí, en su hermoso pedazo de paraíso. Pero podía adelantarse a él. Solo tenía que mantenerse centrada y no dejarse desconcertar. No era esa niña. No era una adolescente. Tenía habilidades y formación adquiridas a lo largo de los años.

Dejó la taza de café en el muelle y se frotó las sienes.

—Solo necesito dormir un poco. Tengo un par de días libres. Eso debería ayudar. Intentaré hablar con Berenice antes de reunirme con Harlow y Shabina. Te agradezco que me hayas hablado de la bronca que tuve con ella. No se lo merece porque esté falta de sueño.

—Se lo merece por haber alquilado barcos a gente que no debía, pero nunca hay que arremeter contra la gente —la corrigió—. Tengo que arreglar el aire acondicionado de la cabina H.

—¿Te refieres a la cabaña nido de abeja? —Utilizó adrede el nombre oficial de la cabaña rústica más grande que había sido reformada y que siempre solía estar alquilada. Una pareja se había ido la noche anterior y tenían un día antes de que llegaran los siguientes huéspedes. Eso era muy raro para esa cabaña en particular, muy popular. Sam no contestó, sino que se limitó a mirarla sin expresión alguna—. Haces una mueca cada vez que digo «nido de abeja». —No pudo evitar que la risa tiñera su voz. Siempre se refería a las cabañas como «A», «B» o «C».

—No sé por qué te empeñas en ponerles nombres ridículos a edificios perfectamente buenos.

—Tenemos que llamarlos de alguna manera para nuestros huéspedes. No son lo mismo que las cabañas de pesca, las autocaravanas o las zonas de acampada, Sam. Estamos atrayendo a un conjunto completamente diferente de personas. —Con ingresos muy altos. Esas cabañas aportaban ingresos durante todo el año. Los deportes de invierno (el *snowboard*, el esquí y las motos de nieve) eran muy populares y el *resort* era la puerta de entrada a la montaña que se alzaba ante ellos.

—¿Tendrás tiempo suficiente para arreglar el aparato antes de que lleguen nuestros próximos huéspedes?

—Si no, puedo instalar otro y arreglarlo más tarde. —Se levantó—. No me gusta que tengas estas pesadillas, Stella. Si continúa, dormiré más cerca y veré si puedo ayudar.

Rodeó al airedale de esa manera silenciosa que tenía para colocarse detrás de ella durante un momento. Luego ahuecó la palma de la mano en la parte superior de su cabeza y posó las yemas de sus dedos se posaron en su cuero cabelludo. Desplazó los dedos desde la parte superior de la cabeza hasta la nuca despacio, como una caricia, un roce apenas, y sin embargo Stella lo sintió como un abrasador rayo que le recorría el cuerpo. Sam no hacía esas cosas. Su tacto le hizo sentir un intenso escalofrío en la espalda. Cada terminación nerviosa cobró vida. A Sam no le iban las trivialidades. No era un hombre trivial.

—Solo te diré esto, Stella. Tengo ciertas habilidades. Juré que jamás volvería a usarlas bajo ningún concepto, pero llevo aquí algo más de dos años y he llegado a conocerte. Si tienes problemas y me necesitas, no tienes más que decirlo.

Ella frunció el ceño y estiró el cuello, volviéndose para mirarle, pero él se alejó sin mirar atrás. Esta vez, sus andares poseían un aire depredador, o tal vez fuera su imaginación porque estaba muy perturbada por sus sueños. ¿Qué quería decir con eso de que tenía «ciertas habilidades» y que había jurado que jamás volvería a usarlas bajo ningún concepto? Sam no estaba actuando como Sam. Había contado con él sin darse cuenta y ahora se daba cuenta de que le tenía un poco de miedo.

Miró a su perro. Otra vez estaba durmiendo. Sin prestarle la menor atención.

—¿Sabes, Bailey? Se supone que eres un perro de protección además de mi perro de compañía. ¿Recuerdas que te lo expliqué cuando eras un cachorro? —Le frotó las orejas al airedale. Parecía ser una constante en su vida con la que podía contar, como su querida sierra.

Necesitaba estar conectada a su mundo. Todo lo que la rodeaba estaba cambiando demasiado rápido. Sentía como si el suelo mismo se moviera bajo sus pies. La sierra alojaba a un asesino. Lo sabía con cada bocanada de aire fresco de la mañana que respiraba. Nunca había tenido la pesadilla a menos que hubiera un asesino en serie en los alrededores. Si el patrón continuaba, un cuerpo aparecería en un día o dos. Normalmente dos. No siempre. Ese era un margen muy escaso para detener a un asesino.

Levantó las rodillas y apoyó la barbilla en ellas mientras contemplaba el lago. La niebla había llegado hasta el mismo borde de la orilla, arrastrándose como dedos brillantes, todavía con ese rojizo resplandor. Stella se negaba a verlo de otra manera que no fuera hermosa. Sam tenía razón. No era dada a fantasear. Se aferraba al realismo y así era como iba a atrapar al asesino. No iba a convertirse en una niña asustada. Lo primero que tenía que hacer era tratar de encontrar el lugar donde se iba a cometer el asesinato. Era una tarea ingente, ya que había varios lagos, no solo el Sunrise, donde muchos pescadores salían a pescar a primera hora de la mañana.

—Bien, Bailey, tenemos trabajo. —El perro levantó la cabeza, la ladeó y la miró como si le preguntara si estaba bien. Stella le acarició el pelaje—. Estoy bien. Ver el amanecer siempre me reanima. No importa lo mal que esté todo, una vez que sale el sol todo vuelve a estar bien. Me siento como una persona nueva. Tenemos esto. Después de tomar un café con Shabina y Harlow, voy a ver si puedo hacer un hueco para comer con Zahra.

Zahra Metcalf era su hermana del alma. Jamás imaginó que llegaría a tener a alguien con quien conectara de verdad como lo hacía con Zahra. Era amiga de las otras mujeres. Le caían bien. Hablaba con ellas. Pero no eran como Zahra. Estaba en un nivel completamente diferente. Si había una persona en el mundo en la que Stella confiaba, esa era Zahra.

Se tomó su tiempo para volver a su casa. Por suerte, nadie más se había levantado todavía. Muy pocos de sus huéspedes querían levantarse al amanecer, aparte de los que se dedicaban a pescar en el lago. A menudo le daban ganas de decirles a sus huéspedes que si salían a los porches o terrazas de los que disponían y contemplaban el amanecer o el atardecer, entenderían la belleza de su entorno. Algunos de los huéspedes lo entendían. La mayoría había venido para alejarse de la ciudad, pero la traían consigo porque no soportaban dejar sus aparatos electrónicos.

Stella permitió que Bailey saliera primero al amplio porche, observando al perro con atención para detectar cualquier señal de que un extraño pudiera haberse acercado a su casa. Para llegar a este lado de la propiedad había que cruzar algunas puertas de seguridad y los guardias de seguridad mantenían alejado a todo el mundo de forma feroz a menos que tuvieran una cita con Stella. Eso no significaba que no hubiera otras formas de acceder a ese lado de la propiedad. Abrió la puerta y entró con mucha más confianza al ver que Bailey no daba la voz de alarma. Los materiales de arte se guardaban en el estudio de arriba. Le encantaba la habitación con vistas al lago. Un lateral era casi todo de cristal, una gruesa pared corredera que le permitía salir al balcón, en el que tenía una cómoda silla y una pequeña mesa durante la mayor parte de los meses. Con la llegada de las nieves en invierno metía dentro los muebles.

Era un estudio luminoso y soleado, con una luz perfecta para dibujar y pintar. Tampoco tenía un talento inmenso, pero le gustaba pensar que era bastante buena. No iba a vender sus obras. Al igual que las acrobacias con telas y la escalada en bloque, la pintura la relajaba. Había dado unas cuantas clases de arte junto con sus estudios empresariales en la universidad.

Guardaba el diario de sus pesadillas y los cuadernos de dibujo bajo llave en un cajón junto a su cama. No quería que nadie los encontrara jamás. Eran el terror en estado puro. No miró ninguna de las entradas ni de los dibujos más antiguos. De hecho, comenzó deliberadamente a vaciar su mente como se había enseñado a hacer. Imaginó su cerebro como una pizarra y la borró una y otra vez hasta que no quedó nada en ella. Una vez vacía, sacó los detalles de la pesadilla. Las rocas. Las plantas. Los juncos. Todos los detalles que podía recordar. Miró al cielo. Al suelo. A los bordes del propio lago. Intentó ver más allá del pescador, más allá de su propio terror lo que iba a suceder para poder centrarse en los detalles y ampliar el alcance de lo que podía dibujar. Incluso la forma de las rocas en el agua y las algas que las cubrían podrían darle pistas acerca de la ubicación del lugar.

Una vez que Stella estuvo satisfecha sabiendo que tenía todos los detalles posibles de los alrededores, se concentró en el hombre que pescaba, tratando de ver todo lo que podía sobre él. Su ropa. Su silueta. Su altura. Todo lo que pudo ver de su pelo con el sombrero calado. Sus manos en la caña de pescar. La propia caña. Lo anotó todo, cuanto pudo recordar, y se le daba bien extraer detalles.

El lago fue lo siguiente, y todo lo que pudo descifrar sobre la superficie, la forma, los colores e incluso lo que había bajo la superficie. Lo último fue todo lo relacionado con el asesino. La forma en que se movía. Su estructura corporal. Su fuerza. Su manera de moverse en el agua. Su traje de neopreno. Los guantes. El cinturón que llevaba en la cintura con todo tipo de armas.

Después de escribirlo en su diario, sacó su cuaderno de bocetos y empezó a dibujar cada escena por separado, tal y como la había escrito, cerciorándose de los detalles. No se apresuró, pues quería que todos los datos fueran correctos. Cuando por fin se enderezó, con la espalda un poco dolorida, se sintió satisfecha de haber reproducido lo mejor que sabía la escena del posible asesinato de su pesadilla.

Volvió a la primera entrada de cinco noches antes para comparar los dibujos. El primero tenía pocos detalles porque era el que menos había conseguido, el objetivo de la cámara estaba cerrado, permitiendo ver solo una pequeña parte del horror que estaba teniendo lugar.

Su móvil emitió algunas notas de una canción de *jazz*, sacándola de su intensa contemplación. Sacó el teléfono del bolsillo y lo miró con el ceño fruncido, sintiéndose muy culpable.

—Harlow. Lo siento mucho. Lo sé. Lo sé. Os he dejado plantadas a ti y a Shabina. Me he entretenido con una cosa... —Se interrumpió, sabiendo que Harlow se mostraría amable al respecto. Harlow Frye había crecido en una familia del mundo de la política y estaba acostumbrada a adaptarse a lo que ocurría a su alrededor. Se dejaba llevar por la corriente, por así decirlo, con gracia y elegancia. Nunca se enfadaba por nimiedades, máxime cuando suponía que Stella estaba ocupada arreglando algún problema en el *resort*—. Lo intentaremos en otro momento. Espero ir a la ciudad esta noche. ¿Y si te mando un mensaje de texto para ver si puedes quedar? —sugirió Stella, sabiendo que ambas mujeres tenían que trabajar. Por eso habían planeado quedar para tomar un café por la mañana.

—Hoy tengo el turno de noche. Shabina también —dijo Harlow—. Pero descuida, que quedaremos.

Stella se sintió fatal por haber mentido. Así era como empezaba. Mintiendo a sus amigos. Sospechando de Sam solo porque caminaba como un depredador. ¿Sospechaba de él? En realidad no, pero no podía descartar el hecho de que fuera capaz de asesinar. Pero ¿acaso no lo era todo el mundo? No, ella no lo creía. Todo el mundo no.

Colgó tras disculparse de nuevo y luego envió un mensaje de texto a Zahra, preguntándole si tenía tiempo para comer. Zahra Metcalf trabajaba en el hospital como administradora, por lo que pasaba la mayor parte del tiempo en reuniones, pensando en qué gastar el dinero que conseguían. Stella sabía que las subvenciones eran de vital importancia para el hospital. Las subvenciones, las donaciones y la recaudación de fondos permitían comprar equipos modernos para el hospital y garantizar que hubiera suficientes médicos y enfermeras para la sala de urgencias y el propio hospital. Era pequeño, pero estaba muy bien equipado. Tenía que estarlo. Estaban a una buena distancia de cualquier otra ayuda. Zahra era la administradora que se encargaba de que el dinero fluyera hacia el hospital. Era astuta e increíble a la hora de encontrar subvenciones y conseguirlas para su hospital. Se le daba muy bien idear campañas para recaudar fondos y supervisar su ejecución, consiguiendo la participación de todo el condado.

Harlow también participaba en ellas, aunque había algo entre Zahra y Harlow de lo que ninguna de las dos mujeres hablaba nunca. Siempre se llevaban bien, pero no eran íntimas, lo que no tenía sentido. Harlow había ayudado a Zahra a escapar de un matrimonio concertado en su país. Su madre le había conseguido a Zahra un visado y un buen trabajo y, por último, la ciudadanía. Zahra nunca le contaba sus problemas a Harlow y Harlow nunca le contaba los suyos a Zahra. Stella tenía demasiados secretos propios como para husmear.

Zahra podía quedar con ella para comer, lo que era perfecto. Stella miró su reloj. Tenía tiempo de sobra para dar la vuelta al lago y buscar cualquier lugar que pudiera parecerse a lo que había dibujado. Había recorrido el lago Sunrise en numerosas ocasiones, pero era muy grande y era imposible que recordara cada una de sus partes.

Cuando el manto de nieve se derretía, alimentaba el río y los arroyos que desembocaban en el lago, y por eso estaba tan frío. La carretera principal que rodeaba el lago era estrecha y de dos carriles, estaba asfaltada, pero llena de baches durante todo el año. La nieve y el hielo impedían que el asfalto se mantuviera liso. No importaba lo que se hiciera para protegerla, la carretera se desintegraba, convirtiéndose en su mayor parte en un lodazal.

Stella metió unas cuantas botellas de agua en su 4Runner, abrió la parte trasera para Bailey, esperó a que saltara dentro y luego se dirigió al lado del conductor. Su 4Runner era un vehículo de trabajo, equipado para cualquier tipo de clima. Tenía suficiente dinero para asegurarse de que su todoterreno iba a funcionar sin importar lo que se encontrara.

Llevaba el cuaderno de dibujo consigo, aunque estaba bastante segura de que la escena del asesinato estaba grabada en su cerebro y nunca se borraría. Tomó la carretera principal que rodeaba el lago, pero había unas cuantas docenas de pequeños caminos de tierra que se bifurcaban hasta la orilla y exploró los seis primeros consecutivos que eran los más transitados. Si el pescador acampaba en su centro turístico, quizá se mantuviera cerca del edificio principal, pero si era un lugareño o uno de los habituales que venían a menudo a pescar a los distintos lagos, a saber cuáles eran sus lugares favoritos.

Se desvió por el primer camino de tierra. Estaba lleno de baches y no era muy conocido. Solo los lugareños utilizaban este camino cuando querían pescar allí. Las zarzas crecían sin control, pero podía ver las huellas de los neumáticos en la tierra. Alguien había pasado por allí recientemente, aunque eso no significaba nada. Si sus pesadillas seguían el mismo patrón que en el pasado, disponía de otro día, tal vez dos, antes de que el asesino atacara. Eso no significaba que el asesino no estuviera buscando a su víctima en ese mismo momento.

Detuvo su 4Runner justo en medio del estrecho camino de tierra, abrió el compartimento oculto en medio de los asientos y sacó su Glock. Tenía permiso para llevar un arma oculta, para estar segura, y era muy buena tiradora.

—Muy bien, Bailey, ya estamos todos a bordo —dijo suavemente mientras miraba a su perro por el espejo retrovisor—. ¿Estás listo para esto?

El airedale se puso alerta en cuanto sacó su arma y la cargó. Arrancó el todoterreno y una vez más enfiló el estrecho camino hacia el lago. Había una ligera curva en el camino de tierra y, al doblarla, pudo ver dos vehículos justo al frente: una camioneta de color verde grisáceo oscuro y un sucio todoterreno azul marino. Reconoció ambos vehículos.

Stella no se había dado cuenta de que había estado conteniendo la respiración hasta que soltó el aire. Sentía los pulmones en carne viva y le ardían. Agarró el volante con las manos hasta que los nudillos se le volvieron blancos mientras miraba por el parabrisas a los dos hombres que pescaban. Formaban parte del círculo de amigos con el que salía cuando podía liberarse del trabajo y tener una noche libre.

Bruce Akins, un hombre de barba oscura y ceño perpetuo, que en absoluto concordaba con su personalidad, fue uno de los primeros empresarios con los que hizo un trato. Era el dueño de la cervecería local, que empleaba a la gente del pueblo y trataba de mantener la economía a flote en una ciudad en la que no había mucho trabajo.

Stella se sentó con él y le convenció de que podía dar un giro al *resort* y, al mismo tiempo, ayudar a los negocios locales. Utilizó su cerveza, haciéndola pasar por exclusiva y creando un folleto, y finalmente hizo que realizara una visita VIP a la cervecería, por la que algunos de sus clientes de alto nivel pagaban de forma generosa. Su cerveza era buena, esa era la cuestión. Si no lo fuera, Stella no la habría apoyado.

Muchos de los que iban a escalar, a esquiar o a hacer de mochileros procedían de la zona de Los Ángeles y tenían dinero. Una vez que probaban la cerveza de Bruce, querían tener acceso a ella, y no solo en el resort o en los pueblos de los alrededores. Bruce consiguió que su cerveza se vendiera en algunos clubes privados de Los Ángeles, lo que significaba cobrar un alto precio por ella. Stella se convirtió en una de las personas favoritas de Bruce.

El doctor Denver Dawson y Bruce eran amigos íntimos desde hacía años, al menos desde que Stella vivía en la zona. Denver era un amante de la naturaleza. Cazaba. Pescaba. Era un buen escalador, ya fuera de escalada en bloque, tradicional o deportiva. Decía que no le gustaban los deportes de invierno, pero ella sabía que más de una vez había salido a recuperar cadáveres en la nieve y que había provocado una avalancha cuando era necesario derribar una sección demasiado peligrosa para dejarla colgando. No le asustaba el trabajo duro y colaboraba siempre que se le necesitaba, a menudo en las actividades de recaudación de fondos de Zahra.

Denver era un buen hombre y a ella le gustaba mucho. A casi todo el mundo le gustaba. Cuando cazaba, compartía la carne con la gente que no superaría el invierno sin ayuda. Lo mismo con el pescado. Era muy generoso. Por lo que Stella sabía, aunque Sam parecía ser educado con todo el mundo, Denver era el único con el que tenía amistad, si es que tenía un amigo.

Bruce sentía algo por Zahra. Era menuda y tenía ese acento tan bonito, esos ojos oscuros y esa boca perfecta. A su lado, Bruce parecía un oso. Casi la doblaba en altura. Con todos los demás se mostraba muy seguro de sí mismo, pero con Zahra apenas era capaz de articular una sola palabra coherente. Tenía razones para estar seguro de sí mismo. Medía un metro noventa y ocho, tenía los hombros anchos y se mantenía en buena forma. Su expresión ceñuda le daba un aspecto intimidatorio, pero sus ojos azules y su atractivo rostro atraían a todas las mujeres como si fueran imanes, excepto a la que él quería.

Como Denver debía ser su compinche, se sentaba junto a Stella en casi todos los eventos a los que asistía Bruce. Stella y Denver acababan riéndose bastante viendo la indecisión de sus dos amigos. A Stella le gustaba mucho Denver. No era tranquilo y encantador como otros hombres de su círculo de conocidos, pero se podía contar con él. Era leal a sus amigos. Tenía un gran sentido del humor. Eso era lo que a ella le importaba.

Aparcó su 4Runner y contempló los colores del sol que brillaban en la superficie del lago. La niebla que se abría paso entre los árboles confería al cielo un plateado resplandor que intensificaba los tonos dorados y anaranjados que se prodigaban sobre el agua. Siempre deseó encontrar los colores perfectos para plasmar la imagen en el lienzo. Lo había intentado con varias técnicas, pero nunca había estado cerca siquiera de recrear la naturaleza.

Stella dejó salir a Bailey del todoterreno. Conocía a los dos hombres, pero lo más importante era que sabía comportarse cuando los hombres estaban pescando. Tenía más modales que la mayoría de los turistas que venían al *resort*. De hecho, había intercambiado ideas y consejos prácticos con Roy Fulton, el hombre que trabajaba en su tienda de cebos desde hacía años, y elaborado una lista de normas de cortesía comunes que había dejado en cada cabaña. Le había pedido a Denver que añadiera algunas cuando estuvieron en el bar viendo a Zahra y a Bruce en el mismo plan de siempre.

Los hombres estaban separados por una buena distancia, pero ambos tenían el sedal en el agua. Podía ver por qué les gustaba ese lugar, sobre todo en la mañana. Los árboles crecían casi hasta la orilla, procurándoles intimidad y protección del implacable calor del sol en los días más calurosos. Como no podía ser de otro modo, había rocas de granito, que los años de estar en el agua, con las olas lamiéndolas, habían pulido, dándoles forma de huevo, solo que más redondeado. Las plantas crecían a lo largo de la orilla, los altos juncos que surgían de la superficie se mecían con las olas cuando la ligera brisa jugueteaba sobre el agua.

Aquellos dos hombres eran sus amigos. Eran una parte importante de la vida de su comunidad y sabía que estaban en peligro. No se le había ocurrido pensar que ninguno de sus amigos estuviera en peligro. Cuando se dio cuenta, apenas pudo respirar durante un momento. Se apoyó en la puerta del conductor y miró a los dos hombres mientras pescaban de forma tranquila rodeados por la belleza del lago. Era realmente hermoso con las tonalidades del sol y los reflejos en la superficie del agua. El plateado resplandor de la niebla y el otoñal brillo de las hojas, anaranjadas, rojizas y verdes que decoran los árboles. Los hombres no sospecharían ni por un solo momento que el peligro acechaba bajo la superficie.

Se le nubló la vista. Bailey le apoyó la cabeza en la cadera y ella hundió la mano en su pelaje, estirando la otra para agarrarse a la puerta. ¿Qué demonios le estaba pasando? ¿Un ataque de pánico en toda regla? Hacía años que no le ocurría. Estaba retomando todos esos hábitos de la infancia, como los de ponerse los dedos contra los labios o mecerse, pero darse cuenta de que aquellos dos hombres tan buenos podían estar en peligro era horroroso. Sam también pescaba. La mayoría de los hombres de su círculo pescaban.

—Stella, ven aquí, muchacha. Siéntate. Tienes que respirar. —Denver la rodeó con su brazo y la acompañó hasta una silla de campin.

Inspiró una profunda y temblorosa bocanada mientras se sentaba en la silla y conseguía insuflar aire fresco a sus pulmones, que les costaba funcionar.

—Estoy bien, Denver.

Debía de haber arrojado la caña de pescar y haberse acercado corriendo. Eso sería propio de él, reparar en que alguien tenía problemas. Era el anestesista del hospital. El doctor Denver Dawson, el hombre más bueno del planeta, aunque su tosco aspecto causaba rechazo a mucha gente. Las mujeres, en concreto. Lo había visto docenas de veces. Las mujeres tontas siempre se inclinaban por los hombres encantadores y con pico de oro, por los mujeriegos, y luego lloraban cuando les rompían el corazón.

Denver se acuclilló junto a la silla, acariciando a Bailey de forma automática con una mano en tanto que le tomaba el pulso con la otra. Esa era la otra cosa de Denver. Podía ser todo un profesional, pero siempre tenía en cuenta a los animales que le rodeaban. Podía cazar y pescar, pero se comía lo que mataba.

—No habrás perdido la caña por mi culpa, ¿verdad? —Stella inclinó la cabeza hacia atrás para mirarlo—. Y por casualidad no tendrás café, ¿o sí? Estoy segura de que me he mareado un poco por la falta de cafeína. Necesito inyectármelo en vena ya mismo.

—No iba a perder mi caña de pescar favorita —dijo, poniéndose de pie y alborotándole el pelo como si tuviera cinco años—. Tomas demasiada cafeína y no estoy seguro de que deba contribuir a tu adicción.

—Me pongo de mal humor sin cafeína, Denver. Ni siquiera a Bailey le gusto.

No quería que él pensara demasiado en su ataque de pánico ni que le hiciera preguntas. Él también lo haría. A diferencia de Sam, que no tenía problemas con los silencios largos y rara vez hacía preguntas, Denver se metía en sus asuntos. No parecía ver las barreras que ella ponía, pero tampoco las veía con los demás. Estaba segura de que se encontraba en algún lugar del espectro; un hombre brillante con autismo, casi con toda probabilidad Asperger, aunque no cabía duda de que era extremadamente funcional.

Le dedicó una sonrisa y corrió hacia la camioneta verde grisácea. Stella lo observó, con el ceño fruncido. Su cuerpo era puro músculo, como el de muchos de los hombres que vivían y trabajaban en la zona. Eran escaladores, hombres de campo, mochileros y esquiadores, y se mantenían en forma por necesidad para lo que les gustaba hacer. Denver tenía un cuerpo magnífico. Muy musculoso. Ya lo había notado antes, pero por alguna razón, su forma de moverse hizo que le resultara evidente una vez más. Aun así, ni siquiera su constitución le mantendría a salvo de un asesino que acechara bajo la superficie del lago.

Se pasó la palma de la mano por la cara, tratando de pensar. ¿Podría pedirles a los dos hombres que no fueran a pescar durante unos días porque había tenido una pesadilla? Eso haría que pareciera una lunática. ¿Cómo podía proteger a sus amigos? Su mente se aceleró y se le encogió el estómago. Bailey se apretó contra ella. Su perro siempre sabía cuándo estaba alterada.

Denver regresó con una taza de café y otra silla de campin bajo el brazo.

—Le he robado la silla a Bruce. Ni siquiera estoy seguro de que sepa que estás aquí. Cuando está pescando, creo que podría estallar una bomba y no se enteraría.

Ahuecó las manos alrededor de la caliente taza de café. En la taza había un alce con una amplia cornamenta.

—¡Qué hermosa mañana!

Denver levantó la vista al cielo y luego la dirigió despacio hacia el lago.

—Sí. No hay nada que se le parezca en ningún otro sitio, Stella.

Stella le brindó una sonrisa.

—Eso es exactamente lo que siento. —Echó la cabeza hacia atrás y cerró los ojos un instante—. Denver, han pasado dieciocho meses desde que perdiste a Suzy. ¿Por qué no has buscado otro perro? Siempre has tenido un perro. —El silencio se prolongó tanto que temió haberle ofendido. Abrió los ojos para mirarlo.

Denver contemplaba el lago con una expresión un poco perdida. Esa era otra particularidad en él. Le era imposible leer a Sam, pero Denver era un libro abierto. Si estaba enfadado, lo sabías. Si estaba triste, se le notaba en la cara. No se molestaba en engañarte. Si no le gustabas, lo hacía saber.

Con Denver no había mentiras. No gritaba, no era su estilo, se limitaba a mirar a quien se comportaba como un imbécil con total desprecio y se alejaba o lo dejaba ir con un puñetazo y se marchaba. Tenía cierta reputación, así que la mayoría de los borrachos del bar le dejaban en paz.

—Lo siento, Denver. —Stella le puso la mano en el brazo para consolarlo—. No debería haber preguntado. Bailey y Suzy eran tan buenos amigos... Cuando le dejé salir del coche, casi esperaba verla venir corriendo a saludarnos. Al ver que no lo hacía, me he preguntado por qué no habías conseguido otro perro, pero tendría que haberlo dejado estar.

Denver se encogió de hombros.

—Pienso en ello constantemente. Es que la tenía desde que era una cachorra. Me gustaba. Ahora estoy muy ocupado. No dejo de preguntarme si sería justo tener una cachorra conmigo. Podría llevarla a todas partes, menos al hospital, y si estuviera mucho tiempo allí, se sentiría sola. No me gusta la idea de que se quede sola en un cajón todo el día.

Stella asintió con la cabeza en señal de comprensión. Bailey, el desvergonzado sabueso que buscaba atención, se abrió paso entre las dos sillas, decidido a que ambos humanos le acariciaran y rascaran. Stella se echó a reír.

—Es tremendo y tú no haces más que animarlo. —Denver ya estaba rascándole las orejas y el pecho, dos de los lugares favoritos del airedale.

Denver le sonrió.

—Se merece toda la atención que pueda recibir por aguantarte, Stella. ¿Por qué lo arrastras por el lago, más aún cuando no has tomado tu chute matutino de cafeína?

Stella señaló hacia el lago sin vacilar.

—¿Es que no ves lo que hago? Echa un vistazo, Denver. Intenta pintar eso. Ni siquiera es posible. —Dejó que la frustración tiñese su voz. ¿Quién dijo que no era buena actriz cuando tenía que serlo? Había aprendido a actuar, manteniendo la sonrisa en presencia de los pescadores que tan irrespetuosos se mostraron cuando se hizo cargo de la gestión del *resort*—. A veces observo el lago desde diferentes ángulos para tratar de tener una mejor idea de los colores. Del centelleo. Cambia a cada momento. —Eso era cierto. Sí que recorría el lago, pero más bien porque la belleza de la naturaleza le inspiraba.

Denver la miró durante tanto tiempo en silencio que sintió que se sonrojaba sin ninguna razón, aparte de la mirada de admiración en su rostro.

—Siempre aprendo algo nuevo sobre ti, Stella. No tenía ni idea de que pintaras.

—Mal. No soy una artista, que es la razón por la que no lo cuento —dijo Stella. Tomó otro mesurado sorbo de café. Era un café realmente malo—. ¿Quién ha preparado esto?

Denver rio. Tenía una risa alegre y cálida que invitaba a los demás a reír con él.

—Bruce. Le he dicho que nunca se ofrezca a prepararle café a Zahra. Se ha ofendido mucho.

—Si no estuviera tan desesperado por conseguir un chute de cafeína, lo escupiría, pero no puedo permitirme desperdiciar el regalo de los dioses.

Denver escupió su café en el suelo.

—Estás más loca de lo que pensaba.

Agitó la mano libre al tiempo que agarraba la taza con la otra.

—Por desgracia, es cierto, pero no me importa. ¿Con qué frecuencia venís por aquí?

Denver se encogió de hombros.

—No tan a menudo como nos gustaría. Ahora Bruce está siempre ocupado gracias a ti y a tus maquinaciones. Nuestros días de caza y pesca relajada han terminado.

—No me lo creo, Denver. Eres un adicto al trabajo.

Estudió con atención el trazado de la orilla del lago, memorizándolo. Los sauces llorones. ¿Eran los mismos? ¿Los reconocía? ¿Y las rocas que sobresalían del agua? Su mirada se dirigió a Bruce. Se había adentrado más en el agua, alejándose de la orilla como el pescador de su pesadilla. Pudo ver que llevaba botas de pescador. Los juncos y las plantas parecían iguales, pero, claro, la flora era casi la misma en ese lado del lago.

—Vas a derramar el café, Stella —señaló Denver, con tono suave. Alargó la mano y le quitó la taza—. ¿Por qué miras así a Bruce?

—Estaba imaginando cómo sería ser un pez. —Tuvo que improvisar rápidamente—. Estás nadando tan tranquilo, buscando comida, y de repente un imbécil te lanza un anzuelo y te lo clava en la garganta. Y de pronto estás luchando por tu vida. Si tienes una estupenda familia de peces, nunca la volverás a ver. Bruce parece un tipo bastante agradable, pero bajo toda esa amabilidad se esconde un malvado asesino de peces. Tengo que advertir a Zahra.

Denver la miró como si le hubieran crecido dos cabezas. Stella no podía culparle. No estaba hecha para ser detective. No era tan inteligente. La expresión de su cara hizo que tuviera ganas de reír.

—¿Una estupenda familia de peces? ¿Malvado asesino de peces? ¡Por Dios, Stella! ¡Qué imaginación la tuya!

—No, tengo una imaginación muy vívida —le corrigió—. Por eso no pesco. Ni cazo. Mato alguna araña de vez en cuando, pero suelo practicar el programa de captura y liberación. Las atrapo y las echo fuera.

Denver gimió y dejó caer la cabeza sobre su mano.

—¡Venga ya!

—¡Que sí! Mi gran imaginación me dice que todas sus parientes arañas de la casa se levantarán en un ejército y vendrán a por mí mientras duermo. Desarrollaré alergia en esa sola noche y será una forma horrible de morir, ahogándome en mi propio vómito o algo igual de desagradable y poco femenino.

Denver se echó a reír.

—¿Poco femenino?

—Bueno, sí. Cuando me vaya, al menos quiero tener buen aspecto. No estar toda cubierta de manchas rojas por la alergia. Eso no sería muy digno. Si me encuentras tú, Denver, tengo que estar mínimamente presentable. Vienna siempre me habla de cadáveres que tienen un aspecto horrible cuando los encuentran. Me niego a ser uno de esos. Si un ejército de arañas me atrapa en plena noche y me envenena y me salen horribles manchas a causa de la alergia, al menos sabré que mi cadáver tendrá un aspecto horrible. Bueno, quiero decir que lo tendrá si me atacan y me pican y muero de esa forma.

Le devolvió la taza de café.

—Bebe. Lo que dices no tiene sentido. —Miró al perro—. ¿Siempre es así por la mañana, Bailey?

Stella rodeó la taza de café con las manos, contenta de haber desviado su atención de nuevo. Bebió otro buen trago del amargo brebaje.

—¿De verdad a Bruce le gusta este café, Denver? Zahra es una fanática del café, como yo. Creo que le daría un síncope si bebiera esto, aunque me parece que lo de estos dos no va a pasar nunca.

La risa se desvaneció del rostro de Denver, dejándolo con ese exterior tosco que desanima a la mayoría de la gente. Tenía marcas de viruela en la curtida piel del lado izquierdo, no muy evidentes, pero ahí estaban. De cerca pudo ver una extraña cicatriz encima de las marcas, como si su mejilla y su mandíbula se hubieran arrastrado por el pavimento.

—¿Por qué dices eso, Stella?

—Bruce es muy tímido con Zahra y no se atreve a invitarla a salir. Ella se crio en un pueblo muy pequeño de Azerbaiyán. Lleva mucho tiempo aquí y tiene la ciudadanía, pero vivió allí durante su niñez. Nuestra infancia nos moldea y lo sabes, Denver. No va a atreverse a invitar a Bruce a salir de buenas a primeras. Tal vez coquetee con él, sobre todo si bebe un poco, pero no irá más allá de eso. Puede que ahora sea estadounidense, pero nunca será esa mujer atrevida que pide salir primero. Bruce no va a tomar la iniciativa como ella necesita. Por desgracia, están en un punto muerto.

Denver estiró las piernas al frente recuperando la sonrisa.

—Por eso bebe tanto. He de decirte que estaba un poco preocupado y la vigilaba porque temía que fuera alcohólica. Incluso le advertí de ello a Bruce en una ocasión, lo cual no le sentó nada bien.

Su sonrisa se convirtió en una mueca. Tenía los ojos castaños muy claros, casi más ambarinos que castaños. Su pelo era muy grueso y de color castaño claro con vetas rubias debido a todo el tiempo que pasaba al sol. Cuando le dedicó aquella sonrisa, sus ojos adquirieron el color de un *whisky* tostado.

—Tal vez deberíamos encerrarlos a los dos en una de tus pequeñas cabañas durante un fin de semana y ver qué pasa —aventuró.

Stella se echó a reír, pero una pequeña parte de ella consideró la idea.

—Ojalá pudiéramos salirnos con la nuestra.

—¿A ella le gusta de verdad? —preguntó Denver, con un tono repentinamente serio.

—Le gusta mucho. —Stella adoptó su mismo tono.

CAPÍTULO 3

Bruce se acercó a Denver y a Stella y les miró con el ceño fruncido, con una mano en la cabeza de Bailey mientras proyectaba una gigantesca sombra sobre ellos.

—Estás sentado en mi silla, Denver, y le has dado a Stella mi taza de café favorita.

Stella lo miró con atención. Las botas de pescar eran del mismo color oliva que las de su pesadilla. Se dijo que no significaba nada. Muchos de los pescadores llevaban las mismas botas. Solo que el hombre de su pesadilla llevaba un peto vaquero metido dentro de las botas. Denver llevaba las botas, pero no el peto vaquero, lo que no significaba que no tuviera uno. Ninguno de los dos llevaba sombrero, pero era lo bastante temprano, de modo que el sol no apretaba todavía.

—Estoy bromeando, Stella —dijo Bruce—. No pongas esa cara.

—Estaba a punto de decirle que fuera a por otra silla a su camioneta. Tiene diez ahí —dijo Denver—. En serio, no podría importarle menos.

¿Se la veía alterada de nuevo? Sus pesadillas la habían desconcertado. Se había prometido a sí misma que se controlaría. Estos eran sus amigos. Si iba a salvarlos, tenía que hacerlo mejor. Mucho mejor.

—Lo siento, estaba pensando en arañas y en familias de peces. —Agitó una mano con desdén—. No preguntes, Bruce. Denver ya piensa que estoy loca. ¿Picaron los peces esta mañana?

Denver se levantó y Bruce se sentó de inmediato en la silla que había dejado libre. Denver le mostró el dedo corazón, pero se dirigió a la camioneta de Bruce y sacó otra silla.

—En realidad no —respondió Bruce—. Aunque me daba igual si pescaba algo esta mañana o no. Solo quería venir aquí y relajarme. A veces, el ritmo es frenético y mi cerebro no puede soportar el caos después de un tiempo. Necesito resetear.

A Stella le pareció interesante que pensara del mismo modo que ella. Cada mañana el amanecer la «reseteaba».

—Todos lo necesitamos de vez en cuando, ¿no?

Bruce asintió y miró a su alrededor.

—¿Has venido sola?

Stella mantuvo una expresión seria. Denver colocó su silla frente a ellos y la miró con una pequeña sonrisa con la que decía que sabía exactamente qué buscaba Bruce.

—¿Quién creías que se escondía en su todoterreno, Bruce? —preguntó Denver.

Bruce le fulminó con la mirada.

—Eres un auténtico incordio, Denver.

Stella se levantó de la silla.

—Voy a observar el agua y a intentar averiguar los colores y lo que estoy haciendo mal cuando mezclo mis pinturas. Llevo mucho tiempo intentando dar con los colores adecuados y parece que no lo consigo cuando pinto el lago. Podéis discutir sin mí. —Su arte era su mejor tapadera, la mejor excusa que tenía para examinar las rocas y la vegetación con tanto cuidado.

Se apresuró a bajar al borde del agua, rastreando con esmero la orilla. Quería verlo desde todas las direcciones, tal y como había hecho el objetivo de la cámara en sus sueños cada noche. Había obtenido múltiples imágenes del lago, de las rocas y los árboles. Si ese era el lugar exacto del próximo asesinato, debería ser capaz de identificarlo. Lo dudaba. Sería demasiada suerte que fuera el primer lugar aislado que examinara. Era un rincón apartado, desconocido por los forasteros, y solo unos pocos lugareños acudían a él, lo que lo convertía en el lugar perfecto para el asesinato.

Se alegraba mucho de haberle dicho a Denver que pintaba, aunque solo unas pocas de sus amigas sabían que lo hacía y se sentía mucho más cómoda de esa forma. Habérselo dicho le proporcionaba una buena excusa para estar estudiando la orilla y los árboles desde todos los ángulos. Podía memorizar todos los detalles. Su cerebro catalogaba las imágenes por ella. A veces eso era bueno, pero no siempre. Había cosas de su pasado que preferiría olvidar.

Apartó todos los pensamientos y empezó a examinar de forma pausada cada sección de la zona de pesca. Era lógico que un pescador llegara en coche, aparcara como lo habían hecho Denver y Bruce y caminara hasta el área que ambos habían elegido para pescar. No irían mucho más lejos. Eso significaba que podía centrar su investigación en el lugar donde habían estado pescando. Decidió inspeccionar primero donde había estado Bruce. Era el que más se había adentrado en el lago y había estado entre las rocas, los juncos y las plantas.

Stella se dirigió a la zona donde Bruce había estado pescando. Bordeó las numerosas rocas que había en la orilla y bajó hasta la orilla del agua, donde podía mirar hacia las que sobresalían de la superficie. Se dijo que debía respirar con calma. Despacio. Era extraña la inquietud que sentía, aunque se aseguraba a sí misma que era imposible que ese lugar fuera el mismo que el del asesinato de su pesadilla. Sin embargo, había algo en ella que lo sabía. Lo sentía.

Las rocas tenían exactamente la misma forma que las que había dibujado de su pesadilla. Cuanto más las estudiaba desde cada ángulo, más se le aceleraba el corazón. Analizó los juncos y las plantas que surgían del agua, el modo en que crecían alrededor de las rocas con forma de huevo; algunos lo hacían inclinados; otros erguidos. Había zonas densas y otras en las que el agua lamía las rocas de granito. Era como un *déjà vu*.

Bruce no. Denver no. ¿Por qué alguien querría matar a ninguno de ellos? Ambos hombres eran muy apreciados, pero Bruce tenía que dejar de despedir a trabajadores de vez en cuando. En cuanto a Denver, tenía algunos enemigos. A veces se metía en peleas de bar. Pero Bruce también. Sam también lo hacía, no tanto, pero era conocido por propinar algún que otro puñetazo de vez en cuando. ¿Sam pescaba allí? No tenía ni idea. ¿Cuántos lugareños más pescaban allí?

Tal vez debería acampar ahí. ¿Cuántos días faltaban para que tuviera lugar el asesinato? ¿Uno? Dos como máximo. Podría hacerlo. Acampar ahí mismo. Nadie podría usar el lugar como lugar de pesca. El asesino no podría matar tal y como pretendía hacer. ¿Qué le llevaría a hacer eso? ¿Se daría cuenta de que ella estaba tras él? Eso sería imposible.

—¿Stella? —Bruce gritó su nombre—. ¿Tienes hambre? Tengo comida.

Se irguió despacio de su posición en cuclillas.

—He quedado con Zahra para comer y será mejor que me vaya, pero gracias por el ofrecimiento. —Al ver que su rostro se ensombrecía, se apiadó de él—. Unos cuantos vamos a ir a bailar esta noche al Grill. Denver y tú sois bienvenidos a uniros a nosotros.

Bruce asintió de inmediato.

—Allí estaremos.

—Tengo que comprobar mi agenda —dijo Denver.

—Allí estaremos —repitió Bruce con decisión.

Denver se rio y siguió a Stella hasta su 4Runner. La observó mientras abría la parte trasera para que Bailey pudiera subir.

—Puede ser muy dominante cuando Zahra no está. Creo que iría al hospital a reprogramar cualquier operación solo para que pudiera acompañarte un rato a un bar y así poder mirar a su chica toda la noche. —Fingió que susurraba, ya que Bruce los había seguido.

Bruce le fulminó con la mirada.

—No hay nada de malo en eso.

—No puede ser tu chica si no la has reclamado —señaló Denver—. Mirar a otros hombres con expresión ceñuda para mantenerlos alejados de ella no cuenta.

—Puede que no cuente a tus ojos, pero funciona —señaló Bruce con arrogancia.

—No funcionará eternamente —dijo Stella mientras se sentaba al volante—. Será mejor que decidas pronto lo que vas a hacer, Bruce. —Arrancó el vehículo y empezó a dar marcha atrás para poder dar la vuelta.

—Espera, ¿qué? —dijo Bruce alzando la voz—. ¿Intentas decirme algo?

Stella saludó por el espejo retrovisor, ignorando a Bruce, que gritaba con sus musculosos brazos en jarra. Era un hombre adulto. Si no era capaz de dilucidarlo con todas las pistas que le habían dado Zahra, Denver y Stella, no se merecía a Zahra. Stella tenía la sensación de que Zahra ya se había dado por vencida y estaba tratando de seguir adelante, al menos en su cabeza, y no la culpaba.

El reloj biológico de una mujer contaba si quería tener hijos. Los óvulos tenían fecha de caducidad. Lo sabía porque lo había investigado y se había resignado a una vida sin hijos. No quería eso para Zahra, pues sabía que su amiga deseaba con ganas formar una familia. Ya no tenían veinte años. Pasaban de los treinta.

El *resort* quedaba a bastante distancia de la ciudad y tuvo mucho tiempo para pensar en lo que iba a hacer para impedir el asesinato del pescador mientras se dirigía hacia allí. La única solución que se le ocurría era acampar en el lugar durante varios días. Solo podía esperar que las pesadillas siguieran la misma línea temporal que con los anteriores asesinos en serie con los que había soñado. Eso le daría dos días antes de que él atacara.

Si el asesino no tenía acceso al terreno que había escogido para matar, tal vez se sintiera desconcertado y tuviera que empezar a planificar de nuevo. Así tendría tiempo para estudiar todo lo que había escrito y dibujado sin ser presa del terror. Cuanto más tranquila estuviera, más lógica y racional se mostraría en la caza del asesino.

Zahra ya estaba esperando en su lugar favorito para almorzar, en la mesa del fondo de la pequeña cafetería en que los lugareños sabían que se servían los mejores desayunos y almuerzos de la ciudad. La mayoría de las veces se trataba de una *delicatessen* en la que la gente compraba sándwiches para llevar, pero había algunas mesas y reservados situados al fondo de la cafetería. El suelo era de baldosas blancas y negras. Las mesas de madera estaban cubiertas por manteles de papel a cuadros blancos y negros para poder quitarlos y colocar los siguientes con facilidad.

La cafetería Sunrise era propiedad de su amiga Shabina Foster y lo dirigía ella misma. Shabina medía un metro y sesenta y tres y tenía una espesa melena negra que le llegaba a la cintura si se lo dejaba suelto. La mayoría de las veces se hacía una trenza y se lo enrollaba en forma de ocho en lo alto de la cabeza. Tenía una piel preciosa y unos poco comunes ojos de color azul pavo real enmarcados por unas negras pestañas. Shabina era muy modesta a pesar de su impresionante belleza. La empresa de su padre se había convertido en la primera compañía a la que se recurría cuando se incendiaban pozos de petróleo en todo el mundo. Así fue como su madre le conoció en Arabia Saudí.

Shabina rara vez hablaba de sus padres ni de cómo tuvo lugar su unión. Shabina les dijo en una ocasión que su nombre significaba «ojo de la tormenta» en árabe. Su madre le había dicho que su nombre era muy apropiado. Shabina insinuó que eso tenía que ver con su historia familiar. Stella sabía que su madre no regresó jamás a Arabia Saudí ni sus abuelos visitaron nunca Estados Unidos. Ninguna de las tías, tíos o primos de Shabina la conocían. Parecía que todos tenían secretos y no pasaba nada. Quizá eso era lo que les permitía ser amigos.

Stella saludó con la mano a Shabina, sabiendo que estaba demasiado ocupada en ese momento para hablar, pero que se acercaría al reservado más tarde, cuando ya el ajetreo hubiera pasado. Se apresuró a ir al fondo y se deslizó en el asiento opuesto al de Zahra.

—Has salido pronto.

Zahra asintió mientras miraba con atención a Stella con sus ojos oscuros.

—Disponía de algo de tiempo libre y mi agenda no era tan importante como para no poder hacer ajustes. Pensé que estaría bien pasar más tiempo juntas.

Aquello no era nada propio de Zahra. Ella trabajaba. Se ceñía a su calendario y tachaba las citas a medida que iban teniendo lugar. Parecía inocente, pero eso era la mitad del encanto de Zahra. Podía parecer inocente aunque te estuviera robando el coche. Cuando iban juntas al gimnasio y compartían entrenador personal, Zahra era capaz de convencerle de que la librara de hacer los ejercicios más duros, aunque Zahra podía hacerlos sin problema. En cambio, Stella creía que se estaba muriendo y el entrenador se limitaba a obligarla a hacer más. No tenía ese bonito acento ni la adorable e inocente sonrisa de Zahra.

—¿Qué te pasa? —preguntó Stella.

—Necesitaba un rato solo de chicas.

Stella la miró con desconfianza. Había un plato de calabacines fritos, una de las especialidades de Shabina. No era un calabacín frito cualquiera. Tenía un sabor ligero, como si no estuviera frito y no pudiera meter ni una sola caloría en tu cuerpo. Shabina podía inducirte a pensar cosas así con su comida.

—Perfecto. Yo también. Me voy de acampada y necesito a alguien que se venga conmigo. —Stella se lanzó. Zahra era una chica de lujo de cinco estrellas. Ya había pasado suficiente hambre y penurias para toda la vida mientras crecía, pero sí que se colgaba la mochila y escalaba cuando Stella le retorcía el brazo.

Zahra entrecerró sus oscuros ojos castaños.

—¿Qué significa eso? ¿Acampar en una de tus cabañas o en una tienda de campaña? ¿A qué te refieres exactamente? Porque ahora hace frío por la noche, ¿o no te habías dado cuenta?

—Tiendas de campaña junto al lago. Ya tengo el lugar perfecto elegido.

Zahra se tendió sobre el tablero de la mesa de forma dramática y ocultó la cara entre los brazos mientras gruñía.

—No estás bien de la cabeza, Stella. Ya nadie quiere acampar en tienda de campaña. Tienes una casa preciosa. Cabañas. Podemos ir a cualquier parte. ¿Tiendas de campaña junto al lago? —Levantó la cabeza y clavó los ojos en ella—. Confiesa que te estás vengando por aquella vez que se suponía que iba a hacer contigo el sendero de John Muir y pensé que estaba enferma y me eché atrás.

Stella puso los ojos en blanco.

—Nadie creía que fueras a recorrer el camino conmigo, Zahra. No lo creí ni por un solo segundo. Sí que creía que podrías alcanzar la cima del Whitney porque siempre hablas de eso, pero no que fueras a hacer la ruta realmente, menos aún cuando me iba fuera durante un mes. Y no estabas enferma.

—Podría haberlo hecho —afirmó Zahra, echando sal a los *chips* de calabacín, sin molestarse en negar que no estaba enferma.

Stella le quitó el salero.

—No solo podrías haberlo hecho, sino que lo habrías hecho mucho mejor que yo. Lo que pasa es que no te gusta molestarte.

—Me gustan las duchas. Y los baños —señaló Zahra—. No tiene nada de malo. A la gente en su sano juicio le gustan esas cosas.

Stella se rio y luego miró a la joven camarera mientras les ponía dos platos delante.

—He pedido por ti —explicó Zahra—. Siempre pides lo mismo. Tardas quince minutos en mirar la carta y luego pides exactamente lo mismo. Es molesto.

—Hum, cariño. Esa eres tú. Tú eres la que hace eso. Yo nunca miro la carta.

Zahra puso los ojos en blanco y luego se rio.

—Vale, reconozco que es verdad. Me gusta mirarla porque todo tiene muy buena pinta. Es lo mismo que comprar ropa. Entras y quieres entrar y salir de la tienda al instante. A mí me gusta mirar durante horas. No tengo por qué comprar nada, pero me gusta mirar. Shabina es como yo. Harlow también, aunque a ella le gusta comprar. Su madre es encargada de compras, así que lo entiendo. Raine se parece más a ti. Se limita a seguir el programa, investiga de antemano. Por cierto, ha vuelto.

El trabajo de Raine se denominaba algo así como «programador». Trabajaba más o menos para el Gobierno, si es que podía llamarse así. Raine no. Raine pertenecía a ese primer círculo de amigos íntimos con secretos, lo que significaba que no le preguntaban demasiado y ella no contaba nada de forma voluntaria. Trabajaba sobre todo para la base de entrenamiento de los marines que estaba a unas cinco horas en coche de allí. Raine era muy inteligente. Lista y astuta. Sam la había calado enseguida, y eso decía mucho, ya que Raine tendía a quedarse callada y a observar. En el pasado, cuando estaba en el ejército, había programado misiles, pero ya no pertenecía a él y ahora programaba en un código que pocos entendían o conocían. Al menos eso era lo que Stella creía que hacía. ¿Quién lo sabía en realidad?

—A Raine le gusta acampar —dijo Zahra, girando el tenedor para enrollar unos fideos caseros—. Seguro que vendría con nosotras.

Por eso Zahra sería siempre su mejor amiga. Tal vez no le gustara acampar en tienda de campaña con el frío, pero lo haría. Stella le sonrió.

—¿Crees que querrá venir cuando acaba de regresar de un viaje?

—¿A una escapada de chicas? —Zahra mostró esa sonrisita misteriosa que tan sexi les resultaba a los hombres—. Por supuesto que querrá venir. Nosotras también nos divertimos. También podemos preguntarle a Shabina. La avisamos con poco tiempo, pero puede que consiga que alguien la sustituya. Ahora tiene un buen equipo.

—Harlow tiene que trabajar esta noche. Quería que vinieran a bailar al Grill con nosotros. Me he perdido el café con ellas esta mañana.

Zahra se encogió de hombros y luego cerró los ojos al tiempo que gemía mientras comía un bocado de su pasta.

—Te juro que me casaría con Shabina si me fuera eso. Nadie cocina como ella.

Stella no tenía más remedio que estar de acuerdo con ella. Shabina tenía una carta reducida, con unos pocos especiales del día, pero cada uno era perfecto.

—Vienna puede salir. Les enviaré un mensaje a Harlow y a Vienna para ver si pueden quedar esta noche. Puedo preparar tiendas para ellas. Si no, tal vez mañana. Quería acampar tres días.

Esperaba que tres días fueran suficientes. Si la línea temporal era igual que las otras dos veces que había tenido pesadillas anunciando asesinos en serie en su vida, el asesino tendría intención de matar en los dos días siguientes. Tendría un sueño durante cinco noches seguidas y dos días después se encontraría el cadáver. Así funcionaba. En ese caso, esperaba interrumpir al asesino con su acampada de chicas; con suerte, serían suficientes acampando como para disuadir a cualquiera que buscara un lugar de pesca tranquilo.

—No estaremos lejos del *resort*, así que durante el día puedes pasar por el *spa* mientras yo estoy trabajando si hay una emergencia o algo.

Stella sintió el impacto instantáneo de la mirada de Zahra. La mujer veía demasiado. Se conocían desde hacía mucho. Cuando Stella se iba de acampada, dejaba el trabajo. Guardaba su teléfono. No quería que nadie hablara siquiera de trabajo.

—Me encanta tu *spa* —dijo Zahra—. Pero voy a llevarme las cartas del tarot a fin de que cada una de vosotras pueda encontrar su guía interior para empoderaros. La lectura os ayudará a encontrar la sabiduría y la guía para conectar con vuestro verdadero yo.

Stella siguió comiendo, negándose a mirar a su amiga, que estaba muy seria. No hablaba de las otras mujeres de su círculo, sino de Stella. Sabía que algo le preocupaba y su forma de ayudarla era hacerle una lectura y dejar que resolviera el problema con sus propios guías. ¿Quién sabía? Tal vez eso ayudaría. En este punto, aceptaría cualquier cosa que pudiera conseguir.

—Vas a traer las cartas del tarot y Vienna va a querer jugar al póker y llevarse todo nuestro dinero. —Stella le dirigió a Zahra una mirada cargada de emoción, mostrando de forma breve su afecto, pero cambiando de tema.

—Pues sí. Creo que hace trampas en las cartas, pero nunca la pillo —declaró Zahra.

Stella se echó a reír.

—Vienna nunca haría trampas en las cartas, pero es una tahúr. Y muy buena. Va a Las Vegas y juega en algunas de las partidas de póker con grandes apuestas. También gana. Nuestra dulce enfermera quirúrgica tiene dientes. Parece una supermodelo y nadie la toma en serio y eso es un grandísimo error.

Zahra levantó la vista. Sus cejas oscuras se juntaron de esa manera tan adorable con la que los hombres solían caer rendidos a sus pies, aunque ella nunca se daba cuenta. Stella y los demás siempre lo hacían y se reían para sus adentros porque parecía muy despistada.

—¿Tahúr? No he oído este término y llevo muchos años en este país, Stella. Juego a las cartas.

—Eres malísima a las cartas —señaló Stella, pensando que decir que era malísima era generoso. Zahra solo jugaba porque todos los demás querían jugar y ella se prestaba a hacer lo que los demás decidían hacer. Como acampar junto al lago cuando bajaba la temperatura porque sabía que Stella iba a hacerlo, estuviera o no sola. Así era Zahra, leal hasta la muerte.

—No soy malísima —se defendió Zahra y luego soltó una carcajada—. De acuerdo, tal vez lo sea, pero es que el póker es muy aburrido. La mitad del tiempo no tengo ni idea de lo que pasa. —Comió más pasta y profirió más gemidos—. Y te doy una paliza si estamos jugando a Durak.

—Es cierto, porque te gusta ese juego y prestas atención. De lo contrario, parloteas. Sin parar. Creo que esperas distraernos y no funciona.

Zahra abrió como platos sus ojos del color del chocolate negro.

—No parloteo mientras juego a las cartas. —No solo lo parecía, sino que también sonaba indignada. Shabina se deslizó en el asiento del banco junto a Zahra.

—Sí que lo haces, *ya mamma.* —Siempre llamaba a Zahra «mamita», un término afectuoso de Arabia Saudí con el que la madre de Shabina la llamaba—. Pero a todos nos encanta. Nos cuentas historias muy divertidas.

Stella se echó a reír al ver la expresión en la cara de Zahra. Zahra no se consideraba divertida. Se metía en problemas sin parar, pero se las arreglaba para salir de ellos tan rápido como se metía.

—Esta noche vamos a ir a beber y a bailar al Grill y después acamparemos junto al lago durante tres noches. Tengo tiempo para montar las tiendas de campaña para nosotras —ofreció Stella a modo de soborno—. Sé que es poco tiempo, pero de verdad que necesito salir. No está tan lejos del *resort.* —Para aquellos que vivían en la ciudad y tenían que vigilar sus negocios durante el día seguían estando lejos.

—Me apunto al Grill —dijo Shabina de buena gana—. Dadme una hora para ver si puedo organizar la acampada. Si Vaughn puede cubrirme, allí estaré. Me vendría bien un poco de tiempo libre. Y puedo ayudar a montar las tiendas. Saldré dentro de otro par de horas.

Zahra volvió a gemir mientras tomaba otro bocado. Eso le valió un par de miradas muy interesadas de los dos hombres de la mesa de enfrente, que ella pasó por alto por completo. Stella y Shabina intercambiaron miradas cómplices. Estaban acostumbrados a Zahra y a que atrajera a los hombres. No podía evitarlo. Coqueteaba de forma descarada y no parecía darse cuenta de que lo estaba haciendo.

El otro imán masculino de su grupo era Vienna. Iba por la calle y podía provocar un atasco. La diferencia era que ella sí era consciente, pero no le importaba. Era extremadamente inteligente y muy independiente, como todas las mujeres del círculo de amigos. Hacía mucho ejercicio, las mismas actividades al aire libre que el resto de ellas y todas juraban que, al igual que Zahra, ni siquiera sudaba.

—¡Por Dios, Zahra! Si sigues haciendo ese ruido, te van a detener por exhibicionismo o algo así —le advirtió Stella.

Zahra se echó a reír.

—No puedo evitarlo. Esta pasta está de muerte.

A Shabina se le iluminó el rostro y le brillaban los ojos.

—Eso es lo más bonito que podrías haberme dicho. Un cliente exigió que le devolvieran el dinero después de comerse todo el almuerzo, alegando que le había sentado mal y que era la peor comida que había probado.

—Tienes que estar bromeando. —Zahra estaba indignada—. Espero que no le hayas devuelto el dinero, Shabina. Solo buscaba una comida gratis. Menudo imbécil. ¿Llamaste a la policía?

—En realidad no causó alboroto y se marchó cuando se lo pedí. Sin embargo, parece que llamó a la policía para quejarse de mí. —Un leve rubor afloró bajo la hermosa piel morena que había heredado de su madre.

Stella se recostó en el asiento del reservado y la miró con atención.

—Por casualidad no se presentaría cierto detective con un agente de policía para investigar la denuncia, ¿verdad? Me pregunto por qué será.

—Un detective investiga todo tipo de delitos, incluyendo el intento deliberado de envenenar a los clientes, que por lo visto es lo que intenté hacer —puntualizó Shabina, con la barbilla bien alzada y sus abundantes pestañas negras entornadas sobre sus ojos azules.

—¿De verdad te acusó de intentar envenenarlo? —inquirió Stella al tiempo que se desvanecía su sonrisa.

Shabina asintió.

—Al parecer, el señor Watson, que es como se llamaba el cliente, está seguro de que soy de Irán, de Irak o de Afganistán y que me han infiltrado aquí para obtener información, con toda seguridad sobre el centro de entrenamiento de los marines que está justo al fondo de nuestra calle.

—¿Justo al fondo de la calle? —repitió Zahra—. ¿Quieres decir a cinco horas de distancia? ¿A ese centro de entrenamiento te refieres?

—Aguarda —dijo Stella, frunciendo el ceño y levantando la vista para mirar a Shabina a los ojos—. ¿Sean Watson? ¿Que trabaja para el Departamento de Pesca y Fauna Silvestre? Eso no tiene ningún sentido. ¿Siempre te ha dado problemas, Shabina? Debes de haberte cruzado con él antes de esto. Todos le conocemos.

Shabina se encogió de hombros.

—Me invitó a salir hace un tiempo, pero había algo en su forma de hacerlo que no me gustó. Es atractivo. Incluso el tipo de hombre que me gusta. Lo pensé, pero no me gustó cómo me miraba, o tal vez fuera la forma en que me lo pidió. No puedo decir exactamente por qué dije que no. Ni siquiera fue un no rotundo. Solo dije que en ese momento no podía y que tendría que dejarlo para otra ocasión.

—¿Qué hizo? —preguntó Zahra, abriendo de forma desmesurada sus ojos castaños oscuros a causa de la preocupación.

—Me miró de arriba abajo como si yo fuera muy inferior a él. Puso cara de asco, como si de verdad estuviera asqueado. Dio media vuelta y se marchó. Después de eso, venía a mi cafetería una vez a la semana y se quejaba de la comida. Normalmente devolvía la comida a la cocina al menos dos veces. Procuré asegurarme de que podía escabullirme por la puerta trasera si lo veía venir. Si yo no estaba, comía y se iba. —Shabina vaciló—. Hace unos seis meses empezaron a pasar algunas cosillas. No muy a menudo, una vez al mes más o menos. Alguien cogió un bote de spray y escribió por toda la fachada de la cafetería que volviera a mi país, fuera el que fuese. Yo nací aquí. Mi madre ni siquiera es completamente saudí. En cualquier caso, lo denuncié a la policía y esa misma mañana cubrimos las pintadas y pintamos.

—No habías dicho nada —repuso Stella.

—Lo sé. —Shabina exhaló un suspiró—. Es que me dejó muy mal sabor de boca. Los otros incidentes fueron similares. En su mayoría vandalismo. Últimamente he instalado más cámaras de seguridad, tanto dentro como fuera de la cafetería. Le pedí a Lawyer que me ayudara. Me instaló las cámaras y configuró las aplicaciones en mi teléfono, iPad y ordenador para que me avisaran si alguien se acercaba al local.

Zahra siguió frunciendo el ceño, mirando a Shabina con esa misma preocupación.

—¿Por qué no contactaste con la empresa de seguridad de Bale?

—Es amigo de Sean Watson —respondió Stella por Shabina—. Recuerda que Bale salió con Harlow durante un corto período de tiempo hace unos seis meses. Ella rompió bruscamente, pero nunca nos ha dicho por qué. Solo tuvieron un par de citas. Tal vez deberíamos preguntarle a ella.

—No deja de invitarla a salir —ofreció Shabina—. Le he visto mandarle mensajes. Harlow los ignora casi siempre, pero a veces escribe una respuesta muy corta. Una vez le pregunté por qué no lo bloqueaba si la estaba acribillando a mensajes y ella se encogió de hombros y dijo que no quería cabrearle.

Stella se sentó y observó el rostro de Shabina. Era una mujer hermosa. Harlow también lo era. No se parecían en nada a nivel físico. Harlow era una llama ardiente. Pelo rojo, intensos ojos de color jade. Pecas en la nariz y en los pómulos, que realzaban su belleza. Era alta, de piernas largas, y podía moverse con rapidez cuando quería, aunque parecía ser siempre elegante, incluso con tacones de aguja; gracias a que era la hija de un senador y había tenido que asistir a interminables recaudaciones de fondos, les dijo riendo.

—Les he enviado un mensaje a Harlow y a Vienna para ver si pueden unirse a nosotras cuando salgan de trabajar esta noche —dijo Stella—. Me encantaría que pudiéramos reunirnos todas. Ahora ya casi no lo hacemos.

—¿Sabes? Si vamos al Grill esta noche, es imposible que podamos ir a acampar —señaló Zahra—. Beberemos, y ¿cómo vamos a llegar allí?

Stella exhaló un suspiro.

—Yo seré la conductora sobria.

—No puedes ser la conductora sobria —dijeron Shabina y Zahra al unísono y luego se echaron a reír.

Stella enarcó una ceja.

—¿Por qué no?

—Eres divertidísima cuando bebes y casi nunca lo haces —señaló Zahra—. No nos lo queremos perder.

—Bueno, voy a acampar esta noche.

—Envía un mensaje a Sam para ver si puede ser nuestro conductor sobrio —sugirió Zahra con una pequeña sonrisa pícara—. O a Denver. Cualquiera de los dos te haría el favor.

—Mira que eres graciosa —replicó Stella, consciente de que el calor aumentaba y que el rubor se abría paso desde la parte inferior de su cuerpo hacia su cara—. Eres un demonio. Solo vamos al Grill porque quieres ver a Bruce.

—Vamos porque preparan los mejores Moscow Mules —la corrigió Zahra—. Y porque me gusta bailar.

Shabina se rio.

—Y porque te gusta contemplar a Bruce y todos sus músculos.

Zahra puso los ojos en blanco y se encogió de hombros.

—Es muy alto, así que caben muchos músculos, pero no habla.

—Según mi experiencia, eso puede ser algo bueno —dijo Shabina—. Cuanto menos se hable, más acción. ¿No quieres acción, Zahra?

Zahra suspiró.

—Por algo tiene que empezar; por ejemplo, invitándome a salir. Le cuesta sacarme a bailar. Creo que lo estamos pasando muy bien y de repente se va y volvemos al principio. Mientras él esté cerca, nadie más me invitará a salir porque los fulmina con la mirada.

—No es lo único que hace —dijo Shabina—. Le oí amenazar a un mamarracho con que te dejara en paz o se lo llevaría fuera, y lo decía en serio.

Zahra se incorporó.

—¿De verdad? No puede hacer eso. ¿Alguien iba a sacarme a bailar?

Stella le dio con el pie por debajo de la mesa.

—Recuerdo aquella noche. El tipo no te dejaba en paz a pesar de las veces que le dijiste que te dejara tranquila. Siguió intentando que bailaras con él. Bruce te lo quitó de encima y tuvo una pequeña charla con él. No le volvimos a ver en la pista de baile.

Zahra pareció aplacarse.

—Bueno, supongo que entonces está bien. —Levantó la vista cuando otra mujer se les unió, haciéndose un hueco a empujones en el lado de Stella—. Raine. Nos has encontrado.

—¿Dónde más podríais estar? La mejor comida. El mejor café. Tiene sentido. —Raine le dio un codazo a Stella—. ¿Acampada esta noche? ¿Después del Grill?

Raine era menuda, rubia y con el cabello veteado por el sol, que solía llevar suelto. Prestaba poca atención a su aspecto, lo que significaba que no necesitaba hacerlo. Sus grandes ojos azul pizarra enmarcados en pestañas y cejas doradas eran la pesadilla de su vida, al menos siempre decía eso. Stella pensaba que tenía unos ojos preciosos.

Todo en Raine era un poco salvaje, como si fuera indomable. Era una persona muy independiente, que por mucho que temiera algo, o tal vez justo por eso, trabajaba en ello hasta que era capaz de hacerlo. Le encantaba escalar y se pasaba horas resolviendo problemas en la roca. La escalada tradicional era su némesis. Le daban miedo las alturas y no se fiaba de nadie al otro extremo de la cuerda. Sin embargo, estaba decidida a escalar. Se lanzaba en parapente aunque eso le daba miedo y había terminado encantándole.

Raine había recorrido sola el sendero de John Muir, había pasado varias semanas en la naturaleza y coronado el monte Whitney varias veces. También había subido al monte Shasta y luego había ido a Europa y había recorrido sola los Alpes. Había ido a Islandia y había subido a un volcán inactivo, había visitado cuevas de hielo en Rumanía y hecho senderismo por el interior del país. Otro tanto había hecho en Tailandia.

—Pareces cansada, Raine. No tienes por qué venir a acampar con nosotras esta noche —dijo Stella—. Estamos cerca del *resort*. Podrías quedarte en una de las cabañas y dormir bien y luego unirte a nosotras mañana por la noche. Pensábamos acampar tres noches.

Stella se sintió culpable por no haber confiado en sus amigas, pero ¿qué podía decir en realidad? No había ningún asesinato. No había ningún cadáver. No había ninguna explicación que pudiera darles sin poner su mundo patas arriba. Nada tenía sentido para ella en ese momento. Tenía que ser alguien de fuera, no alguien que viviera y trabajara en la ciudad.

Había mucha gente con trabajos temporales. Se presionó las sienes con los dedos. La gente iba y venía. Si bien en el *resort* contrataba al mismo personal, no todos se quedaban todo el año. Aun así, le costaba imaginar que alguna de las personas que conocía (ni siquiera las que no le gustaban demasiado) fuera un asesino en serie. Pero un forastero no tendría conocimiento de un rincón de pesca solo utilizado por unos cuantos lugareños.

—¿Estás bien, Stella? —preguntó Raine.

—Sí, pensaba en lo que nos estaba contando Shabina. Sé que Zahra se ha topado con prejuicios de vez en cuando a causa de su procedencia, pero siempre han sido de gente de fuera. Empiezan a preguntar por su acento y luego se ponen raros con ella. No se me ocurrió pensar que alguien se portara así con Shabina.

—Déjame adivinar —dijo Raine—. Uno de los cuatro. Bale Landry, Sean Watson, Jason Briggs o Edward Fenton. Es uno o son todos ellos. Compañeros de universidad. Muy superiores a las mujeres. Estaban metidos en una fraternidad que hacía listas de estudiantes femeninas, en especial de las que parecían ser de grupos étnicos diferentes. Los de la fraternidad debían acostarse con todas las mujeres que pudieran, fuera como fuese. Fingían que les gustaban, salían con ellas o se limitaban a emborracharlas en una fiesta. Si la mujer era virgen, obtenían más puntos.

—Es repugnante —espetó Stella—. ¿Había toda una fraternidad de estudiantes varones en una universidad que se dedicaba a herir emocionalmente así a las estudiantes? Es vil, despreciable y tan repugnante que me revuelve el estómago.

—Para ellos era un juego. Tenían un sistema de puntos —explicó Raine—. Si te diera todos los detalles, se te revolvería el estómago. Me gustaría decir que fue algo propio de la universidad, pero en lo que a mí respecta, cuando estás en la universidad, ya eres responsable de tus actos. Tu código moral se desarrolla y es evidente que, cuando se trata de mujeres, ninguno de los cuatro lo tiene. Estoy bastante segura de que engañarán a sus esposas si se casan. Me horrorizó que Harlow saliera con Bale.

—¿Se lo contaste a ella?

—Le mostré las pruebas. No suelo hacer ese tipo de cosas, pero no iba a dejar que una de mis amigas más íntimas cayera en una trampa como esa. Se enfadó mucho cuando Harlow pasó de él.

—¿Saben que tuviste algo que ver con que ella los descubriera? —preguntó Shabina.

—Harlow no le dijo que sabía lo de su estúpido juego, ni siquiera que existía un vínculo entre los cuatro. Se limitó a poner fin a sus citas. Harlow nunca ha tenido relaciones aquí, así que no le costó creer que podía acobardarse y huir —dijo Raine.

—Sean invitó a salir a Shabina hace tiempo —intervino Zahra—. Le rechazó y él se ha portado fatal desde entonces. Hoy ha llamado a la policía y la ha acusado de intentar envenenarlo. Adivina quién se presentó a comprobar la denuncia.

—No vamos a volver a hablar de esto —dijo Shabina—. Voy a por el postre. ¿Raine? ¿Tú has pedido?

—No tenía hambre, pero he pedido un café. Me encantaría el postre, la especialidad que hayas preparado.

Shabina se levantó e hizo todo lo posible por fulminar a Zahra con la mirada.

—No te atrevas a hablar de mí mientras no estoy o te quedas sin postre. Resulta que es tu favorito.

Zahra mostró su sonrisa pícara, la que le permitía salirse con la suya en casi todo. Shabina se alejó a toda prisa, mirando varias veces por encima del hombro e intentando parecer severa.

Raine se echó a reír.

—Supongo que ha venido Craig Hollister, y técnicamente estamos hablando de él, no de Shabina.

A Zahra se le iluminaron los ojos.

—Es cierto. Sí, Craig ha venido, pero Shabina no se ha explayado mucho más. Por casualidad no habrás investigado los antecedentes de Craig, ¿verdad, Raine?

Raine parecía indignada.

—Bueno, aún no he investigado sus antecedentes porque a él le gusta Shabina, pero no estoy del todo segura de que ella esté tan interesada en él. Para que fisgoneara, tendría que ser una persona mucho más interesante.

Zahra sacudió la cabeza.

—Sam. Pensaba que te resultaría muy intrigante, Raine.

A Stella se le cortó la respiración. No quería que Sam fuera el centro de atención. No sabía por qué, pero no quería que de repente Raine apuntara sus habilidades informáticas hacia él. Se quedó callada. Sam era un solitario. Sabía cazar. Pescar. Escalar. Sabía usar el equipo de buceo. No era un experto en ninguna de esas cosas, pero no tenía por qué serlo.

Raine hizo una mueca.

—Sam es aburrido. Ni siquiera habla, Zahra. Es peor que Bruce.

—Nadie es peor que Bruce —declaró Zahra—. Sam no baila con nadie más que con Stella y eso es romántico.

Raine se rio.

—O es que Stella tolera que le pise los pies.

Sam nunca la había pisado. Ni una sola vez. No podía imaginarse que llegara a ocurrir tal cosa. Era demasiado consciente de dónde tenía los pies en todo momento y no estaba del todo segura de que Raine dijera la verdad. Raine se fijaba en todo lo relacionado con todo el mundo. Sam sería interesante para ella solo porque era un solitario y era muy callado, así que ¿por qué no lo admitía?

CAPÍTULO 4

Harlow y Vienna pudieron conducir hasta el lugar y montar sus tiendas mientras Raine, Zahra, además de Stella, aseguraban el campamento. Stella quería dejar claro a cualquier pescador que el lugar estaba invadido por campistas. Acercaron la mesa de pícnic a la hoguera y sacaron tumbonas para colocarlas alrededor de la fogata, que abastecieron de leña en la preparación para la noche o la mañana.

Stella sabía que muy poca gente bajaba por ese camino de tierra tan irregular, ni siquiera para pescar, así que no le preocupaba que hurgaran en sus tiendas de campaña mientras no estaban. Pero si ese lugar era tan remoto que solo Denver y Bruce pescaban allí de forma regular, ¿era uno de ellos el objetivo?

Su mochila y su saco de dormir estaban en su todoterreno, junto con su nevera, cuando aparcó frente al Grill, donde había quedado con Zahra, Raine y Shabina. Vienna y Harlow le prometieron que se reunirían con ellas por la mañana cuando terminaran el turno en el hospital. La música que sonaba con fuerza reverberaba en el edificio como siempre, invitando a todos a levantarse de sus sillas y a ponerse a bailar.

Zahra agitó las manos como una loca y estuvo a punto de caerse de la silla. Había conseguido hacerse con la mesa redonda más grande y próxima a la barra, justo a la derecha de donde el grupo tocaba. Era su lugar favorito para sentarse porque cabían casi todos y los demás podían sentarse en la barra o incluso en el saliente que rodeaba las plantas detrás de la mesa. Bruce y Denver se sentaron en la barra frente a la mesa. Sam también estaba en la barra, pero en su taburete habitual de la esquina. Raine y

Shabina ya estaban en la mesa con Zahra, así que Stella saludó con la mano y luego se acercó a Sam.

—Hola.

Se sentó a medias en el taburete al lado del de Sam. Él siempre desprendía calor. No sabía si se debía a que su cuerpo era más musculoso de lo que aparentaba o si, sencillamente, era caluroso por naturaleza. Cuando se acercaba a él, parecía elevar su temperatura corporal varios grados.

Sus ojos oscuros la recorrieron de esa manera particular, como si viera todo sobre ella, cosas que nadie más veía.

—Stella.

—Queríamos ir a acampar esta noche. Ya tenemos el lugar y las tiendas están montadas. Me preocupa que bebamos demasiado y no lleguemos. —Apoyó el codo en la barra y la barbilla en la mano y le miró. Nunca había visto a Sam beber demasiado. Nunca se tomaba más de una cerveza, dos como mucho en un día caluroso. Era un hombre de agua y casi siempre bebía eso, a no ser café por la mañana. Incluso lo tomaba con moderación.

—¿Piensas beber esta noche?

—Quería, pero no tengo por qué hacerlo, Sam; no si es una molestia.

—¿Dónde está el campamento?

Se lo dijo mientras observaba su rostro con atención. Debería haber sabido que no serviría de mucho. La cara de Sam no revelaba casi nada.

—Satine, eso no es un campamento. Es un lugar de pesca. Denver me lo enseñó hace un año. Allí no va nadie.

—Exactamente. Es un lugar precioso cuando sale el sol. Tiene una mesa de pícnic y una hoguera y estaremos solas, sin que nadie nos moleste.

Estiró la mano.

—¿Las cuatro? ¿Dónde están las otras dos?

Stella dejó caer las llaves de su vehículo en la palma de su mano.

—Trabajando. Se reunirán con nosotras allí por la mañana. Gracias, Sam.

—No hay problema.

Se bajó del taburete y luego se detuvo y se volvió, aunque no sabía por qué. No debería haberlo hecho.

—¿Vas a bailar conmigo esta noche?

Sam deslizó de nuevo su oscura mirada sobre ella. Esta vez podría jurar que había un matiz posesivo en sus ojos, pero podía deberse a un efecto de la luz. Un escalofrío le recorrió la espalda, como si todas las terminaciones nerviosas se despertaran de repente y se pusieran en alerta. Se le aceleró el corazón y consiguió contenerse para no llevarse la mano al pecho.

Nunca le había sacado a bailar. Nunca. Sam ya la había acusado de actuar de forma rara. Aquello era del todo impropio de ella. No estaba segura de por qué quería ver su reacción. No había protestado por lo del campamento, salvo por un comentario, y ahora la miraba con la misma expresión en su rostro, salvo que... diferente.

—¿Acaso no bailo siempre contigo?

Así era. Un baile. No era eso lo que le pedía, ¿verdad? No lo sabía. Stella asintió, sintiéndose confusa de repente. Alterada otra vez por las pesadillas. Por estar tan segura de que un asesino en serie se estuviera acercando de manera sigilosa a sus amigos, incluido Sam. Por sus sentimientos, que de repente eran confusos.

Sam alargó la mano para deslizar la palma por su cabello con suavidad. Con suma delicadeza. Apenas perceptible, pero Stella lo sintió como si una espada de un calor puro le atravesara el cráneo y se precipitara por todo su cuerpo, más ardiente cuanto más descendía aquella bola de acuciante necesidad. Por fin se asentó, candente y perversa, un hervidero de hambre y pasión en sus entrañas, que hacía que su sexo se estremeciera de deseo por él. Se rozó el labio con la punta de la lengua y dio un paso atrás, sorprendida por su reacción hacia Sam. ¿Qué demonios? No había bebido nada, así que nadie le había echado nada en la bebida. Simplemente había reaccionado así a su tacto.

Stella esperaba que él no pudiera leer su mente, como a veces sospechaba que podía hacer, porque en ese preciso instante era una amalgama de puro caos y de lujuria. Se dio la vuelta y fue a toda prisa a la mesa donde sus amigos ya le llevaban ventaja, pues sus bebidas les esperaban ya, junto a patatas fritas y salsa en la mesa. Su copa también le estaba esperando. Bruce y Denver se giraron en sus asientos para unirse a la conversación.

La bebida escogida por Stella, al igual que las demás mujeres, fue un cóctel Moscow Mule. Las patatas fritas eran caseras, al igual que la salsa. Eso era parte del encanto del Grill. El grupo solía ser bueno, al menos para bailar. Estaban tan alejados de los lugares más frecuentados, que no había grupos increíbles que compitieran por ir a tocar allí, pero sí contaban con otros decentes. Había varios músicos buenos en la ciudad que tocaban juntos y los lugareños, incluida Stella, disfrutaban bailando al son de su música.

—Harlow hizo una cerámica preciosa —decía Raine mientras Stella tomaba asiento a su lado—. Fuimos a casa de Judy y de Tom antes de que emprendiera mi último viaje y nos enseñó a hacer jarrones. Harlow tiene una enorme paciencia para los detalles. Cada una de sus piezas es realmente hermosa.

Stella sabía que era verdad. Harlow podía vender su trabajo sin problema y a veces lo hacía en la tienda de Tom y de Judy en la ciudad. Raine prefería piezas más pequeñas y clásicas, pequeños cuencos o tazas que quería perfeccionar y que utilizaba en su casa o regalaba a sus amigos. Nunca se planteó vender sus piezas, pero a veces le gustaba regalarlas.

Le gustaban mucho los animales y, cuando creaba la taza perfecta de café o de sopa para un amigo, procuraba incluir a su perro o su gato en la pieza de cerámica. Por desgracia, era muy exigente y dura consigo misma, por lo que a menudo empezaba una pieza varias veces antes de estar lo bastante satisfecha como para entregarla.

—¿Qué ha hecho esta vez? —preguntó Shabina.

—Jarrones vidriados, pero eran impresionantes, y todos representaban varios lugares alrededor del lago mientras salía el sol. Ya sabes lo buena que es con la cámara. Lleva unos cuantos años coleccionando fotos del amanecer en distintos lugares del lago y eligió las que quería poner en la cerámica —dijo Raine. Su voz estaba llena de admiración.

—Espero que eso la acerque a su sueño —murmuró Zahra.

—¿Su sueño? —repitió Raine—. Harlow nunca habla de nada en particular que quiera hacer. Aunque tiene ese hermoso estudio de fotografía y vende preciosas fotos de vez en cuando en las galerías de arte. —Empujó la copa de Stella hacia ella—. Vas atrasada. Tienes que ponerte a la par.

Zahra se encogió de hombros y bebió otro trago de su cóctel mientras movía la cabeza al ritmo de la música.

—¿Qué sé yo? —Se levantó de la silla y rodeó la mesa, haciendo lo impensable al colocarse frente a Bruce—. Baila conmigo.

El corpulento hombre casi se cayó de su taburete para complacerla. Su gran mano se tragó por completo la de Zahra mientras la conducía hacia el cuadrado delante del grupo, repleto ya de cuerpos. Lawyer Collins, un hombre nacido y criado en Knightly que arreglaba ordenadores portátiles y vendía teléfonos móviles y portátiles en su tienda, se acercó de inmediato y reclamó a Raine. Denver se deslizó de su taburete, sus ojos de color ámbar buscaron los de Stella, pero Sam se le adelantó y la agarró de la muñeca, la hizo levantar con suavidad de su asiento y la condujo a la pista de baile con una mano posada en la parte baja de su espalda. Miró por encima del hombro para ver a Carl Montgomery reclamando a Shabina mientras Denver ocupaba el taburete, con una sonrisa irónica en el rostro.

Sam la atrajo hacia sí, colocándola de espaldas a él, mientras la música marcaba el ritmo. Ese hombre sabía bailar. Parecía tener ritmo y saber moverse. Además impedía que otros tropezaran con ella, por muy borrachos que estuvieran. Había llegado tarde y los que estaban bebiendo ya empezaban a notar los efectos, perdiendo las inhibiciones.

Tenía el cuerpo de Sam tan cerca del suyo que podía sentir su calor. Siempre desprendía mucho calor. No hacía alarde de una gran cantidad de energía, así que ¿por qué su temperatura corporal era tan alta? La rodeó con un brazo justo debajo de sus pechos y la apretó contra su cuerpo. Había bailado con ella un sinfín de veces, pero nunca había hecho nada parecido. Al hacerlo pudo sentir cada línea dura de su cuerpo. Al instante fue consciente de que él era un hombre y ella una mujer. Esa dinámica había ido surgiendo entre ellos durante mucho tiempo, un vínculo cómodo y fácil que parecía natural y fuerte.

Stella no dejaba entrar a mucha gente en su mundo, no en el real. Sam había conseguido acceder a él. Siempre cumplía su palabra. Siempre. Podía confiar en él. Cuando decía que iba a hacer algo, siempre lo hacía. Cuando las cosas iban mal y un huésped se descontrolaba, aparecía de repente a su lado como un compañero silencioso, cuyo aspecto resultaba tan intimidante que los problemas desaparecían. No sabía cuándo empezó a considerarle alguien importante en su mundo. Importante para ella como mujer. Pero lo era. No había forma de ignorarlo.

Hacia el final de la noche, Stella se sentó en un taburete al lado de Denver, como solía hacer cuando Bruce y Zahra bailaban. Sabía que estaba un poco achispada, pero claro, también parecía estarlo Denver. Eso no era nada habitual en Denver.

—¿Estás bien, Den?

—Recibí noticias de mi familia hace una semana más o menos y todavía lo estoy asimilando —admitió.

Denver nunca contaba nada de su familia. Él hablaba en voz baja, así que Stella tuvo que arrimarse.

—Aquí me tienes si quieres hablar.

Habían hablado de muchas cosas. A Denver le costaba menos que a ella compartir las cosas. A menudo se sentía culpable por ello. Se encerraba en sí misma por una buena razón y eso no iba a cambiar. Levantó la vista un instante y vio a Sam en su rincón habitual, bebiendo agua. Esperando para llevarla a ella y a sus amigas al campamento. Si quería atrapar a un asesino, quizá podría contarle algunas cosas a Sam. Tenía que confiar en alguien.

Denver exhaló un suspiro.

—Mi viejo y su hermano, mi tío Vern, se pelearon y se dispararon el uno al otro. Una estupidez, pero inevitable. —Sacudió la cabeza, exponiendo los hechos como si no le afectaran, cuando Stella podía ver que no era así. Le temblaban las manos mientras rodeaba con ellas su copa. Normalmente bebía cerveza. En ese momento bebía un licor potente—. Se mataron el uno al otro. Ambos se desangraron antes de que alguien pudiera llegar a ellos. Mi madre murió mientras yo estaba en el ejército, así que heredé toda la maldita propiedad. Todo. Los abogados se pusieron en contacto conmigo y me lo hicieron saber, así es como me enteré de que ambos estaban muertos.

Stella no sabía qué decir a eso.

—¿No mantenías una relación estrecha con ninguno?

—¡Joder, no! Me alisté para alejarme de ellos y pagarme la carrera de Medicina. Estaba decidido a ser anestesista. Siempre quise serlo.

—Eras oficial, ¿verdad? Tendrías que serlo si fueras médico en el ejército en cualquier rama. —Stella bebió un sorbo de su copa y miró a Denver con compasión.

—Sí, era la única manera de llegar a algún sitio. Mi familia tiene dinero, pero no me iba a ayudar a conseguir una educación ni a ninguna otra cosa. No creas que porque la gente tiene dinero sus familias no están jodidas, Stella.

Nunca antes había percibido la más mínima amargura en la voz de Denver. Recorrió su rostro con la mirada. Tenía el mismo aspecto de siempre, pero se apreciaba cierto dolor en sus ojos. Stella asintió.

—Lo entiendo, tal vez más de lo que tú crees que soy capaz. —Eso era lo máximo que iba a decir de su propio pasado. Procedía de una familia adinerada y su drama había aparecido en la prensa de todo el país. Por si fuera poco, después lo habían presentado en uno de esos tontos dramas de episodios televisivos, tampoco de forma fidedigna. Desde luego, sabía que crecer en una familia acaudalada no garantizaba una infancia desahogada—. Bueno, lo hiciste bien tú solo, Denver, y eso dice alto y claro que eres una persona muy fuerte. Eso es lo que siempre pienso. Yo estoy orgullosa de quien soy. Espero que tú lo estés. Todos tus amigos, incluida yo, te admiramos. Si tu familia no te aprecia, que se jodan.

Denver le brindó una sonrisa.

—Típico de ti, Stella. Eres leal a tus amigos. A mí ya no me queda ninguna familia exactamente. —Hizo un gesto, abarcando el bar—. Supongo que es esto. Decidí convertir esto en mi hogar la primera vez que vine aquí. Era el único lugar que me daba verdadera paz.

Stella lo entendía.

—Parece que has heredado mucho dinero. Podrías ir a cualquier parte.

Denver se encogió de hombros.

—Vivo de forma sencilla y eso me gusta. Gano mucho dinero por mi cuenta. Ya pensaré qué hacer con el dinero que he heredado. Podríamos emplearlo aquí para el hospital y tal vez podría crear una fundación. Hablaré con Zahra y con Vienna. Zahra sabe lo que necesita el hospital, y Vienna sabe lo que necesitamos para Búsqueda y Rescate.

—Espera un poco, Denver. Aunque lo hayas pasado mal con tu familia, la pérdida aún te puede afectar en el momento más inesperado. Lo sé por experiencia. No estábamos muy unidas, pero aun así fue una pérdida cuando murió mi madre. Tienes que permitirte hacer el duelo y asimilarlo.

—Supongo que sí. —No parecía muy convencido. Acagó su bebida y levantó su vaso. El camarero se acercó a rellenarlo—. ¿Qué pasa entre tú y Sam?

Stella frunció el ceño.

—No sé muy bien qué quieres decir. Es nuestro conductor sobrio esta noche.

—Nunca baila contigo más de un baile. Dos como mucho. Y no te toquetea por todas partes.

Su ceño se hizo más pronunciado.

—No recuerdo que me haya toqueteado por todas partes. —Sacó su teléfono móvil—.

¿Tú me has toqueteado por todas partes mientras estábamos bailando?

Vio que Sam sacaba su teléfono y miraba la pantalla. Su expresión no cambió en ningún momento, ni siquiera mientras le enviaba mensajes de texto.

—Sí que lo ha hecho. Bueno, bailaba más pegado a ti que antes. Tienes que tener cuidado con él, Stella.

Cuando te ponga las manos encima, lo recordarás y no será en público, Satine.

Un pequeño escalofrío le recorrió la espalda. Miró la pantalla dos veces. Sí. Había utilizado la palabra «cuando». Era una locura, pero el mero hecho de leer su mensaje de texto hizo que su cuerpo tomara conciencia de él. Hizo que cobrara vida. Demasiados cócteles, sin duda. Tenía que dejar de beber. Tomó otro sorbo; hacía tanto tiempo que tenía frío, se sentía sola y frígida, que el palpitar de la sangre entre sus piernas resultaba excitante. Sam la había despertado lentamente. Si se hubiera abalanzado sobre ella con demasiada rapidez, habría huido despavorida, pero había conseguido eludir su cautela y se había abierto camino dentro de ella.

—Pensé que eras amigo de Sam. —Se arrimó más hacia Denver, con la cara vuelta hacia él, pues temía que Sam pudiera leer los labios. Siempre había pensado que podía hacerlo..., bueno, después de los primeros encuentros con él. O eso o era vidente como ella, solo que de una manera diferente.

Denver levantó la vista para mirar a Sam un instante y luego la fijó de nuevo en ella, con expresión de preocupación.

—No digo que no me caiga bien. Me cae bien. Lo que pasa es que no se puede ser amigo de un fantasma y eso es lo que él es, Stella.

—Hum, no, es de carne y hueso, Denver. Está sentado ahí mismo y se deja la piel en el *resort*. Está en Búsqueda y Rescate contigo y nunca se escaquea. Tú mismo me lo dijiste.

—En el ejército, los hombres como él a veces son necesarios y se les llama cuando todo lo demás falla. A veces los veíamos como sombras, cazando como lobos, pero solos, siempre en silencio. La mayoría de las veces no los veías, sino que percibías su presencia. Te despejaban el camino cuando estabas arrinconado. O te sacaban de una mala situación.

—¿Y eso no es algo bueno?

Denver vaciló.

—En las circunstancias adecuadas, sí. Pero los fantasmas también tenían otras funciones fuera del ámbito militar, Stella. Normalmente no duran mucho. Mueren jóvenes. Se supone que no duran mucho porque se les entrena para una cosa. Se les hacen pruebas psicológicas, y cuando se demuestra que son aptos para lo que el Gobierno está buscando, se les entrena para tareas específicas.

—Lo que dices es que se agotan tan rápido como el Gobierno puede utilizarlos.

Denver asintió.

—A menudo, si se liberan, se les persigue y se les mata porque se considera que son un riesgo demasiado grande para andar sueltos.

—¿De verdad crees que Sam es uno de esos fantasmas?

Procuró no mirar a Sam. Este le había pedido que le pagaran en negro. ¿Qué pasaría si le dijera que quería que fuera legal? ¿Se iría? Podría pedirle a Raine que lo investigara, pero entonces ella sabría que sospechaba de él y le exigiría una razón, y no quería eso. ¿Qué podía decirle?

Denver suspiró y se pasó una mano por el pelo.

—Sí, creo que podría serlo. Es demasiado bueno en todo. Demasiado callado. Demasiado vigilante. Ni siquiera sé cómo explicarlo.

—¿Qué pasa con su documentación, Denver?

—Estos tipos tienen un millón de documentos de identidad. Los tienen escondidos por todas partes junto con dinero. Pueden desaparecer en cuestión de minutos. Si es un fantasma, tendrá contactos que puedan llevarle a cualquier lugar al que quiera ir.

—Tal vez solo quiere que lo dejen en paz como al resto. Nos mudamos aquí porque este lugar representa la paz para nosotros, Denver. Tú mismo lo has dicho. Todos merecemos la oportunidad de vivir nuestras vidas como queremos vivirlas. Aquí tienes una familia. Tu lugar está con nosotros. Lo mismo que el de Sam. —Señaló a sus amigos en el bar. Reían a carcajadas, todos juntos y felices en su círculo en la pista de baile—. Esos somos nosotros. Resolveremos las cosas juntos, ¿verdad? Siempre lo hemos hecho. Siento mucho que tu pasado familiar te haya atrapado y se haya puesto feo. Te juro que sé lo que es eso. No desearía eso para ti, pero ha ocurrido. Apóyate en nosotros. Nosotros siempre hemos podido contar contigo. Deja que te cuidemos. ¿Has hablado con Bruce de esto?

La rodeó con el brazo.

—Bonita, los chicos no hacemos esas cosas. No necesitamos ponernos emocionales el uno con el otro. Es de mala educación.

Stella se rio.

—Los hombres son idiotas. ¿Ni siquiera puedes contarle a Bruce que eres el último de tu familia? ¿Tenías primos? ¿Hermanos? ¿Tal vez hermanastros? Siempre deseé tenerlos.

—No que yo sepa. —Se frotó el puente de la nariz—. Todo es posible, pero según los abogados, nadie se ha presentado de forma repentina para decir que es pariente y que debería recibir una parte del pastel. Es un gran pastel. Millones. Cientos de millones.

Stella se apartó, sorprendida, mirándole a los ojos.

—¿Cientos de millones? —De repente, la conversación informal ya no lo era tanto. ¿Cuándo habían empezado los sueños exactamente? ¿La fecha? Denver pescaba en ese lugar. Cazaba. Escalaba. Estaba en el equipo de Búsqueda y Rescate. ¿Y si él era el verdadero objetivo porque tenía dinero? Detestaba que esos pensamientos se le metieran en la cabeza al instante, pero el dinero era una gran motivación. Enorme. ¿Y cientos de millones?—. Denver, tienes que tener cuidado con esa cantidad de dinero. Haz testamento y redondéalo con un fideicomiso o algo así. Podrías ser muy vulnerable.

Bebió otro trago de su cóctel, esta vez casi lo engulló. Tenía sentido. Un forastero podría incluso pagar a alguien para que le diera información con el fin de atacar a Denver. ¿Un primo? Incluso un primo lejano. El abogado que le leyó el testamento sabía dónde estaba Denver. La cabeza le daba vueltas. No podía pensar con claridad.

—Bonita, no te preocupes tanto. Nadie sabe lo del dinero. Nadie sabe dónde estoy, Stella. Te juro que estoy a salvo. —Denver le asió la barbilla y le giró la cara hacia la suya. Le dio un beso en la comisura de la boca y otro en la barbilla. —Stella deseó sentir algo. Cualquier cosa. No había fuego. Denver se apartó y le sonrió, deslizando el pulgar por su cara como si pudiera borrar su expresión—. Tienes que parar o te van a salir arrugas por culpa de la preocupación.

Sintió que Sam le deslizaba la mano por debajo del cabello y ahuecaba la palma sobre su nuca. Supo que era él sin necesidad de volverse. Él se apoyó contra su espalda y el masaje de sus dedos deshizo la tensión, generando pequeñas descargas danzarinas en su piel. Estaba claro que había bebido demasiado. Tenía que guardar silencio o acabaría soltando algo terrible, como por ejemplo que podría ser el hombre más sexi del mundo.

—¿Por qué le van a salir a Stella arrugas por culpa de la preocupación, Denver? —preguntó Sam.

Sam se arrimó más y Stella sintió que su aliento agitaba algunos mechones de su pelo. Tuvo que contener la respiración para saborear ese momento. Si respiraba demasiado hondo, arrastraría su olor hasta sus pulmones, y no se atrevía a hacerlo. Su voz. Esa voz grave, llena de matices, que le rozaba la piel y luego penetraba hasta lo más profundo de sus huesos.

—Está preocupada por mí —respondió Denver, con la voz alta y un poco arrastrada. Se giró ligeramente en el taburete y frunció el ceño—. ¡Vaya por Dios! Ese cabrón de Bale Landry y sus asquerosos amigotes han venido esta noche y no me gusta la forma en que Sean está mirando a Shabina. No les he visto entrar, ¿y tú, Sam?

Stella trató de apartarse de la barra en el acto, pero Sam no se lo permitió. No tuvo problema para inmovilizarla con su cuerpo mientras su mano descansaba aún en su nuca de manera despreocupada, aunque no cabía duda de que la estaba sujetando.

—No te precipites, cielo. Tenemos que ver lo que están haciendo antes de empezar una guerra con ellos.

Denver se levantó, se tambaleó y recuperó el equilibrio.

—Siempre se comportan de forma desagradable con Zahra y Shabina. Sobre todo con Shabina. Bruce está con Zahra y nadie quiere meterse con ella cuando está él.

Eso era verdad. Bruce era demasiado grande, una montaña de músculos en su mayoría. Todos los lugareños sabían que estaba enamorado de Zahra y que si le decías algo, podías vértelas con su poderoso puño. Stella podía ver a Bruce bailando en el centro, rodeado por Shabina, Zahra y Raine. No se habían dado cuenta de que Bale, Sean, Edward y Jason se encaminaban con paso arrogante hacia la barra. Los cuatro hombres pidieron cerveza y enseguida se giraron para observar a los que bailaban.

—¿Por qué crees que siguen acosando a Shabina y a Zahra? —preguntó Stella—. Creo que Bale intimida a Harlow y eso no es nada fácil, pero nunca han ido a por mí. Me pregunto por qué.

Sam intercambió una mirada con Denver por encima de la cabeza de Stella. Denver suspiró y le frotó el brazo.

—Bonita, nadie va a ir a por ti si piensa que va a tener que enfrentarse a nosotros dos. Y tendrían que hacerlo.

Stella inclinó la cabeza hacia atrás para mirar a Denver y luego a Sam. Estaba claro que había bebido demasiado. Inclinar la cabeza hacia atrás fue un gran error. La habitación empezó a darle vueltas. Estiró el brazo para buscar algo sólido a lo que sujetarse al mismo tiempo que agarraba su bebida. Se la habían rellenado de forma misteriosa. Como por arte de magia, encontró el brazo de Sam. Tenía un brazo estupendo. Duro y musculoso. Acarició sus músculos.

—Tengo que ir allí, Sam. Alguien tiene que ser la voz de la razón.

—Estás un poco borracha ahora mismo, Stella —dijo Sam. Él sí parecía la voz de la razón y eso la molestaba. Se suponía que ella tenía que ser la voz de la razón. Ella no se emborrachaba. A veces se achispaba, como en esos momentos, cuando estaba bastante segura de que su grupo la necesitaba para ahuyentar a los malos que lo rondaban. Había un montón de mujeres con las que bailar, pero no, Bale y sus desesperados fracasados tenían que empezar a criticar a sus amigas. Era muy molesto.

Sam le rodeó la cintura con el brazo.

—Mujer.

—Hombre. —Le miró fijamente—. Me necesitan.

—Sam y yo podemos ocuparnos. Tú siéntate aquí y compórtate. —Denver se puso inesperadamente del lado de Sam. Stella le fulminó con la mirada también a él. Debería haber sabido que el muy traidor cambiaría de bando. Solo porque Sam tenía esa expresión implacable en la cara—. Bonita —Denver se echó a reír y levantó ambas manos en señal de rendición—, estás lanzando rayos por los ojos. Me vas a freír. La única razón por la que no nos prohibieron la entrada al Grill la última vez que hubo un altercado entre tu pandilla de chicas y Bale y sus chicos, fue que Alek está un poco prendado de ti. Salvaste su bar con tu plan de negocio e hiciste del Grill lo que es hoy, así que eres su niña bonita.

Stella había salvado el restaurante, con su idea de ofrecer música por la noche y comida que fuera más que la típica comida de bar. Shabina había ayudado con el menú. No había estado sola en la planificación. Sus amigas se habían sentado con ella a pensar en los diferentes platos que les gustaban comer en los bares cuando estaban bailando. Stella quería un lugar al que los que alquilaban sus cabañas quisieran acudir por las noches.

Raine diseñó un folleto y una presentación en PowerPoint para que Stella se lo enseñara a Alek. Había funcionado y él había accedido a probar con la comida y con el baile durante un mes para ver si podía atraer a los lugareños junto con la clientela de su *resort* que ella le prometía. Los resultados habían sido sorprendentes y desde entonces el Grill era tan popular que Alek tuvo que contratar personal permanente además de a sus trabajadores temporales en plena temporada turística.

Sam se inclinó para acercar la boca a su oído lo bastante como para que pudiera escucharle a pesar de la alta y vibrante música.

—No te muevas, Stella. Bale y sus amigos son peligrosos cuando beben, sobre todo cuando se encaran con mujeres.

Denver asintió con la cabeza.

—Ninguna mujer puede quedar por encima de ellos, porque si no tienen la necesidad de vengarse de ella de forma muy pública. Ya has tenido un enfrentamiento con ellos, no te conviene otro.

Observó a los dos hombres dirigirse a la pista de baile. Denver parecía estar sobrio. No se tambaleaba en absoluto mientras caminaba junto a Sam. Sam parecía... un depredador. Para ella, él siempre destacaría, sin importar dónde estuviera. No tenía sentido que fuera un fantasma como había insinuado Denver. Su mirada se veía atraída por él, por la seguridad con la que se movía, como un gato montés acechando a su presa.

Stella no entendía a los hombres como Bale ni a sus amigos. Tenían negocios prósperos, o que al menos salían adelante en la pequeña ciudad. Tenían un trabajo cuando muchos se veían obligados a tener tres empleos. ¿Por qué se creían tan superiores a las mujeres, sobre todo todo a una mujer como Shabina o Zahra? Ambas mujeres trabajaban duro. ¿Su único delito había sido rechazar una cita de uno de esos hombres? ¿Estaba Bale realmente acosando a Harlow? ¿A la hija de un senador? ¿Se atrevía a hacerlo?

Stella no apartó la mirada de Denver y de Sam mientras se encaminaban con aire despreocupado hacia la barra, cerca de la pista de baile, y se colocaron justo al lado de Bale y de sus amigos. Se sintió satisfecha al notar que las sonrisas burlonas se desvanecieron cuando los dos hombres aparecieron, aunque eso no impidió que Sean gritara algo desagradable mientras Shabina bailaba cerca.

Shabina tenía un aspecto impresionante. Poseedora de una elegancia natural, tenía ritmo y se dejaba llevar por la música junto con Zahra, Raine y Bruce. Levantaba sus delgados brazos por encima de su cabeza y tenía los ojos cerrados. Su larga melena oscura le llegaba a la cintura y se movía a su alrededor como una reluciente cascada de seda.

Stella observó con más atención la expresión de Sean. Tal vez estuviera achispada, pero era consciente. Tenía una expresión obsesiva en su rostro. Había una razón por la que se presentaba continuamente en el Café Sunrise a pesar de las advertencias de que no volviera. Podía creerse superior y podía decirse a sí mismo lo que quisiera, pero sentía algo real por su amiga. Desvió la mirada hacia Sam. Por supuesto, él se dio cuenta porque lo veía todo.

Exhaló una bocanada de aire. Sam sería un gran aliado. Él lo veía todo. Era cuidadoso. La escuchaba y sopesaba con cuidado lo que decía. Si podía descartarlo como sospechoso —y, para ser sincera, no creía ni por asomo que fuera un asesino en serie—, sería la persona en la que querría confiar. Él encajaba con ella. No sabía por qué, solo que así era. Centró su atención en Denver. Él le había advertido sobre Sam, pero lo había hecho con delicadeza, no con maldad. Se dio cuenta de que, a pesar de su advertencia, Sam le gustaba y lo apreciaba aún más. Solo cuidaba de ella, como lo haría un hermano. Stella estaba cerrada a todo el mundo y se había puesto límites. Denver respetaba esos límites. Sam también lo había hecho siempre. De repente Sam parecía estar sobrepasándolos.

—¿Está ocupado este asiento?

Stella levantó la vista. Carl Montgomery, el contratista local, se sentó en el taburete de la barra junto a ella. Tenía unos cuarenta años, el pelo oscuro y unos sorprendentes ojos azules. Como la mayoría de los habitantes del pueblo, era cazador. Trabajaba duro y esperaba que su equipo también lo hiciera. Carl había construido varias cabañas para ella en el *resort* y eran exactamente lo que había pedido y más.

Ella le brindó una sonrisa.

—No te veo aquí muy a menudo, Carl. ¡Qué agradable sorpresa!

—¿Qué bebes?

Stella bajó la mirada a su vaso.

—Moscow Mule, pero creo que he tomado demasiados. Ya lo estoy notando.

—Una noche libre no te matará, Stella. Trabajas demasiado. —Se inclinó sobre la barra para llamar la atención del camarero—. Esto está a reventar.

Stella miró a su alrededor. Todas las mesas estaban ocupadas. Todos los taburetes. La pista de baile estaba llena. La gente hablaba y reía al ritmo de la música a lo largo de las paredes. En el patio exterior cubierto, donde las estufas estaban encendidas para aliviar el aire fresco de la noche, pudo ver que las mesas también estaban llenas.

—Sí que lo está.

Le complacía saber que había contribuido a ello. Se propuso visitar todos los negocios de la ciudad para averiguar cómo podía ayudarles a convertirse en uno de los prósperos éxitos, sobre todo si se tambaleaban. Estas personas se habían convertido en sus amigos y creía que si se ayudaban mutuamente podrían mantenerse a flote en época de vacas flacas.

—Sabes que me has robado a mi mejor trabajador. —Carl señaló a Sam con la cabeza—. Esperaba hacerle mi capataz. Hombres como él no aparecen todos los días. Se desenvuelve bien en la construcción.

Ella le sonrió.

—Ya lo he visto. También es bueno con los motores. Esperaste demasiado tiempo para hacerle una oferta decente. No iba a salir perdiendo. Prácticamente puede dirigir el *resort*. —Hizo una mueca—. A menos que tenga que hablar con un huésped, entonces, no tanto. No diría que sus habilidades sociales están a la altura de sus conocimientos para reparar casi todo lo necesario.

Se rio con suavidad. Era la pura verdad. La mayor parte del tiempo, Sam evitaba tener que lidiar con los invitados. No era su trabajo. Stella tenía a otros para hacerlo. Trabajaba entre bastidores para mantener el *resort* en funcionamiento. Cuando aceptó el trabajo le dejó muy claro que no era una persona con don de gentes.

La risa de Carl se unió a la suya.

—Tienes razón en eso. No es muy hablador. Sin embargo, trabaja duro. Veo que está allí dentro, intimidando a Sean y a Ed. ¿Qué demonios les pasa a esos chicos? Si le hacen otro comentario desagradable a Shabina, tendré que meterles el puño por la garganta, y no he participado en una pelea a puñetazos desde que tenía veinte años. Tal vez dieciocho. Estoy bastante seguro de que fue en el instituto.

—Los conoces desde hace mucho tiempo. ¿Siempre han sido así? —preguntó Stella.

El camarero les puso delante las bebidas y un plato de varado de calabacines fritos, champiñones y palitos de queso.

—Gracias, Lucca —dijo Carl, dando una buena propina al camarero.

Lucca le hizo un saludo militar y se apresuró al otro lado de la barra a toda velocidad, como hacía cuando preparaba varias copas a la vez. Alek, el dueño, había sido inteligente al contratarlo cuando había llegado a la ciudad, ofreciéndole lo suficiente para que quisiera quedarse.

—Ataca, Stella. No puedo comerme todo esto yo solo o tendré que ir a una de esas odiosas clases de chicas que da Harlow.

Stella mojó un palito de calabacín en salsa marinera. Estaba bueno. No como el de Shabina, pero estaba bueno. Alek tenía sus propias recetas de la familia de su madre y eran valiosas para el Grill. No era solo comida rápida.

—¿Las clases de yoga de Harlow? Ya verás cuando le diga que las describes como de chicas. Esa sí que es buena. ¿Has probado alguna vez una? Da una clase privada si te intimida demasiado asistir a una clase. En serio, no es fácil, y eso que es para principiantes. La gente siempre piensa que el yoga va a ser muy fácil. Tu cuerpo tiene que usar todos los músculos, estirarlos...

—¿Harlow da clases particulares? —la interrumpió Carl.

Stella tomó un sorbo de su Moscow Mule. Sabía que no debía hacerlo, pero le entraba bien y esto era demasiado bueno para ser verdad. A Carl Montgomery le gustaba Harlow. ¿Quién lo iba a imaginar? Siempre era muy reservado. Rara vez iba al Grill, y si lo hacía, no se juntaba con su gente. En realidad, no. Era uno de los que estaban al margen. Le conocía, pero no bien.

—Sí, Harlow da clases particulares. —Miró hacia la pista de baile cuando un movimiento le llamó la atención. Carl se bajó del taburete.

Sean se abría paso en medio de las pocas personas que bailaban entre él y el pequeño círculo de amigas de Stella. Se acercó a Shabina, que estaba bailando, y se colocó detrás, casi echándose encima de ella. Shabina trató de quitárselo de encima, pero él la atrajo hacia sí a la vez que apretaba con fuerza las caderas contra ella.

Stella trató de correr hacia la pista de baile, pero había demasiada gente entre ella y el lugar marcado para el baile. Se escabulló entre dos hombres y rodeó a una mujer que se había parado justo delante de ella. Cuando llegó al borde de la pista, el incidente ya había terminado.

Bale, Ed y Jason tenían a Sean sujeto por los brazos y lo acompañaban a la salida. Bruce, Sam, Denver y el portero de Alek, Jeff, observaron mientras salían. Zahra y Raine acompañaron a Shabina de nuevo hasta donde se encontraba Stella. Ella rodeó a su amiga con el brazo.

—Ese hombre necesita que alguien le dé una o dos lecciones de modales —dijo—. ¿Estás bien?

—Sí. No es la primera vez que un hombre quiere bailar con una de nosotras. Pasa siempre. —Shabina sonrió a Carl—. No sabía que estabas aquí esta noche.

Señaló el plato de comida.

—Sírvanse, señoritas. ¿Qué estáis bebiendo? —Una vez más, llamó la atención del camarero.

En pocos minutos, Carl les hizo reír a todos. Stella agradeció que no se refiriera al incidente, sino que hiciera que todos volvieran a divertirse. Denver y Bruce se unieron a ellos. Sam se fue a su lugar habitual en el rincón, pendiente de ellos. Antes Stella quería que estuviera con ellos, pensando que era extraño y espeluznante que no se sentara con ellos, pero ahora le gustaba la idea de que los vigilara, que estuviera sobrio y que ella no tuviera que preocuparse de nada más que de pasarlo bien con sus amigos porque él estaba allí.

CAPÍTULO 5

Stella se despertó con dolor de cabeza. Gracias a Dios todavía estaba oscuro. Bailey le acercó su húmeda nariz a la cara y ella le acarició de forma distraída. ¿Se había acordado de sacarlo anoche antes de irse a la cama? Era una dueña de perro responsable. Por supuesto que lo había sacado, pero estaba claro que tenía que volver a salir. Se incorporó, gimiendo, y se llevó la mano a la cabeza. Se merecía todo lo que iba a padecer esa mañana.

Al mirar a su alrededor se dio cuenta de que estaba en su propia cama. En la mesita de noche había una botella de agua y dos pastillas blancas. Sam. Había metido a las cuatro mujeres en su coche y las había llevado de vuelta al *resort* en lugar de al campin. En el camino de vuelta cantaron a todo pulmón y se rieron histéricamente, sobre todo porque una vez que Bruce, Denver y Carl se retiraron, dejando a las cuatro mujeres, Stella confesó los escandalosos pensamientos que había tenido sobre Sam y todas las cosas que quería que le hiciera.

Volvió a gemir y se tapó la cara. Esperaba que estuviera hablando en susurros cuando les dijo una y otra vez a sus amigas lo bueno que le parecía que estaba. Él estaba sentado a cierta distancia de ellas y el nivel de ruido del bar era alto, así que lo más seguro era que no lo oyera. Se bebió toda el agua posible y se levantó de la cama.

Todavía estaba vestida, pero descalza. Al menos se había librado de la indignidad de vomitarle encima. Se apresuró a dejar salir al perro, tratando de recordar si se encontraba de cara a él mientras le contaba a sus amigas estando achispada (bueno, más que achispada) lo bueno que estaba Sam. Estaba casi segura de que él sabía leer los labios. Estaría mortificada.

Pero, claro, tenía mucho de lo que sentirse avergonzada. Dejó a Bailey para que hiciera sus necesidades y se metió en la ducha con la esperanza de despejarse.

Los cócteles les habían hecho creer a las cuatro que dominaban la danza cosaca. Se lanzaron a la pista de baile, en cuclillas, levantando las piernas con los brazos cruzados sobre el pecho y riendo con locas. Por desgracia, lo único que hacían era ponerse en cuclillas, levantarse y volver a acuclillarse. Eso, y caerse de culo. Había sido una noche fabulosa.

Sam se mantuvo impertérrito mientras las llevaba a casa, aguantando que las cuatro hicieran estrafalarias muecas unas a otras para recordarse que debían guardar silencio y ocultar el enamoramiento secreto de Stella. Todas rieron a carcajadas. Él se mostró estoico, lo que solo sirvió para que se rieran todavía más.

Stella se puso unos vaqueros y una camiseta, tratando de recordar si la conversación con las chicas había tenido lugar delante de Sam. No cabía duda de que les había preguntado si había soltado sin querer lo bueno que estaba él o que se lo «tiraría» en un santiamén. ¿Se lo había preguntado en el bar, en el 4Runner o en su casa? Recordó a Zahra asegurándole una y otra vez que no había dicho ni una sola palabra condenatoria delante de él. Las demás habían asentido con seriedad, pero luego lo estropearon todo al reír de nuevo y preguntar cómo iban a saberlo si estaban borrachas.

Se puso las zapatillas de correr después de hacerse una trenza y salió a buscar a Bailey. Sam solía levantarse mucho antes que nadie. No lo vio por ninguna parte, así que se dirigió al alquiler de barcos. Berenice Fulton siempre madrugaba para cerciorarse de que las embarcaciones estuvieran limpias y que todas tuvieran el número necesario de chalecos salvavidas. Era meticulosa en el cuidado de las embarcaciones. Desde luego, no se merecía que Stella la hubiera reñido unos días antes.

Berenice y Roy Fulton llevaban trabajando cinco años para Stella y había tenido mucha suerte de encontrar a la pareja. Roy conocía todos los aspectos de la pesca y estuvo dispuesto a transmitir esos conocimientos a Stella. Cuando se le ocurrió la idea de los torneos de pesca, él estuvo más que encantado de ayudarla. Eran dos de los pocos empleados de todo el año que mantenía en plantilla. Cada año, Roy la había ayudado a mejorar el torneo hasta que llegaron pescadores de todas partes para participar en su evento.

Puede que Berenice no supiera arreglar los motores de las embarcaciones, pero era muy hábil con los clientes. Les caía bien y podía vender fácilmente todo tipo de artículos del surtido de botes de remos, kayaks, canoas, barcos de pesca y, por supuesto, sus barcos de crucero. Lo tenían todo para alquilar en el puerto deportivo.

—Hola, Stella —la saludó Berenice con su habitual sonrisa. Tenía más de cincuenta años y siempre estaba contenta. Tenía muy pocas arrugas en la cara que demostraran el paso de los años, y las que tenía se debían principalmente a la exposición al sol. Siempre llevaba un sombrero de ala ancha y se ponía crema solar. Sus sombreros eran preciosos y nadie los llevaba con más estilo que Berenice.

—Buenos días, Berenice. Aunque no he tomado mi café, así que técnicamente no puedo decir si el día es bueno o no —la saludó Stella—. Estás muy guapa, como siempre.

Berenice estaba muy guapa. Llevaba unos suaves vaqueros amarillos remangados hasta la pantorrilla y una camisa de escote de barco con finas rayas azules, blancas y amarillas. Sus botas amarillas hacían juego con su grueso jersey y en algún lugar tendría unas gafas de sol también a juego con su atuendo.

—Gracias, querida. —Berenice aceptó el cumplido como algo que le correspondía—. Roy tiene café en la tienda de cebos, pero sabes que no es muy bueno.

Stella era muy consciente de que el café de Roy carecía de cualquier cosa que fuera buena en el café aparte de cafeína auténtica.

—Quería pedirte disculpas por la forma en que te hablé el otro día. Me pasé de la raya. No te merecías que descargara mi mal día en ti y eso es lo que estaba haciendo. Espero que puedas perdonarme, Berenice. Eres una buena amiga y sé que te hice daño al hablarte de malas maneras.

A Berenice se le empañaron los ojos y abrazó a Stella.

—Cariño, ni lo menciones. Sabía que tenías un día espantoso. Roy me contó que algunos de los clientes te gritaron. Lo sentí mucho por ti.

Stella le devolvió el abrazo.

—Eso no es razón para desquitarme contigo, alguien a quien quiero. Lo siento de veras.

Berenice le dio una palmadita en la espalda, sorbió por la nariz y luego se enderezó y la soltó.

—No te preocupes. Agradezco tus disculpas. Significa mucho para mí. Sam me dijo que ibas a acampar con tus amigas durante unos días. Creo que eso es bueno. Necesitas tiempo libre.

—¿Lo has visto esta mañana? ¿Dónde está? Se suponía que anoche iba a llevarnos a nuestras tiendas.

—Esta mañana no. Cuando os trajo a todas a casa anoche le dijo a Roy que iba a pasar la noche donde ibais a acampar para vigilar vuestras cosas y que se temía que despertarais con resaca. Que aprovecharía para pescar un poco. Ya sabes que casi nunca tiene tiempo. Dijo que a lo mejor Denver se unía a él si no tenía resaca. Al parecer Denver bebió más de lo que acostumbra, pero pensaba reunirse con Sam por la mañana temprano, antes de que amaneciera.

Berenice seguía hablando, pero Stella no podía oír ni una palabra de lo que estaba diciendo. Sintió que se le iba el color de la cara. Sam y Denver estaban pescando. Había llevado a dos personas que lo eran todo para ella hasta el lugar donde el asesino quería que estuviera su víctima.

—Tengo que irme, Berenice —susurró, y salió corriendo del pequeño edificio. Regresó al puerto deportivo y fue hasta la casa principal y al garaje donde Sam había aparcado su 4Runner. Sabía que debía parecer una loca, pero no le importaba. Tenía que llegar a donde estaban los hombres antes de que les ocurriera algo—. ¡Bailey! —Abrió la parte trasera del vehículo con brusquedad.

Bailey llegó corriendo y ocupó su lugar de inmediato. Cerró la puerta de golpe y corrió hacia el lado del conductor. ¿Dónde estaban las llaves del coche? Se las había dado a Sam la noche anterior. ¿Dónde las habría dejado? Probablemente en su mesita de noche. Profirió un improperio y corrió de nuevo a la casa, a su dormitorio y, como era de esperar, ahí estaban. Sam era predecible cuando se trataba de cosas así. Agua para hidratarse. Aspirinas para el dolor de cabeza. Sus llaves.

Condujo como una loca. Sabía lo que podía hacer su todoterreno y lo que podía exigirle en la carretera que rodeaba el lago. Gracias a Dios que Bailey la había despertado antes de que saliera el sol. Ahora el día empezaba a despuntar y sabía que los dos hombres estarían pescando, o al menos Sam, si Denver no estaba allí todavía. Los neumáticos derraparon un poco al tomar una curva cerrada demasiado rápido. No sería bueno salirse de la carretera.

Golpeó el volante con la palma de la mano y rezó en silencio a alguien, no sabía a quién. La última vez que vio con impotencia morir a la gente dejó de creer en nadie que no fuera ella misma. Sin embargo, las oraciones podrían ayudar. ¡Quién sabe! No quería perder a nadie más. No a Sam. No a Denver. A nadie.

Stella se desvió por el bacheado camino de tierra que conducía al lago. Nubes de polvo se levantaban a su alrededor, obligándola a reducir la velocidad. Se acercó a la camioneta de Sam, aparcó el 4Runner, apagó el motor y se bajó de un salto. No vio la camioneta de Denver. Sam ya estaba pescando. Llevaba un sombrero y botas de pescar. Al igual que en su pesadilla, se había movido en el agua entre las rocas, las plantas y los juncos. Soltó a Bailey y corrió hacia el lago, llamando a Sam.

Se había levantado viento y le azotaba el pelo y le arrancaba lágrimas de los ojos. Tal fuera la causa. Sam estaba demasiado lejos para oírla. Dirigió la mirada al lugar de la superficie del lago que el viento agitaba. En el punto exacto en el que Sam había dejado caer su sedal había una mancha oscura que atrajo su mirada como un imán. Por supuesto, Sam había alcanzado el punto en el que el agua parecía arremolinarse un poco, formando su propio apacible pozo.

El sol había salido, tiñendo el lago de hermosos colores como cada mañana. Hoy había elegido diferentes tonos púrpuras, del lavanda claro al violeta oscuro, pasando por el borgoña y por último el rojo más intenso. Se le aceleró el corazón mientras corría. Sintió que la amenaza oscura se acercaba. No era su imaginación. Estaba allí, bajo la superficie del agua, nadando hacia el anzuelo de Sam. Nadando hacia él como un espectro silencioso.

Vio que su brazo se sacudía un poco, igual que el del pescador en la pesadilla. Se adentró más en el lago, forcejeando despacio con el pez en su sedal. Stella tenía la sensación de que corría a cámara lenta. Pasó de largo las tiendas de campaña. La mesa de pícnic y la hoguera. Siguió gritando, tratando de decirle que saliera del agua. Que soltara el sedal. Estaba demasiado metido en el agua, lejos de la seguridad de la orilla. Mientras corría, se despojó de la ropa más pesada, la chaqueta, el jersey, de modo que quedó en camiseta. No podía quitarse los vaqueros ni los zapatos; no disponía de tiempo.

Sam se alejó de la seguridad de la orilla, adentrándose más entre los juncos mientras se trabajaba el «pez» en su seda. Podía imaginar la determinación en su rostro. Siguió corriendo al ver que su cuerpo se sacudía y perdía el equilibrio, algo que nunca jamás le pasaba a Sam. Se cayó bruscamente hacia atrás, como en su pesadilla, y se golpeó la parte posterior de la cabeza con una roca.

Era un hombre grande y al asesino necesitó varios intentos para arrastrar bajo el agua el cuerpo inconsciente de Sam, lo que dio a Stella el tiempo preciso para recorrer el resto del terreno. No dudó en precipitarse al agua helada y sumergirse bajo la superficie.

El lago se alimentaba del manto de nieve todos los años y la temperatura le helaba el cuerpo. Hasta los huesos. No importaba. Apenas notó el frío mientras nadaba hacia el asesino que intentaba sujetar a Sam bajo el agua para ahogarlo. Sam no estaba completamente fuera de combate con la herida de la cabeza. Se estaba defendiendo de manera instintiva con movimientos lentos.

Stella golpeó al asesino por detrás, tratando de desplazar su botella de oxígeno y deseando haber llevado un cuchillo para poder cortarle el tubo. Se abalanzó sobre él en un intento de agarrar su máscara de buceo, cualquier cosa que lo distrajera. Él giró y le lanzó un puñetazo a la cara que le alcanzó en la mejilla. Stella interpuso su cuerpo entre él y Sam, decidida a que no llegara al hombre casi inconsciente. Nadó de nuevo hacia el asesino y volvió a intentar arrancarle la máscara de la cara. Esa vez el asesino encogió las piernas, con las rodillas en el pecho, y la golpeó con fuerza para quitársela de encima. Acto seguido se alejó nadando con rapidez y desapareció en las aguas más profundas.

Stella intentó moverse, nadar, hacer algo, pero no pudo. Se quedó hecha un ovillo en el agua, con la mente aletargada, incapaz de asimilar lo que tenía que hacer a continuación. Las manos de Sam la atraparon antes de que se diera cuenta de que estaba casi entumecida por completo y era incapaz de moverse en el agua helada. Juntos atravesaron como pudieron los juncos y las rocas hasta la orilla y se tumbaron. Sam estaba casi encima de ella. Silbó para llamar a Bailey y el perro respondió y se tumbó al otro lado de Stella siguiendo la orden de Sam. Permanecieron así mientras intentaban recuperar el aliento y calentarse lo suficiente como para moverse.

—Hay que quitarte la ropa mojada —dijo Sam con calma—. Volveré a encender el fuego para calentarnos.

—Puedo hacerlo yo, Sam. Tu cabeza. Te diste un mal golpe con las rocas cuando te tiró al agua. —No dejaba de tiritar y los dientes le castañeaban tanto que creía que se le iban a romper. Imaginó que se le rompían, se desintegraban y se le caían.

—Creo que por una vez en tu vida vas a dejar que yo te cuide. Sé que eres independiente y que no necesitas a nadie, pero te vas a quedar aquí tumbada con Bailey para que te mantenga caliente mientras yo consigo encender el fuego. Primero te voy a quitar la ropa y traerte mi saco de dormir. —Su voz era dura como el acero.

Giró la cabeza para mirarle por encima del hombro. Algo en sus ojos oscuros le dijo que no se metiera con él y estaba demasiado cansada para discutir. De todos modos, no estaba segura de poder ponerse en pie. No podía controlar la incesante tiritera. Se limitó a asentir y a recostar la cabeza de forma sumisa. ¿Quién iba a imaginar que cuando empezara a hablar sería tan mandón?

Sam se levantó y asió el dobladillo de su camiseta.

—¿Puedes levantar los brazos, Stella? Si no, puedo cortarla.

Alzó los brazos por encima de la cabeza y trató de incorporarse lo suficiente para que le quitara la camiseta mojada del cuerpo. El sujetador fue lo siguiente. Luego los zapatos y los vaqueros. Sam se fue y regresó enseguida con un saco de dormir con el que la arropó y acto seguido ordenó de nuevo al perro para que se recostara contra ella. Cuando dejó de tiritar,

Sam había vuelto a encender el fuego en la hoguera, se había puesto ropa seca y había puesto agua a hervir para preparar café.

Le trajo la mochila de su tienda.

—Al menos tienes ropa seca.

—El corte en la parte posterior de la cabeza todavía te sangra. —Stella evitó su mirada. No porque estuviera desnuda bajo el saco de dormir, sino porque había conducido hasta el lago y actuado como una loca, corriendo hacia él y zambulléndose en el agua porque sabía, sin la menor duda, que había un asesino acechando bajo la superficie. ¿Cómo iba a explicar eso?

—Está parando. Vístete y acércate al fuego. Bebe un poco de café. Tratándose de ti, siempre ayuda.

—¿Qué quieres decir con que está parando? Deja que eche un vistazo. ¿Necesita puntos de sutura? Harlow o Vienna tendrían que echarte un vistazo. O habría que ir a urgencias.

—Me encargaré de ello, Stella. —Se apartó de ella y regresó a la hoguera.

Se le había acabado el tiempo. Había querido decírselo. Incluso lo había necesitado. Sam era inteligente. Escuchaba. Prestaba atención de verdad. Guardaba silencio y asimilaba lo que ella le decía, sin interrumpir, pero escuchando de verdad cuando le hablaba. Había querido decirle que sabía que un asesino en serie iba a empezar a matar en la sierra y que disfrazaría sus asesinatos como accidentes, lo que haría que fuera muy difícil identificar el modus operandi.

Contárselo, hablarle de su pasado, significaba revelar sus secretos. Pero claro, Sam también tenía secretos. Tenía un pasado que no compartía con los demás. Ni siquiera con ella. No creía que él se enfadara y se sintiera herido como sabía que harían sus amigas. La idea de recordar, de revisar todas esas cosas que había enterrado, la ponía enferma. Se había prometido que no volvería a abrir esas puertas, pero ¿cómo ignorar a un asesino?

Se incorporó despacio, un poco sorprendida al ver que su cuerpo no quería cooperar. Notaba los músculos pesados y maltrechos. Bailey se arrimó y ella la abrazó, agradecida por su lealtad. Siempre podía contar con el perro para que le proporcionara compañía y protección. Bailey se habría arrojado al lago helado tras ella si hubiera permanecido sumergida demasiado tiempo. Lo había hecho antes, cuando se le dio la vuelta su canoa. Ni siquiera había dudado.

Se puso unas mayas con revestimiento de borreguillo y un jersey largo. Sam le había dejado las botas forradas de piel que había encontrado en su tienda. Se las ponía por la noche para mantenerse caliente cuando paseaba a Bailey. Se levantó despacio y se sintió desconcertada al darse cuenta de que todavía estaba bastante débil. Sam estaba tumbado en una silla de campin junto al fuego y el aroma del café la asaltó cuando se acercó a él y al calor de las crepitantes llamas.

Stella cogió la cafetera. Nada olía tan bien como el café por las mañanas, sobre todo ahora que estaba congelada y quizá un poco asustada. Bueno, muy asustada. Vale, aterrorizada. Le palpitaba el pómulo, donde el puño del asesino la había golpeado, y le dolía el abdomen justo debajo de los pechos, donde la había pateado. La piel le ardía y tenía músculos doloridos. Tal vez descongelarse no fuera para tanto.

Sam apartó la cafetera de su alcance como si tal cosa y le indicó la silla de campin que había colocado de cara a él.

—Siéntate y arrópate con la manta. Puedes tomar un café cuando te hayas puesto cómoda. —Sirvió un poco de la ambrosía en una taza.

No podía apartar los ojos del intenso y oscuro líquido. De hecho, lo deseaba tanto que ni siquiera le lanzó una mirada ceñuda por ser tan mandón. Se limitó a aposentarse en la silla de manera obediente y a arroparse con la manta.

Sam le entregó la taza con un ligero movimiento de cabeza.

—Está claro que eres una adicta pésima.

—Lo sé. No hay esperanza para mí. —No pensaba mentir. Le encantaba el café. Era una esnob del café. En la ciudad, Shabina hacía el mejor café, pero a Stella se le daba muy bien preparar su propio café. Había aprendido por necesidad—. Ni siquiera me importa, y espero no recuperarme nunca.

Sam le dedicó una pequeña sonrisa torcida mientras señalaba hacia el lago.

—Alguien acaba de intentar matarme y tú sabías que iba a ocurrir. —Su voz era suave. No había ningún reproche. Ni crítica. Solo una exposición de los hechos.

¡Qué propio de Sam! Stella tomó un sorbo de café parpadeó con rapidez para aclararse la vista, que de repente se le había nublado, y miró hacia el lago. El caprichoso viento se había calmado y la superficie parecía un oscuro zafiro, cuya belleza resplandecía cuando el sol de la mañana lo iluminaba.

—Vas a tener que confiar en alguien, Stella. Bien puedo ser yo. Te dije que haría ciertas cosas por ti que nunca haría por nadie más y hablaba en serio, pero tienes que hablar conmigo. No puedo ayudarte si no me dejas entrar.

—No sé cómo hacerlo. No sé por dónde empezar.

—Mírame, Stella.

Casi había hecho que lo mataran. Había sido muy egoísta al querer una noche libre, pensando que podría montar un campamento y que nadie iría a pescar. Que el asesino no tendría un objetivo. En lugar de eso había hecho que Sam fuera la víctima del asesino. Había sido culpa suya. Le entregó directamente a las manos del asesino.

—Podría haberte perdido —susurró. Las lágrimas resbalaron por su rostro. No podía dejar de llorar a pesar de que no solía mostrar debilidad ante nadie. Sabía que no debía hacerlo. Lo había aprendido a una edad temprana—. Casi hago que te maten.

—Mírame, Stella —repitió. Su voz no cambió. Tampoco el volumen. En todo caso, el tono era más suave, pero destilaba firmeza, esa ferocidad que decía que no pararía hasta salirse con la suya.

Se obligó a levantar la vista, con las pestañas húmedas por las lágrimas. Poseía unos rasgos toscos, ilegibles, angulosos, pero sus ojos albergaban una dulzura que no concordaba con las implacables arrugas esculpidas en sus duras facciones. Sintió que el estómago le daba una serie de volteretas. Las montañas rusas no tenían nada que ver con lo que estaba sucediendo. Y su corazón... se derritió por completo.

No confiaba en nadie. Eso era un hecho. Tenía razones para no hacerlo. Verdaderas razones. ¿Cómo había conseguido Sam burlarla en los últimos dos años? ¿Cómo habían llegado a este punto?

—No he perdido el conocimiento. Al sentir el tirón del sedal me he dado cuenta de que algo no iba bien. Te he visto correr hacia el lago. No había que ser científico para saber que habías elegido este lugar para acampar por alguna razón. No querías a nadie pescando aquí, ¿verdad? —No podía apartar la mirada de él por mucho que quisiera. Stella asintió con la cabeza—. He sentido que alguien me agarraba de los tobillos y tiraba, así que he dejado que me hundiera. El golpe en la cabeza me ha dejado aturdido, pero no he perdido el conocimiento. Tenía mi cuchillo, cariño. Nadie iba a matarme. No muero tan fácilmente.

Stella exhaló una bocanada. Si se hubiera mantenido al margen, Sam podría haberle matado, o al menos haber sometido al posible asesino, y todo habría terminado. Se había apresurado a salvarle y ahora el asesino andaba suelto.

—Esto solo empeora las cosas. Ahora está ahí fuera y va a matar a otra persona. Seguirá matando. No va a ser fácil detenerle. Lo siento, Sam. No me di cuenta de que habías venido. Pensé que si dejábamos las tiendas aquí, nadie vendría a este lugar a pescar. Tanto Denver como Bruce estuvieron bebiendo anoche y son los únicos que conozco que realmente vienen a este lugar a pescar. —Se frotó las sienes, que le palpitaban. Primero la izquierda y luego la derecha. Tomó otro sorbo de café—. Lo siento mucho.

—No pasa nada, Stella. Habla conmigo. Contempla tu lago. Bébete el café y ten la seguridad de que puedes confiar en mí. Habla conmigo. —Señaló hacia el lago.

Stella respiró hondo y se empapó de la sierra. El aire fresco de la mañana. La hoguera. Sam. Bailey. Incluso el olor de las tiendas de sus amigas. Miró a su alrededor la gran belleza del hogar que había elegido. Su esplendor. Los árboles y los colores. El lago Sunrise.

Se humedeció los labios.

—Quisiera parecer cuerda, pero no será así, y por eso no he decidido cómo puedo contarte esto para que me creas. —Fue todo lo sincera que pudo ser.

Stella mantuvo su mirada en la superficie del lago mientras aquellos hermosos tonos púrpuras daban paso a diferentes tonalidades de rojo. Miró al cielo. Las nubes se habían desplazado y solo se veían pequeñas formaciones dispersas, nada amenazantes. Blancas y grises, adoptaban formas en el cielo. La niebla alargaba sus pequeños dedos desde las montañas, emergiendo de los árboles, avanzando hacia el lago como fantasmales flechas de etérea bruma. ¿Era una especie de presagio? ¿Acaso creía en cosas así?

—Stella, eres la persona más cuerda que conozco. Habla conmigo.

Abrió la boca dos veces para contárselo porque necesitaba compartirlo con toda su alma. Sam no era de los que se iban de la lengua. Y dos veces cerró la boca y sacudió la cabeza. Sam no trató de alentarla, sino que se limitó a esperar en silencio. Un pez saltó y volvió a meterse en el agua cerca de los juncos que crecían junto a las rocas donde Sam se había sumergido. Si se fijaba bien, juraría que podía ver una mancha de sangre en una de las rocas. Se le encogió el estómago. Dejó la taza de café en el suelo y se rodeó con los brazos.

—Creo que hay sangre en esa roca, Sam —susurró.

—Es muy probable, Stella. Tendremos que enseñárselo al sheriff. Tenemos que informar de esto.

Cerró los ojos. Sabía que él tenía razón. Esa iba a ser una tormenta de la que no saldría.

—A veces tengo pesadillas. —Menudo comienzo. Pesadillas. Había visto el mismo infierno en los ojos de Sam en más de una ocasión y estaba segura de que sabía bien lo que eran las verdaderas pesadillas—. Solo he tenido este tipo de pesadillas otro par de veces en mi vida. La primera tenía cuatro años. Cuatro. Cinco. Seis años. Las pesadillas eran en fragmentos al principio, pero luego, a medida que crecía y los sueños se volvían más frecuentes, se hicieron más detallados. A los siete años podía ver los detalles lo bastante bien como para dibujarlos y anotar algunos de ellos. —Frunció el ceño, tratando de hallar la forma de explicarlo—. Al principio no me di cuenta, porque era una niña, pero los sueños se presentaban siguiendo un patrón de cinco días. El primer día veía un pequeño atisbo de una escena, como si se reprodujera un fragmento de una película o de un vídeo. El plano se abría más cada noche. En realidad, estaba viendo a un asesino en serie asesinar a una víctima. Nunca veía al asesino, solo el escenario y a veces lo suficiente de la víctima como para identificarla.

Hundió una mano en el pelaje de Bailey, pues necesitaba el consuelo del airedale. Bailey respondió apoyándole su gran cabeza en el regazo. Podía sentir los ojos de Sam fijos en ella, pero no le miró. Tenía que encontrar la forma de contárselo a su manera.

—Por lo general, dos días después de cada pesadilla asesinaban a alguien del mismo modo en que lo veía en mi sueño. Yo era pequeña y no tenía ni idea de que las pesadillas se hacían realidad. Se lo conté a mi madre, pero nunca me dijo que se hicieran realidad. Más tarde, cuando le pregunté por qué no había acudido a la policía, me dijo que nadie creería a una niña y que no quería poner nuestras vidas patas arriba. —Stella se frotó las manos en las piernas. Se preparó para mirar a Sam. Para ver su repulsa. Los asesinatos se habían producido durante cuatro años. Hubo muchos asesinatos en aquella época. Debería haber sabido que Sam nunca habría juzgado a esa niña. Su rostro no mostraba ninguna emoción. Era todo planos y ángulos; una oscura masculinidad que susurraba que tenía sus propias historias que ocultar.

»Mi madre no decía la verdad. Yo le decía —bajó aún más la voz—: «Mamá, papá está haciendo cosas malas otra vez». Se enfadaba mucho conmigo. No quería que lo dijera. Ni que se lo contara a nadie. Gozábamos de muy buena posición económica y ella tenía muchos amigos, almuerzos a los que asistir, partidos de tenis que jugar. No podía preocuparse de pesadillas que no podían ser reales, aunque supiera que lo eran. Despidió a mi niñera para que no volviera a hablar con nadie de que papá había hecho algo malo. —Stella se miró las manos—. ¡Cuántas vidas podrían haberse salvado durante esos años! Lo más probable es que los policías no hubieran hecho caso a una niña pequeña, pero tal vez alguno sí lo hubiera hecho. Mi madre empezó a beber. Tenía siete años cuando uno de mis tutores me escuchó y me llevó a comisaría. Al final pillaron a mi padre. Mi madre bebió hasta matarse. Con eso quiero decir que se suicidó. Cuando se calmó el circo mediático y nadie se prestó a acoger a la hija de un asesino en serie, me pusieron en régimen de acogida.

Sam no ofreció compasión y ella lo agradeció. Hundió de nuevo los dedos en el pelaje de Bailey y fijó la mirada en la niebla. Con el sol en lo alto, las volutas de niebla habían pasado de un precioso tono lavanda a franjas carmesíes, haciendo que pareciera que un rastrillo había dejado marcas sanguinolentas sobre la superficie del lago. Aquello que debería haber sido hermoso la hacía estremecer. Parecía que hubieran bañado en sangre aquellas espirales de niebla.

No pensaba compartir eso con él. Dirigía un complejo turístico multi-millonario porque era sensata y detallista, no se dejaba llevar por las fanta-sías. Las pesadillas le estaban jodiendo la cabeza.

—Las cosas fueron bien durante unos años, pero a los dieciséis años empecé a tener pesadillas otra vez. Empezaron de la misma manera. «Ma-má, papá está haciendo cosas malas otra vez.» Siempre me oía decir eso con mucha claridad y luego veía una parte del asesinato. Cada noche veía un poco más. La quinta noche veía el asesinato y luego dejaba de soñar. Un par de noches después, me enteraba de que se había cometido un asesinato exactamente de esa manera. Lo leía o lo veía en las noticias.

Se llevó los dedos a la boca. Le temblaba la mano. De repente era la adolescente asustada que sabía que si acudía a la policía el circo volvería a empezar. Si no iba, podría ser responsable de que otros perdieran la vida. No quería la fama. Detestaba los focos.

Stella se obligó a respirar mientras recordaba lo difícil que había sido tomar esa decisión.

—No quería contárselo a nadie, pero me sentía culpable de que la gente estuviera muriendo, y quizá al revelar los sueños pudiera salvar vidas, así que fui a la policía. Se rieron de mí. En realidad me alegré de que lo hicieran, pero los asesinatos continuaron. Mis pesadillas continua-ron. Mi madre de acogida era muy compasiva y me llevó a terapia. Quería creer a todo el mundo cuando me decían que los asesinatos provocaban las pesadillas por culpa de mi padre, pero yo sabía que no era así. Veía los asesinatos antes de que ocurrieran. —Stella exhaló un suspiro, agarró su café y bebió unos sorbos, agradecida porque su taza de café para llevar favorita lo mantenía caliente—. Al final vino a verme el FBI y me hizo todo tipo de preguntas. Mi madre adoptiva y mi terapeuta estaban conmigo e insistieron en que el FBI prometiera mantenerme al margen. Los agentes me hicieron dibujar detalles de cada uno de mis sueños. Me dijeron que cuando tuviera uno nuevo me pusiera en contacto con ellos y empezara a detallar todo lo que pudiera recordar. El asesino en serie fue capturado y el FBI trató de mantenerme al margen, como prometió. Por desgracia, mi identidad se filtró y la historia era demasiado buena para que los medios de comunicación la pasaran por alto. Mi nombre estaba en todas partes.

Le dirigió una mirada rápida. Sam miraba hacia el lago y el aire que había retenido en los pulmones salió de golpe. Podía contar con él, al igual que con la sierra. Su lugar de paz. Su roca. El mundo podría estar derrumbándose a su alrededor, pero él era firme. Tranquilo. Seguro de sí mismo. Inmutable.

—Con el tiempo, heredé un gran fondo fiduciario. Había suficiente dinero para vivir como quisiera. Me cambié legalmente el nombre. Me saqué la carrera y acabé aquí. Me encantó este *resort*, empecé a trabajar como gerente y lo transformé con mucho esfuerzo. El propietario era mayor y quería vender. Le hice una oferta y lo compré hace cuatro años, aunque no se lo dijimos a nadie en ese momento. No me gusta que nadie conozca mis asuntos.

Sam permaneció en silencio tanto rato que no estaba segura de que fuera a decir nada. Se bebió su café mientras contemplaba el lago y asimilaba lo que le había contado. Su mirada se dirigió a su rostro.

—Las pesadillas han empezado otra vez.

Ella asintió.

—Así es.

—Por eso no dormías bien y le gritaste a Berenice.

—Eso sigue sin ser una buena excusa, Sam. Le he pedido disculpas. —Si no lo hubiera hecho... Parpadeó para contener las lágrimas y bebió un trago de café—. No podía creer que hubiera un asesino en serie aquí, en nuestro hermoso hogar. Va a hacer que sus asesinatos parezcan accidentes. El primero se supone que es un pescador. Sabía que tenía uno o dos días para encontrar el lugar del asesinato, así que busqué por los alrededores como una loca. Fue pura suerte que encontrara este lugar, ya que está aislado y nadie viene aquí tan a menudo.

—¿Has tenido horribles pesadillas durante cinco noches seguidas y no se lo has mencionado ni siquiera a Zahra?

Stella se llevó los dedos a la boca y negó con la cabeza, con la mirada fija en su pecho.

—Si se lo dijera, tendría que contárselo todo —susurró—. Sam, no habrías estado aquí si no hubiera sido por mí.

—Pensar así no nos va a ayudar en nada, cariño. Si queremos atrapar a un asesino en serie, tenemos que adelantarnos a él. Preocuparse por si me has obligado o no a ir de pesca cuando nadie me ha obligado nunca a hacer nada es un poco ridículo, ¿no te parece?

—No he visto nada de él —confesó Stella—. Nada que me ayude a identificarlo. Estaba tan concentrada en llegar a ti que ni siquiera se me ha ocurrido mirar su equipo. El agua estaba turbia porque el fondo se había removido y era difícil de ver. Tenía frío y me aterraba no poder llegar a ti a tiempo. Ni siquiera se me ha ocurrido coger un cuchillo.

—Él conoce este rincón de pesca, pero muchos de los que vienen aquí año tras año conocen todos los mejores lugares de pesca. Cuando alguien va a la tienda de cebos y pregunta, Roy le da un mapa de los distintos puntos e incluso marca cómo llegar a ellos —recordó Sam.

—Es cierto —concedió Stella. No había pensado en eso—. Llevaba un traje de neopreno y nadaba en el lago, lo que significa que al menos se lo conoce. Si es de la zona, ¿qué le haría empezar a matar?

—Si has estado con el FBI, probablemente sabes más que yo. Mi opinión sería que los asesinos en serie matan por diversas razones. Ira. Emoción. Dinero. Incluso poder. Sexo. A veces podría ser la búsqueda de atención. Todo eso me parece bastante lógico, pero ¿los asesinos en serie son lógicos? ¿Quién demonios lo sabe?

Stella miró el lago con el ceño fruncido. Su hermoso lago.

—Quienquiera que haya tramado este asesinato se tomó muchas molestias para que pareciera un accidente. Estamos en un lugar aislado. Ha utilizado un equipo de buceo, ha buceado bajo el agua helada y ha llevado a cabo un elaborado plan para engañar a la forense, al sheriff y a todos los demás.

—Si es un asesino en serie, y tendría que serlo para desencadenar tus pesadillas, significa que planea llevar a cabo más de un asesinato, ¿no? —reflexionó Sam.

Ella asintió.

—No tengo pesadillas cada vez que asesinan a alguien. Tengo que estar muy cerca de un asesino en serie. Esto solo ha ocurrido dos veces antes.

—Si quiere que los asesinatos parezcan accidentes, podemos descartar la búsqueda de atención y el sexo como motivación.

—Denver siempre pesca aquí con Bruce. Es su lugar favorito. Ha heredado una gran cantidad de dinero. Cuando digo una gran cantidad, quiero decir millones. Más que millones. Lo suficiente como para que alguien quiera matarlo por ese dinero.

Sam se quedó callado una vez más mientras le daba vueltas a esa información en su cabeza.

—Si Denver fuera el objetivo, sería un solo objetivo. Nuestro asesino no sería un asesino en serie.

—A menos que quisiera ocultar su rastro haciendo que pareciera que Denver era uno de tantos si se descubrieran los supuestos accidentes —señaló Stella. Le pareció que eso era demasiado enrevesado, pero a saber qué pasaba por la mente de un asesino—. Me alegro de que Denver y Bruce bebieran anoche.

Levantó la vista hacia él y esbozó una sonrisa, pues se dio cuenta de que volvía a tener calor y café. Su perro estaba allí y hasta los colores del lago volvían a ser hermosos y no amenazantes. Tenía a Sam para hablar de las cosas. Sam sacudió la cabeza.

—Mujer.

—Hombre. —La sonrisa desapareció de su cara—. No quiero contar contigo y que luego desaparezcas, Sam. Sería preferible no empezar nada y dejar que me las arregle yo sola, que dejar que me apoye en ti y que abandones cuando creo que vas a estar aquí.

Stella se permitió mirarlo, aunque era difícil. Tenía que saberlo. No era una cobarde. Si bien su expresión era siempre la misma, era un maestro en no revelar nada.

—Estoy roto, Stella, y no dejo que nadie se me acerque. No es una buena idea. Pero tú... has conseguido abrirte camino. Tal vez porque ambos estamos un poco rotos. Nunca haces preguntas. Nunca presionas. No te molesta el silencio. Simplemente me aceptas. Vine a estas montañas y encontré auténtica paz por primera vez en años. Y entonces las montañas me dieron a ti. El simple hecho de estar cerca de ti me da paz. Si eso es todo lo que consigo, lo aceptaré. Si me ofreces más, lo aceptaré en un abrir y cerrar de ojos y nunca seré tan estúpido como para desperdiciarlo.

En lo que a declaraciones románticas se refería, no estaba a la altura de Shakespeare, pero Stella no necesitaba a un poeta. Sam cumplía con su palabra. Si decía que iba a quedarse, lo haría. Si declaraba que ella era para él, lo decía en serio.

Stella asintió, devolviendo la sonrisa.

—Quiero que te quedes, Sam. No sé si se me dará bien cualquier tipo de relación real que no sea la que tenemos, pero me gustaría intentarlo.

—No pensaba dejarte, a no ser que me echaras a patadas o salieras con un hombre, Stella. Sabes que Sean y Edward son buzos certificados y Jason y Bale han estado dando clase con ellos.

Stella no lo sabía.

—Genial. Tal vez todos son asesinos en serie. —Se frotó el pómulo—. Sería normal en ellos asesinar a un montón de gente solo para ver si pueden salirse con la suya.

—Tenemos que llamar al sheriff y comunicarle lo sucedido —dijo Sam—. Tendrás que anotar todos los detalles que puedas y dibujar lo que te sea posible. Yo también anotaré todo lo que pueda recordar.

—Sam, ¿tu identidad aguantará? —Detestaba preguntarle.

Él asintió.

—Sí, no hay problema. No pasa nada. Soy Sam Rossi.

CAPÍTULO 6

Griffen Cauldrey era el ayudante del sheriff local que fue a tomarles la denuncia. Stella lo conocía muy bien. Durante los últimos años, había tenido su cuota de llamadas al sheriff. En un *resort* del tamaño del suyo aparecían cadáveres en varios lugares, la mayoría ahogados. El alcohol y el agua no combinaban bien.

Griffen llevaba quince años con su mujer, Mercy, y tenían dos hijos gemelos a los que él se refería como los «pequeños demonios», pero siempre dicho con cariño. Los niños tenían ya diez años y podían ser un poco difíciles de manejar, pero eran respetuosos y hacían caso a sus padres, sobre todo a Griffen, cuando los llamaban al orden. Como a la mayoría de las familias de los condados de Mono e Inyo, les gustaban los deportes al aire libre, y Griffen y Mercy educaron a sus hijos con las normas de seguridad.

Griffen examinó la escena con su meticulosidad habitual, haciéndoles preguntas a los dos y volviendo atrás sin que lo pareciera. Tomó varias fotos de la parte posterior de la cabeza de Sam y luego insistió en que recibiera atención médica, pues quería documentarlo.

—Tendrías que saberlo, Stella —la reprendió—. Deberían haberle examinado de inmediato.

Ella asintió y señaló a Sam con la barbilla.

—Díselo a él, no a mí. Pensé que te haría más caso que a mí. Es duro como una piedra.

—He pedido ayuda a Búsqueda y Rescate para que busquen en barcos y camionetas equipos de buceo y también para que hablen con cualquiera que haya podido ver a alguien salir del lago con equipo de buceo. Las posibilidades de encontrarlos en este momento son bastante escasas, pero quizá tengamos suerte y alguien haya visto algo. No tenemos personal para algo como esto. Es todo voluntario, y para cuando lleguen aquí y los organice, este hombre ya se habrá ido. ¿Tienes enemigos, Sam?

Sam se encogió de hombros.

—No que yo sepa.

—Dime otra vez por qué has salido tan temprano por la mañana, Stella. —Griffen miró alrededor del campamento con todas las tiendas montadas.

Exhaló un suspiro. Era la tercera vez que lo contaba.

—Íbamos a acampar en este sitio y habíamos montado nuestras tiendas y dejado todo aquí, pero anoche fuimos al Grill. Vienna y Harlow tenían turno en el hospital y no salían hasta tarde, así que no iban a reunirse con nosotras hasta por la mañana, pero se suponía que Raine, Zahra, Shabina y yo íbamos a pasar la noche aquí. Me di cuenta de que todos habíamos bebido demasiado, así que le pedí a Sam que fuera nuestro conductor sobrio y le di las llaves de mi todoterreno. Me levanté temprano, hablé con Berenice en el alquiler de barcos y me dijo que Sam había pasado la noche aquí para asegurarse de que no se llevaban ninguna de nuestras cosas. Me sentí fatal porque tuviera que hacer eso, pues ya había tenido que llevarnos al *resort* porque estábamos un poco descontroladas. —Hizo una mueca y dirigió una mirada de disculpa a Sam, esperando no haber hecho demasiado el ridículo. Como siempre, había poca expresión en su rostro, aunque era posible que hubiera cierta diversión en sus ojos oscuros. Si lo había, desapareció casi de inmediato—. He llegado aquí, he dejado salir a Bailey y he corrido hacia el lago. Más que nada, me interesaba conseguir café. Aún no me había bebido ninguno y Sam siempre prepara. Estaba pescando y adentrándose entre los juncos. De repente se hundió de golpe bajo el agua y no salía. No pensé, simplemente me metí. Fue entonces cuando me di cuenta de que había alguien más en el lago que sujetaba a Sam bajo el agua. Llevaba un traje de neopreno. Me golpeó aquí. —Se señaló el pómulo—. Y me lanzó una patada aquí. —Se señaló justo debajo de sus pechos—. Luego se marchó. Ni siquiera estaba pensando en identificar algo de él. Solo en llegar hasta Sam. Pensaba que podría estar inconsciente.

No quería volver a revivir aquellos momentos debajo de las frías aguas, en los que creía que Sam se estaba ahogando y aquella oscura y siniestra figura se aproximaba a ella tan rápido que casi había dado una voltereta hacia atrás. Había desaparecido antes de que hubiera tenido tiempo de pensar.

—¿Por qué no ha intentado matarme, Griffen? —Se sentó más erguida, frunciendo el ceño—. No habría sido tan difícil. Llevaba equipo de buceo. Podría haberme sujetado bajo el agua.

—No estaba inconsciente. —Sam dio una respuesta—. Había sacado mi cuchillo del cinturón. Es cierto que he sido lento, quizá estaba un poco desorientado por el golpe en la cabeza, pero era consciente del ataque y de que él iba a por ti.

Ni siquiera había visto el cuchillo en la mano de Sam. Ahora que intentaba recordar detalles se dio cuenta de que en realidad había sido Sam quien la arrastraba a ella fuera del agua y no al revés.

—Supongo que no he sido una heroína. —Brindó una pequeña sonrisa a Griffen y rodeó su taza de café para llevar con las manos—. Si me hubiera tomado mi café, habría sido mucho más avispada.

Griffen pasó unos minutos más con ellos y luego se marchó para organizar la búsqueda del agresor. Los voluntarios locales estaban acostumbrados a aunar esfuerzos para ayudar a las fuerzas del orden cuando se les necesitaba para diversas tareas. En ese caso trabajarían por parejas, tanto dentro como fuera del agua, buscando a cualquiera que pudiera haber visto algo que permitiera identificar al agresor.

Harlow llegó al campamento para echar un vistazo al bulto en la parte posterior de la cabeza de Sam.

—Vienna está ayudando a Griffen a enviar a todos los voluntarios. Denver y Bruce están muy molestos por no haber estado aquí. Denver dice que se suponía que iba a pescar contigo esta mañana, Sam, pero tenía algo de resaca. Se disponía a venir pero tuvo que parar varias veces porque tenía ganas de vomitar. —Intentó no reírse mientras lo decía. Todo el mundo sabía que

Denver no estaba en las mejores condiciones si bebía demasiado. A continuación abrió el pequeño botiquín que llevaba consigo y se lo entregó a Sam—. Como es natural, los dos estarían aquí sentados como si nada, tomando café. ¿Hay algo que te perturbe, Sam?

—Que Stella no se beba su café por la mañana.

Hubo un breve silencio. Harlow dejó de explorar con los dedos la hinchazón en la parte posterior de la cabeza de Sam y levantó la vista.

—¿Acabas de hacer una broma? Creo que nunca te he oído hacer ninguna broma.

—No es una broma que Stella no tenga café.

—Eso es muy cierto —convino Harlow.

—Estoy aquí, por si alguien no se ha dado cuenta —señaló Stella—. ¡Caramba! Un pequeño golpe en la cabeza y Sam se cree gracioso.

—Siempre he sido divertido —dijo Sam con expresión inalterable—. No me hacía falta un golpe en la cabeza para eso.

Harlow se echó a reír y sacudió la cabeza.

—No tenía ni idea. Estoy deseando contárselo a Vienna. Se va a partir de risa ante la mera idea de que Sam pueda hacer una broma.

—No le animes, Harlow. —Stella echó la cabeza hacia atrás y miró las nubes que pasaban. Era bueno estar viva—. Y Vienna ni siquiera tiene sentido común. Le gustan los gatos.

Eso hizo que Harlow se riera más.

—¿Qué significa eso? Los gatos tienen mucho más sentido común que los perros. Bailey se habría tirado al agua fría para salvarte el culo y lo mismo habría hecho mi tonta beagle, Misha. Pero la gata de Vienna habría dado un respingo con desdén con la nariz. No habría sido tan tonta.

—No le falta razón —adujo Sam—. Bailey se habría tirado al agua.

Bailey levantó la cabeza y miró a Stella con sus ojos castaños. Ella le rascó detrás de las orejas.

—Porque eres muy fiel, ¿verdad, chico? Me habrías salvado. La gata de Vienna habría dejado que se ahogara.

—¿Le estás hablando con voz de bebé a ese enorme animal? —espetó Harlow—. ¿No se supone que es un perro de protección muy malote?

—No le hablo con voz de bebé a mi perro —negó Stella. Siempre lo hacía.

—Sí que lo hace —confirmó Sam, y alargó la mano para asir la de ella justo delante de Harlow.

Su mano estaba caliente. Sus dedos eran fuertes. Harlow se interrumpió a mitad de la frase que iba a decir cuando le vio agarrar la mano de Stella. Era la primera vez que Sam la reclamaba de forma pública, si acaso asirle la mano podía considerarse un reclamo público. Sam no parecía el tipo de hombre que se cogía de la mano con nadie. Era demasiado reservado para cualquier tipo de reconocimiento público o demostración de afecto.

Harlow agachó la cabeza para ver más de cerca la herida de Sam.

—No es tan grave como podría haber sido. Las heridas en la cabeza suelen sangrar mucho y hacen que las cosas parezcan mucho peores de lo que son. ¿Ves borroso?

—No. Me duele un poco la parte posterior de la cabeza, donde está la hinchazón. Está centrado justo ahí. Más bien me palpita, como si pudiera sentir los latidos de mi corazón allí.

A Stella le sorprendió que Sam se mostrara tan comunicativo y directo. Harlow le hizo unas cuantas preguntas más y él respondió mientras con el pulgar acariciaba con suavidad el dorso de la mano de Stella, disparando dardos de fuego por su torrente sanguíneo hasta lo más profundo de su ser, haciendo que fuera muy consciente de él. Solo con ese pequeño gesto.

No se atrevía a mirarle. Había pasado mucho tiempo. Demasiado tiempo. Ella no mantenía relaciones y no estaba segura de cómo reaccionar. Las preguntas que Harlow le hacía a Sam le parecían lejanas. Oyó a Harlow decir que ni siquiera tenía que usar pegamento para cerrar el corte, pero después de eso, se concentró en la forma en que ese único gesto tan pequeño hacía que su cuerpo cobrara vida. O tal vez fuera el hecho de poder sentarse en su silla de campin a primera hora de la mañana, con el sol brillando sobre el lago Sunrise, bañando el agua de magníficos colores, sabiendo que Sam estaba vivo. Sabiendo que el asesino no se había salido con la suya y que el hombre que ella quería no era su primera víctima. Que no había una primera víctima.

—Tierra a Stella —llamó Harlow—. Ese lago te hipnotiza. Necesito que me escuches. Sam nunca lo hace y tiene que tomar antibióticos. Se los tiene que tomar todos, hasta que se acaben. No sabemos qué había en esa roca o en el agua. Le he puesto una inyección para empezar y he aplicado crema antibiótica en la herida para asegurarnos.

Le tendió el tubo a Stella, obligándola a apartar la mano de Sam o a dejar el café. Sam resolvió su dilema soltándole la mano. Agarró el tubo que le daba Harlow.

—Tienes que aplicarte esto en el corte un par de veces al día durante dos días. Luego tienes que llevarlo al aire.

Sam alargó la mano con pereza y casi consiguió arrebatarle el tubo de crema antibiótica a Stella antes de que ella se diera cuenta de sus intenciones.

—Mujer —gruñó.

—Hombre. —Le miró fijamente. El gruñido tuvo efecto en ella, pero no la intimidó.

—No tengo cinco años.

—Ese es el problema. Harlow sabe que no se puede confiar en que te ocupes de tus heridas porque te crees una especie de machote que no necesita cosas como los antibióticos, a diferencia de las personas normales. Yo solo me ocuparé de controlar esto y de que te tomes también las pastillas.

Harlow se echó a reír mientras cogía el botiquín de manos de Sam y lo cerraba.

—Tengo que redactar un informe sobre ti y luego hacer lo mismo sobre tus heridas, Stella. Pero esto es genial. Nunca os había visto interactuar así a los dos.

—No tengo heridas —objetó Stella, mirando a su amigo con el ceño fruncido—. Griffen te ha informado mal. El presunto asesino me ha dado un puñetazo, pero debajo del agua, así que no ha podido hacerme demasiado daño. Lo que pasó es que me sobresalté y eso me hizo retroceder y alejarme de él. Eso le permitió encoger las piernas contra el pecho y empujarme con los pies. Llevaba las aletas puestas, pero aun así me dio con fuerza y me hizo retroceder.

Se llevó la mano al pómulo. ¿Por qué le dolía la mejilla? No debería. El agua había frenado el golpe del agresor. No pudo ejercer la fuerza suficiente para hacer daño de verdad, pero la sentía magullada. No estaba hinchada, pero sí la notaba sensible. Pasó los dedos por el lugar exacto en el que el presunto asesino le había golpeado la cara. Había un pequeño punto que le dolía. No era muy grave, pero sí estaba un poco dolorido. ¿Qué significaba eso? Llevaba guantes, pero ¿llevaba un anillo debajo de los guantes? ¿Algo pesado que hubiera golpeado justo en el hueso?

Miró a Sam. Sus miradas se cruzaron. Él lo sabía. Esa era otra pista. No una pista evidente, pero si llevaba anillo, no se trataba de una alianza, sino de uno pesado. Tendrían que anotarlo y ella tendría que pensar en su tacto. En su posible forma. Tal vez encontrar una manera de dibujarlo.

Harlow palpó el rostro de Stella con delicadeza. Stella hizo lo posible por no mostrar ningún tipo de emoción, sobre todo porque podía sentir la mirada de Sam fija en ella. Sabía que no se le pasaba casi nada y, a diferencia de él, no se le daba nada bien ocultar sus sentimientos. No quería que supiera que estaba herida, sobre todo porque en el fondo de sus oscuros ojos acechaba algo, una emoción que no podía comprender del todo, que la asustaba un poco.

—Chata —dijo Harlow—, te golpeó justo aquí, ¿verdad? —Deslizó el pulgar sobre el pómulo de Stella—. Es raro que debajo del agua el golpe haya sido tan fuerte como para dejarte dolorida. No hay moretones, pero noto que tienes muy sensible esta zona. Necesito que te pongas de pie para que pueda examinarte el abdomen y las costillas.

Stella era reacia a descubrirse delante de Sam. De repente se vio dejando el café en el suelo y casi metiéndose los nudillos en la boca como había hecho aquella niña de cinco años hacía tanto tiempo, como si quisiera recordarse que no debía hablar. Ese era uno de esos hábitos que le había costado superar y ahora unas cuantas pesadillas habían hecho que tuviera que luchar contra esas viejas y odiadas conductas.

Se subió el jersey.

—En realidad no hay nada que ver. Solo me dio una patada con tanta fuerza como para apartarme y poder alejarse nadando. Estaba claro que no iba a conseguir ahogar a Sam, y al estar los dos ha debido de decidir largarse a toda prisa.

Una vez más, Harlow palpó las costillas y el abdomen de Stella y luego debajo de sus pechos, que se había llevado la peor parte de la patada. Hizo lo posible por no reaccionar cuando Harlow encontró el lugar exacto del impacto.

—Debajo del agua no podría hacerme demasiado daño con una doble patada como esa —afirmó de nuevo Stella—. Estoy segura de que fue más para apartarme que otra cosa. —Volvió a bajarse el jersey.

—No entiendo por qué no usó un arpón o un arma parecida —dijo Harlow—. Se ha arriesgado mucho. Ahora la mayor parte del condado está en alerta. Ya sabéis que todo el mundo lleva un arma. La alerta se ha publicado en Facebook para los pescadores. Esto no impedirá que pesquen, de hecho, mañana el lago estará tan lleno de barcos como de hombres y mujeres pescando en el lago. Todos ellos irán armados.

Stella exhaló un suspiro.

—Lo sé.

Por supuesto, ella iba armada. Así era desde que tuvo edad para aprender a disparar. Nunca había dejado de practicar. Las imágenes de las cosas terribles que su padre y el otro asesino en serie habían hecho a sus víctimas se habían grabado a fuego en su mente. Por mucho que intentara olvidar esas terribles pesadillas, no podía. Lo peor era que sabía que eran reales. Los seres humanos habían hecho esas cosas a otros seres humanos. Su padre, un hombre que debía amarla y protegerla, había hecho esas cosas a los seres queridos de otras personas. ¿Cómo podría volver a confiar plenamente en alguien?

Tuvo la sensación de que el asesino era alguien que visitaba el condado a menudo, tal vez para pescar o cazar de forma regular. Puede que incluso se quedara en su campamento de pesca o en uno de los muchos campamentos o lugares para autocaravanas que alquilaba. Podría estar albergando al asesino. Tenía que estar cerca de ella o no tendría pesadillas.

Bailey profirió un breve ladrido de aviso para anunciar la llegada de otro vehículo. Sam se levantó en el acto y recogió su equipo mientras Zahra y Shabina salían del RAV4 de Shabina. Ninguna de las dos tenía aspecto de haber estado de fiesta casi toda la noche.

—¿Dónde está Raine? —preguntó Harlow.

—Han llamado a Búsqueda y Rescate para que ayudara a buscar a quien ha intentado matar a Sam esta mañana —dijo Shabina, mirando a Sam y a Stella—. Está revisando los barcos en busca de equipos de buceo y hablando con todos los que están en el agua, con la esperanza de que alguien haya visto algo extraño. ¿Estáis los dos bien?

—Harlow ha dictaminado que los dos estamos bien —dijo Stella, siguiendo a Sam hasta su camioneta—. ¿Estás seguro de que estás bien para conducir? Puedo llevarte yo y que uno de los otros venga con nosotros. —Intentó que la ansiedad no tiñera su voz.

Sam tenía la puerta de su vehículo abierta y su equipo ya colocado en el asiento del copiloto. Se volvió hacia ella y le enmarcó la cara con las manos de forma inesperada, haciendo que su estómago fuera una montaña rusa llena tirabuzones y volteretas.

—Estaré bien. Tengo trabajo que hacer. Diviértete con tus amigas y no pienses en nada durante un par de días, Stella. Te sentará bien. Yo me ocuparé del *resort*. —Agachó la cabeza y le rozó los labios con los suyos.

Fue un contacto muy breve, pero ardiente como el pecado. Un millón de mariposas alzaron el vuelo. Los saltos mortales de su estómago aumentaron, por lo que se llevó la mano a ese lugar mientras se preguntaba por qué nunca había tenido esa reacción en su vida con ningún hombre cercano a ella o con el que hubiera salido. Sam no la había besado de verdad, pero no parecía importar. Se montó en su camioneta, cerró la puerta, bajó la ventanilla y la miró con sus oscuros ojos.

—Satine, tienes que retroceder para que pueda irme. No voy a quedarme cuando el campamento esté invadido de mujeres.

Eso la hizo reír.

—Estás huyendo.

—Tan rápido como me es posible.

Stella sacudió la cabeza y se apartó, levantando la mano y viéndole dar marcha atrás con una facilidad fruto de la experiencia, para luego dar la vuelta y alejarse. Se sintió vulnerable casi al instante, como si los vigilaran. Cruzó los brazos sobre el pecho y miró despacio a su alrededor. Podía haber alguien en un terreno más elevado, escondido entre los árboles, a una buena distancia de ellos. Necesitaría unos prismáticos si quería verlos con claridad desde esa aventajada posición. Estaba el acantilado de granito que llegaba hasta los árboles. Las rocas sobresalían y podían proporcionar cobertura. Y, por supuesto, estaba el lago. Cualquiera que tuviera una barca podría observarlos desde el lago o desde uno de los puntos de la orilla cercanos a ellos.

—Stella, ¿vas a quedarte ahí todo el día, abducida por Sam, o vas a venir aquí a contarnos qué está pasando? —exigió Zahra—. Porque nos ha parecido que te ha besado.

Stella sintió que el color se le subía a la cara mientras volvía con sus amigas.

—Te aseguro que no lo ha hecho. —Tuvo que esforzarse para no llevarse los dedos a los labios, que de repente le hormigueaban—. No estoy segura de lo que has creído ver, pero no ha sido eso. —Puso los brazos en jarra y miró a Shabina y Zahra, estudiando la piel clara y radiante de ambas—. Habéis ido al *spa* a primera hora de la mañana, ¿verdad? —Las dos se miraron y se echaron a reír—. Mientras a mí casi me mata un chalado, vosotras gozabais de lujos —las acusó, contenta de desviar la atención de la despedida de Sam—. Y no veo ningún remordimiento en vuestras caras.

Shabina se subió las gafas sobre la nariz.

—Chica, si te hubieran hecho daño, estaríamos disgustadas, pero todo ha salido bien, así que solo podemos dar gracias por haber disfrutado de una mañana de *spa*.

—Yo he tenido una experiencia angustiosa. —Stella se sentó de forma pesada en su silla plegable.

—Has compartido una experiencia con Sam, el hombre más sexi de la tierra —le corrigió Zahra—. Eso es lo que dijo anoche, Harlow. Una y otra vez. No paraba de decir que era el hombre más sexi sobre la faz de la tierra.

—Desde luego que no —negó Stella, temiendo haberlo hecho. Probablemente de camino a casa. Con Sam al volante. Era imposible que no lo hubiera oído. Profirió un gruñido—. Mátame ya.

Harlow se echó a reír.

—Stella, ¿bebiste mucho anoche?

—Eso parece. No hablemos más de esto. Me duele la cabeza solo de pensarlo. —Stella rebuscó en su pequeña mochila para sacar sus gafas de sol. Las necesitaba para esconderse detrás de ellas.

—Tal vez soltar en tu estado de embriaguez que pensabas que Sam estaba bueno haya valido la pena —señaló Harlow—. Te ha cogido de la mano.

—¿Qué? —Zahra casi dio un salto—. Nos estás ocultando cosas. Somos tus mejores amigas y nos estás mintiendo. Sí que se ha despedido de ti con un beso.

Shabina se bajó las gafas de sol para mirar a Stella por encima de ellas.

—Estoy enviando mensajes de texto a Vienna y Raine ahora mismo para mantenerlas al tanto. Besándose. Cogidos de la mano. ¿Qué más ha pasado? Todo en un par de horas de la mañana también. Menos mal que hemos ido al *spa*, Zahra. Somos dos casamenteras. Es probable que nunca se hubiera juntado sin nuestra oportuna intervención.

Stella no pudo evitar reírse. Así era siempre cuando estaban juntas. Podían pasar de la seriedad a la diversión en un santiamén, apoyándose siempre unas a otras.

Vienna y Raine no se unieron a ellas hasta la tarde. Montaron el campamento a su gusto cuando estuvieron todas presentes. Vienna parecía cansada y las demás le sugirieron que descansara mientras ellas se ocupaban de cocinar a la hora de la cena, pero como siempre, insistió en hacer su parte. Jugaron a las cartas y hablaron hasta bien entrada la noche. Stella seguía sintiéndose incómoda y a menudo paseaba con Bailey para ver si detectaba alguna señal de un intruso en las proximidades. Bailey parecía tan receloso como ella, pero no gruñía ni adoptaba posturas, simplemente se mantenía alerta cuando normalmente habría estado relajado. Nadie más parecía notar la sensación ominosa en el aire como ella. Stella trató de atribuirlo a sus pesadillas.

Una por una, las demás se fueron a sus tiendas. Ella se quedó fuera con Bailey, patrullando alrededor de las tiendas y luego junto al lago para cerciorarse de que todas estaban a salvo. Incluso sacó su pistola del compartimento de su 4Runner, la cargó y la metió en su mochila, de la que no se separó en ningún momento.

Cuando volvió a la hoguera, el fuego se había apagado y solo Raine permanecía sentada, sin duda esperándola a ella. Stella cogió una manta y alejó un poco su silla del fuego, más para evitar que la luz le diera en la cara que por otra razón. Sabía que Raine la había esperado con un propósito: hablar con ella a solas.

—¿Ya están todas dormidas?

Raine asintió.

—Esta noche estás inquieta.

—Sigo teniendo la sensación de que alguien nos está observando. Sé que es probable que se deba a lo sucedido esta mañana, pero no puedo librarme de ella. Bailey metió la cabeza en su regazo y Stella le rascó las orejas.

—Te he preparado chocolate caliente y lo he echado en tu termo para el chocolate caliente. —Raine le dio el termo—. Esto te mantendrá caliente.

—¿Quieres hablar de algo? —Stella pensó que sería mejor ir al grano.

—¿Cómo de profunda es tu relación con Sam, Stella? —preguntó Raine en voz baja, mirando a su alrededor como si las demás pudieran oírlas, aunque había esperado a que estuvieran dormidas en sus tiendas. Stella y ella estaban sentadas a una buena distancia, junto a la hoguera, pero seguía preocupada.

Stella se quedó paralizada. Así era Raine. Sabía cosas que otros no sabían.

—¿Por qué?

—Siempre habéis actuado como si fuerais muy buenos amigos, pero Shabina me ha enviado un mensaje diciendo que te ha besado y que os habéis cogido de la mano. Parece que sois más que amigos. ¿Tienes una relación con él? ¿O estaba de broma? Anoche en el bar parecía protegerte.

—Siempre es protector —replicó Stella, tratando de esquivar la pregunta—. Es su naturaleza.

—No, no lo es —negó Raine—. A menos que le pertenezcas. No reclama a mucha gente de su círculo, ni siquiera a nosotras, y eso que le conocemos desde hace años.

Stella inclinó la cabeza y estudió el rostro de Raine a la luz del fuego, cada vez más débil.

—Sueles investigar los antecedentes de cualquiera que se acerque a nosotras. ¿Lo has hecho con él? —Sentía curiosidad. Si Raine le había investigado, nunca lo había dicho.

Raine negó con la cabeza y volvió a mirar a su alrededor, con expresión cautelosa.

—No.

—¿Por qué no? Seguro que sabes más que nadie sobre todos los habitantes de la ciudad. ¿Por qué no de Sam? ¿Por qué no lo investigas? Ya que está claro que no confías del todo en él. —Stella trató de no parecer agresiva ni beligerante.

Se trataba de Raine. Su amiga. Conocía a Raine desde hacía más tiempo que a Sam y siempre había sido muy leal. Si Raine tenía algo que decir, Stella tenía que escucharla por mucho que quisiera estar con Sam. Denver le había advertido sobre Sam, pero no estaba segura de qué era lo que intentaba decir. Raine sería sincera y no habría intenciones ocultas. Tal vez no deseara escucharlo, y podría ser doloroso, pero esa no era la intención de Raine.

Raine frunció el ceño.

—No, no es una cuestión de confianza, Stella. Me estás interpretando mal. Eres mi amiga y no quiero que te hagan daño. Sam es el tipo de persona con la que puedes contar si estás en su círculo, y su círculo será muy pequeño. No dejará entrar a mucha gente. Si eres una de esas personas, considérate afortunada porque te defenderá con su vida. Nunca te mentirá y estará a tu lado.

—¿Pero? Oigo un pero. Hay una razón por la que no has investigado sus antecedentes, Raine. Y hay una razón por la que me estás advirtiendo sobre él, porque esto es una advertencia, ¿no? —Stella se obligó a seguir con la conversación pese a que sabía que Raine lo habría dejado ahí. Raine no se entrometía. No se inmiscuía en la vida de ninguna de ellas, aunque podría haberlo hecho sin problema. No cotilleaba y no revelaba las confidencias.

Raine suspiró y se apartó el largo cabello veteado por el sol, en un raro gesto de nerviosismo.

—Sabía que no encontraría nada sobre él y no quería activar una alerta si alguien le estaba buscando. —Dudó—. Los hombres como él tienen activadas alertas para esa clase de cosas en sus registros. Saben cuando alguien está tratando de dar con ellos. Tendrá amigos que le avisarán si alguien le busca. No quiero una visita en medio de la noche.

A Stella se le cayó el alma a los pies.

—¿Qué significa eso, Raine?

Raine se frotó la mano en la pierna y miró hacia el lago.

—Es evidente que ha venido aquí para vivir su vida, Stella. Quiere que lo dejen en paz. Si llamara la atención sobre él, no estaría muy contento y no podría culparle. Ha cumplido.

—Denver me dijo que es lo que algunos militares denominan un «fantasma». Prácticamente aseveró que Sam solucionaba líos, no solo para los militares, sino también para otras agencias.

Stella mantuvo su mirada fija en el rostro de Raine. Esta no tenía la cara de póker de Vienna y en ese momento se sentía muy incómoda.

—¿Cómo podría saber Denver lo que Sam hizo para cualquier agencia, Stella? A menos que Sam se lo contara, y tú y yo sabemos que Sam nunca haría eso, Denver no sabe nada. Solo estoy dando palos de ciego y lo hago como tu amiga porque quiero que estés muy segura antes de comenzar una relación con él. No digo que sea algo malo, solo que tienes que saber con quién estás. Tienes ese derecho.

—¿Debería tener miedo de un hombre así?

—¿Tienes miedo de Sam? —Raine la miró a los ojos.

Stella no respondió de inmediato. Raine se merecía una respuesta sincera. Stella recordó todas las veces que había estado a solas con Sam en los últimos dos años. ¿Había tenido miedo de él? Cuando tenía que descartar sospechosos consideró que él, como todos los demás, podría ser el asesino de sus pesadillas, pero en realidad nunca creyó que pudiera ser el asesino en serie. Negó con la cabeza.

—No, nunca le he tenido miedo. Hace que me sienta segura.

Raine asintió.

—Entonces tienes tu respuesta, Stella, y yo tengo la mía. No necesito investigar sus antecedentes.

—En realidad no quiero que lo hagas. No te estaba pidiendo que lo hicieras, solo me preguntaba por qué no lo habías hecho.

—Porque es un hombre peligroso y no pienso meterme con él. También creo que se merece con creces empezar una nueva vida, cosa que ha hecho aquí.

Stella tomó un sorbo de chocolate caliente.

—¿Investigaste mis antecedentes? —preguntó con voz baja, serena en apariencia, pero el corazón le latía muy deprisa y le dolía el pecho hasta el punto de que temía saber lo que sentían los que sufrían infartos.

Raine suspiró y asintió, sin apartar la vista de ella.

—Lo siento. Es un riesgo que conlleva mi trabajo. De hecho, tengo que investigar los antecedentes de la gente con la que salgo. Te conozco desde hace muchos años, Stella. Nunca te he dicho nada a ti ni a nadie. Sé guardar secretos y he guardado los tuyos.

—¿Incluso de nuestras amigas? —Stella señaló hacia las tiendas.

Raine la miró con el ceño fruncido.

—Por supuesto. No es asunto de nadie. Tú decides si quieres contárselo a alguien, ni yo ni nadie.

Stella no sabía cómo sentirse ante el hecho de que Raine supiera quién era ella en realidad o que su padre había sido un asesino en serie. Sintió que el color le invadía la cara y agradeció que fuera noche cerrada y que estuviera sentada lo bastante lejos de la hoguera como para que las llamas no le iluminaran la cara. Raine siempre la había aceptado y le había mostrado una lealtad inquebrantable, pero el mero hecho de que supiera quién era en realidad, con su terrible pasado, le resultaba desconcertante.

En el pasado siempre había empezado así; una persona se enteraba y entonces su vida daba un vuelco. Los susurros. Las miradas. El circo mediático. Era muy injusto echarle la culpa a Raine. Hacía años que lo sabía y no había dicho una palabra, ni siquiera a sus amigas más íntimas.

Raine se aclaró la garganta.

—No sé con certeza qué tipo de trabajo hacía Sam. No me gusta especular, pero digamos que Denver tiene razón sobre él y que es uno de esos fantasmas, a falta de una palabra mejor. —Apretó los labios y volvió a mirar a su alrededor e incluso echó un vistazo al aire como si pudiera haber un dron rondando por allí.

Stella se enderezó, sin pensar ya en que alguien descubriera su pasado. Si Raine estaba tan nerviosa, tenía que haber una razón. Raine no se ponía nerviosa a no ser que estuviera escalando a ciertas alturas y le diera un ataque de pánico o soltara tacos como un marinero.

—Los hombres de esa profesión no suelen vivir mucho tiempo, no porque no sean buenos en lo que hacen, sino porque lo son. Hacen enemigos. Les envían por todo el mundo a eliminar objetivos importantes y por ello tienen información que no se puede revelar al público. Están entrenados en métodos de interrogación y asesinato y son auténticos fantasmas, como los ha llamado Denver. Si los envían a por ti, no cejan.

Stella se mantuvo muy quieta.

—¿No debería Sam decirme estas cosas? ¿No es eso lo que has dicho?

—Sí, si es una de esas personas, y no sé si lo es. Pero alguien intentó matarlo esta mañana de una forma muy extraña. Estaba pescando, Stella, y se puso un equipo de buceo y nadó en aguas muy frías y habría hecho que pareciera un accidente. Un hombre que ha hecho la clase de cosas que él ha hecho por su país se ha ganado enemigos, Stella. Esos enemigos no dejarán de buscarlo. Pueden encontrar la manera de poner alertas en sus archivos, así que si alguien como yo hiciera una comprobación de sus antecedentes, podría delatarlo. Si lo encontraran, enviarían a un asesino para acabar con él. Si es lo que Denver piensa, podría tener una diana en la espalda, y si tienes una relación con él, eso también te hace potencialmente vulnerable. —Raine estiró las manos al frente y separó los dedos—. No estoy tratando de ahuyentarle, porque realmente no sé nada de él, pero tal vez deberías preguntarle directamente, Stella. Podría ser un simple veterano que ha pasado por un momento difícil y quiere que lo dejen en paz.

—¿Este asesino mataría a otros y haría que los asesinatos parecieran accidentes para encubrir lo que ha hecho?

Sam no le había sugerido de ninguna manera que pensara que el asesino podría haberle elegido a él específicamente. Y ¿cómo podría haberlo hecho? Sam no tenía que haber estado allí. Pero Raine seguía mirando al cielo. ¿Acaso eso significa que alguna agencia tenía la capacidad de vigilarlos? ¿Podrían encontrar a Sam de esa manera? Stella contuvo la respiración.

Raine frunció el ceño.

—No, ¿por qué iba a hacerlo? Enviarían a un profesional. Daría en el blanco y se iría. Nadie se enteraría. Si hubiera un testigo, quizá tendría que matarlo también, pero no, no mataría de forma indiscriminada a un montón de personas. Los fantasmas no son asesinos en masa. Eliminan objetivos específicos que son una amenaza para la seguridad nacional. Jefes de cárteles de la droga o células terroristas. No matan a cualquiera, Stella. Nadie que hubiera sido enviado para liquidarlos como venganza querría llamar la atención.

Un asesino enviado para matar a Sam no habría sabido de antemano que su objetivo estaría en el campamento que ella había elegido para evitar un asesinato. Sam no había mencionado la posibilidad porque no era una posibilidad.

—Era imposible que un asesino supiera que Sam estaría aquí, Raine —señaló con lógica—. No es que pesque de forma regular.

—A menos que ya lo estuvieran siguiendo o vigilando, lo cual es una posibilidad —insistió Raine—. Solo digo que te vendría bien mantener una conversación, Stella.

Stella asintió y tomó otro sorbo de chocolate caliente.

—Gracias, Raine. Te agradezco que me hables de Sam. Sabes que soy prudente con las relaciones. Llevamos dos años andándonos con rodeos. Siempre me he sentido atraída por él.

—Cualquiera podía ver que la química estaba ahí —admitió Raine con una pequeña sonrisa—. Las demás hacíamos apuestas sobre si te acostabas en secreto con él y simplemente no lo admitías.

Stella enarcó una ceja.

—¿De verdad? No, tenía cuidado. No quería arruinar lo que teníamos. Además, él tenía que dar el primer paso.

Raine sacudió la cabeza con esa pequeña sonrisa aún en su rostro.

—¿Cómo se supone que iba a hacer eso si eras tan cerrada?

Stella no podía negar que eso era verdad. Era bastante cerrada con todo el mundo.

—Pero ¿ha dado el paso? —preguntó Raine.

Stella asintió.

—Me ha dicho que le gustaría algo más.

Después de lo que tanto Raine como Denver le dijeron acerca de que Sam podría ser uno de esos fantasmas y estar huyendo, ¿cómo podían tener una relación de verdad? Eso excluía la posibilidad de un futuro real. Sam tendría que ser capaz de coger sus cosas e irse a la primera señal de que alguien le había encontrado. Ella amaba su *resort*. Había creado un hogar allí y había trabajado duro para conseguirlo. Amaba la sierra. Nunca tendrían hijos aunque quisieran tenerlos, porque si los tuvieran no podrían huir. Sam no le había dicho ni una vez que tuviera ningún problema. No cabía duda de que tenía que hablar con él.

—Me voy a acostar —dijo Raine—. Gracias por dejarme decir lo que pienso sin alterarte, Stella.

—Gracias a ti por preocuparte lo suficiente como para decirlo. —Stella sabía que a Raine le preocupaba poner en peligro su amistad, pero aun así había seguido adelante y había expuesto sus preocupaciones.

Stella permaneció sentada durante mucho tiempo mientras las llamas de la hoguera se reducían a rojas cenizas. Las nubes se movían en lo alto, tapando de vez en cuando la luna y siguiendo su camino después. Siguió rascando las orejas y la cabeza de Bailey y acariciándolo hasta que por fin le entró tanto sueño que tuvo que retirarse a su tienda.

Vienna recibió una llamada a primera hora de la mañana. James Marley, un lugareño, no había llegado a casa ni respondía al móvil. Tenía setenta años y cuatro hijos, tres varones y una mujer. Tenía siete nietos. Llamaba a sus nietos todos los días, aunque solo fuera unos minutos. A menudo los llevaba a pescar, su pasatiempo favorito.

James se había ido a pescar la mañana del ataque a Sam y no se sabía nada de él desde entonces. Su hija Sadie había ido a buscarlo cuando no se presentó como siempre. Fue a varios de sus lugares de pesca favoritos y al final encontró su camioneta, pero no a él. Llamó a sus hermanos, que lo dejaron todo y acudieron de inmediato, registrando la zona y el lago cerca de donde estaba su camioneta, pero no pudieron encontrarlo. Avisaron al sheriff, que llamó a Búsqueda y Rescate.

Stella se despidió de Raine y de Vienna con la mano y les dijo que desmontaría las tiendas y las llevaría de vuelta al *resort*. Tenía un mal presentimiento en la boca del estómago. ¿El asesino había nadado directamente desde Sam hasta James y lo había asesinado? ¿A qué distancia se encontraba James de la ubicación de Sam? No tenía ni idea. Se sentía culpable. No se le había ocurrido que el asesino pudiera cambiar a una víctima por otra. Esperaba estar equivocada y que James estuviera en algún lugar, pero sabía que no era así. Esa terrible sensación en sus entrañas le decía que era la primera víctima del asesino en serie allí mismo, en su querida comunidad.

CAPÍTULO 7

Stella se sentó en su columpio favorito con forma de huevo, que colgaba del techo de su porche con vistas al lago. A esa hora de la tarde, todos los barcos estaban dentro y el puerto deportivo estaba tranquilo. La mayoría de la gente estaba en las cabañas para pasar la noche. Unos cuantos fiesteros empedernidos estaban de jarana, lo que siempre le preocupaba. El alcohol y el agua no se llevan bien, sobre todo por la noche. Si uno de los juerguistas decidía darse un baño por su cuenta o simplemente se metía en el lago, por la mañana notificaría al sheriff otro ahogamiento.

Bastante malo era ya que James Marley siguiera desaparecido. Vienna y su equipo de rescate, incluido Sam, habían salido dos días seguidos a buscarlo en el lago. Stella no quería que se produjera ninguna otra muerte, sobre todo si se podía evitar.

La temperatura del lago era inesperadamente baja, incluso para esa época del año. Advirtió a los que salían en barca y a los que pescaban, pero los juerguistas insistían a veces en que eran «como osos polares» y podían correr desnudos por el lago. Las dos cabañas que hacían tanto ruido le habían provocado dolores de cabeza durante varias noches. Se alegró al saber que se irían a sus casas en la ciudad dentro de dos días. Una vez que se fueran, cerrarían y respirarían aliviados porque la temporada había terminado. Tendrían un respiro por un tiempo.

—Me alegraré de no verlos más —murmuró, meciéndose con suavidad en la silla.

Sam giró un poco la cabeza para seguir su línea de visión.

—Me he ocupado de que Patrick y Sonny los vigilen por la noche y yo me he asegurado de hacer rondas extra. Los sacaremos de aquí de una pieza.

Los dos guardias de seguridad seguían trabajando juntos en el turno de noche, pero en cuanto los últimos huéspedes se hubieran ido, los guardias temporales se irían a casa y Sonny haría el turno de noche y Patrick el de día.

Sam llevaba unos vaqueros desgastados con un holgado jersey oscuro de punto. Podía ver la parte superior de su camiseta oscura bajo el jersey. La chaqueta abierta permitía ver el grueso forro de borreguillo. El pelo le caía sobre la frente, un poco rebelde, y los ojos le brillaban en la oscuridad. Su aspecto era el mismo de siempre, pero diferente, porque ahora era aún más consciente de él.

—Nunca duermes mucho. No eres un guardia de seguridad, Sam.

—No necesito dormir mucho. Nunca lo he necesitado. Es así desde que era un niño. Volvía loca a mi madre.

Nunca había mencionado a su madre, pero hasta el otro día, tampoco ella había mencionado a la suya. Pensó que ese era un momento tan bueno como cualquier otro para sacar las cosas a la luz.

—Sam, no me gusta hurgar en tu pasado, eso te pertenece. Lo que ocurre es que un par de personas me han mencionado algo que es un poco preocupante para seguir adelante... —Su voz se fue apagando.

Detestaba este tipo de conversaciones. Prefería que él le contara su pasado voluntariamente, como había hecho ella, y no sacárselo a la fuerza. Sin embargo, no quería entregarle su corazón y que luego su mundo se pusiera patas arriba. Quizá ya era demasiado tarde. Se había abierto a él de un modo que ni siquiera había hecho con sus amigas y eso la aterrorizaba.

Sus ojos oscuros recorrieron su rostro con esa sorprendente suavidad que parecía reservar solo para ella.

—Mujer.

—Hombre. —Fue una respuesta automática.

—Mujer, no me exasperes.

Se sorprendió al reír a pesar de la seriedad de lo que sentía.

—Alguien planteó que podrías ser algo llamado «fantasma» y que estabas huyendo del Gobierno. Me pediste que te pagara bajo cuerda y me dijiste que tenías ciertas habilidades. Es cierto que no te he preguntado si estabas pensando en que solo nos acostemos o si estábamos considerando más bien una relación exclusiva y permanente, pero supongo que yo estaba pensando en eso último. No dejo que la gente entre en mi mundo y no lo haría solo por sexo. Quiero decir que no podría acostarme contigo sin que mantengamos ninguna conversación íntima.

No se le daba bien eso, no cuando para empezar no quería interrogarlo. No le costaba abordar cualquier tema cuando lo consideraba necesario, pero aquello le parecía mal, como si hiciera caso a los rumores y le exigiera respuestas.

—Es que si fuera la verdad y esta gente te persigue, Sam...

Él sacudió la cabeza.

—No sé cómo empiezan estos ridículos rumores, cariño. A la gente le gusta estar informada y se inventa cosas solo para sentirse importante. —Había cierto tonillo de burla en su voz—. Si las agencias gubernamentales quieren rastrear a una persona hoy en día, pueden hacerlo. Incluso alguien con mis habilidades acabaría por ser descubierto. Sí, he trabajado para el Gobierno, pero tengo buena relación con ellos. No siempre tan bien conmigo mismo. A veces me cuesta dormir por la noche. En cuanto a la agencia para la que trabajé, saben dónde encontrarme. Aún me piden que les ayude de vez en cuando. Siempre digo que no y lo respetan. Ya he cumplido. No van a enviar a un joven sicario a por mí. Da para una buena película, pero no es la realidad.

Stella se rodeó las rodillas con los brazos mientras el columpio se balanceaba un poco. La luna derramaba su luz sobre el lago, resaltando la superficie de modo que parecía brillar como el cristal. La noche podría haber sido tranquila si las dos cabañas no tuvieran la música a todo volumen. La conversación aumentaba, las risas desenfrenadas reverberaban el agua, llegaban hasta su porche y luego el sonido se esfumaba, como si los juerguistas hubieran entrado o cerrado las puertas durante un momento.

Sam se apoyó en la barandilla, con los brazos cruzados sobre el pecho y las piernas estiradas; parecía relajado pese a que sabía que era consciente de todo cuanto le rodeaba. Tal vez eso era lo que la hacía sentir segura. Bailey se acercó a él. Desde el principio le había aceptado y su perro aceptaba a pocas personas como su familia.

—En cuanto a nosotros dos y lo que estamos construyendo juntos, espero que estemos de acuerdo. Quiero cualquier futuro que pueda tener contigo.

El estómago de Stella se calmó. Denver había estado bebiendo cuando le contó su teoría sobre los fantasmas y Sam. No solía beber tanto y eso no le había impedido llevarse tan bien como siempre con Sam en el momento en que los dos tuvieron que enfrentarse a Sean y Bale cuando insultaban a Shabina en la pista de baile. Denver parecía haber olvidado todas sus graves advertencias después de eso.

Por otro lado, ¿qué había dicho Raine? Raine no era dada a las fantasías, pero en realidad no había dicho que Sam fuera una de esas personas ni que el Gobierno lo estuviera buscando. Lo que dijo fue que era más probable que tuviera enemigos que lo estuvieran buscando, enemigos que había hecho mientras trabajaban para el Gobierno. Eso tenía sentido.

—¿No te importa estar con una mujer que de vez en cuando puede tener pesadillas y decirte que anda suelto un asesino en serie? —Intentó restarle importancia, pero se le hizo un repentino nudo en la garganta y en el estómago. Raine pensó que Sam podía tener enemigos, pero ella no era ningún regalo. Siempre tendría la maldición de saber si un asesino estaba demasiado cerca.

Sam se movió entonces de esa manera lenta y fluida típica en él, se apartó de la barandilla y puso fin a los escasos metros que los separaban para colocarse con las piernas justo contra el columpio, de manera que todo movimiento cesó. Se inclinó y le enmarcó el rostro con sus grandes manos, clavando los ojos en los suyos.

—Te lo he dicho, Stella, y hablaba en serio. Te aceptaré como sea. Tú me aceptas tal y como soy. No te molesta que yo también esté un poco roto. No necesitas que hable todo el tiempo. Tan solo me dejas ser yo. Eso es un don poco común. Tú eres un regalo excepcional.

Deslizó el pulgar por el labio inferior de Stella en una caricia apenas perceptible, pero intensa e íntima, como cada contacto con Sam. Quizá se había enamorado tanto de él porque Sam sabía quién era en realidad, no la máscara detrás de la que se escondía, ese personaje que había creado. Lo sabía todo de ella, incluso las partes feas y llenas de pánico, y parecía aceptarlas.

No sabía quién se arrimó primero. Podría haber sido ella. Así de irresistible era Sam. Lo siguiente que supo fue que estaba de pie, con el cuerpo pegado al suyo, la boca soldada a la de él y su mano en la nuca para impedir que se moviera mientras un fuego brillante y ardiente y sin control se encendía.

Nadie la había besado como Sam. El mundo desapareció y el único anclaje que tenía era sus puños agarrando su camisa. Había algo hermoso y surrealista que acompañaba a ese fuego, cada terminación nerviosa de su cuerpo respondía a él, cobraba vida para él. Estaba viva. La verdadera Stella. Pequeñas chispas eléctricas parecían saltar de su piel a la de Sam y de nuevo a la suya. Sintió su atracción. Tan intenso era el fuego que su cuerpo se quedó laxo y pareció fundirse con él.

Sam levantó primero la cabeza mientras sus brazos la sostenían.

—Vamos adentro antes de que no podamos parar, Stella.

No estaba muy segura de que pudiera caminar con las piernas temblorosas, pero no fue necesario. Sam la cogió en brazos sin esfuerzo, la apretó contra su pecho y la llevó adentro. Stella no sabía si había entrado flotando en el dormitorio o si en realidad la había llevado en él, pero sí sabía que el fuego rugía en la boca de su estómago y por sus venas corría lava fundida en el momento en que la dejó en el suelo. Sus manos se afanaban por encontrar el dobladillo de su camiseta para quitársela. Necesitaba el contacto de piel a piel. Sam siempre desprendía tibieza. Calor. Un fuego ardiente igual al de su interior.

Entonces obtuvo lo que quería, lo que necesitaba. Solo ellos dos. Por fin. Tendría que haber sabido que Sam era igual fuera que dentro del dormitorio.

Dominante. Paciente. Hábil. Generoso. Exigente. Le gustaba ir despacio y ser apasionado. Era intenso y minucioso y muy Sam. No decía mucho con palabras, lo expresaba todo con su cuerpo, y se le daba muy bien hablar así. Y dijo todo lo que ella necesitaba y quería que dijera y más.

Stella se apoyó en la barandilla y contempló el lago. Bailey, el perro traicionero, estaba con Sam, cosa que en realidad no le sorprendía. Debería estar contenta de que Sam recorriera la propiedad tan a menudo para cerciorarse de que los juerguistas borrachos no se cayeran al lago y se ahogaran. No dejó que sacaran pistolas y dispararan al cielo en una extraña celebración.

A Sam no le gustaba tratar con los huéspedes, pero podía reparar cualquier cosa. Nunca se ocuparía de los impuestos ni de la parte comercial del *resort*, pero se aseguraría de que hubiera fuertes medidas de seguridad y de que todo estuviera siempre en óptimas condiciones. Si había que despejar las carreteras, Sam se encargaba de ello. En poco tiempo, Stella había llegado a depender de él sin ni siquiera darse cuenta.

Siempre le había gustado la noche y quedarse sola jamás le había puesto nerviosa ni hecho sentir inquieta, hasta que su pesadilla la había despertado. Sam la había ayudado a mitigar eso, pero por alguna razón sintió un repentino escalofrío en la espalda y se le puso la piel de gallina. Le invadió la misma sensación que en el lugar de pesca, cuando pensó que alguien la observaba.

Se enderezó despacio, se dirigió a las escaleras y silbó para llamar a Bailey. Él acudiría a su lado en cuanto oyera ese silbido, pasara lo que pasase. Se sentiría más segura sabiendo que estaba cerca. Se adentró en las sombras, deseando haberse llevado consigo sus prismáticos nocturnos. La luz del porche estaba apagada, pero eso no significaba que si había alguien ahí fuera, no la viera incluso en la oscuridad. Podía tener prismáticos de visión nocturna como ella.

Esperó, cada vez más inquieta. Los minutos parecían pasar con lentitud. Si de verdad había alguien ahí fuera, Sam lo sabría. Tenía una especie de sexto sentido para ese tipo de cosas. No estaba en el campamento cuando sintió que los vigilaban. ¿Y si alguien le había hecho daño? ¿Y si estaba en algún lugar herido ahora mismo? ¿O en el lago? ¿O en el agua fría? Su imaginación la estaba venciendo y tenía que parar. Bailey daría la voz de alarma.

Respiró hondo varias veces. Se había entrenado para eso. Sabía disparar un arma. Estaba entrenada en defensa personal. Podía manejar un cuchillo si era necesario o al menos hacer todo lo posible para defenderse de un ataque con arma blanca, sabiendo que podría resultar herida. La preparación para esas situaciones no siempre se trasladaba a la realidad de las circunstancias. Esperaba que no fuera ese el caso.

Practicaba el excursionismo con mochila y la escalada, y se entrenaba para esos deportes. En especial le gustaba la escalada en bloque. Se esforzaba por mantener su cuerpo en buena forma y por saber bien lo que hacía cuando escalaba. No se limitaba a decidir que subiría una montaña, sino que se entrenaba para ello. Stella esperaba que la misma dedicación que aplicaba a sus actividades de excursionista y escaladora se aplicara también a su entrenamiento para cualquier situación en la que pudiera encontrarse en lo que respecta a la autopreservación. Iba al campo de tiro dos veces por semana. Tenía un instructor de lucha cuerpo a cuerpo y un instructor de armas con el que entrenaba tres veces por semana. Esperaba que las carreras que odiaba y todo el trabajo de acondicionamiento físico que realizaba por la mañana y por la noche le sirvieran para enfrentarse a un agresor.

Bailey salió de repente de la oscuridad y subió a toda prisa las escaleras para apoyar su hocico contra ella. Le invadió un inmenso alivio. Posó ambas manos en su pelaje y se agachó junto a él.

—Cielo, has vuelto conmigo. ¿Dónde está Sam? ¿Está bien?

—Aquí, cariño. —La voz de Sam era suave y le llegaba desde la oscuridad.

No estaba en el porche, sino más bien abajo, mirándola a través de la barandilla. No parecía resollar, pero estaba claro que había corrido o apretado el paso para llegar hasta ella.

—Hay alguien ahí fuera observándome. Puedo sentirlo —advirtió Stella, segura de ello, manteniendo a Bailey delante de ella por si el vigilante tuviera prismáticos.

—Creo que tienes razón —dijo Sam—. No puedo localizarlo y Bailey tampoco.

Agradeció que no intentara suavizar el golpe. Lo habría detestado.

—¿Podría estar en el agua? ¿En un bote?

—Es posible. Podría estar en cualquiera de las pequeñas calas rocosas que dan a esta casa si tiene prismáticos. O podría estar en una de las cabañas. Bailey me ha acompañado varias veces alrededor de las cabañas vacías para revisarlas, pero no encontramos nada.

—Al despertaste sabías que alguien estaba observando y por eso llamaste a Bailey —aventuró Stella.

—Sí. He dormido unas dos horas y al levantarme para hacer la ronda, me lo he llevado conmigo. He pensado que no te importaría. He cerrado con llave, aunque ya veo que no te has quedado dentro. —Sacudió un poco la cabeza—. Debería haberte dejado una nota.

—¿Crees que es el asesino?

—¿Por qué iba a vigilarte? Es imposible que sepa lo de tus pesadillas, Stella.

—Porque yo estaba allí en el lago y le impedí que te matara.

Sam agarró con fuerza los gruesos barrotes que formaban la elegante barandilla del porche.

—Ahí está. Has llamado la atención al sumergirte en un lago helado para salvarme.

—No podía saber que no estabas inconsciente y que tenías un cuchillo y estabas a punto de acabar con él, Sam.

Levantó la mano y le acarició un lado de la cara.

—¿Te he parecido molesto contigo en lugar de agradecido? Porque créeme que te estoy muy agradecido de que te importara lo suficiente como para arriesgar tu vida por mí, Stella.

—Creo que me siento culpable por haberme interpuesto. —Señaló el lago por encima del lomo de Bailey—. Todavía está ahí fuera. Si de verdad ha matado a James Marley y hace lo que hicieron los otros dos asesinos con los que me he topado, matará de nuevo muy pronto. Si no me hubiera interpuesto en tu camino, tal vez podrías haberlo detenido.

—No puedes pensar así, Stella, y lo sabes —dijo Sam en voz queda—. Hace demasiado frío aquí fuera. Entra con Bailey. Yo iré por la parte de atrás y entraré por ahí. Sea quien sea, no lo vamos a encontrar esta noche, y no tiene sentido perder más el sueño por él.

—No tienes por qué dormir en mi casa si estás más cómodo en tu cabaña, Sam. —Se obligó a decir Stella. Se sentía mucho más segura con él allí, pero no quería que pensara que estaba presumiendo que querría quedarse con ella solo porque le había hecho el amor.

—Tengo mi equipo aquí y hay habitaciones muy cómodas si no me quieres en tu habitación, Stella. No te preocupes por mí. Prefiero que estemos juntos mientras todo esto sucede.

Stella asintió sin estar muy segura de que le gustara su respuesta. ¿Qué significaba eso? ¿Que se iría cuando terminara? ¿Que no querría seguir en la casa principal? ¿Cuándo se había convertido en alguien que preguntaba de forma clara? ¿Por qué era tan reacia? Porque no se le daban bien las relaciones. ¿Por qué no le decía que quería que durmiera en su habitación?

Había sido amiga de cinco mujeres durante varios años y ninguna de ellas sabía quién era de verdad. Eso debería indicarle algo. Raine no contaba porque había ignorado que conociera su verdadera identidad. Ni siquiera Zahra, su mejor amiga, sabía quién era. No revelaba nada de su verdadero yo. Era reservada y cauta en todo momento.

Se levantó y le murmuró a Bailey que se quedara a su lado, pues no quería que el perro delatara la presencia de Sam. Una vez dentro, se apoyó en la pesada puerta y esperó, sin conectar la alarma porque sabía que Sam lo haría cuando entrara por la parte trasera.

No encendió la luz porque era lo primero que le habían enseñado. Si había luz en las ventanas, quien estuviera fuera podría ver el interior y ella no podría ver el exterior.

—¿Qué estás haciendo, Stella?

Estuvo a punto de morir del susto a pesar de que le estaba esperando. Se llevó una mano a su desbocado corazón y presionó con fuerza. Hacía mucho más calor en la casa que en el exterior y el jersey le abrigaba demasiado. Podía ser que Sam se hubiera acercado mucho a ella, con su imponente altura.

—Solo estoy pensando. —Levantó la vista hacia él—. He acabado dependiendo mucho de ti aquí. No me había percatado de hasta qué punto.

Le examinó el rostro con sus ojos oscuros.

—¿Te supone eso un problema? —Le tendió la mano—. Soy un hombre digno de confianza.

Se sorprendió mirando la palma de su mano. Tenía una extraña cicatriz. Posó la mano en la suya y dejó que sus dedos la asieran. Su mano era grande y cubría por completo la de ella. La empujó al dormitorio y le indicó la cama.

—Cámbiate y te prepararé un chocolate caliente. Siempre hace que vuelvas a conciliar el sueño.

Stella le vio irse y acto seguido se quitó el chándal y se puso su fino pijama. No le gustaba la ropa gruesa por la noche. Era extraño lo mucho que Sam sabía sobre ella. ¿Cuándo había descubierto que el chocolate caliente la ayudaba a dormir, sobre todo si estaba inquieta? Siempre sabía cuándo tenía un mal día, aunque no se hubieran visto. Era extraño que estuviera tan compenetrado con ella. La única persona que la conocía casi tan bien era Zahra.

Se sentó en el centro de la cama, erguida contra el cabecero, y pensó en lo que haría si Sam se marchaba. Lo había hecho varias veces cuando le preocupaba que Zahra decidiera trasladarse a algún lugar. Sabía que a veces a Zahra le preocupaba no ser tan libre de su pasado como creía y le entraba el repentino deseo de huir. Stella solo conocía una parte de su historia, que los padres de Zahra le habían concertado un matrimonio (una práctica habitual en su pequeño pueblo) y que ella había huido. Stella sabía que las consecuencias eran nefastas y que Zahra nunca podría volver a ver de nuevo a su familia. La habían repudiado. Cada vez que pensaba en perder a Zahra, le entraba el pánico, igual al que sentía al pensar en perder a Sam.

—¿Qué pasa, Satine? —preguntó Sam, entregándole una taza de chocolate—. Cuéntame.

Ella le hizo una mueca.

—Las relaciones son difíciles cuando nunca has mantenido ninguna.

Se acomodó en la silla que estaba al otro lado de la habitación y estiró sus largas piernas al frente. Estaba segura de que él no bebía chocolate caliente en su taza.

Se encogió de hombros en un intento de aparentar despreocupación.

—Dependo de ti en muchos aspectos. La idea de que te vayas me asusta un poco.

Sam bebió un sorbo de su taza y la miró a través del vapor.

—¿Por qué crees que me voy a ir?

—No lo sé. Todo el mundo se va, ¿no? —Eso sonaba poco convincente y nada propio de ella. Era honesta y quería que hubiera honestidad entre ellos—. No te he entendido cuando has dicho que preferías que estuviéramos juntos mientras esto pasaba. ¿Implica eso que tienes intención de seguir adelante cuando esto termine?

Sus ojos oscuros mantuvieron cautivos los de Stella.

—Cielo, intenta seguir el ritmo. Estoy en esto a largo plazo. Te lo dejé muy claro. Me he mudado a tu casa para mantenerte a salvo y estar aquí si estas pesadillas persistían, no para incomodarte. No quiero que pienses que espero algo de ti. ¿Prefiero quedarme? Sí. Con suerte conseguiré seducirte para que me dejes quedarme en tu cama contigo antes de que me eches. Si eso no sucede, tendré que esforzarme un poco más.

Bien, entonces, se acabaron las inseguridades.

—Vienna ha encontrado el cuerpo —dijo Denver. Le puso la mano en el hombro a Vienna de forma compasiva mientras le explicaba a Stella lo que había sucedido durante el tercer día de búsqueda.

Vienna mantenía la cabeza gacha, con la vista fija en su bebida; sus bellas facciones eran una máscara ilegible. Nadie sospecharía nunca que detrás de esa preciosa cara, con su clásica estructura ósea y su cuerpo de pasarela, bien podría ser un miembro de Mensa y tenía varias patentes que vendió, convirtiendo sus ideas en minas de oro. Ganaba dinero jugando a las cartas en Las Vegas y le apasionaba jugar al póker.

Destacaba como enfermera de urgencias y traumatología. Su amor por la sierra la mantenía en su pequeño pueblo. Era la jefa de Búsqueda y Rescate y lo había sido durante los últimos años. Gracias a su capacidad de organización, había conseguido el equipo y la financiación que tanto necesitaban, así como nuevos reclutas. Esos reclutas, como Sam y algunos otros, eran muy hábiles en diversos campos.

—Tenemos que jurar como sheriff cuando trabajamos en el equipo —señaló Bruce—. Siempre me pregunto si a Sean y a Bale no les partirá un rayo cuando presten juramento. Ambos estaban pescando en el lago la mañana de la agresión a Sam. Tenían el barco de Bale fuera. La gente de Griffen registró su barco y su camioneta en busca del equipo de buceo. Dijo que ninguno de los dos estaba mojado, pero cuando alguien llegó hasta ellos, ya había salido el sol. —Parecía decepcionado de que Bale o Sean no fueran los culpables del intento de asesinato contra Sam.

—Siempre olvido que forman parte de Búsqueda y Rescate —dijo Stella.

Vienna levantó la vista.

—Bale y Edward son chicos de la zona y ambos son buenos en la nieve. Cazan y pescan. Se han criado aquí y conocen la zona. Jason y Sean son amigos suyos desde la universidad y son miembros de la comunidad desde hace unos años. Están muy unidos. Son buenos cuando se trata de rescate, sobre todo Bale y Edward. Son muy profesionales.

Denver asintió.

—Es cierto. Por mucho que me molesten a veces, nunca ha sido durante una misión real de Búsqueda y Rescate. Todos ellos conocían a James Marley. Todos le conocíamos.

—Era un buen hombre —dijo Raine—. Amaba a su familia. Es imposible que haya sido un accidente, no habiendo sido atacado de la misma forma que Sam. He examinado las rocas donde estaba pescando. Griffen ha hecho toneladas de fotos. Había una especie de marca de derrape donde parecía que una de sus botas de agua resbaló por las algas de la roca.

—Lo he visto —dijo Sonny Leven, el más joven de los dos guardias de seguridad del *resort*. Él también había nacido y crecido en el pequeño pueblo. Nunca se había ido, ni siquiera para estudiar en la universidad. Stella sabía que apoyaba a su padre y que por eso no había ido a la universidad. Nunca había tenido esa oportunidad. Como muchos, había tenido varios trabajos antes de convertirse en guardia de seguridad a tiempo completo en su *resort*—. Había sangre en otra roca en la que Marley se golpeó la cabeza.

Stella lo miró con severidad. Sonaba un poco extraño. Había olvidado que vivía muy cerca de James Marley, justo al final de la calle. Recordaba vagamente que había una especie de disputa entre Marley y el padre de Leven, pero no sabía a qué se debía ni cuándo se produjo. No desde que ella vivía allí.

Eso era lo que hacían después de que un rescate se convertía en una recuperación. Los miembros se reunían en el Grill y hablaban sobre la misión en voz baja, sobre todo si conocían al fallecido. Stella sabía que eso les ayudaba a desahogar parte de la tristeza posterior.

—Hemos tenido que caminar entre esos juncos durante lo que nos pareció una eternidad —dijo Carl Montgomery—. Todos sabíamos que estaba allí y no queríamos enfrentarnos a su familia sin traerlo a casa, pero aquellos juncos estaban muy juntos, saturaban el agua e impedían ver.

—Le he pisado —dijo Vienna en voz baja—. Me he sentido fatal por pisarlo, pero así es como le he encontrado.

Stella sintió el pequeño y sutil estremecimiento que recorrió su cuerpo. Eso la conmocionó. Teniendo en cuenta todas las cosas a las que se enfrentaba Vienna, todas las cirugías y las víctimas de trauma, todos los rescates y los muertos que llevaba a casa a las familias, no esperaba que su amiga estuviera tan alterada. Sin embargo, James Marley no era un cualquiera. Era muy querido y respetado. Había sido un amigo.

—Una cosa es un accidente —continuó Vienna—, pero es terrible imaginar que alguien se ensañe con un hombre como James.

—Lo peor de todo es que de verdad parece un accidente —dijo Harlow—. Se resbaló y se golpeó la cabeza. Tiene una lesión en la parte posterior del cráneo, que podría haberle desorientado o incluso dejado inconsciente. No presentaba signos de lucha, nada que indicara que alguien lo ahogara. Tenía un dedo roto en dos sitios, pero había hilo de pescar enrollado alrededor. La causa de la muerte fue el ahogamiento.

—Había hilo de pescar por todas partes —repuso Denver—. Alrededor de los juncos y parcialmente alrededor de su bota de agua, anclándolo bajo el agua. Parece que rodó un par de veces con las olas y por eso se enredó en él.

Bale entró, pidió una cerveza y se sentó a unos cuantos taburetes de Denver, que le reconoció al instante.

—He venido a presentar mis respetos al viejo —murmuró—. De niño me ayudó unas cuantas veces.

—Sí, tengo que admitir que también lo hizo conmigo —intervino Cark—. Amaba a su familia y se volvió un poco cascarrabias al envejecer, pero al final siempre hacía lo correcto.

—Amaba a sus nietos —adujo Raine—. Oí que los llamaba todos los días. Incluso a los más jóvenes. Le gustaba llevarlos a pescar con él. Tenía paciencia con ellos.

—Hago negocios con sus hijos. Son hombres buenos y honestos. No conozco a su hija... —Carl se interrumpió, como si hubiera oído cosas que no quería repetir.

—Ella miente —dijo Bale—. Siempre lo ha hecho, incluso en el colegio.

Stella se preguntó si eso era cierto. Miró a Carl. Tendía a creerle. Él no respondió, pero tampoco lo negó.

—¿Por qué se ha tardado tanto en encontrarlo? —preguntó Sonny Leven—. Quiero decir, su familia buscó en el agua por toda esa zona porque su camioneta estaba allí, ¿no? Buscaron antes que nosotros. ¿Por qué crees que no se toparon con él?

—Ahí los juncos son muy espesos, Sonny —dijo Vienna—. En realidad no hemos visto el cuerpo y estaba cerca de la superficie. Los juncos lo ocultaban.

—También hay rocas por ahí —apostilló Bruce—. Los juncos lo tapan todo, así que no se pueden ver las rocas. Las rocas son verdes bajo el agua.

—¿Pero el sedal no habría quedado en la parte superior del agua donde podían verlo? —insistió Sonny.

—No creerás que se lo haya cargado su propia familia, ¿verdad? —preguntó Carl.

Sonny negó con la cabeza.

—No, lo que pasa es que resulta raro que nadie lo viera cuando estaba en aguas tan poco profundas, a pesar incluso de los juncos. —Era el miembro más reciente de Búsqueda y Rescate y trataba de aprender.

Stella sabía que ese era su procedimiento habitual, pero aun así la enfermaba. No sabía por qué se sentía tan culpable, pero así era. Todos los rescatadores estaban sufriendo. Se levantó y se alejó de ellos, pues necesitaba aire fresco. Aunque a nivel intelectual sabía que no era la responsable, la culpa seguía oprimiéndola. Se dijo que era imposible que previera que el asesino fuera a por otro pescador después de haber intentado matar a Sam. James se encontraba a kilómetros de distancia, así que hubo una barca de por medio. Las barcas había que botarlas en el lago. Remolcarlas con un vehículo. Alguien tuvo que haber visto algo, a alguien. Había mucha gente fuera esa mañana.

Salió del bar al aire de la tarde. Las temperaturas empezaban a descender, sobre todo por la noche. Cruzó los brazos sobre el pecho y caminó a paso ligero por la calle, a poca distancia de la entrada del bar, para tratar de mantener el calor. No pensaba ir muy lejos.

Ese era un pueblo donde la mayoría de los lugareños cazaban y pescaban. Tenían armas. Ahora que uno de los suyos había sido asesinado casi con toda seguridad y que el departamento del sheriff había corrido la voz para que estuvieran atentos a alguien con equipo de buceo, no habían dejado de ir a pescar. En vez de eso, pescaban en pareja y todos llevaban armas y buscaban al asesino.

No había recorrido la mitad de la manzana, cuando Jason Briggs, el amigo de Bale, apareció detrás de ella.

—No deberías estar aquí sola, Stella. No es seguro.

Se giró al oír su voz. De todos los amigos de Bale, Jason era al que menos conocía. Rara vez hablaba demasiado, sobre todo cuando estaba con sus amigos. Se mantenía en un segundo plano. Había ido a la universidad con los demás, era ingeniero y le gustaba la sierra tanto como para querer quedarse. Era un gran escalador, una de las principales razones por las que se trasladó a la zona.

—El bar se ha llenado de gente. Esta noche el equipo de rescate está hablando del hallazgo de James Marley. Me hace sentir muy triste por él y su familia.

Unas ominosas nubes grises se cernían sobre la luna, agrupándose en formaciones que bloqueaban las estrellas. No cabía duda de que el tiempo estaba cambiando. El invierno se acercaba de manera inexorable.

—Yo no le conocía. Bale y Edward sí. Han dicho que era un tipo bastante majo la mayor parte del tiempo. Edward y él tuvieron unas palabras hace un par de meses, pero eso fue por la boquita de su hija. Al parecer, a ella no le gustó algo que Edward y Sean estaban hablando en el aparcamiento de la ferretería. Los oyó y les dijo que cerraran el puñetero pico. Algo así. Ellos la mandaron a la mierda y le dijeron que no tenía derecho a decirles lo que podían o no podían decir en un lugar público. El intercambio se calentó y ellos se fueron. Pensaron que se había acabado, pero la chica fue corriendo a contárselo a su padre y este se enfadó mucho.

Stella no podía decir si estaba relatando el incidente tal y como en realidad sucedió o como le dijeron que sucedió. Ni Sean ni Bale le caían bien, así que a sus ojos, ellos siempre tenían la culpa. El hecho de que no le gustaran no significaba que siempre fueran ellos los equivocados. Si mantenían una conversación privada fuera y la hija de James Marley los escuchó, en realidad no tenía derecho a pedirles que se callaran.

—Es una pena que tuvieran una mala experiencia con él porque James era un hombre muy bueno en general. Era muy protector con su familia y viceversa. No alcanzo a entender nada de esto. —Eso era cierto. No lo entendía.

—La gente no siempre es coherente —dijo Jason—. Espero de veras que haya sido un accidente y que nadie lo haya asesinado.

La música sonó de repente más fuerte cuando alguien abrió la puerta del Grill y dejó escapar el sonido. Sam se encaminó hacia ellos con esa forma de andar serena típica en él y que le hacía parecer un amenazante gato montés.

Jason miró hacia el bar y luego se arrimó a ella, pero mantuvo los ojos fijos en Sam y la voz baja.

—Dile a Shabina que deje de ir sola al bosque a buscar pájaros. Ahora mismo no es una buena idea. —Se alejó a paso rápido manzana abajo, como si hubiera estado caminando todo el tiempo y nunca se hubiera detenido.

Stella se quedó mirando mientras se marchaba, con el corazón desbocado y la boca casi seca. Shabina era una ávida observadora de aves y se adentraba en el bosque y recorría los senderos, en busca de diversas aves raras y de sus nidos. No es que anunciara que era una entusiasta de las aves. Era muy discreta al respecto. Alguien observaba con atención los movimientos de Shabina. ¿Sean? Lo más probable. Jason lo sabría. Sean parecía obsesionado y no en el buen sentido, si tal cosa existía. Las cosas se estaban complicando cada vez más. ¿Qué le había pasado a su pacífica ciudad?

—Te has olvidado la chaqueta, Stella —dijo Sam mientras le tendía la prenda, esperando a que metiera los brazos en ella.

Sam nunca había parecido del tipo caballeroso, así que los gestos inesperados siempre la conmovían. Dejó que la abrigara, sin darse cuenta del frío que tenía hasta que se puso la chaqueta. Él le entregó los guantes que estaban en los bolsillos de su abrigo. Una vez más, esperó a que ella hablara, dejando que decidiera lo que quería contarle, pero siguió a Jason con la mirada mientras se alejaba por la calle.

Sam no era el único que observaba a Jason. Se dio cuenta de que Denver también había salido del bar, imaginaba que para ver qué tal se encontraba. Estaba apoyado en la esquina del edificio, con la cabeza vuelta hacia el lugar por el que se había ido Jason. Stella se acercó a Sam y alzó el rostro hacia el suyo para contarle lo que Jason había dicho, cuando sintió un repentino escalofrío en la espalda.

—¿Sam? —Su nombre surgió tembloroso. Levantó la vista hacia el techo del bar. Había movimiento. Alguien los estaba observando. Habían visto a Jason y a Denver también.

—Sigue mirándome, cielo. No hay nadie más que nosotros. Los he visto en cuanto he salido.

—¿Qué está pasando? ¿Por qué todos los que conocemos actúan de forma tan extraña? ¿Sabes quién está en el tejado?

—Bale y Sean están en el tejado. Edward está al otro lado de la calle, en un coche aparcado una manzana más arriba. No sé por qué estaban vigilando el bar. Saben que los de Búsqueda y Rescate siempre vienen al Grill para hablar de las cosas y asimilarlas. A veces incluso entran y escuchan, aunque no participen. Bale se quedó dentro hasta que tú te marchaste. Salió por la parte de atrás y Denver le siguió. Debió de subir por la escalera de incendios para acceder al tejado y reunirse con Sean.

—¿Cómo ves todo eso? Yo he salido aquí y no he visto nada. Jason me ha pegado un susto cuando se ha acercado a mí por detrás. Me ha dicho que le advirtiera a Shabina que no saliera sola a observar los pájaros. Va al bosque muy a menudo. Alguien debe de estar siguiéndola, Sam. Me ha dicho que no era seguro. Me lo ha susurrado, como si supiera que nos estaban observando.

—Probablemente sabía que sus amigos estaban mirando. Se ha arriesgado al avisarte. No creo que Sean esté muy contento con él. Shabina debería tener cuidado. Creo que Sean está obsesionado con ella.

Stella exhaló un suspiro.

—Todo este tiempo creía que mi pequeño pedazo de paraíso era perfecto, pero están pasando un montón de cosas espantosas que yo desconocía.

Sam la rodeó con el brazo y la colocó de espaldas al bar.

—¿Quieres ir a casa?

Eso quería. Hablar de James Marley con los demás solo había hecho que se sintiera más culpable por no haber considerado que el asesino mataría a otra víctima sabiendo que el sheriff se daría cuenta de que la muerte no había sido un accidente.

Sam la acompañó hasta el 4Runner y le abrió la puerta. Stella se subió y se puso el cinturón de seguridad de forma automática, frunciendo el ceño mientras intentaba atar cabos.

—Sam, ¿por qué no le importaría al asesino que el sheriff supiera que había matado a Marley? Supongo que ya que se tomó la molestia de hacer que pareciera un accidente, di por hecho que no querría que nadie supiera que fue un asesinato, pero quizá me equivoqué.

Sam la miró mientras se dirigían de vuelta al *resort*.

—No necesariamente. Es inteligente. ¿Qué más da que Griffen o cualquier otro lo sepa si no puede demostrarlo? Si mata a varias personas más, pero no hay pruebas, si todos los demás asesinatos parecen un accidente y nadie se entera, sigue estando libre de sospecha. Todavía puede burlarse de todo el mundo.

—¿Crees que es de aquí? —preguntó Stella en voz baja. Contuvo la respiración, temiendo la respuesta—. Quiero decir que podría ser alguien que viene aquí con regularidad, ¿no?

—Pensé que sería probable. Alguien que vino a pescar o a cazar o a ambas cosas. Tal vez haga escalada y pesque. La sierra ofrece todo tipo de actividades. Puede que haya estado viniendo aquí durante algún tiempo —dijo Sam—. Algo le ha impulsado a matar y ha empezado aquí o quizá ya lo hacía en otro lugar y ahora lo traslada aquí.

Stella quería que fuera eso, pero tenía la sensación de que no.

—¿Crees que ha matado antes?

Sam condujo en silencio durante algo más de ochocientos metros.

—Ha trazado su plan de forma meticulosa, Stella. No creo que haya sido su primera vez.

—¿Crees que entró en pánico cuando me vio bajo el agua tratando de salvarte? ¿Acaso un asesino experimentado entraría en pánico?

—¿Tenía pánico o simplemente quería alejarte de él porque no eras la víctima que había elegido? —preguntó Sam—. Todavía no sabemos si elige a sus víctimas. Tal vez no mate a mujeres. O a mujeres hermosas. O a las que tienen curvas. O tienen pelo rubio y ojos azules. No tenemos ni idea.

Todo eso era cierto. No tenían forma de saberlo. Stella suspiró. Solo tenían que esperar. Sabía que era imposible que el fiscal del distrito presentara un caso de asesinato por mucho que el sheriff investigara de forma diligente. ¿Qué tenían para probar que James Marley había sido asesinado?

En realidad parecía que se había resbalado en una roca, se había golpeado la cabeza y se había ahogado. Tenían el ataque previo del asesino a Sam, pero podría no guardar ninguna relación. No era probable, pero se podría argumentar. No había pruebas que señalaran a ninguna persona.

Como siempre, tendrían que esperar hasta que el asesino decidiera atacar de nuevo.

CAPÍTULO 8

«Mamá, papá está haciendo cosas malas otra vez.»

Estaba muy oscuro y de repente se oyeron unas risas y se encendió una luz que iluminaba el campamento. El joven revisó la mochila de la mujer para asegurarse de que estuviera bien colocada y ella se sintiera lo más cómoda posible cuando recorrieran los kilómetros que habían planeado en esta etapa del sendero. Ella no parecía estar tan acostumbrada a hacer senderismo como él. Era evidente que él quería que ella lo disfrutara de verdad.

Él tenía el pelo castaño claro, bien cortado, como si hubiera salido del ejército hacía poco, o tal vez fuera policía. Mantenía una postura muy recta, con los hombros perfectamente erguidos. Su cuerpo era delgado con una gran musculatura. Se movía con comodidad alrededor de la mujer, asegurándose de que su botella de agua estuviera llena.

Ella llevaba el pelo rubio recogido en una coleta, que salía por la parte trasera del sombrero que llevaba en la cabeza. Le entregó los guantes y ella se los puso. Los guantes eran del mismo color que los finos ribetes rosa neón de su chaqueta, sus botas, su sombrero y sus gafas de sol. Ambos llevaban linternas en la cabeza para iluminar el sendero cuando comenzaran la caminata.

Las linternas mostraban la explosión de colores otoñales en lo alto mientras las hojas doradas, rojizas, anaranjadas y verdes caían en cascada en todas las direcciones. Las hojas se arremolinaban en la tierra y alfombraban el suelo del campamento. Parecía haber un oscuro brillo en el agua a lo lejos, pero el hombre apagó la linterna, sumiendo de nuevo el campamento en la oscuridad. De repente, cuando los dos mochileros empezaron a recorrer un sendero desconocido con solo las linternas de la cabeza encendidas, y el hombre guiando el camino, el objetivo de la cámara se apagó.

Stella despertó resollando, ahogándose, retorciéndose, agarrándose a las sábanas mientras trataba de respirar. Otra vez no. Se incorporó y colocó la cabeza entre las rodillas para tratar de combatir las náuseas. Se rodeó con los brazos y empezó a mecerse para intentar tranquilizar a la niña que llevaba dentro, aquella niña que vio aquellos espantosos asesinatos. La que se lo contó a su madre, pero a la que nadie creyó.

Estaba sola. Tenía que estar sola. Nadie podía saberlo. Nunca podría contárselo a nadie. «No digas ni una palabra, Stella. —La voz de su madre sonó con fuerza en sus oídos—. Si se lo dices a alguien, te llevarán y te arrojarán a un pozo profundo y oscuro y te darán de comer a los leones. ¿Quieres eso? No podré encontrarte. Te raparán el pelo y te cortarán en pedacitos para que los leones te coman. Te llevé al lugar donde están los leones. Los viste. De qué forma te miraron. Eso es lo que pasará si se lo cuentas a alguien.»

Recordó aquel lugar al que su madre la había arrastrado, justo a la jaula donde los leones rugían de hambre y con furia. El hombre cogió el dinero de su madre, mucho, y la hizo ponerse en la puerta de la jaula con carne cruda en las manos, toda ensangrentada. Su madre le dijo que era otra niña que no sabía mantener la boca cerrada. El león saltó a la puerta y el hombre metió la carne dentro con un largo instrumento, riendo mientras ella gritaba sin parar.

Se metió el puño en la boca y trató de no atragantarse con los sollozos. No había vuelto a ir a un zoológico. Jamás. Ni de niña, ni de adolescente ni de adulta. No le había contado a nadie lo que su madre había hecho.

Ahora tenía que enfrentarse a otro asesino. Iba a matar de nuevo. ¿Una pareja? ¿El hombre? ¿La mujer? ¿Dónde estaban? Mochileros. Parecían tan felices juntos... ¿Cómo podría detenerlo?

—Estoy aquí, cielo. —La voz de Sam surgió de la oscuridad. Firme. Serena. Tranquilizadora.

Stella sintió el peso de su cuerpo posarse en el colchón a su lado y luego la atrajo a sus brazos. La sentó en su regazo. La meció con suavidad, con la barbilla apoyada en su cabeza. Bailey descansó la cabeza sobre su muslo.

—¿Otra pesadilla?

Stella asintió y se agarró a su pierna con fuerza. Necesitaba sentir su cuerpo duro. Ese fuerte pilar que era Sam.

—Me dijo que no se lo contara a nadie. Intenté olvidarlo. No me permitía recordar si podía evitarlo. —Giró la cabeza para mirarle por encima del hombro.

Sam la estrechó con fuerza en sus brazos y continuó meciéndola con suavidad. Los labios de Sam apenas le rozaron la sien en una leve caricia de aliento.

—Cuando era pequeña e intentaba contárselo, ella decía que no era real, que papá nunca haría algo así, que todo estaba en mi cabeza. Más tarde se enfadaba conmigo y me decía que nunca debía hablar de ello y que destrozaría nuestra familia. A veces me agarraba la cabeza y me mantenía muy quieta. Me miraba a los ojos y me hacía repetir una y otra vez que nunca le contaría a nadie que papá estaba haciendo cosas malas.

—¿Qué edad tenías?

—Cuatro cuando empezaron las pesadillas. Cinco cuando me dijo que no lo contara. Recuerdo que ella quería que tuviera tutores. Y me dijo que nunca jamás le dijera a mi padre que lo sabía.

Dado que lo tenía tan fresco en su mente y el corazón le latía a toda velocidad y tenía la boca seca, se obligó a contarle la visita al zoológico y el terror que había experimentado. Creyó que tenía el cuerpo de otra niña en sus manos para alimentar al león.

Sam guardó silencio durante tanto tiempo que pensó que no iba a decir nada. Se limitó a abrazarla y a mecerla en sus brazos, con la cara en su cuello. Podía sentir su cálido aliento en el hombro. Cuando levantó la cabeza, le rozó con delicadeza el lugar donde latía su pulso y luego la oreja y la sien.

—Debías de ser una niña muy valiente, Stella. Estabas sola y aterrorizada. Aun así quisiste hacer lo correcto. Con los años, las cosas que vi, mi brújula moral no fue siempre la mejor, aunque puedo decir con honestidad que siempre traté de actuar pensando en la justicia, no en la venganza.

Sus palabras le infundieron algo de calor y sentía tanto frío por dentro. Había verdadera admiración en su voz. Sin embargo, no podía librarse de la pesadilla ni de las secuelas que siempre le acompañaban.

Sam volvió a respirar hondo, como si estuviera luchando contra los demonios, y buscó la botella de agua que había en su mesita de noche, la destapó y se la entregó.

—¿Alguna vez le dijiste algo a tu padre?

Intentó controlar los temblores que agitaban su cuerpo.

—No. Las imágenes que vi en mis pesadillas eran horribles. Torturaba a sus víctimas. Yo era una niña y esas imágenes se grabaron a fuego en mi cabeza. Llegué a tenerle terror y lo último que haría sería hablarle de lo que vi. Mi madre tuvo que ingeniárselas para explicar por qué le tenía miedo cuando volvía de sus viajes de negocios. Por suerte no le interesaban mucho los niños.

Sam no intentó que le contara nada más. No sabía si podría haberlo hecho. No le había contado a nadie que su madre le decía que no hablara de sus pesadillas o que entraba en su habitación por la noche y la preparaba una y otra vez para que no hablara. Se había obligado a olvidar.

—No quería recordar —murmuró—. Las cosas que hizo mi padre ya eran bastante malas, pero ahora, como adulta, me doy cuenta de que con su silencio, al obligarme a callar, mi madre era cómplice. No quería renunciar a su posición. Sabía, mejor que yo, lo que le ocurriría a la familia de un asesino en serie, y como no quería que eso la salpicara, dejó morir a gente. —Apoyó la cabeza en su pecho—. Eso es lo que estoy haciendo ahora. Permanecer en silencio para poder conservar mi *resort* y mi lugar feliz en el mundo. Mi refugio seguro. Estoy haciendo lo mismo que ella. Ahora mismo me odio. Si no voy a ver a Griffen y le cuento quién soy y que estoy teniendo estas pesadillas, que hay un asesino aquí, no lo atraparemos y morirá más gente, Sam. Está disfrazando sus asesinatos de accidentes. Si no hubiera estado tan molesto por haber fallado en su primer intento de asesinato, no habría empleado el mismo método para matar a James Marley.

—En el mejor de los casos pueden decir que su muerte es sospechosa en este momento por la agresión de la que yo fui objeto —dijo Sam—. Pero parece un accidente. Este asesino es bueno. Si no hubiera fallado, nadie lo sabría. Nuestro as en la manga eres tú. No tiene ni idea de que vas tras él. Si se sabe que eres quien eres, perderemos esa ventaja. Si se lo cuentas a Griffen, no podemos dejar que esto llegue a los medios ni a nadie, y sabes que lo haría. Ya saben que el asesinato es una posibilidad debido al ataque contra mí. Lo que ocurre es que no pueden demostrar nada. Esta situación no es la misma, Stella. Tenemos que guardar silencio para tener una ventaja o no tendremos ninguna posibilidad de atraparlo.

A ella le parecía bien. No quería que se supiera. Cuanta más gente lo supiera, más se veía afectada su vida. Griffen Cauldrey era un amigo, al menos ella había llegado a conocerlo bastante bien en los últimos años y le parecía un hombre justo, pero tendría que informar al sheriff y este tendría que llamar al FBI.

Inspiró hondo.

—Sam, tengo que decírselo a Zahra. Es mi mejor amiga y se sentiría muy dolida si no le dijera quién soy en realidad. He pensado en contarlo un millón de veces, pero no lo he hecho porque... —Se interrumpió mientras recordaba la sensación de los dedos de su madre hundiéndosele en las mejillas. No se había dado cuenta hasta ahora de que esos recuerdos de la infancia habían contribuido a disuadirla—. Tengo que contárselo a Zahra.

Sam se mantuvo en silencio durante largo rato. Demasiado. Lo suficiente como para que supiera que no lo aprobaba. Sabía por qué. Zahra tendía a soltar las cosas. A veces podía irse de la lengua, pero también era capaz de guardar el secreto cuando se trataba de algo importante. Si Stella le pidiera que no dijera una palabra a nadie, se lo llevaría consigo a la tumba. Así era Zahra. En cualquier caso, no necesitaba la aprobación de Sam. No era esa clase de mujer.

—¿Sabe alguna de tus otras amigas quién eres? —Antes de que ella pudiera responder, él suspiró y posó sus largos dedos en su nuca para comenzar un lento masaje—. Raine. Investigó tus antecedentes y sería minuciosa al respecto.

Intentó girar la cabeza, pero le encantaba sentir sus dedos y estos impedían todo movimiento, así que se quedó quieta y dejó que él le aliviara la tensión.

—¿Cómo sabes tú eso? —Raine sabía lo de Sam. Sam sabía lo de Raine. Stella solo quería volver a programar sus eventos en el *resort*. Pensó que eso era complicado. Ahora tenía asesinos de los que preocuparse.

—No se va a ir de la lengua.

—¿A diferencia de Zahra, que podría hacerlo? —Esta vez le dio igual el masaje relajante, o el hecho de que él fuera la única persona que la había ayudado en plena noche, cuando el mundo se había derrumbado. Zahra era su mejor amiga, era totalmente leal y no iba a permitir que actuara como si no se pudiera confiar en ella.

—Mujer. —La luna se reflejaba a través de la ventana en sus ojos oscuros, que la miraron con diversión.

El estómago le dio un vuelco inesperado. Nunca antes le había visto así. Sus duras facciones se suavizaron y sus ojos le recorrieron el rostro como si quisiera devorarla.

—Hombre —susurró ella.

—¿Crees que no puedo ver dentro de ella? Me he pasado la mayor parte de mi vida calando a la gente para seguir con vida. No solo te quiere, sino que además es leal. Creo que se arrancaría el brazo a mordiscos antes que contarle a nadie quién eres.

Estuvo a punto de caerse de su regazo al ver el brillo de sus blancos y rectos dientes asomar en una breve sonrisa. Sam no hacía eso. Las sonrisas eran tan raras que parecían un regalo. Acercó los dedos a su boca.

—¿A qué ha venido eso? —Porque pensaba hacerlo de nuevo. A menudo. Le gustaba que él calara a Zahra y que reconociera que era leal.

—Tienes mal carácter. A veces me hace reír un poco.

—¿Mi mal genio te hace reír? —Frunció el ceño todo lo que pudo—. No tengo mal genio. Si lo tengo, apenas se nota.

—Date la vuelta y deja que te dé un masaje en los hombros. Te enfadas mucho cuando alguien amenaza a tus amigas. Incluso si se trata de lo que percibes como una amenaza.

—Había un pero cuando le has hecho ese cumplido a Zahra. Lo he percibido en tu voz. ¿De qué se trata? —Se dio la vuelta porque quería el masaje. ¿Quién rechazaría eso?

Sam le quitó la botella de agua de las manos y la dejó en la mesita de noche antes de posar ambas manos sobre sus hombros. Tenía manos grandes y dedos fuertes.

—Cuando bebe se desinhibe por completo. No tiene ni idea de lo que sale de su boca.

—Puedes decir eso de cualquiera, Sam.

Se arrimó, acercando la boca a su oreja para rozarle el lóbulo con los labios.

—Eso no es así. Tú podrías soltar lo bueno que crees que estoy, pero nunca revelarías tu verdadera identidad.

Estaba segura de que todo su cuerpo se puso rojo como un tomate. Intentó no ahogarse. Se lo había dicho a las chicas justo donde él podía oírlo. Sabía que lo había hecho.

—No tendría ninguna razón para contárselo a nadie.

—¿Ni siquiera a Bruce?

—No se lo diría a Bruce —le dijo Stella con absoluta confianza.

Sam se mantuvo en silencio y continuó con el masaje para mitigar la tensión mientras ella seguía sentada en su regazo, con la gran y pesada cabeza de Bailey apoyada en su pierna. Acarició al airedale, hundiendo los dedos en su rizado pelaje, mientras escuchaba los sonidos de la noche y se percataba de que Sam había conseguido desterrar la pesadilla con su presencia, dejándola hablar y distrayéndola después con su conversación.

—No, no se lo contaría a Bruce —convino al fin, y le puso las manos en la cintura para levantarla con facilidad y dejarla en el colchón—. Voy a prepararte un chocolate caliente. Puedes dibujar lo que has visto y anotar los detalles en tu diario. Cuando vuelva, si estás preparada, puedes contármelo.

Ni siquiera le había pedido que le hablara de la pesadilla. Esperó a que él saliera de su habitación antes de encender la pequeña lámpara que había junto a la cama y abrir el cajón en el que guardaba su diario y su cuaderno de dibujo. Visualizó todo lo que había visto en su pesadilla. No había caras, pero vio el pelo rubio de la mujer y su ropa deportiva. Era moderna, como si hubiera elegido la ropa por su aspecto más que porque fuera la mejor para hacer senderismo. ¿Una novata? Entonces no era su compañera habitual, por eso se preocupaba por ella y se aseguraba de que su mochila estuviera bien colocada. Él parecía cómodo; ella no, pero estaba dispuesta. Era algo que quería hacer con él.

Era muy poco lo que pudo obtener del primer vistazo. Se esforzó por ver todo lo que podía. «Concéntrate, Stella.» La mochila de la mujer. La de él. El calzado de senderismo. Él llevaba un reloj en la muñeca; ella no. Ambos llevaban cazadoras acolchadas. La de él era cara, de una buena marca para practicar deporte al aire libre. La de ella no era de una marca que reconociera. Quizá alguna de sus amigas la conociera. Alguien podría reconocerla a ella o a él.

Dibujó a las dos personas en relación con su altura y peso, tratando de hacer una estimación lo más precisa posible teniendo en cuenta su voluminosa ropa y su entorno. A continuación dibujó lo poco que había podido distinguir del campamento, su impresión del agua a lo lejos detrás de ellos, los árboles y los colores, las hojas en el suelo irregular. No había mucho. Cuando por fin levantó la cabeza, se dio cuenta de que Sam estaba de nuevo en la habitación, mirando el dibujo por encima de su hombro, y que en su mesita estaba su termo favorito con el chocolate caliente.

Sam estudió los bocetos en silencio durante un rato.

—No reconozco ese campamento, pero yo no soy mochilero. Raine y tú soléis salir con la mochila más que nadie de nuestro grupo.

Nunca le había oído incluirse en su grupo. Era cierto. Raine solía ser la que iba de mochilera con ella, sobre todo si la excursión era larga. A las dos les gustaba hacer excursiones de una o dos semanas por las montañas y los bosques y acampar. A veces, si podían ausentarse del trabajo, hacían excursiones más largas.

—Lo he mirado una y otra vez, sobre todo la gran imagen de agua del fondo, pero me he quedado en blanco. He pensado que podría enseñárselo a

Raine a ver si lo reconoce. —Se echó el pelo hacia atrás y cogió el chocolate—. Es muy frustrante ver tan poco, Sam. Es casi imposible identificar un lugar sin marcas reales de identificación. —Se frotó la frente—. Eso no es nada. Hablamos de la sierra, de miles de kilómetros de senderos y un sinfín de campamentos.

—Al menos cuentas con una especie de aviso. Algo es algo. Si no fuera por ti, lo más seguro es que nunca supiéramos que este asesino está actuando aquí. ¡A saber cuántos asesinatos podría cometer! —Sam parecía igual que siempre. Tranquilo. Firme. Una roca.

Inspiró hondo.

—Tienes razón, tengo que ver las cosas desde una perspectiva diferente si queremos atrapar a este hombre.

Sam se paseaba por el suelo inquieto, cuando no era un hombre inquieto. Lo observó detenidamente por encima de su taza.

—¿Qué pasa?

—Entiendo que tienes que hablar con Zahra, pero no puedes olvidar ni por un minuto que este hombre es un asesino, cielo. Si sabe que eres una amenaza para él, harás que se fije en ti. Es lo último que queremos. No serás de ninguna utilidad para nadie si estás muerta.

—Es poco probable que olvide a qué me enfrento —aseguró—. Ya he tenido trato con asesinos en serie dos veces y ya tuve más que suficiente. No quiero acercarme a ninguno. Zahra no dirá nada, Sam. Me preocupa más contárselo a Griffen que a Zahra. No tendrá más remedio que decírselo a su jefe, que llamará al FBI. Entonces se montará un circo.

—No tenemos nada que compartir con Griffen en este momento. —Titubeó—. Es posible que pueda recurrir a un par de mis contactos para que nos ayuden.

Stella levantó la vista con rapidez. Su pesadilla la había despertado en mitad de la noche, y de no ser por la luz de la luna que entraba por la ventana, no habría podido ver su rostro desde donde estaba sentada. De ese modo las sombras ocultaban la mayoría de sus rasgos, confiriéndole el aspecto de un depredador. Casi deseó que Denver y Raine no le hubieran dicho nada. Ya estaba bastante nerviosa a causa de las pesadillas y los recuerdos de su pasado y no quería volver a ver a Sam como el fantasma que el uno le había llamado y la otra había insinuado.

Si lo que sus amigos decían sobre su profesión era cierto, Sam tendría enemigos implacables que le seguirían la pista. Harlow le había contado que a los agentes de la DEA que habían trabajado de incógnito y desmantelado redes se les perseguía, al igual que a sus familias. Si ese era el caso, podía imaginar que a alguien como el que Denver y Raine describían se le persiguiera hasta los confines de la tierra. Había desmantelado células terroristas, cárteles de la droga. Ponerse en contacto con sus amigos para ayudarla entrañaría un gran riesgo para él, un sacrificio que haría por ella. Sam no se lo planteó así, por supuesto, porque restaba importancia a su pasado, pero estaba bastante segura de que no se equivocaba demasiado.

—No creo que sea necesario todavía, Sam. ¿Qué podemos decirles que no podamos contar a Griffen? Helen McKay es una corredora local de campo a través y escaladora. Recorre cientos de kilómetros y está familiarizada con muchos de los senderos de los alrededores y de todo Yosemite.

Sam la miró desde arriba y sacudió la cabeza.

—Stella. —Esta vez su nombre fue una clara advertencia.

—Se me ha ocurrido que podría enseñarle un boceto y decirle que estoy dibujando y que tengo un vago recuerdo de un lugar genial que quiero pintar con detalle, pero que no recuerdo dónde está. Puede que ella lo conozca.

Sam lo pensó y luego asintió.

—Es una buena idea, cielo. Si tiene algún amigo que corra por los senderos, podría preguntarle a él también, pero tal vez debas esperar hasta que tengas más detalles.

No había mucho más que pudiera hacer. Esto era siempre un juego con el asesino en el que había que esperar y ver qué pasaba. Esa era la peor parte.

—Voy a dar un paseo por la propiedad. ¿Quieres venir conmigo?

Lo hacía todas las noches. Parecía que Sam no necesitaba dormir como los demás. Stella asintió y se levantó con rapidez para ponerse unos pantalones de chándal y una sudadera encima de la ligera ropa con la que había dormido. No era necesario que mostrara un aspecto glamuroso para Sam. A él no parecía importarle ni lo uno ni lo otro. Si se arreglaba, se daba cuenta de que a él le gustaba. Si no lo hacía, él seguía pensando que era hermosa, al menos siempre hacía que se sintiera así.

Bailey los siguió afuera, aunque sabía que su perro pensaba que estaban un poco locos por interrumpir su sueño para deambular por toda la propiedad e ir al muelle cuando podían estar en una cómoda cama. A Stella se le ocurrió que era la primera vez en su vida que tenía una de sus terribles pesadillas y acababa sintiéndose contenta e incluso en paz después.

Zahra se sentó enfrente de ella en la mesa, mojando los calabacines fritos en la increíble y muy secreta salsa de Shabina que hacía que todo el mundo volviera a su cafetería. Stella la observó con atención. Por lo general, Zahra era un libro abierto. Tenía cara de duendecillo, con sus oscuros y expresivos ojos y su bonita y provocativa boca. En este momento tenía la vista fija en la salsa y en el calabacín, como si eso le diera todas las respuestas que pudiera necesitar.

Stella se sentó en su silla y echó un vistazo a la cafetería. Habían quedado tarde adrede para comer, casi a la hora de cierre, ya que Stella quería que la clientela se hubiera ido a fin de que no las escucharan cuando se sentaron en su lugar favorito al fondo de la cafetería. No había nadie cerca de ellas porque la sección estaba acordonada. Le había preguntado a Shabina con antelación si podían sentarse allí. Shabina no había hecho preguntas, sino que se limitó a darle permiso y dijo que limpiaría después, sin ayuda de su personal.

El silencio pareció prolongarse eternamente, junto con la tensión. Zahra levantó la mirada hacia la de Stella.

—¿Creías que esta revelación sobre tu padre cambiaría lo que siento por ti? —dijo en voz muy baja y acento pronunciado.

Stella comenzó a presionar las yemas de los dedos contra su boca y luego se dio cuenta de que lo estaba haciendo.

—No, no te he dicho nada porque estaba tratando de alejarme de esa niña y de su familia. De las cosas que mi madre me enseñó a no decir a nadie. He construido la vida que quería para mí y era feliz en ella.

Zahra volvió a mirar el calabacín. Mojó otro trozo en salsa y lo agitó.

—¿Por qué has decidido contármelo ahora?

Stella inspiró hondo.

—Supe lo de mi padre cuando empezaron las pesadillas. Era pequeña, pero tenía esos sueños. Tenía cinco seguidos y cada uno me proporcionaba una idea más amplia de lo que estaba pasando. Los sueños cesaban y alguien moría exactamente de esa manera dos días después. Era pequeña y se lo contaba a mi madre.

Se sorprendió balanceándose hacia delante y hacia atrás y se obligó a parar. Ya no era una niña pequeña. Ahora tenía aliados. Tenía a Zahra, que se sentaba frente a ella sin juzgarla, dispuesta a ayudar sin saber lo que ocurría. Estaba Sam. Raine. Podía hacerlo.

—En resumen, veías los asesinatos antes de que ocurrieran.

Stella asintió.

—Se prolongó durante años cuando era pequeña. Las pesadillas empezaron cuando tenía cuatro años y no arrestaron a mi padre hasta que yo tenía ocho, casi nueve. Mi madre era una alcohólica para entonces y se suicidó cuando él se declaró culpable para evitar la pena de muerte. El circo mediático fue demasiado para ella. Estaba muy segura de que no le declararían culpable y que podría continuar con su vida en sociedad. Cuando sus amigos la condenaron al ostracismo, se volvió una persona amargada y furiosa, sobre todo conmigo porque delaté a mi padre y ella me había dicho que no lo hiciera.

»Cuando era adolescente y vivía en una casa de acogida, empecé a tener pesadillas similares de repente. No quería creerlo, pero me di cuenta de que había un asesino en serie actuando cerca de mí otra vez. El patrón era el mismo. Cinco noches de sueños, después uno o dos días de silencio y a continuación el asesinato. Intenté mantenerme alejada de los focos, pero los medios de comunicación se hicieron eco como cuando era niña. Fue un infierno. Juré no volver a pasar por eso. Me cambié el nombre y busqué un lugar tranquilo en el que poder vivir mi vida.

Stella agarró un trozo de calabacín, pero no tenía apetito. Lo dejó en el plato y miró a Zahra con expresión afligida, incapaz de seguir adelante.

Zahra exhaló un suspiro.

—El repentino deseo de ir de acampada cuando ya teníamos planes para ir al Grill. No tenía sentido. Bruce me dijo que ese era su lugar de pesca favorito. Denver y él van siempre allí. Tuviste una pesadilla y querías impedir que fuera allí a pescar, ¿no es así?

Stella asintió.

—Pero había bebido demasiado. Pensé que Sam nos llevaría a casa y se quedaría en el *resort*, pero no, tuvo que pasarse de amable e ir a vigilar nuestras cosas. No tiene ocasión de pescar porque siempre está trabajando, así que se le ocurrió dedicar un poco de tiempo a primera hora de la mañana antes de que llegáramos. Berenice me dijo que estaba allí y yo me monté en mi todoterreno y salí pitando hacia el lugar, aterrorizada de llegar demasiado tarde.

—Habría asesinado a Bruce o a Denver si no hubiéramos montado las tiendas de campaña y los hubiéramos expulsado de su lugar de pesca favorito —dijo Zahra—. No siempre pescan juntos porque Denver tiene mucho trabajo en el hospital y no puede escaparse. Bruce solo puede ir por la mañana temprano. Lo más probable es que él hubiera sido la víctima. Lo más seguro es que le salvaras la vida.

—No salvé la vida de James Marley. Ni siquiera lo vi venir. ¿Qué es lo que hizo? ¿Pasar de intentar matar a Sam a asesinar a James y luego escaparse rápido? ¿Cómo? Sam llamó al sheriff después de la agresión. Registraron barcos y camionetas en busca del equipo de buceo.

—El asesino tiraría el equipo al fondo del lago, Stella. Es un lago grande, y para cuando llegara el sheriff y se corriera la voz... Vamos, siendo realistas, si ha estado por aquí, sabrá que no sería fácil reunir un equipo de búsqueda decente. Tuvo horas para escapar.

Stella sabía que Zahra tenía razón. Por desgracia, había hecho buen día para pescar, y había barcos en el agua y mucha gente pescando en la orilla por todo el lago. El sheriff no disponía de cientos de hombres para buscar. No había esperado que el asesino pasara de intentar matar a Sam a matar a otro pescador utilizando el mismo método.

—¿Qué vas a hacer? —preguntó Zahra.

Stella se encogió de hombros.

—No lo sé. No hay mucho que pueda hacer sin pruebas. Según todo lo que he oído, no hay suficientes pruebas para montar un caso de asesinato. Tal y como están las cosas, la única razón por la que consideran que no fue un accidente es que hubo una intentona contra Sam y vimos al agresor en el agua, pero por supuesto, no podemos identificarlo.

—¿Estás segura de que era un hombre?

Stella asintió.

—Del todo.

Zahra suspiró.

—Si Bruce era la víctima prevista, al menos no se trata de una mujer que quiere matarlo porque no le presta atención. —Brindó una media sonrisa traviesa a Stella—. No puedes contar nada de esto a la policía, ¿verdad? Y no deberías hacerlo en este momento, Stella. Si se supiera quién eres, solo serviría para alertar al asesino y perderíamos cualquier ventaja que tengamos para intentar atraparlo.

—Eso mismo pienso yo. Sam lo sabe. Tuve que decírselo cuando el asesino estuvo a punto de atraparlo y me presenté allí como por arte de magia y me lancé al lago para salvarlo. El gélido lago. Creo que Sam no debería olvidarlo.

—Estoy segura de que te está debidamente agradecido. A fin de cuentas te besó.

Stella no iba a tocar ese tema.

—Raine tiene que investigar a cualquiera que esté a su alrededor debido al tipo de trabajo que realiza. Ella sabe de mí y lo ha sabido durante años. Nunca ha dicho nada. Es todo confidencial.

Zahra levantó la cabeza y sus ojos se oscurecieron hasta convertirse en una negra noche. Frunció el ceño.

—¿A qué te refieres con «investigar»?

—Es un requisito por su trabajo. Cualquiera próximo a ella. Seríamos nosotros. No habla más de la cuenta, Zahra —dijo Stella al ver el pánico en la cara de su amiga.

—¿Cuánto puede saber? —Los ojos oscuros de Zahra iban de un lado a otro, como si fuera a levantarse de repente y salir corriendo. Parecía realmente alarmada.

Stella se dio cuenta de que Zahra tenía sus propios secretos, tal vez tan demoledores como el suyo.

—No tengo ni idea. Mi pasado estaba muy bien documentado. No sé hasta qué punto lo está el tuyo. Sea lo que sea lo que te preocupa, si nadie lo sabe, ha escrito o tiene fotos de ello, no podrá averiguarlo.

Zahra respiró hondo y expulsó el aire.

—Es una mierda ser ella. Debe de sentirse como una cotilla.

—Como una *voyeur* —la corrigió Stella de forma automática—. Es difícil para ella. Estoy segura de que esa es, en parte, la razón por la que se mantiene un poco apartada de todo el mundo. Pero, en cualquier caso, lo que intentaba decir con respecto al asesino en serie... —Stella frunció el ceño mientras mojaba el calabacín en la salsa y le daba un bocado—. No es que tengamos un gran círculo en el que apoyarnos y no podemos hablar de esto con nadie más. Nadie, Zahra, ni con Bruce ni con nadie.

Zahra asintió.

—Lo entiendo. Vengo de un lugar donde la palabra equivocada puede costarle la vida a una persona. No voy a meter la pata cuando se trata de tu vida. Esta es una de esas situaciones en las que no podemos confiar en nadie hasta que sepamos con certeza que está libre de culpa, y ¿cómo vamos a saberlo?

—He tenido otra pesadilla esta mañana. Esta vez eran dos mochileros. Era un pedazo tan pequeño, tan diminuto de un campamento que me ha sido imposible reconocerlo. Sé que he estado antes allí, pero hay miles de kilómetros de senderos en la sierra y sé que he visto el campamento, pero estaba muy oscuro. Creo que el asesino se va a quedar cerca de casa, se va a quedar en nuestro condado, así que lo más probable es que pueda identificar dónde va a atacar.

Zahra no era una mochilera empedernida. Acampaba de vez en cuando y hacía excursiones de un fin de semana o de un día, pero no viajes de una semana o un mes. No quería hacer el sendero de John Muir. Eso no era lo suyo. Se encargaba de reabastecer a sus amigas de forma generosa si hacían el camino, pero su experiencia como senderista se reducía a eso.

—Tienes cuatro oportunidades más para encontrar el lugar correcto donde va a atacar, ¿verdad? —preguntó Zahra.

Oportunidades. Stella nunca había considerado cada pesadilla como una oportunidad, pero lo eran. Otra pista. Otra revelación de la imagen completa.

—Si esto va como siempre ha ido en el pasado, entonces sí, debería tener una pesadilla cada noche durante las próximas cuatro noches y ver más de lo que ve el asesino.

—Espera. —Zahra irguió la espalda—. ¿De verdad ves a través de los ojos del asesino?

Stella negó con la cabeza.

—No exactamente. Es como si fuera un espectador, un testigo, que observa desde algún lugar alejado de todos ellos. En este caso, estoy detrás de la pareja. No puedo ver sus caras. Es frustrante. No puedo cambiar de posición para ver más del camino. No hay forma de mover el objetivo de la cámara.

—¿Ves a través de un auténtico objetivo de cámara? —preguntó Zahra.

Stella nunca había pensado en eso. Primero era una niña y luego una adolescente. Nadie le había hecho esa pregunta. No era fotógrafa. No sabía nada de cámaras. Apenas sabía hacerse un selfi con su teléfono. Sus amigas se reían cuando lo intentaba. Tenía cientos de fotos de Bailey en su teléfono. Y del lago. Le encantaba el lago, sobre todo al amanecer.

—No lo sé. Es un sueño, Zahra. ¿Cómo voy a saberlo? ¿Y qué diferencia hay? —preguntó Stella y miró a su alrededor, pues de repente necesitaba un café.

Shabina estaba ocupada limpiando sus máquinas, pero levantó la vista como si tuviera un sexto sentido cuando se trataba de sus clientes. Se apresuró a agarrar su cafetera y llevarla hasta el fondo del restaurante para llenar la taza de Stella con el aromático líquido.

—Gracias, Shabina. Eres la mejor.

Shabina se rio.

—Es una cafetera nueva, solo para ti. Por eso es una minicafetera. —Se dio la vuelta y las dejó solas, sin preguntar por qué tenían que quedar a solas donde nadie pudiera oírlas. No parecía estar molesta por no haberla incluido en su conversación.

Stella dio un sorbo al café. Estaba muy caliente. Demasiado caliente, como a ella le gustaba.

—¿Por qué iba a suponer una diferencia? Siempre me he concentrado en lo que he visto a través del objetivo, no en el objetivo en sí.

Zahra se arrimó más.

—¿Y si tú misma pudieras ampliar el campo de visión, Stella? Si hubiera detalles en el objetivo por el que miras, en la propia cámara, que pudieras ajustar y cambiar la vista un poco cada vez. No sé, es solo una idea. Cuando sueño, a veces puedo cambiar un poco mi sueño. —Se encogió de hombros y mojó el palito de calabacín en la salsa.

Stella se sentó, mirando a Zahra con sorpresa. Ni en cien años se le habría ocurrido intentar cambiar sus sueños. No esos sueños. La consternaban demasiado. La aterrorizaban demasiado.

—Es brillante, aunque no tengo ni idea de cámaras ni de objetivos.

—Pero sí sabes dibujar lo que ves y Harlow sabe mucho de fotografía. Es buena, muy buena, Stella. Si consigues algún detalle, ella podría decirte a través de qué estás mirando y cómo ampliar el campo de visión o desplazarlo aunque sea un poco.

Stella se mordió el labio inferior, intentando recordar todas las veces que había visto a través del objetivo. Siempre se había concentrado en lo que veía, en los vívidos detalles, preparándose para ver todo lo que podía, no a través de qué lo veía. Intentó reducir su visión, bloquear todo lo que no fuera ese objetivo.

—Sinceramente, estoy demasiado distraída como para recordar algo sobre el objetivo, Zahra, pero es posible que estés en lo cierto. El caso es que si lo estás y puedo encontrar algo en el objetivo que me ayude a identificarlo, entonces tendría que recurrir a Harlow. Como bien sabes, Harlow es muy inteligente y lo pilla todo al vuelo, como todas en nuestro círculo de amigas. Sabrá que algo pasa, sobre todo después del ataque a Sam. Todo el mundo sospecha ahora que James Marley fue asesinado, pero nadie puede demostrarlo.

Zahra se encogió de hombros.

—Tal vez, pero ¿cómo va a atar cabos porque le preguntes por un determinado tipo de objetivo?

—Nunca he preguntado por una cámara en toda mi vida, Zahra. No me interesan lo más mínimo. He ido a ver su trabajo y ya está. Todos os reís de mí y no me molesta. No hago ningún esfuerzo por mejorar. Ella lo sabe —señaló Stella.

Zahra le dedicó esa pequeña sonrisa misteriosa e intrigante que atraía a todos los hombres a kilómetros a la redonda si la veían. A Stella siempre le parecía hermosa cuando esbozaba esa particular sonrisa enigmática que no decía nada a quien la veía, pero hacía que quisieran saber más.

—No puedes lanzarle indirectas a Harlow a propósito, Zahra —dijo Stella—. A veces eres una fresca. ¿Qué te ha hecho Harlow?

—Harlow ha sido muy buena conmigo —dijo Zahra con firmeza—. Si no fuera por ella, no habría venido a este país. No habría conseguido la nacionalidad ni habría entrado en la universidad. Le debo mucho. Ha sido una buena amiga para mí.

—¿Pero? —preguntó Stella.

Zahra sacudió la cabeza.

—Mi opinión sobre ella no ha cambiado. Lo nuestro es complicado. Me burlo de ella de vez en cuando y se lo toma con elegancia.

—Nunca va a casa. Nunca. Su madre viene a verla, pero ella nunca va a casa. —Stella no lo convirtió en una pregunta porque si Zahra sabía por qué la madre de Harlow la visitaba, pero su muy popular padre senador no, no quería ponerla en un brete.

Harlow era una enfermera quirúrgica de gran talento, pero su primer amor era la fotografía. Había ido a la escuela y no solo había dado clases en la universidad, sino que había hecho prácticas con algunos de los maestros, tanto digitales como de la vieja escuela. Se estaba haciendo un nombre por sí misma, cuando de repente fue a la escuela de enfermería y al parecer le apasionó esa profesión. Luego fue a la sierra y se quedó. Allí la necesitaban y podía hacer las fotografías que le gustaban y el trabajo que consideraba importante.

—Veré si esta noche puedo obtener algún detalle del objetivo, Zahra —prometió Stella—. Si puedo, lo anotaré, lo dibujaré y veré si Harlow puede ayudarme. Gracias por entenderlo, pero sobre todo gracias por ser mi amiga. Te necesitaba de verdad. Como amiga tuya he de decirte que ese es el mismo palito de calabacín de la última media hora y lo estás mojando en la salsa. También puedes coger el recipiente de la salsa y bebértelo.

Zahra le hizo una mueca y dejó el calabacín en su plato.

—La salsa es excelente.

—Eso ya lo imaginaba.

CAPÍTULO 9

«Mamá, papá está haciendo cosas malas otra vez.»

El hombre mantenía un ritmo constante en las primeras horas de la mañana y la joven iba detrás de él. Todavía estaba oscuro y ambos llevaban linternas sujetas a la frente. Él miró unas cuantas veces por encima del hombro, como si estuviera ansioso por saber si ella estaba bien. Miraba a su alrededor más que prestaba atención a dónde ponía los pies. La luz giraba y oscilaba arriba y abajo mientras intentaba captar su entorno incluso en la oscuridad.

Soplaba un fuerte y cortante viento, que tironeaba de su ropa y sacudía sus chaquetas y el pelo de ella a pesar de su gorra de béisbol. Las hojas se arremolinaban alrededor de la pareja mientras avanzaban por el sendero. El hombre ascendía a buen ritmo, sin esfuerzo. A la mujer parecía costarle. Había piedras bajo la alfombra de hojas y ella las hacía rodar bajo las suelas de sus botas de montaña, sobre todo porque no prestaba atención a dónde iba ni a lo que hacía.

La luz oscilante de la mujer iluminó los árboles que la rodeaban y luego, cuando se abrieron, las paredes de granito que se alzaban ante ella y las rocas del suelo, con hojas de todos los colores adheridas a ellas. Giró a un lado y a otro, y en un momento dado giró en redondo tan rápido que tropezó y cayó sobre una rodilla. El hombre se volvió al instante y se apresuró a acercarse a ella. La ayudó a levantarse y consultaron durante unos minutos. Insistió en que bebiera agua y ella lo hizo mientras él permanecía a su lado. Él señaló hacia el lugar por donde había venido, pero ella negó con la cabeza e indicó el camino que seguían. Él asintió y reanudó la caminata, aunque de mala gana.

La subida parecía ir en constante ascenso. En dos ocasiones, él se giró para decirle algo, y ella asintió y bebió agua. La mantenía hidratada. Eso significaba que la caminata era larga. Ella era un poco más cautelosa y enfocaba la luz hacia el suelo, justo delante de donde pisaba, aunque después de unos minutos, no pudo evitarlo y empezó a mirar de nuevo a su alrededor, mostrando varias imágenes de las formaciones rocosas. Solo destellos mientras su luz oscilaba de acá para allá y serpenteaba por el tramo que recorrían.

El objetivo comenzó a cerrarse de forma brusca. Ni siquiera había amanecido. A Stella le entraron ganas de gritar que no era justo, pero se obligó a estar consciente en el sueño. A no ser una observadora pasiva ni aterrorizada. Por primera vez intentó cambiar el sueño, prolongarlo más tiempo mirando solo al objetivo para tratar de ver si estaba sosteniendo una cámara y mirando a través de ella. Se maldijo en silencio por no mostrar interés por la fotografía. Todas las demás personas del mundo parecían obsesionadas con los selfis, así que ¿qué le pasaba?

Intentó estudiar el objetivo desde todos los ángulos para ver si podía captar siquiera una parte de la propia cámara. ¿Tenía un dial? ¿Algún tipo de botón? ¿Parecía un botón? Intentó estudiarlo para poder dibujarlo con precisión. El objetivo se cerró de forma brusca.

A pesar de lo serena que estaba, oyó la voz de aquel niño resonar en su mente con suma claridad. Comenzó a luchar por emerger, por salir de la pesadilla.

Su corazón latía demasiado rápido. La sangre rugía en sus oídos. Tenía la respiración entrecortada, los pulmones le ardían en su frenética lucha por respirar. Se despertó forcejeando con las sábanas y tratando de quitárselas de encima a patadas. Se incorporó de golpe y cogió aire con fuerza.

Stella miró alrededor de su habitación, con los ojos un poco desorbitados, tratando de asimilar todo lo que le era familiar para tranquilizarse. Bailey estaba allí, acurrucado en su cama al otro lado de la habitación. Sam estaba sentado en una silla justo enfrente de ella, como un centinela silencioso, fuerte e invencible. Tenía esa máscara inexpresiva, que tan intimidatoria resultaba. Nunca le había visto así y sabía que el propósito de esa expresión era el de evitar que alguien pensara que podía hacerle daño.

—¿Stella? —La voz de Sam era suave y la envolvía como una caricia.

Era la primera vez que no sollozaba como una histérica ni se balanceaba hacia delante y hacia atrás. Había prolongado el sueño más tiempo con solo cambiarlo un poco por medio de su voluntad. Se había negado a considerarlo una pesadilla, sino una oportunidad para que su equipo identificara y atrapara al asesino. Para evitar que matara a más víctimas.

—Creo que estoy bien, Sam —dijo ella. La voz le temblaba y no estaba segura de estar diciéndole la verdad, pero quería que fuera la verdad. Se apartó el pelo húmedo de alrededor de la cara. Le temblaban las manos.

Pequeñas gotas de sudor le perlaban la piel y descendían de forma poco atractiva por su frente y entre sus pechos. Se había peleado con las sábanas, pero no se había ido a dormir con un montón de mantas encima, ya que sabía por experiencia lo que le esperaba. No estaba gritando. No estaba catatónica. Estaba pensando, su cerebro procesaba.

—Eres la mujer más fuerte que conozco, Stella —dijo Sam con la voz rebosante de respeto. De admiración—. Por supuesto que estás bien. Puedes con ello, cielo.

Saber que creía en ella era la mitad de la batalla. No estaba sola en esa lucha. Tenía a Sam y a Zahra e incluso a Raine si necesitaba llamarla. Raine la creería y la ayudaría en todo lo que pudiera.

—Cuéntame lo que has visto mientras siga fresco en tu mente —la animó Sam.

Le gustaba que no la mimara. Nada de «No pienses en ello». Sam se decantaba más por un «Sácalo. Repásalo una docena de veces si es necesario. Anótalo. Dibújalo». Ese era Sam.

—Estaba oscuro. Apenas podía ver nada. Los dos llevaban linterna en la cabeza. Ella movía la suya de un lado a otro, así que capté algunos atisbos del terreno, pero no demasiado. Al final, cuando el objetivo se apagaba, hice lo posible para prolongar el sueño por la fuerza y estudié el objetivo. Creo que puedo dibujar un par de características que vi a su alrededor. No sé si eso ayudará o no.

Aquella máscara inexpresiva se suavizó y sus ojos se iluminaron. Una sonrisa asomó a su boca.

—Tenías razón sobre Zahra. Lo ha conseguido, ¿no es así? Tanto si da resultado como si no, tuvo un par de ideas realmente buenas.

—Señaló que Harlow sabe más de cámaras y de fotografía que nadie del condado. Es muy buena, Sam, pero acudir a ella entrañaría meter a otra persona en nuestro círculo —confesó Stella un poco a regañadientes.

Sam se había empeñado en que el número de personas que conocían su pasado fuera muy reducido para que no hubiera forma de que el asesino descubriera la verdadera identidad de Stella. No quería que los demás supieran cosas de ella, pero por otro lado, no quería ser como su madre, que hizo lo posible por proteger lo que tenía y dejó que otros murieran cuando podría haberlos salvado. Sabía que acudir a la policía no serviría de nada en ese momento, pero tal vez meter a Harlow en el ajo podría ser de utilidad si de verdad era capaz de averiguar algo sobre la cámara para ampliar su campo de visión.

Sam se palmeó el muslo de forma rítmica mientras recorría su rostro con sus malhumorados ojos oscuros y, a continuación, se fijaba en la fina camiseta con la espalda cruzada que se había puesto para dormir. Estaba vieja y desgastada, pero era suave y cómoda, y sabía que la necesitaría cuando fue consciente de que iba a tener una pesadilla. El algodón estaba húmedo por el sudor y se pegaba a su piel, revelando más de lo que ocultaba.

—No me gusta que tengas que pasar por esto, pero tus amigas son mujeres y sabemos que el asesino es un hombre, Stella. Estas mujeres son amigas tuyas desde hace más de cinco años, algunas más tiempo, y todas te son leales. No me imagino a ninguna de ellas vendiéndote a los medios, menos aún a Harlow. Si la metemos en esto, quiero estar contigo. Son tus amigas, así que la decisión es tuya, pero quiero estar allí.

Stella enarcó una ceja. Sus nervios empezaban a calmarse. Bastaba con que hablara con Sam.

—¿Por qué?

—Asusto a la gente, cariño. ¿No te has dado cuenta? No tengo que decir nada, puedo sentarme a tu lado en vez de hacerlo unos asientos más abajo y entenderán el mensaje.

Stella frunció el ceño, tratando de analizar su tono. Tenía una voz aterciopelada que casi parecía acariciarle la piel. Al mismo tiempo se percibía una amenaza subyacente, algo muy siniestro y aterrador, cuando no levantaba la voz en absoluto. Hablaba en voz baja, pero sus instrucciones se acataban siempre. Se había dado cuenta de que si Sam hablaba con un borracho que causaba problemas, este le escuchaba con atención, por muy ido que pareciera estar.

—¿Qué mensaje, Sam? —Le miró a los ojos con aire desafiante. Retándolo a que se lo dijera. Ella no le tenía miedo. Nunca le tendría miedo.

—Que no se metan contigo. Si lo hacen, tendrán que responder ante mí. Eso es algo que no les conviene.

Su sinceridad hizo que un pequeño escalofrío le recorriera la espalda. Alzó el rostro hacia él.

—¿Sabías que Raine está obligada a investigar los antecedentes de cualquier persona con la que se junte?

Sam cruzó los brazos sobre el pecho, más relajado que nunca.

—No me sorprende.

—Nos ha investigado a todos menos a ti. Me dijo que no quería disparar ninguna alerta en caso de que tuvieras enemigos que pudieran tener alertas en tu expediente. También me dijo que no quería que le hicieras una visita en mitad de la noche. ¿Cabe esa posibilidad si hubiera alertado a un enemigo? ¿O si alguna de las personas que se enteran de mi pasado me delata?

—Sí. —No titubeó.

Los dedos inquietos de Stella agarraron la sábana.

—No quiero eso para ti, Sam. Tú mismo lo has dicho, ya has cumplido. Si algo sale mal, soy adulta y puedo ocuparme. Podemos ocuparnos sin que vuelvas a ese lugar, sea el que sea. Ambos vinimos aquí porque la sierra ofrece algo hermoso y único, algo que no podríamos encontrar en ningún otro lugar. Es mi rincón de paz, de felicidad. Creo que también es el tuyo. Aquí volvimos a empezar y tenemos algo bueno. Nada puede quitarnos eso, ni siquiera este asesino en serie. —Le brindó una pequeña sonrisa—. ¿Me entiendes?

Su sonrisa de respuesta tardó en llegar.

—Mujer, tú eres lo mejor. Un regalo. Escribe tu informe y haz tus bocetos. Te prepararé el chocolate caliente.

Se levantó, dio un paso y se detuvo para volverse hacia ella. Se quedó mirándola durante un momento con esos ojos oscuros e insondables.

—¿Qué?

Sam sacudió la cabeza.

—No quiero perderte, mujer. Bajo ningún concepto. Si pierdo la cabeza y meto la pata, te quedas conmigo y me dices lo que he hecho y cómo solucionarlo. —Se quedó un rato más y luego le dio la espalda y salió de la habitación como solo Sam podía hacerlo.

Stella exhaló una bocanada de aire. En lo que a declaraciones se refería, era una buena declaración de Sam, y la aceptaba porque él siempre hablaba en serio. Podía derretirle el corazón cuando hacía cosas inesperadas como prepararle salmón a la parrilla al final de un largo día, cuando estaba tan cansada que lo único que le apetecía era acurrucarse en su silla columpio y olvidarse de todo. Sam hacía cosas como llevarle una cerveza helada o ver su película favorita por décima vez sin quejarse. Le compraba libros que le gustaban, golosinas para Bailey, se acordaba de conseguir el tipo de chocolate que a ella le gustaba. No decía nada al respecto. Los libros aparecían de vez en cuando, el chocolate estaba en la cocina y Bailey siempre tenía golosinas. Sam era considerado y los tenía muy presentes.

Stella encendió su lámpara y sacó el bloc de dibujo y el diario del cajón de su mesita de noche. En cuanto se hizo la luz en el dormitorio le invadió aquella inquietante sensación que tanto le desagradaba, la que le decía que alguien podía ver el interior. Deseó haber comprado estores opacos para las ventanas en lugar de las persianas que le permitían ver el lago a través de ellas. Le encantaban las vistas y no quería ponerlas en peligro.

Miró hacia la ventana. Se estaba portando como una tonta al dejar que su imaginación la venciera. Efectos de la pesadilla. Levantó una mano y todavía le temblaba. No podía decir que no siguiera asustada por sus sueños solo porque estaba siendo proactiva y Sam y Zahra la estaban ayudando.

Obligó a su mente a ser meticulosa a fin de recordar cada elemento que pudiera y anotarlo todo y luego comenzó a dibujar. Se le daba mejor dibujar. Los detalles surgían al afinar los detalles de su ilustración. Se sumergió en la imagen, sin pensar ya que fuera la visión de un asesino en serie o la de un testigo, sino tan solo la interpretación de un artista de dos mochileros en un sendero a primera hora de la mañana cuando iniciaban su viaje.

Estaba oscuro y plasmó esa oscuridad a carboncillo, incorporó la breve iluminación del suelo del sendero, de varias rocas y de las paredes por parte de la mujer, bosquejando cada imagen por separado en su propio espacio, como podría hacer un novelista gráfico. Al abordar cada una de las imágenes como un dibujo individual, en lugar de como un todo, podía centrarse en los detalles que la luz le revelaba. Vetas en la roca. Grietas en la pared. Las hojas de los tipos de árboles o arbustos. Se daba cuenta de que siempre que dibujaba lo que había visto en sus pesadillas recordaba muchos más detalles. Su subconsciente captaba mucho más de lo que ella creía.

Pasó a una nueva página en blanco y empezó a dibujar el objetivo por el que había mirado, añadiendo las características que había observado en los laterales. Lo que podría haber sido parte de un botón redondo que para ella no significaba nada, pero que, con suerte, significaba algo para otra persona. No miraba a través de un teléfono móvil. Puso tanto detalle en esa vista fraccionada del botón como en las otras imágenes, hasta la extraña marca dorada en forma de uve que atravesaba la cosa negra de aspecto redondeado que pensaba que podía ser un botón que se podía girar.

Cuando levantó la vista, Sam estaba de pie al fondo de la habitación, fuera del alcance de la luz de la lámpara junto a su cama. El mero hecho de que no se hubiera acercado a dejarle el chocolate en la mesita de noche o a ver lo que había dibujado le produjo escalofríos, que descendieron por su espalda como un mal presagio.

Miró hacia la hilera de ventanas con vistas al lago. Exhaló un pequeño suspiro mientras apagaba la luz y volvió a sumir la habitación en la penumbra. A pesar de las nubes que atravesaban la luna, el lago reflejaba suficiente luz para permitirle ver bien en el dormitorio.

—Tú también lo sientes, ¿verdad, Sam? Alguien vigila de nuevo.

En lugar de responder, dejó la taza sobre la mesa entre los dos sillones.

—Ven a por el chocolate. No te separes de Bailey. Activaré el sistema de seguridad cuando salga. Tienes una pistola en el dormitorio contigo, ¿no? Sé que guardas una en el coche.

Stella asintió, manteniendo la cara alejada de la ventana.

—Tengo un pequeño compartimento integrado en la pared justo a la derecha de la cama. Es difícil que alguien lo note. Ahí guardo varias armas para tenerlas cerca.

—Saca tu pistola. Tenla cargada, con una bala en la recámara, pero no me dispares cuando vuelva a entrar. —Su voz destilaba cierta diversión—. Si Bailey se inquieta, sabes que no soy yo.

—Ten cuidado, Sam. —¿Qué más podía decir? ¿Era el asesino el que estaba ahí fuera? ¿Sabía quién era ella?

Se inclinó y metió el diario y el cuaderno de dibujo en el cajón de la mesita y lo cerró con llave antes de levantarse de la cama y dirigirse al extremo opuesto de la habitación. Cuando se acercó al rincón donde estaba Sam, él alargó la mano de repente y agarró con el puño la fina tela de la parte delantera de su camiseta. Stella pudo sentir el roce de sus dedos en sus turgentes pechos. Se le aceleró el corazón y alzó la mirada hacia él. Sam la atrajo contra sí de manera lenta e inexorable.

El aliento se le atascó en la garganta cuando Sam se inclinó hacia ella y agachó la cabeza con aquellos ojos oscuros ardiendo de deseo. Y algo cercano a una emoción que temía nombrar cuando iba a salir solo y el asesino en serie podía estar esperándole. No podía cubrirlo con una armadura, con una red de invisibilidad como le gustaría. En cambio, se entregó a él. Se entregó por completo, besándolo con la misma emoción sin nombre que veía en sus ojos cuando la miraba.

—¿Podría estar aquí por ti? —preguntó en un susurro, con las palmas de las manos apoyadas en su pecho—. ¿Porque falló contigo? ¿Podría ser una cuestión de orgullo?

—No soy fácil de matar, Stella —aseguró Sam. Sus labios rozaron los de ella una vez más—. La pistola. La quiero junto a ti. Que Bailey esté en la misma habitación que tú.

Stella prefería que se llevara a Bailey. Tendrían que adoptar otro perro. Lo vio irse, con el chocolate caliente en la mano y el corazón en un puño. Se dio cuenta de que no le había contestado. En realidad no había forma de saber quién los observaba, pero alguien lo hacía y parecía mucha casualidad que otra persona, un merodeador, estuviera acechando el *resort* justo cuando el asesino en serie había llegado allí.

Volvió a la cama y dejó el chocolate caliente en la mesita de noche antes de agacharse para que no se la viera desde la ventana presionar con la yema del pulgar el botón que abriría la puerta oculta de forma hábil en la pared. La huella de su pulgar abriría la caja fuerte con rapidez. Había practicado sin parar hasta que consiguió dar con el botón mientras dormía. Durante el día, aunque sabía que estaba allí al igual que la puerta de la caja fuerte, tenía que buscarlo porque estaba muy bien escondido en las paredes de madera.

Sacó su pistola, la cargó deprisa y la colocó a su lado, donde no pudiera verse desde la ventana, por si el vigilante podía ver su dormitorio. Cogió su chocolate caliente y se lo bebió despacio. Bailey apoyó su gran cabeza en la cama porque percibía que estaba inquieta.

—A ti tampoco te gusta que esté solo, ¿verdad, grandullón? —le dijo en voz queda, rascando al perro detrás de las orejas. Exhaló un suspiro y tomó un sorbo de chocolate, apoyándose en el cabecero de la cama e intentando no pensar en que Sam estaba solo ahí fuera. Debería haber insistido en ir con él—. ¿Desde cuándo me quedo al margen, Bailey?

No era el tipo de mujer que se sentaba en su habitación de brazos cruzados mientras otros se arriesgaban, así que se levantó de un salto, haciendo caso omiso del gemido asustado de Bailey, y desenganchó los prismáticos de visión nocturna que colgaban de la ventana más grande que daba al lago. Le gustaban las vistas. La casa estaba situada en terreno más elevado, lo que le permitía ver no solo el lago y el puerto deportivo, sino también gran parte de la mitad delantera de su propiedad, la mitad hermosa. No estaba contemplando las cabañas, el parque de caravanas ni los campamentos de pesca. Toda aquella hermosa tierra rodeaba el lago.

Se apoyó en la ventanilla y se colocó los prismáticos en los ojos para hacer un lento reconocimiento del lago y ver si había algo sospechoso. A continuación, el puerto deportivo y los muelles. Continuó la lenta exploración de su terreno, desplazando los prismáticos a lo largo de la orilla, centímetro a centímetro. Algo se movía justo debajo de los árboles, cerca del edificio de alquiler de barcos.

Cuando ajustó la vista, el cuerpo de Sam le llamó la atención. Había otro hombre, más delgado y un poco más bajo, apuntándole con un arma. Otros dos hombres salieron de detrás de los árboles justo cuando Sam se movía con vertiginosa velocidad y de una patada hacía perder el equilibrio al que sostenía el arma. Mientras caía, Sam lo despojó del arma. Se encargó de otro propinándole un fuerte golpe con el cañón en un lado de la cabeza, que hizo que cayera de rodillas, y tiró del otro hacia él, rodeándole la garganta con el brazo y poniéndole el arma contra el cráneo.

Stella los observó, con el estómago encogido por la tensión. Los dos que estaban en el suelo siguieron allí, sin intentar levantarse ni moverse. Después de un par de minutos, tuvo la sensación de que Sam conocía a los tres hombres, o al menos al que apuntaba con la pistola. De repente, Sam bajó el brazo y dio un paso atrás, liberando a su prisionero.

El hombre al que había golpeado con la pistola permanecía sentado en el suelo, con la cabeza entre las manos. El más joven, al que Sam había derribado, se levantó de un salto y puso distancia entre ellos. Vestido con vaqueros y un jersey, su postura corporal era sin duda beligerante.

El tercer hombre, el del traje impecable al que había puesto la pistola en la nuca, parecía imperturbable. Él era quien hablaba. Era evidente que él estaba al mando. Parecía tener mucho que decir; gesticuló, señalando primero hacia el lago y luego al cielo, y sacudió la cabeza una vez. Aguardó como si esperara una respuesta de Sam y acto seguido continuó, moviendo la mano como si abarcara el *resort* entero, el puerto deportivo y la cabaña de Sam. Luego señaló hacia su casa.

Sam se quedó muy quieto, sin mover un músculo. Lo había visto así cientos de veces. Podría haber adivinado la expresión de su rostro. Impertérrito. Esos ojos, planos y fríos. Sin vida. Sam escuchaba, pero no iba a revelar nada.

Stella le había observado durante más de dos años, estudiando en secreto cada uno de sus movimientos. Por la soltura con la que se comportaba sabía que podía entrar en acción, como lo había hecho cuando le quitó el arma al joven. No había reaccionado a nada de lo que decía el hombre mayor hasta que señaló a su casa. Sam no había mirado hacia la casa, no había seguido el gesto de ninguna manera, pero había una ligera diferencia en su postura. Tenía la sensación de que había pasado de neutral a amenazante, pero el cambio en su actitud era tan sutil que no podía decir por qué lo creía así.

El hombre sentado en el suelo también debió de percibir la amenaza porque de repente levantó la vista y se puso en pie, alejándose acto seguido de Sam y volviendo hacia el hombre mayor, casi como si buscara protección. El hombre más joven rodeó a Sam con cautela. Sam no se dignó a mirarlo, sino que mantuvo la atención fija en el hombre mayor. El hombre más joven puso bastante distancia con Sam mientras se encaminaba hacia el hombre mayor.

Stella trató de descifrar lo que significaba todo aquello. Inspiró con fuerza. Sam sabía que esos hombres estaban ahí fuera. No pensó que un asesino en serie estuviera ahí fuera vigilando la casa. Le había hecho sacar la pistola porque sabía quién estaba fuera y no quería que entraran en su casa a hablar con ella.

No era la primera vez que salía solo de noche cuando ella tenía la certeza de que alguien los estaba observando. ¿Eran esos mismos hombres los que entonces estaban fuera? ¿Los habían observado a sus amigas y a ella cuando acamparon en el lago? Le entraron unas ganas repentinas de cerrar con llave la puerta de su casa a Sam y quedarse sola con Bailey y con su desbocado corazón. Por desgracia, Sam tenía el código para entrar. ¿Tenía miedo de él?

Sam levantó la cabeza de repente y los tres hombres se volvieron hacia el camino que llevaba al cobertizo para botes. Stella orientó los prismáticos en esa dirección. Sonny Leven venía por el sendero durante su ronda, patrullando el *resort* por la noche. Por lo general se mantenía alejado de la casa principal, pero pasaba por el puerto deportivo varias veces durante la noche.

Todavía estaba lejos, pero se acercaba a paso bastante rápido. Cuando volvió a mirar a Sam y a los demás, habían desaparecido sin dejar rastro.

Stella buscó por todas partes, moviendo los binoculares de visión nocturna con cuidado a lo largo de los árboles y arbustos, pero nada parecía estar fuera de lugar. No había pruebas de que los hombres hubieran estado en su propiedad ni de que se hubieran reunido con Sam. ¡Vaya con sus dos guardias de seguridad! No tenían ni idea de las reuniones secretas y clandestinas en mitad de la noche.

—¿Qué piensas, Bailey? ¿Debo disparar a Sam cuando entre y decirle al sheriff que pensé que era un intruso?

Colgó los prismáticos donde siempre los guardaba y retrocedió hasta su cama, buscando a tientas la tranquilizadora empuñadura con la que su palma estaba familiarizada.

—Esta es la razón por la que no dejo que la gente se acerque —le dijo al perro—. Ahora estamos en este gran lío. Tú tienes la culpa. Te cayó bien desde el principio. Si hubieras gruñido y te hubieras puesto protector, habría pasado de contratarlo.

Al menos sabía que el asesino no la estaba observando. Eso era un alivio. Y Sam tenía la oportunidad de decirle la verdad. Tal vez entrara y le contara que se había reunido con tres hombres que era evidente que conocía y había tenido una pequeña charla con ellos. ¿Qué probabilidades había de eso?

Pasaron los minutos, pero parecían horas. Stella se imaginó todo tipo de cosas, incluso que los tres hombres asesinaban a Sam y se llevaban su cuerpo. No tenía ni idea de cómo habían entrado en su propiedad ni cómo se habían ido sin que Sonny o Patrick Sorsey, el otro guardia de seguridad, se enteraran. Aun así, agradeció que ninguno de los dos guardias se hubiera enfrentado a esos tres hombres. Tenía la sensación de que eran letales.

Bailey levantó la cabeza en señal de alerta. El perro se dirigió a la puerta de su dormitorio y se paró justo en la entrada, mirando hacia el pasillo. Echó un vistazo a su dispositivo y vio que el panel trasero estaba desbloqueado. Sus dedos agarraron la empuñadura de su pistola. Nadie había asesinado a Sam, todavía.

Entró en su espacio con aspecto tranquilo, confiado y, como de costumbre, sereno, templado y muy relajado, como si hubiera estado dando un paseo a medianoche. Aquellos ojos oscuros recorrieron su rostro, descendieron por su cuerpo hasta la mano en la que sujetaba su arma antes de ascender para clavarlos en los de ella. Bailey le dio un empujoncito con la cabeza y Sam le rascó al perro detrás de las orejas de inmediato, sin dejar de mirarla.

Stella esperó a que él dijera algo, pero no lo hizo. Debería haber sabido que no lo haría. Sam era callado como una tumba. Nunca le gustó hablar. No se delataba a sí mismo. Por lo general, el silencio entre ellos siempre había sido cómodo. Esa vez no. La tensión se prolongó hasta tal punto que se podía cortar con un cuchillo.

Sam sacudió la cabeza y luego se sentó en la silla frente a la cama y cogió el agua que había dejado en la pequeña mesa.

—¿Vas a guardar la pistola o a usarla, Stella?

El ligero matiz de masculina diversión la molestó lo suficiente como para deliberar sobre las ventajas de disparar a la pared justo al lado de su oreja, pero sabía que Sam ni siquiera se inmutaría.

—Todavía lo estoy pensando.

Sam bebió un trago de agua, pero no dejó de mirarla a los ojos. No parecía preocupado, pero claro, nunca parecía estarlo. Permaneció en silencio, sin decir nada, ni siquiera una explicación.

Stella repasó cada uno de sus actos, o más bien la ausencia de los mismos, mientras estaba con los tres intrusos al amparo de los árboles. No pareció que le molestaran hasta que el hombre mayor señaló hacia su casa. Fue entonces cuando se produjo un sutil cambio en él. No solo ella fue consciente, sino también los demás.

Estudió a Sam. Había muchas cosas que no sabía. Nunca le había preguntado. Le había aceptado sin más y él nunca la había defraudado. Esa noche estaba alterada porque había tenido una pesadilla y lo estaban solucionando, cuando ambos se percataron de que alguien había entrado en la propiedad, que alguien estaba vigilando. Sam aún no la había defraudado. No había hecho nada para cambiar su opinión sobre él.

No le preguntó qué había pasado ahí fuera porque le daba miedo que le mintiera. Sam no era como su madre. No era como su padre. No era como las amigas del colegio, que la abandonaron en cuanto supieron quién era. Él era Sam.

Stella descargó la pistola y la guardó en la caja fuerte.

—De verdad que me han dado ganas de darte un bofetón por ese nefasto sentido del humor de machito que tienes.

—Soy muy consciente de que tienes temperamento, Stella.

El humor brillaba en aquellos ojos oscuros, que captaban la luz del lago. No era algo que viera muy a menudo, por lo que la imagen le produjo una ridícula sensación de placer en la boca del estómago. Puso los ojos en blanco.

Se hizo el silencio una vez más. Por parte de ella. Sam iba a obligarla a preguntar. Stella no sabía si tenía el valor. No podría soportar que le mintiera. Que la decepcionara. El silencio de Sam era normal. No le hablaba a nadie de sus asuntos, incluyéndola a ella. Sam debía considerar que esos hombres eran asunto suyo.

Stella agarró la sábana entre sus dedos y la miró mientras la retorcía de un lado a otro y se decía que necesitaba saberlo ya, antes de que fuera demasiado tarde. Otra parte de ella le susurró que estaba siendo tonta, que Sam no mentía. Que lo más probable era que no respondiera si no quería que ella supiera algo, pero no le mentiría.

—Mujer. —Parecía exasperado.

—Hombre.

—Escúpelo de una vez.

Levantó la mirada y la clavó de nuevo en sus ojos.

—¿Quién había fuera? —Podía sentir que su corazón latía con demasiada fuerza. Demasiado rápido.

—He estado considerando si es una buena idea que lo sepas o no.

Stella parpadeó. No esperaba esa respuesta. Sam ya había pensado en contárselo. Eso era algo. Y no, no iba a mentirle. El alivio la invadió. Le costaba confiar, y mucho. En él. En sus amigos. Tenía que superarlo.

—¿Han estado aquí antes, Sam?

—No. Esta es la primera vez. Como estaban ahí, no podía estar seguro de que hubiera alguien más vigilando la casa también. Tuve esa sensación al salir.

Un escalofrío de temor le recorrió la espalda.

—¿Crees que fue a esos hombres a los que sentí espiándonos a mis amigas y a mí cuando estábamos acampadas? Porque alguien nos espiaba.

—No lo sé. —Había un claro filo en su voz—. Les he dicho que no vuelvan a venir aquí y que, desde luego, no se acerquen ni a ti ni a tus amigos.

Se le formó un nudo en el estómago de repente.

—No han amenazado a ninguno de mis amigos, ¿verdad? —Estaba más preocupada por su pequeño círculo de amigos que por ella misma.

—Uno de ellos ha mencionado que había conocido a Raine. Le quitó importancia, pero no me gustó y se lo hice saber.

Sam solo había hablado con el hombre mayor, pero había derribado al más joven cuando le estaba hablando. Tenía que ser el hombre más joven, y Sam se había vengado tirándolo al suelo y quitándole el arma después. Stella había supuesto que fue porque el hombre más joven le había apuntado con un arma.

Se llevó la mano a la garganta de forma protectora.

—¿Por qué diría algo sobre Raine?

Sam se encogió de hombros.

—Me estaba poniendo a prueba. No le ha salido bien.

Un pensamiento repentino le vino a la cabeza.

—¿Saben quién soy en realidad, como Raine?

Sam exhaló un suspiro.

—No, Stella, es imposible que lo sepan. Y aunque lo supieran, no dirían nada a menos que creyeran que con que eso conseguirían que hiciera algo que quisieran que hiciera.

Stella apretó los labios.

—Querían que te fueras, ¿no? Ese hombre, el más mayor, no intentaba que aceptaras otro trabajo en algún sitio. Quería que te fueras.

Los labios de Sam se curvaron en una verdadera sonrisa en uno de esos raros momentos. Fue impresionante. Al menos para ella. Sam no sonreía muy a menudo. Cambió todo su comportamiento.

—Estabas mirando.

—Alguien tenía que cubrirte por si acaso te metías en un lío.

Sam se rio. Eso fue aún más estimulante. El sonido era hermoso.

—Sí, hemos tenido una pequeña discusión por eso, cielo.

—No me pareció tan pequeña. Sam, ¿quiénes eran esas personas?

—Si te lo digo, primero tienes que darme tu palabra de que te quedarás conmigo, Stella. —De su rostro había desaparecido todo rastro de humor y volvía a ser inexpresivo.

—Mi padre es un asesino en serie, Sam. Tuve que confesártelo a ti y todavía tengo que reconciliarme con la idea de decírselo a mis amigos. —Ya sabía que Sam había trabajado para el Gobierno en alguna ocasión. Tampoco iba a sorprenderse.

—Más vale que cumplas tu palabra, porque te obligaré a que lo hagas.

Nunca había visto a Sam tenso. Nunca. Casi prefería que no se lo dijera. Sabía lo que era proteger los secretos y mantenerlos ocultos por muy buenas razones. Algunos secretos no tenían que salir a la luz. Sam viajaba, buscando una nueva vida, un nuevo comienzo. Solo quería que le dejaran en paz.

—¿Eran agentes del Gobierno, Sam? —Suavizó su voz en un intento de transmitirle que pasara lo que pasara, incluso si trataban de convencerle de que querían que volviera y trabajara para ellos, ella lo entendería.

Sam negó con la cabeza.

—No, ni por asomo, Stella. El hombre mayor que has visto era mi padre, Don Marco Rossi. Al que he tirado al suelo era su segundo al mando y el bocazas era un guardaespaldas. —Se quedó en silencio, con aquellos ojos oscuros clavados en su rostro mientras ella asimilaba su declaración.

Stella frunció el ceño.

—Sam, no voy a fingir que no he oído hablar de él, pero ¿por qué te molesta tanto decirme quién es tu padre cuando el mío está en la cárcel ahora mismo por lo que hizo?

—¿A cuántas víctimas mató tu padre en cuatro años? ¿A cinco? ¿Quién crees que me enseñó la mayor parte de lo que sé, Stella? ¿Crees que aprendí a ser lo que soy gracias a la formación que me dieron cuando me alisté en el ejército? Fue mi padre. Eso fue lo que me enseñaron desde que estaba en la cuna.

Sam tomó otro buen trago de agua y frotó el pelaje de Bailey mientras Stella recordaba la tensión con la que habían actuado todos cuando su padre señaló hacia la casa. ¿La había amenazado? ¿Qué había estado a punto de hacer Sam? Seguramente no habría atacado a su propio padre.

—¿Qué pasó entre tu padre y tú, Sam? —preguntó.

Sam enroscó el tapón en la botella y luego se la apretó en la frente.

—Mi familia es propietaria de unos cuantos clubes de *striptease* y mi padre no vio ninguna razón para no gozar de los placeres de los cuartos traseros. Lo hacía a menudo. Mi madre era una mujer dulce, Stella. La mejor. Le encantaban las grandes reuniones con muchos amigos y con comida. Ella misma cocinaba. Teníamos dinero, claro, pero lo hacía todo ella misma. Lo hacía todo con amor. Y le amaba. Hacía que todo en esa casa fuera perfecto para él.

Stella no pudo evitar darse cuenta de que hablaba de su madre en tiempo pasado. Se le partió el corazón por él. Parecía solo y demasiado lejos de ella. Sospechaba que, al igual que ella, había pasado la mayor parte de su vida solo.

—Mi madre le pidió muchas veces que parara o que la dejara divorciarse. Él le dijo que no era asunto suyo, que nada de divorcio, que le proporcionaba una buena casa y que venía a casa por la noche. Que eso debería ser suficiente. Y cuando intenté hablar con él porque estaba realmente preocupado por ella, hizo que un par de sus hombres me dieran una paliza por meterme en lo que no me incumbía. Me dijo que no tenía ningún derecho, ya que yo iba a menudo a los clubes, y eso era bastante cierto. En esa época hacía muchos negocios para él. Demasiados. Hacía cosas que ahora, al volver la vista atrás, me doy cuenta de lo fácil que fue convertirme en aquello en lo que me moldeó porque de niño le admiraba y quería ser como él.

Stella sabía lo que era querer que un padre te quisiera, buscar su aprobación. Lo había hecho una y otra vez. Era natural.

Sam sacudió la cabeza.

—Una noche tuvieron una pelea terrible. Él iba a ir al club después de que ella hubiera hecho una cena especial. Resultó que era su cumpleaños. Mi madre quería que se quedara en casa con ella, pero él dijo que no. Había una chica nueva en el club que quería probar. No se lo dijo, pero se negó a quedarse y mamá se enfadó mucho. La pelea llegó a las manos, al menos ella le dio una bofetada y él se la devolvió. Yo intervine y él se fue.

Stella apretó los labios para no ofrecerle consuelo. Necesitaba que le escuchara, no que hablara.

—La abracé mientras lloraba y luego se quedó muy tranquila. Me dijo que estaba cansada. Muy cansada. Me rogó que jamás tratara a una mujer como él la trataba a ella; que si encontraba una chica, me asegurara de que la amaba lo suficiente como para quedarme con ella y solo con ella o que no me molestara. Le hice esa promesa. Me dijo que me quería y luego se fue arriba.

Stella sintió que su corazón empezaba a acelerarse. Tenía un mal presentimiento.

—Por primera vez que yo recordara, mi padre no volvió a casa hasta la mañana siguiente. Acababa de subir a llamar a mi madre cuando le oí entrar. Llamé a su puerta y no respondió. Abrí la puerta y pude verla sentada en su lugar favorito junto a la ventana. Era un asiento en la ventana con vistas al jardín. Estaba desplomada y llevaba la misma ropa que la noche anterior. Había sangre en el banco y en los cojines, así como en el suelo. Parecía que estaba por todas partes.

»Corrí hacia ella a pesar de que sabía que era demasiado tarde. Se había sentado allí y se había desangrado en silencio tras cortarse las muñecas. La cogí en brazos y la estreché contra mí, meciéndome con ella, y cuando él entró e intentó arrebatármela, quise matarlo. Le dije que él tenía la culpa. Que eso se lo había hecho, tan seguro como si él mismo le hubiera hecho esos cortes. Me fui justo después de su funeral, me alisté en el ejército y entré en los Rangers. Después me ofrecieron un trabajo de alto riesgo y lucrativo, pero mucho más satisfactorio si buscabas la redención, como era mi caso. También hizo que resultara imposible de encontrar, incluso con los recursos de mi padre. Una vez que salí, fui dando tumbos, porque sobre todo necesitaba averiguar cuánto había de él en mí. He hecho muchas cosas, Stella, cosas que nunca podré deshacer. No quiero ser como él.

—Ven a tumbarte en la cama conmigo, Sam. Puede que no consigamos dormir, pero al menos estaremos cerca. Esta noche, el resto de la noche, necesitamos estar cerca. Al menos yo lo necesito.

—Le he dicho que no se acerque a ti. —Se agachó para quitarse los zapatos.

Stella se metió bajo las sábanas, pero le dejó el edredón a él. Cuando él se acostó a su lado, con un brazo alrededor de ella, apoyó la cabeza en su hombro.

—¿Por qué estaba tan molesto?

—Se ha enterado de que el asesino intentó arrastrarme bajo el agua. Quería que volviera a casa.

Stella se quedó en silencio, pensando en eso.

—Debes de importarle o no habría venido a intentar convencerte en persona, Sam.

—No tengo ninguna duda de que se preocupa por mí. De que se preocupaba por mi madre. Puede sentarse a comer contigo y con tus amigos y luego irse a casa y ordenar que os torturen, a uno o a todos, para demostrar que no es buena idea joder a nuestra familia, Stella. Lo peor es que soy totalmente capaz de hacer lo mismo. —Su brazo la rodeó con fuerza—. Vine aquí para encontrar una forma de vida diferente, para ser una persona diferente. No de la forma en que crecí y no la persona que había sido para nuestro Gobierno. Encontré este lugar y a ti.

—Nadie te va a quitar eso, Sam. —Stella lo dijo con fiereza, decidida a decir la verdad.

CAPÍTULO 10

Harlow Frye tenía el pelo rojo fuego y los ojos verde jade. Las pecas salpicaban su nariz y sus altos pómulos, y se esparcían de forma generosa por sus hombros y brazos, aumentando su belleza. Era alta, de piernas largas y curvas generosas. Podía parecer elegante, una vampiresa o una chica normal, dependiendo de lo que llevara puesto y de cómo se peinara y maquillara. A pesar de todas sus variadas apariencias, siempre parecía una llama ardiente. Era imposible evitarlo, no con su pelo.

Ese día llevaba su espesa melena pelirroja recogida en una sencilla cola de caballo. Iba poco maquillada, con unos vaqueros remangados y un jersey dorado abotonado con pequeños botones de perla que le llegaba a las pantorrillas. Stella nunca pudo averiguar de dónde sacaba la ropa o las botas.

Harlow estudió el boceto, que en realidad no mostraba gran cosa, mientras digería lo que Stella le había revelado sobre su verdadera identidad. Stella se clavó las uñas en su propio muslo a través de los vaqueros por debajo de la mesa de dibujo en el estudio de Harlow. Le había dicho a Sam que quería hablar con Harlow a solas, por lo que, tras asentir de forma concisa en un gesto que transmitía claramente su descontento por su decisión, se quedó en el *resort* para asegurarse de que los últimos huéspedes que alquilaban las cabañas se habían ido sin contratiempos. Ya estaban oficialmente cerradas por la temporada, un verdadero alivio. Esa noche habría una fiesta para sus empleados de toda la vida. Sin duda se merecían su descanso, y luego ella y Sam también tendrían tiempo libre. Con suerte tendrían tiempo para desarrollar su relación y atrapar a un asesino en serie.

—Cuando tienes estas pesadillas, ¿eres consciente de que estás soñando, Stella? ¿Participas de manera activa en el sueño? —preguntó Harlow, que seguía estudiando el boceto. Fruncía el ceño en señal de concentración.

—No lo había hecho hasta ahora —admitió—. Siempre me sentí aterrorizada, pero la primera vez era una niña pequeña y la segunda una adolescente. La primera serie de pesadillas sobre el pescador fue tan inesperada que me concentré en tratar de encontrar el lugar alrededor del lago donde podría estar. Zahra sugirió que podría ampliar el objetivo. Nunca se me ocurrió. Ni siquiera me planteé mirar el objetivo en sí.

—¿Has cambiado alguna vez un sueño?

—Me he despertado diciéndome a mí misma que estaba soñando, pero nunca he cambiado nada significativo. Cuando me gustaba un sueño, antes de irme a la cama me decía que quería volver a soñar ese sueño en particular y lo hacía —admitió.

—Siento lo de tu padre, Stella. —Harlow levantó la vista por primera vez, encontrándose con sus ojos, y parecía sincera—. No podemos elegir a nuestros padres, ¿verdad? Por suerte, no tienen por qué reflejar necesariamente lo que somos. —Volvió a bajar la mirada hacia el boceto—. Con esto no tengo mucho para trabajar, pero podrías intentar experimentar. Sé que no te gustan las cámaras. —Volvió a mirar a Stella, que se estremeció e hizo una mueca. Harlow se echó a reír a pesar de la seriedad de su conversación.

Stella se cubrió la cara con las manos y se asomó entre sus dedos.

—Me vas a hacer tocar una cámara, ¿verdad?

Harlow la estudió.

—¿Por qué las aborreces tanto? ¿Crees que fue porque creciste rodeada por los medios después de que descubrieran lo de tu padre?

Stella bajó las manos mientras consideraba la pregunta de Harlow.

—No, siempre hubo periodistas. Mi madre participaba en múltiples organizaciones benéficas y formaba parte del consejo de administración del teatro de la ópera, del ballet y del teatro. Era una persona importante en el mundo del arte. Eso se tradujo en numerosos artículos en periódicos y revistas. En aquella época, mi padre era considerado un filántropo muy guapo. Eran una gran pareja y causaban sensación allá donde iban, siempre preparados para las cámaras. Yo también tenía que estarlo si salía de casa.

Harlow asintió para indicar que lo comprendía.

—Sé lo que supone eso cuando eres niño. Mi padre siempre se dedicó a la política, hasta donde alcanzo a recordar. —Hizo una pequeña mueca—. Dios no quiera que te ensucies los zapatos o que te los arañes en el jardín por si alguien necesita una foto familiar. Esa es una de las razones por las que no hago retratos.

Stella sabía que Harlow rara vez fotografiaba a la gente. Cuando lo hacía, las fotos eran privadas, solo de sus amigos y sus actividades. Eran sus paisajes los que se consideraban impresionantes y captaban tanta atención.

—Esa fue definitivamente mi infancia y más. Mi madre tenía reglas muy estrictas sobre lo que podía llevar y lo que no. Seguro que por eso ahora llevo siempre vaqueros y poco maquillaje. Tenía una cámara de fotos que mi padre le había regalado un año por Navidad. Era el último grito y todos sus amigos tenían cámara. Ella no la usaba, le gustaba tener todo lo que ellos tenían.

Stella no pudo quedarse sentada sin más en la larga mesa de trabajo. Tuvo que levantarse y pasear. En el estudio de Harlow había muchas cosas hermosas que ver. Harlow era una mujer muy creativa. A Stella siempre le asombraba que pudiera hacer obras de cerámica tan hermosas y fotografías exquisitas que parecían tan reales que creías estar allí. Stella tenía una enmarcada, una hermosa foto del lago tomada desde arriba a primera hora de la mañana, justo cuando salía el sol y los colores se extendían sobre el agua. Era preciosa. Stella no renunciaría a ella ni por todo el oro del mundo. Nunca había conseguido comparar el lado creativo de Harlow con el lado puramente práctico, el de la enfermera que trabajaba en el hospital y que no pestañeaba al coser las heridas.

Harlow era una gran escaladora. Al igual que Stella, prefería la escalada en bloque, pero practicaba la escalada tradicional con sus amigas, algo que Stella podía hacer, pero que no disfrutaba tanto. La perra de Harlow, Misha, una beagle, estaba acurrucada en una cama para perros junto a la puerta que daba al patio que se abría a la acequia, donde Harlow la paseaba cada dos horas. Misha parecía conocer el horario y no dejaba que Harlow lo olvidara. En esos momentos observaba a Stella deambulando por el estudio.

—Misha y Bailey son buenos amigos, pero me está mirando con mucha suspicacia, como si fuera a largarme con una de tus obras de arte en cualquier momento. —No pudo evitar señalar Stella—. Te quedas sin golosinas por pensar que podría ser una ladrona de arte, Misha.

Misha meneó la cola, golpeteando su cama de perro al oír su nombre y la palabra «golosinas».

—Misha mira a todo el mundo con desconfianza —convino Harlow—. Su idea es echarnos para poder hacer lo que más le gusta, que, como bien sabes, es ir a P-A-S-E-A-R, llueva o haga sol. En su caso, a C-O-R-R-E-R.

Stella se rio.

—Esta perra es demasiado inteligente. Va a aprender a deletrear.

—Solo es inteligente cuando quiere. Deja de dar rodeos y háblame de la cámara que tenía tu madre. No la usaba, pero algo pasaba con ella.

La sonrisa desapareció de la boca de Stella. Revivir viejos recuerdos no era divertido. ¿Por qué ese asesino en serie le había traído tantas cosas a la memoria? Ni siquiera había pensado en ellas durante los meses en los que había acudido a terapia cuando era adolescente. Tampoco lo había hecho cuando fue a terapia mientras estaba en la universidad. Ahora estaba recordando su infancia de repente, cosas que había metido adrede en una habitación y cerrado la puerta con llave. Algunas cosas deberían quedarse así, detrás de las puertas que uno bloqueaba.

—Estoy recordando muchas cosas que guardé bajo llave con sumo cuidado, Harlow. No quiero recordar estas cosas sobre mi madre y mucho menos sobre mi padre. Ella empezó a beber demasiado a modo de compensación una vez que empecé a contarle mis pesadillas. Al principio, solo trataba de sobrellevar que una niña tuviera espantosas pesadillas, pero luego se dio cuenta de lo que eran. Tal vez lo sospechó todo el tiempo, no lo sé.

Harlow se levantó también y fue hacia la ventana.

—Pensamos en nuestras vidas tal y como somos ahora, pero las mujeres no eran tan independientes. Mi madre me recordó que las cosas eran diferentes cuando nuestros padres eran jóvenes. A nuestras madres las educaron de forma distinta y no había tanta ayuda para las mujeres como ahora. Algunos padres creían que si traías hijos al mundo, tenías derecho a hacerles lo que quisieras.

Stella tenía que estar de acuerdo.

—La cámara siempre estaba en su tocador. Para mí era preciosa y un día no pude resistirme. Siempre me sentaba en su habitación cuando se preparaba para salir. Me gustaba verla maquillarse y ponerse las joyas. Le pregunté si podía hacerle una foto.

Harlow se dio la vuelta con rapidez para mirarla.

—¿Esto fue antes de que empezaran tus pesadillas o después, Stella?

—Era muy pequeña. —Stella frunció el ceño y se frotó la frente mientras trataba de recordar. Miró por la ventana hacia el canal, deseando estar fuera. Se sentía encerrada. Sentía que alguien la observaba de nuevo. Se estaba volviendo loca—. No lo sé. Recuerdo que era feliz con mi madre en su habitación cuando se preparaba para salir con mi padre, por lo menos una parte del tiempo. Y luego ya no.

—¿Empezaste a tener las pesadillas cuando tenías cuatro años? Cuando tenías cinco las padecías sin duda; eso es un hecho. Cuando le atraparon, salió en las noticias. No le pillaron hasta que fuiste más mayor, pero las pesadillas empezaron cuando tenías esa edad. —Harlow cruzó la habitación hasta una de las estanterías y empezó a mirar las cámaras que tenía allí expuestas.

El corazón de Stella se desplomó. Se quedó donde estaba, cerca de la ventana en el lado opuesto de la habitación.

—Sí, tenía cinco años.

—Así que puede que tuvieras tan solo cuatro años cuando quisiste hacerle una foto a tu madre. Incluso podrías tener recuerdos de cuando ibas al teatro con tu madre con solo tres años. Del ballet. Tu madre te habría llevado. Habrías oído hablar de ello todo el tiempo para reforzar los recuerdos de que tu madre formaba parte de juntas directivas de diversas disciplinas artísticas. Me he dado cuenta de que lo retienes casi todo. Parece que es un don que tienes.

—Es una maldición —murmuró Stella—. Todo esto es una maldición.

—No si puedes atraparle y salvar vidas.

—No cogí a mi padre ni tampoco a Miller cuando era adolescente.

—Al final lo hiciste —señaló Harlow—. No esperarías hacerlo de inmediato. Y tampoco ahora. Vas a tener que entender que ninguna de estas muertes es culpa tuya. Está ahí fuera, y si no supieras de su existencia, estaría matando y no habría quien le detuviera. Como enfermera, sé que no puedo salvar a todo el mundo. No puedo. Ni siquiera a mis pacientes favoritos, por mucho que lo intente. No importa cuánto me esfuerce. Todo agente de policía tiene que aceptar eso mismo en algún momento. Todo hombre o mujer en el ejército.

—La muerte me parece... inaceptable. Casi siento que se burlan de mí y que fallo a estas personas, a estos seres humanos que tienen familias que los quieren.

—Yo siento lo mismo. Estoy segura de que la mayoría de los médicos sienten lo mismo. Las pesadillas que tienes son meras pistas, una forma de atraparlo. Él no sabe quién eres ni que ya lo estás buscando. Esperemos que no lo descubra hasta que lo tengamos. Eso es lo más importante, Stella. Ten cuidado de a quién traes al círculo. Sé que vas a tener la tentación de traer a las fuerzas del orden, pero si lo haces demasiado pronto, él desaparecerá. Se desvanecerá sin más. Este lugar es ideal para eso. Tienes que saber de quién se trata antes de informarles.

—No quiero ser como mi madre, Harlow. No quiero conservar mi tranquilidad a cambio de vidas.

—Decírselo a las fuerzas del orden demasiado pronto sería hacer precisamente eso, Stella. Piénsalo. Si se lo dices, aparecerá el FBI y el asesino en serie se desvanecerá y tú recuperarás tu mundo. Se irá a otro sitio y matará. Nadie se dará cuenta porque tiene un nuevo patio de recreo y hace que cada asesinato parezca un accidente, y tú no estarás ahí para decirles lo contrario. No se quedaría aquí. ¿Por qué habría de hacerlo? Sobre todo si es un visitante temporal.

Stella cruzó los brazos sobre el pecho y se apoyó en la larga hilera de ventanales curvos que iban del suelo al techo. De todos los argumentos para no contárselo a Griffen, aquel era el mejor porque Harlow tenía razón. Stella lo sentía.

—Tienes razón, pero sueles tenerla, Harlow. Sam no cree que deba decir nada todavía. Zahra piensa lo mismo. No he hablado con nadie más al respecto. Estoy pensando qué decir cuando lo haga. Voy a hablar con Raine sobre los senderos para mochileros y los campamentos. Siempre viene conmigo. Conoce los senderos aún mejor que yo.

—Tengo un par de cámaras que eran populares cuando tu madre era joven, Stella. Voy a buscar en un catálogo a ver si tenían botones parecidos a lo que has dibujado.

Como era natural, Harlow lo haría por ella. Era observadora y sabía exactamente cuánto detestaba Stella hacer fotos, y más aún tocar una cámara de verdad.

—Mi madre me dio permiso para que la fotografiara. Por supuesto, yo no sabía hacerlo y ella no me enseñó. Lo más seguro es que jugara con ella, mirándola y diciéndole lo guapa que estaba. Ella me sonrió una y otra vez y luego me tendió la mano para que le devolviera la cámara. Yo se la di. Más tarde, cuando me acostó, me besó varias veces y me dijo que no estaba enfadada conmigo por haber roto su cámara. Le dije que yo no la había roto. Ella me dijo: «¿No recuerdas que se te ha caído?». Y luego me besó de nuevo y me dijo que los accidentes eran algo normal. Mi padre estaba en la puerta y tenía el ceño fruncido. Ella le dijo que no se enfadara tanto, que solo era una niña. Incluso le echó los brazos al cuello y le besó.

Stella aún podía recordar la forma escalofriante en que su padre la miró. Por primera vez le había dado miedo. Sabía que no había roto la cámara. Era la primera vez que se daba cuenta de que su madre mentía. Eso la asustó y se sintió muy sola. No recordaba la edad que tenía.

—Nunca es un buen momento para descubrir que nuestros padres pueden ser monstruos, como tu padre, o tener pies de barro, como tu madre —dijo Harlow, con la mirada clavada en el catálogo que estaba examinando. Levantó la vista un momento—. ¿Crees que alguien proviene de un hogar normal? Me refiero a cualquier persona. ¿Sabemos siquiera lo que es normal o nos lo inventamos porque las películas y la televisión nos han convencido de que existe una normalidad?

Stella enarcó una ceja.

—Esa es una buena pregunta para la que no tengo respuesta, pero no creo que la mayoría de la gente tenga a asesinos en serie como padres.

—Creo que el episodio de la cámara con tu madre ocurrió antes de las pesadillas, así que, en cierto modo, puedes agradecerle a tu madre que te ayude a detener a los asesinos en serie, Stella. Sé que es una mierda ser tú cuando ocurre, pero al menos acabas impidiendo que maten. Hay un botón de aspecto similar. En tu próximo sueño intenta girarlo un poco hacia la derecha y comprueba si amplía tu rango de visión. Si no lo hace, no te preocupes, seguiremos buscando. Estás usando tu mente, no tus auténticos dedos, así que no puedes estropear nada. No te asustes en tu sueño pensando que vas a estropear algo. Si tienes que hacerlo, imagina que yo estoy contigo, tomando las fotografías por ti. Simplemente imagina que estoy girando el botón hacia la derecha.

—Eres tan brillante, Harlow... —Stella también lo decía en serio—. Misha se ha bajado de su cama y se está paseando. Creo que está tratando de decirte algo. Iré a por Bailey si estás lista. —Stella estaba más que lista para estirar las piernas.

Se pasaba horas y horas recogiendo basura en el lago cuando todo el mundo se iba. Tenía la suerte de que, cuando había una jornada de limpieza, los voluntarios que se presentaban para ayudar llevaban sus propios útiles —esa era la clase de comunidad en la que vivía—, pero siempre había basura. Todas las mañanas sacaba a Bailey a pasear y se llevaba una bolsa de basura. Por la noche hacía lo mismo después de que los últimos campistas se fueran y cerraran todo.

Estaba acostumbrada a ser muy activa. Estar sentada, aunque no fuera más que un rato, le producía ansiedad, sobre todo ahora. Durante la temporada no había tiempo para hacer otra cosa que no fuera trabajar. Si se tomaba un día libre, lo dedicaba a escalar o a hacer senderismo. Necesitaba ese tiempo para despejar su mente. Estaba ocupada cada minuto del día, desde el amanecer hasta bien pasada la medianoche. Sam le había quitado mucha presión y había reunido al mejor personal y equipo a lo largo de los años. Eso ayudaba enormemente. Trabajaban duro y ella los apreciaba a todos y cada uno de ellos.

Misha se abalanzó hacia la puerta trasera mientras Stella salía por la delantera para sacar a Bailey de su 4Runner. Él ya la estaba esperando, impaciente por dar el paseo. Esperó a que le diera la orden de salir antes de saltar y luego rodeó el estudio a toda velocidad hasta la parte trasera para reunirse con Misha, que ya le saludaba con alegres ladridos.

Stella sonrió de repente. Feliz. Esa era una de las cosas que le gustaban de los perros. Vivían el momento. Se divertían con lo que hacían. A Misha y a Bailey les encantaba correr por la acequia y conocían la forma en que Harlow y Stella corrían o caminaban. Ninguno de los dos necesitaba correa. Todo el mundo los conocía y sabía a quién pertenecían. Podían jugar a perseguirse y encontrar cualquier criatura escurridiza o roedor interesante.

Hacía mucho más calor a menor altura y Stella llevaba un jersey fino encima de la camiseta. Siempre podía atárselo a la cintura si tenía demasiado calor. El clima de octubre había reducido los mosquitos, lo que era útil, pero siempre tenía cuidado de todas formas y llevaba repelente. Lo mismo con el repelente de garrapatas, aunque a decir verdad, estaba más atenta con Bailey que con ella misma. Su perro siempre estaba protegido.

—¿Dónde está Vienna hoy? Pensé que tenía varios días libres seguidos. ¿No iba a intentar entrenar a su gato para que saliera a pasear con Misha?

—A Vienna la llamaron del trabajo por una urgencia justo antes de recibir tu llamada. Denver también ha tenido que irse. Un gran accidente, un choque frontal de dos camiones. Tenía mala pinta.

—Es horrible.

—En cuanto a su gato y el paseo por la acequia, bueno, eso no fue demasiado bien. Su repipi princesita quería montarse en la espalda de Misha, clavándole bien las uñas, no caminar por el suelo.

Las dos mujeres se miraron y se echaron a reír. La gata era el amor de la vida de Vienna y estaba muy mimada. El animal mandaba, aunque ella nunca lo admitía. Siempre decía que estaba decidida a que la gata les acompañara en sus aventuras con los perros. La gata nunca lo hacía. Vivía en un palacio y era una estirada, miraba con desprecio la mayoría de la comida y exigía que la cepillaran y acariciaran cuando Vienna estaba cerca. Se enfadaba si Vienna se ausentaba demasiado tiempo y le daba la espalda a su dueña durante largos períodos de tiempo cuando tenía una rabieta. Todos pensaban que el nombre de «princesa» era acertado y les encantaba escuchar historias sobre ella.

Pasear por la acequia era un remanso de paz, incluso al paso rápido que marcaba Harlow con sus largas piernas. A Stella no le importaba caminar rápido, aunque no era una corredora. Si tenía que correr por el bien de su perro, lo hacía, y corría a regañadientes para mantenerse en forma, pero no era una de esas personas a las que les encantaba. Nunca sería una corredora de picos, que sube un sendero y luego una montaña para conseguir el pico. Podía caminar sin tregua por un sendero durante horas, días, semanas o meses, pero correr era un latazo.

Los árboles se mecían suavemente con la brisa, algunas hojas se soltaban despacio y caían de forma perezosa en el amplio sendero o en el agua. Todo era una explosión de color por doquier. Rojos y naranjas con diversas tonalidades verdes y marrones. Los campos que los rodeaban parecían dorados. Las hierbas eran tan altas que se combaban. Algunos tallos aún conservaban un tinte azulado o verdoso, pero la mayoría eran marrones o de ese espléndido tono dorado.

Una solitaria garza azul caminaba por la acequia con sus larguiruchas patas, buscando algo que comer.

—¿Te has perdido? —llamó—. Ya deberías haber partido. Será mejor que te pongas en marcha antes de que cambie el tiempo, amigo mío.

Harlow le brindó una pequeña sonrisa.

—¿Siempre hablas con la fauna?

—Más o menos —admitió Stella—. No pueden responderme.

Ambas mujeres se rieron mientras continuaban por la acequia con sus perros.

Las noches tres y cuatro, Stella se esforzó por hacer lo que Harlow le había dicho y girar el botón de la lente para ampliar su campo de visión. La tercera noche fue un completo fracaso. No consiguió que el botón hiciera nada y estaba tan ansiosa que apenas obtuvo nuevos detalles. Acabó más frustrada que nunca. La iluminación era mejor que la noche anterior, así que prometía ser mejor la noche siguiente.

«Mamá, papá está haciendo cosas malas otra vez.»

La pareja parecía avanzar por el sendero, sin quedarse en el mismo sitio. Aun con la tenue luz de la linterna de la mujer, Stella tuvo la sensación de haber recorrido ese mismo sendero más de una vez. Incluso sintió el familiar peso de una mochila. Esa vez, en el tercer día, sintió los ojos sobre la pareja. Mientras ella era una observadora externa que los veía subir por un sendero empinado, alguien más los observaba también. Ella solo podía observar.

Un escalofrío recorrió el cuerpo de Stella al darse cuenta. Él estaba allí. Acechándolos. ¿No podían sentirlo? ¿Cómo no podían sentirlo? Su presencia era amenazante. Su energía era poderosa. ¿Se estaba acercando a ellos? Intentó gritar para ponerles sobre aviso. Unos gélidos dedos recorrieron su espalda. ¿Iba a ver cómo los mataba ahora mismo? ¿Tan pronto? Era demasiado pronto. No podía hacerlo todavía. Tenía un calendario y era demasiado pronto.

Intentó ampliar la lente de forma desesperada, con la esperanza de atrapar al asesino, de verlo. La oscuridad le envolvía, ocultándolo. Cuanto más temblaba ella, más temblaba el objetivo. Le aterrorizaba que él se diera cuenta de que ella estaba allí observándolo. Viéndole. Él sabría que no estaba solo. Si ella podía verle, ¿podría él verla a ella? La idea resultaba escalofriante. La pesadilla terminó de la misma forma súbita en que había empezado, el objetivo se cerró, apagando la escena, dejando a la pareja sola en las primeras horas de la mañana con un asesino en serie acechándolos, decidido a acabar con sus vidas y hacer que pareciera un accidente.

—No, no. No te detengas. ¡Maldita sea, no pares!

Se despertó luchando, con lágrimas en la cara, horrorizada por no haber conseguido nada que pudiera ayudar. Enfadada consigo misma por no haber sido capaz de avisar a la pareja. Se incorporó con rapidez, intentando respirar porque los pulmones le ardían y el aire no podía entrar en ellos. El corazón latía con tanta fuerza que le dolía el pecho.

—Stella, estás aquí. Abre los ojos. Respira hondo.

Stella sacudió la cabeza. Él no lo sabía. No podía saber cómo era. Podía sentarse al otro lado de la habitación en su estúpida silla, sintiéndose tranquilo y superior con todo su entrenamiento y hacer lo que fuera que hiciera para distanciarse, pero ella no podía. Simplemente no podía. Volvió a mecerse, rodeándose el abdomen con los brazos, sin importarle que estuviera sufriendo una auténtica crisis nerviosa.

De repente Sam estaba allí para sentarla en su regazo, rodeándola con sus brazos, estrechándola con fuerza, apoyándole la cabeza contra su pecho mientras la mecía. No le hizo ninguna pregunta, solo la dejó llorar mientras la abrazaba. Aquello era tan propio de Sam; no le importaba que ella fuera un desastre. Le asió la nuca con la palma de la mano y le frotó el pelo entre los dedos.

Stella fue por fin capaz de serenarse y sorber con fuerza por la nariz un par de veces. Le pasó un pañuelo para que pudiera sonarse la nariz.

—No siento que nadie esté vigilando esta noche, ¿y tú? —Fue lo único que se le ocurrió preguntar; tenía la cara congestionada y un aspecto horrible. Le había mojado la camisa.

—Tienes razón. Fuera todo está tranquilo y no hay intrusos.

Respiró aliviada. Era estupendo sentir los brazos de Sam rodeándola. Inspirar su aroma. Se sentía como si hubiera respirado al asesino en serie y no pudo quitarse el frío de los huesos cuando se despertó, pero Sam lo alejó.

—Es la primera vez desde el atentado contra tu vida que no siento que alguien me observa, Sam. ¿Crees que fue tu padre o alguien que él envió? ¿Por eso se han ido? —Frotó su mejilla contra su pecho y luego acomodó su oreja sobre su corazón.

Sam dudó.

—Me gustaría poder decirte que sí, pero no. Anoche fue la primera noche que estuvieron aquí y creo que él también estaba. O al menos, alguien estaba observando. Eso no significa que fuera el asesino en serie. No tiene ninguna razón para vigilarnos a ti o a mí. Tal vez a mí porque me escapé. Nunca me he quedado en un lugar tanto tiempo. Sabía que mi padre acabaría encontrándome si me quedaba, pero tú estás aquí, así que estoy aquí.

El corazón le dio un vuelco. Lo decía con tanta naturalidad...

—Siento mucho lo de tu madre, Sam. Lo siento de verdad. He visto a tu padre señalar hacia la casa y estabas muy enfadado. ¿Crees que quiere que vuelvas a trabajar para él? —Se humedeció los labios, que se le habían quedado secos de repente, pero tenía mucha más confianza en su relación con Sam—. ¿Me amenazó para intentar que volvieras?

Sam se quedó en silencio durante un momento, frotando mechones de su cabello con los dedos.

—Stella, quiero que siempre me mires como lo haces, como si fuera un buen hombre. Vine aquí con esa intención. Quiero ser un buen hombre siempre. Si mi padre o esos hombres que estaban con él te hubieran amenazado, puedes creer que los tres estarían muertos. Allí mismo. Todos ellos.

Se quedó en silencio, esperando sin duda su reacción. Stella no sabía cómo reaccionar. Sabía de dónde venía él. Sabía, o creía saber, lo que había sido durante los últimos diez años. Tenía instintos y habilidades que otros no poseían. Estaba claro que la protegería si alguien la amenazara.

Ella asintió para mostrar su comprensión.

—Entonces, ¿qué quería para venir aquí?

—Quería que volviera —admitió Sam—. Y que le diera la oportunidad de arreglar la relación.

No pudo evitar la reacción de su cuerpo, que se congeló un poco. Quería que tuviera una relación con su padre si eso era lo que quería, pero no quería que se fuera. Nunca.

—Entiendo. ¿Y cuando señaló hacia la casa?

—Le dije que jamás volvería a trabajar para él. Que mi mujer estaba aquí y mi hogar estaba con ella. Que había encontrado paz y que la necesitaba. Que tú eres esa paz, Stella. Tú y este lugar. Quería conocerte. Le dije que en otro momento. Trató de insistir y no fui educado. Ya tienes bastante con este asesino en serie. Vinieron en medio de la noche. Se lo dije. Admitió que pensó que no querría verlo y que temía que me largara de nuevo y no pudieran encontrarme. —Continuó frotando con los dedos los mechones de su pelo.

Era mucho que asimilar. Stella volvió a frotar su mejilla sobre su pecho.

—¿Qué estás haciendo?

—Tu pelo es como la seda. Me encanta tu pelo, Stella. —Depositó un beso sobre su cabeza—. He pensado que te gustaría saber que querría dormir contigo esta noche en lugar de hacerlo en el suelo frente a tu puerta.

El corazón le dio un vuelco. Se le aceleró.

—¿Ahí es donde has estado durmiendo? Pensaba que en la habitación de invitados. Tengo habitaciones para invitados.

—Quería asegurarme de que me enteraba si tenías una pesadilla. —Su mano continuó acariciándole el cabello, frotando los mechones con los dedos.

Stella se acurrucó contra su pecho, temerosa de mirarlo.

—Te habrías enterado. —Poseía un instinto muy desarrollado, en especial cuando se trataba de ella.

—Tal vez. —Su voz dejaba entrever una sonrisa—. ¿Me dejas?

—¿El qué? —¿Acaso su corazón podría latir más fuerte?

—Trasladarme a tu habitación. —Hizo una pausa y la besó en la parte superior de la cabeza—. De forma permanente. Yo no hago las cosas a medias, Stella. Si eres mía, eres mía. Si no estás preparada para eso, no pasa nada. Puedo esperar. —Había cierto tonillo en su voz, normalmente grave. Notó la tensión en su cuerpo.

Deslizó los brazos por su pecho y entrelazó los dedos en su nuca, levantando la cabeza para mirarle a los ojos. Lo que vio en ellos la dejó sin aliento. Sus ojos estaban llenos de emociones. Muchas. Todas de ella.

—Si lo dices, no hay vuelta atrás, Stella. —Le rozó los labios con los suyos y volvió a mirarla con esos ojos oscuros rebosantes de esa intensa emoción que no sabía si algún día se acostumbraría a ver, la que la volvía loca.

—Por supuesto que sí, te quiero aquí conmigo, en mi habitación.

—Y... —dijo, enroscando la mano en su cabello e inclinándole la cabeza hacia atrás. Sus ojos se habían tornado aún más oscuros.

Stella le brindó una sonrisa.

—Soy tuya. Tú eres mío. Estamos juntos. Viviendo en la misma casa. Mantenemos una relación, o como quieras decirlo. Bésame y vayamos al grano.

Sam enarcó una ceja.

—¿Que vayamos al grano?

—Llevo mucho tiempo esperando.

—No has mostrado ningún interés después de nuestra primera vez. Y me costó una eternidad que me dieras luz verde. No quiero dejar pasar el mismo tiempo de nuevo.

—No quería estropear nuestra relación.

—No me habrías dejado acercarme a ti si hubiéramos mantenido relaciones sexuales —la corrigió—. No habría puesto el pie en la puerta.

Eso era cierto. Muy cierto. ¡Qué bien la conocía! Pero, claro, no podía pensar porque Sam la estaba besando hasta dejarla sin sentido, como solo él sabía. No tardó en darse cuenta de por qué su cuerpo estaba siempre tan caliente. Sam tiñó de pasión la noche con esa misma energía inquieta que empleaba para rondar el *resort*, solo que volcando sus considerables habilidades en el cuerpo de ella hasta que la dejó jadeante y falta de aliento, demasiado cansada para moverse, saciada y desmadejada encima de él como una manta. La despertó dos horas más tarde para volver a empezar.

La cuarta noche fue diferente porque ahora Stella tenía a Sam para hablar con ella cuando se volvía un poco loca tratando de prepararse para la pesadilla. Se fue a la cama pensando en ello. Haciendo planes. Lo visualizó con antelación. Estaba tan ansiosa que sintió náuseas antes de acostarse.

Como de costumbre, Sam estaba tranquilo y le hablaba con naturalidad.

—No importa si funciona o no, Stella. Haz lo que siempre has hecho. Presta atención a cada detalle y grábatelo. Eso es lo que haces. Cuando te despiertes, anótalos y dibújalos. Se lo enseñarás a Raine. Ayer no pudo venir porque no estaba en la ciudad, pero vendrá mañana y se reunirá contigo para ver los bocetos. Si no conseguís descifrarlo, se lo enseñas a la mujer que dijiste que era una corredora de picos. Dile que estás pintando, tal y como dijiste. Si Raine y tú sabéis dónde está, llegaremos allí.

Resultaba muy reconfortante tenerlo allí. No quería que ningún detalle se le escapara porque estuviera tratando de cambiar algo en su pesadilla, pero en realidad le parecía que era una buena idea intentar ampliar el campo de visión, así que se quedó tumbada durante un buen rato, pensando en girar con suavidad el botón hacia la derecha mientras trataba de quedarse dormida.

Miró al techo, aterrorizada porque se repitiera lo de la noche anterior. Había sido un desastre. Bueno, hasta después. Pero eso fue porque Sam había acudido al rescate. Podía oír el tictac de un reloj. ¿Respiraba Sam? ¿Estaba vivo? No roncaba. ¿Roncaba? Bailey sí. Se puso de lado. Clavó la vista en la pared. Empezó a girar hacia el lado de Sam.

Sam le echó el brazo sobre el vientre, impidiendo que se girara del todo, manteniéndola de espaldas.

—Mujer. —Había una advertencia en su voz.

—Hombre, me has quitado el lado de la cama. —Lo convirtió en una acusación, como si tuviera la culpa de que ella no pudiera dormir.

Actuó con rapidez y la despojó de las mantas que la habían mantenido caliente cuando le insistió en que durmiera desnuda. Nadie dormía sin ropa, excepto quizá él. Había descubierto que era mandón en la cama, pero tenía sus ventajas, y había gozado de todas ellas.

—Duermes en medio de la cama, Stella. No tienes un lado. Yo duermo junto a la puerta para protegerte. Así son las cosas.

Antes de que a Stella se le ocurriera protestar, le separó los muslos, acomodó sus anchos hombros entre ellos y su boca se encargó de llevarla a otra galaxia. Sam jamás hacía nada a medias. Mucho más tarde, se sentía agotada, saciada e incapaz de moverse, ni siquiera para arroparse. Sam era el que tenía la toalla y el paño caliente. Se amoldó a ella, pegándola tanto a su cuerpo caliente que Stella no creía que fueran a necesitar las mantas que les cubrían.

—Duérmete ya, cielo —murmuró, y la besó en la sien.

El calor del cuerpo de Sam, los sonidos naturales de la noche, el zumbido de los insectos y el chapoteo de las olas contra la orilla la arrullaron hasta que se quedó dormida.

«Mamá, papá está haciendo cosas malas otra vez.»

Esta vez Stella estaba preparada para la pareja en el camino. Había luz. Una luz temprana y grisácea. Casi con niebla. La pareja avanzaba a la misma velocidad constante, dictada por la mujer. ¿Estaba nevado o solo anunciaba nieve?

Ya no había árboles. Solo roca. La roca se alzaba imponente ante la pareja mientras caminaban por el estrecho sendero que se ensanchaba en algunos puntos y luego volvía a estrecharse de repente. ¿Qué tipo de roca? Granito. Sin duda granito. La niebla parecía moverse en torno a la pareja como si fuera vapor o el vaho de la respiración. A Stella le parecía que estaba viva.

La niebla le produjo una sensación espeluznante, pero luego se dio cuenta de que era porque lo estaba sintiendo a él, al asesino. No estaban solos en el camino. El asesino estaba allí mismo. Casi podía olerlo. No cabía la más mínima duda de que los estaba acechando. Intentó averiguar dónde estaba manteniéndose muy quieta y girando la cabeza a un lado y a otro, como una varilla de zahorí, para ver si alguna dirección le producía un escalofrío más potente.

Stella había recorrido el sendero de John Muir en solitario, había pasado casi un mes en la naturaleza. No era una persona que se asustara con facilidad, pero todo lo relacionado con esta mañana en el sendero le parecía omiso. Oyó pisadas amortiguadas. Voces apagadas. Un momento. ¿Qué? ¿Había otras personas cerca? ¿Podía oír a la gente? ¿El murmullo de otras voces? ¿Había alguien bajando por el sendero hacia la pareja? ¿Otros subiendo por él? Había otras personas en el sendero. Tal vez Stella pudiera ver y dibujar a las otras personas e identificarlas. No era posible que el asesino asesinara a dos personas con testigos tan cercanos, ¿o sí? ¿Era él una de esas personas?

Con el corazón desbocado, Stella trató de ampliar el enfoque solo un poco. «Coopera, birria de cámara.» ¿Por qué era tan inepta que no podía hacer que se moviera? Podía ir de buena gana a recorrer el camino y enfrentarse al asesino, ¿pero no podía mover un mando? Siguió observando cada nuevo detalle que revelaba la luz, grabándolo en su mente para dibujarlo más tarde, pero lo que intentaba era obtener impresiones del asesino, así como del sendero.

¿Qué le había dicho Harlow? Que en su sueño era posible que Harlow fotografiara el camino y ella solo observara. Si Harlow estuviera detrás de la cámara, ¿podría abrir más el objetivo? Stella puso a Harlow detrás del objetivo en su sueño. Eso fue bastante fácil de hacer. Si Harlow estaba cerca, siempre estaba haciendo fotos. Sería raro no ver a Harlow haciendo fotos, sobre todo con su teléfono móvil cuando las acompañaba en sus viajes de acampada.

Para su sorpresa, Stella comenzó a ver una imagen un poco más amplia. Cierto que no era mucho, pero la invadió una sensación triunfal. Era una pequeña victoria. Pudo grabar mucho más del camino y pudo reconocerlo con seguridad. Lo dibujaría y se lo enseñaría a Raine a primera hora. A ver si podía conseguir una imagen de alguien más. Aunque fuera una sombra. Con la niebla de la mañana, dudaba que eso ocurriera. De repente, el objetivo se cerró y su sueño terminó.

Stella abrió los ojos y su mente se despejó al instante.

—Sam. Sam, ¿estás despierto? —Se giró y se dio cuenta de que él no estaba allí. No estaba en la cama con ella. Debería haberlo sabido. Sam no dormía mucho.

—Te estoy esperando, Satine. Veo que tienes algo.

—Están en el sendero principal del monte Whitney. Lo he recorrido dos veces con Raine. Ella ha subido más que yo. Tiene noventa y nueve curvas en zigzag y se encuentran en las que se dirigen a la cumbre. La gente se pierde allí arriba muy a menudo, más de lo que imaginas. Puede que Raine sea capaz de señalar con mayor precisión dónde planea atacarlos el asesino.

—Soy miembro de Búsqueda y Rescate en el condado de Mono, cielo. Estoy bien informado. La mayoría están realmente perdidos y por fortuna no están muertos.

Cada vez más excursionistas inexpertos intentaban subir sin saber lo que hacían y sin el equipo adecuado. El número de muertos iba en aumento.

—Solo se expiden un número determinado de permisos —dijo Stella—. Es posible que los encontremos de esa forma y que los detengamos antes de que empiecen la escalada, aunque pensarán que estamos locos cuando les digamos que un asesino en serie pretende asesinarlos.

—Podríamos ofrecerles una cantidad demencial de dinero por su permiso y yo podría ocupar su lugar —sugirió Sam.

—Quieres decir que podríamos ocupar sus lugares.

Sam negó con la cabeza de inmediato.

—Ni hablar, Stella. No vas a ponerte en peligro.

—Los está acechando. Lo sabría en cuanto os intercambiarais —señaló—. No funcionaría. Tenemos que encontrarlos y hacer que se vayan.

—Él elegiría a otra persona. Tenemos que ofrecer a alguien en su lugar.

Odiaba que tuviera razón.

—Vamos a encontrarlos, Sam. Mientras buscamos, podemos decidir qué vamos a hacer.

CAPÍTULO 11

Raine O'Mallory sacudió la cabeza, frunciendo el ceño ante la serie de imágenes que Stella había dibujado.

—Nena, no creo que sea el camino principal. Creo que acamparon en la parte superior de Guitar Lake y partieron desde allí. Es difícil decirlo porque solo se ven pequeños atisbos, pero creo que están subiendo el monte Whitney desde el otro lado. Si tienes razón y la mujer no tiene tanta experiencia, es mucho más corto para ella. Irán a Trail Crest y dejarán las mochilas con sus cantimploras para osos y solo llevarán una mochila pequeña para subir a la cumbre.

Stella frunció el ceño.

—Todavía llevan puestas sus mochilas normales.

—Tienes esta noche. Si las llevan puestas esta noche, yo me equivoco, pero al ver parte de este terreno inicial, a mí me parece que empezaron cerca de la zona alta de Guitar Lake. Él es un excursionista experimentado, Stella. ¿Llevaría a una mochilera inexperta a subir el Whitney y luego a recorrer el sendero de John Muir en esta época del año? No lo haría. La respuesta es no.

Eso era cierto. Stella sabía que Raine tenía razón. No estaba nevando, todavía. Pero acabaría nevando, y cuando lo hiciera, la mujer no iría vestida de forma apropiada.

—Sabe que el tiempo puede cambiar con rapidez allí arriba. El viento puede ser infernal. Ya sabes cómo son las tormentas eléctricas. La puso en marcha muy temprano por la mañana. No fue hasta la cuarta noche que escuchó a otros a su alrededor. Él ha hecho esta caminata antes, problemente más de una vez, y quiere asegurarse de que ella la haga sin problema. Dijiste que caminaban al ritmo de ella. No está tratando de hacerla ir demasiado rápido. Supongo que siguió la ruta más fácil para mostrarle la sierra que tanto ama sin que ella abarque demasiado.

—Me alegra mucho haberte enseñado esto. En realidad yo pensé en las curvas en zigzag. El granito.

Raine giró el último boceto en varios ángulos.

—Creo que tienes razón en que están tratando de hacer cumbre en el monte Whitney. Dijiste que habías oído a otros.

—No pude ver a nadie, solo los escuché.

—Si dejan sus mochilas en Trail Crest y siguen con mochilas pequeñas hasta la cumbre, sabes que hay un lugar muy peligroso, estrecho, con desniveles a ambos lados. Podrían empujarlos allí. Hay una curva en horquilla más. No sería difícil aunque hubiera otras personas cerca. Fingir un accidente tratando de ayudarla si tiene el mal de altura. Muchas cosas pueden salir mal allí arriba.

Stella dejó caer la cabeza entre las manos.

—Sam intenta saber quién puede ayudarnos a averiguar quién tiene un permiso, pero le he dicho que la pareja lo tiene para el camino principal. —Le envió un mensaje—. Ni siquiera sé si podrá hacerlo.

—Es posible que pueda —dijo Raine—. Puedo jaquear casi todo. Haré todo lo posible por localizarlos. —Dejó los bocetos sobre la mesa y se recostó en su silla—. Bueno, ¿y cómo te va? Esto es duro. Realmente duro.

—Digamos que no estoy durmiendo mucho. No quiero perderlos. Puedo sentirle. Está ahí mismo y no puedo llamarlos y avisarles, pero hay una sensación. —Se estremeció—. Las primeras noches no estaba allí, pero anoche estaba cerca de ellos.

Raine se levantó de un salto. No era muy alta, pero tenía una poderosa y arrolladora energía que podía tomar el control de una habitación o de una conversación cuando lo deseaba. Stella la había visto pasar de ser casi una sombra en un rincón de la habitación a una formidable explosión de energía, exhibiendo de pronto su brillante mente, afilada como una cuchilla, desafiando a alguien, casi siempre un hombre, que menospreciaba a otro con una pomposa demostración de superioridad sobre algún tema que creía conocer. Empezaba con suavidad, pero podía aniquilar a su oponente en el momento en que este la subestimaba, y siempre lo hacían.

Raine parecía joven, con su pelo rubio fresa tan lacio como una tabla y que le llegaba casi a la cintura. Siempre se lo recogía de cualquier forma en una coleta o una trenza para apartar la masa sedosa de su cara. Con sus ojos azul pizarra, sus pestañas doradas, su nariz llena de pecas y sus labios definidos y curvados hacia arriba, al conocerla mucha gente cometía el error de pensar que parecía un duendecillo o una linda hada, debido a su altura. Todos los que la conocían se reían de esa descripción. Era una luchadora, una amazona.

Stella miró la casa de una sola planta de Raine en las afueras de la ciudad. Tenía más de cuatro mil metros cuadrados de tierra alrededor de la casa, con pequeños huertos y un invernadero porque le gustaba cultivar sus propios alimentos durante todo el año. También le gustaba meter las manos en la tierra.

Su propiedad reflejaba quién era ella. La casa, de tres habitaciones, estaba siempre ordenada, pero repleta de material de entrenamiento. Tenía algún tipo de equipo en todas las habitaciones, incluido su despacho. Este era enorme, con ordenadores de última generación e hileras de pantallas, pero también una cinta de correr con un escritorio integrado en la cinta. Raine realmente caminaba en su cinta de correr mientras trabajaba. Stella lo había probado y no era ninguna broma, incluso caminando en el nivel más bajo posible.

A Raine le gustaba la bicicleta de montaña y el excursionismo. Al igual que Stella, no le gustaba correr y no practicaba la escalada de montaña, pero practicaba la escalada en bloque y la escalada tradicional cuando la animaban a hacerlo. Era una persona que resolvía problemas, así que la escalada en bloque le permitía, al igual que a Stella, tener la mente ocupada tal y como necesitaba.

Lo que más le gustaba a Raine de su casa, aparte de la superficie que le permitía tener jardín y huerto, era su piscina interior secreta. Le encantaba nadar. Bromeaba diciendo que, cuando era más joven, siempre tenía el pelo verde por nadar continuamente en piscinas con cloro hasta que descubrió la forma de cuidarse el cabello y nadar sin dañárselo. La piscina también estaba climatizada, por lo que en invierno la casa de Raine era el lugar al que acudían cuando las amigas querían reunirse. Stella tenía que admitir que se había encariñado con esa piscina.

La mejor amiga de Bailey era Daisy, la jack russell de Raine. La pequeña hembra iba a todas partes con Raine como norma, incluso cuando venían a recogerla en helicóptero para llevarla al trabajo o cuando recorría cientos de kilómetros haciendo senderismo. Era cierto que, a veces, Daisy iba en la mochila de Raine, pero la activa perra solía correr en círculos alrededor de todas ellas cuando salían de excursión o acampaban. Cuando Daisy no podía acompañar a Raine, solía quedarse con Stella y Bailey en el *resort*. En esos momentos Daisy corría por el patio con Bailey, aullando de vez en cuando de pura alegría mientras los dos animales corrían juntos en una dirección y luego en otra, descubriendo cada pequeño insecto y lagartija que se atrevía a instalarse en el territorio de Daisy.

Stella no pudo evitar sonreír.

—¡Qué monos son los dos cuando están juntos! Me encanta su amistad. Viven la vida sin complicaciones. Sam también parece hacer lo mismo. No se preocupa por cosas que aún no han sucedido. Esto que está pasando me ha alterado mucho, Raine. Aquí me he forjado una buena vida. No solo he encontrado amigos a los que quiero, y eso es algo que nunca antes había tenido, sino que además he encontrado la paz en la sierra. Esta tierra tiene algo que me atrae.

Raine asintió lentamente.

—Lo entiendo porque yo también lo siento. Por eso me instalé aquí. Podría trabajar desde cualquier lugar, pero este es mi paraíso. Hay una razón por la que viajo tanto con mi mochila. Estar en el bosque y caminar por los senderos a tres mil metros de altura, contemplando la siempre cambiante naturaleza, es una experiencia increíble. Me siento más viva que en cualquier otro lugar, pero como tú, siento esa misma paz. Esto es un error temporal, Stella. La sierra ha estado aquí durante miles de años. Somos como pequeñas hormigas arrastrándose por ella. Este asesino no es nada. Ha venido y acabarás atrapándolo. La sierra permanecerá y también su belleza. Puedes contar con eso y con la paz que te brinda porque eso nunca cambiará. Él no puede cambiar eso. Nada puede.

Stella mantuvo su mirada en los dos perros, que se revolcaban en la dorada hierba, panza arriba y sacudiendo las patas como locos. Bailey parecía un oso al lado del pequeño jack russell y también bastante tonto, con sus gigantescas patas en el aire. Se rio de los dos perros. Estaba muy claro que no les preocupaba lo más mínimo ningún asesino en serie.

—Fuiste a la Universidad de California en Berkeley, ¿verdad? Después de terminar el instituto, te aceptaron directamente en la universidad.

Stella se volvió para mirar a Raine al percibir su tono especulativo.

—Sí, ¿por qué?

—¿Te das cuenta de que había un asesino en serie en las proximidades de la universidad en la época en que estudiabas allí?

Stella asintió despacio, rodeándose la cintura con los brazos mientras se le formaba un nudo en el estómago. De pronto deseó que Sam estuviera allí. Su mente se alejó de donde sabía que se dirigía Raine. Sam la dejó salirse con la suya; Raine no iba a hacerlo.

—Sí, por supuesto, salía en todos los telediarios. Tenía un tipo particular. Perseguía a madres con niños que hacían deporte. Las madres que no trabajaban, cuidan a sus hijos, los llevan a los entrenamientos y a todos sus partidos. Las seguía hasta su casa, ataba al niño o los niños a una silla, y los hacía mirar mientras torturaba y mataba a la madre. Dejaba a los niños vivos, pero muy traumatizados. ¿Cómo se puede olvidar eso?

—Pero no tuviste pesadillas. No estuviste involucrada de ninguna manera, aunque estaba cerca de ti, justo en la misma ciudad.

—Es una ciudad grande.

—Stella —dijo Raine con dulzura y sacudió la cabeza con aquellos ojos azul grisáceo rebosantes de compasión pero firmes—, no es tan grande. Atacó cerca de ti varias veces. El asesino era uno de los guardias de seguridad del campus.

El corazón le latía a toda velocidad. Galopando salvajemente como un caballo desbocado. «No lo digas. No lo pienses. No lo digas.» Si Raine decía en voz alta lo que Stella desterraba de su mente para que jamás pudiera ser verdad, podría hacerlo realidad. Abrió la boca para decirle que era un campus grande, pero se le formó un nudo en la garganta que amenazaba con ahogarla.

—¿Por qué tenías pesadillas cuando eras una niña tan pequeña, de cinco, seis y siete años? ¿Y de nuevo cuando eras una adolescente? Eras una adolescente cuando empezaste a tener esas mismas pesadillas otra vez, Stella. Estabas en un hogar de acogida, ibas al instituto, sacabas buenas notas, te esforzabas en clase y, de repente, todo volvía a suceder. Supiste que había un asesino en serie antes que nadie. Las pesadillas empezaron a los quince años, pero nadie te creyó salvo tu madre adoptiva. Ella te llevó a la policía.

—Era muy buena. No sé qué habría hecho sin ella. Mi mundo se descontroló por completo cuando mi madre biológica se suicidó y me llevaron a una casa de acogida. Era el hogar temporal, pero acabó quedándose conmigo de forma permanente. No sé por qué era un desastre.

Stella no había pensado nunca en esos primeros días. Nunca se permitió recordar la época en que, con nueve años, encontró a su madre muerta por una mezcla de alcohol y pastillas. Anne Fernández llevaba su mejor vestido y tenía el maquillaje y el cabello impecables. Incluso llevaba sus zapatos plateados de tacón favoritos y las joyas que más le gustaban.

—Mi madre de acogida, Elizabeth Donaldson, tenía un perro tan grande como un oso y le dejaba dormir en mi habitación todas las noches. Era una mujer increíble. Por aquel entonces no me fiaba de nadie, menos aún de los adultos, pero a ella no parecía importarle que me negara a hablar o a dar algo de mí misma. Cuando, poco a poco, empecé a abrirme siempre me escuchaba. Dejaba lo que estuviera haciendo y actuaba como si escucharme a mí fuera lo más importante del mundo. Nunca restó importancia a nada de lo que decía. Con el tiempo debatíamos. Yo no sabía lo que era eso hasta que ella me lo enseñó con mucha paciencia. Así que, respondiendo a tu pregunta, cuando le conté lo de las pesadillas, me creyó y me llevó a la policía. Ellos no me creyeron.

—¿A pesar de que sabían quién eras?

—Sobre todo por quién era. Era una chica de instituto que quería atención. ¿Qué mejor manera de conseguirla, verdad? Porque, ¿qué chica no quería atraer ese tipo de atención? —Stella se abrazó con fuerza—. Detesto mirar en mi pasado. Otros pueden tener recuerdos alegres y felices, pero los míos son una mierda.

—No todos —señaló Raine—. Tuviste a Elizabeth Donaldson como madre adoptiva. Parece que era una mujer encantadora.

Stella tuvo que reconocer que ahí tenía razón. Era culpable de intentar bloquear esos recuerdos para cerrar la puerta a su vida anterior, la vida de Stella Fernández. Había empezado su vida en la universidad como Stella Harrison y a partir de ahí había seguido adelante. No había sido su intención olvidar a Elizabeth. No se cambió de nombre y utilizó su fondo fiduciario hasta después de que Elizabeth muriera de cáncer de mama. Se quedó con ella hasta el final. Ella fue quien había comentado las posibilidades de cambiarse el nombre de forma legal. Se lo debía todo a su madre adoptiva y, sin embargo, la había dejado atrás.

—Tuve a Elizabeth y conservo muchos recuerdos de ella. Llevó la enfermedad con dignidad y elegancia incluso en los peores momentos. Me aterraba perderla. —Stella parpadeó para contener las repentinas lágrimas—. Gracias por recordármelo, Raine. No quiero perder ninguno de los recuerdos que tengo de ella. Me enseñó mucho.

Raine asintió.

—Me alegro de que la hayas tenido, Stella. —Tomó aire—. Ella se enfrentó a la vida y eso lo veo en ti. Ella te dio esa fuerza, ¿no es así? —Su voz era muy suave, compasiva incluso, pero era imposible eludir sus observaciones.

—Ya veo a dónde quieres ir a parar. —Stella se frotó la piel de gallina de los brazos—. He pensado en el porqué de mis pesadillas un millón de veces. Por qué un asesino en serie y no otro. Si solo era por la proximidad, entonces sí, debería haber soñado con el que estaba en la universidad, pero no fue así.

Ese pequeño y familiar escalofrío, que sentía cuando sabía que estaba en el camino correcto y no quería estarlo, le recorrió la espalda. Se mordió el labio y evitó la mirada de Raine, con el estómago encogido de nuevo.

—Es evidente que tenía una conexión física con José Fernández, mi padre. Vivía en la misma casa con él y me recogía. Éramos una familia —dijo.

—No había ninguna conexión evidente con el segundo, cuando eras adolescente, Stella —repuso Raine—. Lo busqué. Me metí en los archivos del FBI y no pude encontrar nada. Incluso me remonté a los archivos originales de la policía, cuando tu madre adoptiva te llevó para que informaras de tu pesadilla. No había nada que indicara que hubieras tenido ningún contacto físico con el asesino.

Stella apretó el puño contra su pecho. Admitirlo en voz alta significaba que conocía a ese asesino en serie. Que lo había tocado. En lo más profundo de su ser lo sabía, pero no había querido admitirlo ante sí misma todavía.

—A Elizabeth le encantaba el café y me llevaba siempre a esa tienda. Era donde íbamos para mantener nuestros debates, como siempre los llamaba. Creo que quería que resultaran entretenidos, así que siempre era una excursión. Él era cliente de allí. Estuvo allí unas cuantas veces al mismo tiempo que nosotras. Solo me fijé en él porque se le cayó la cartera al volver a su mesa. Yo estaba en la cola detrás de él, la recogí y se la llevé. Cuando la puse en su mesa, me dio las gracias, y cuando fui a darme la vuelta, me cogió del brazo y me preguntó si podía invitarnos a un café. Me pareció un detalle, pero le dije que no y le agradecí el gesto. Así que me había tocado. No fue una gran conexión, pero había habido contacto físico.

—Dijiste que lo viste más de una vez en la cafetería. ¿Volviste a tener contacto físico? —preguntó Raine.

Stella asintió.

—No coincidimos allí demasiado a menudo. Quizá cuatro o cinco veces. Elizabeth nunca le habló. Creo que ni siquiera se fijó en él. Pero me resbalé con un café derramado cuando iba a por nuestras bebidas y él impidió que me cayera. Recuerdo que me reí y dije que estábamos en paz por lo de la cartera.

—¿Eso fue antes de que empezara a matar?

—Hasta donde yo sé. Fue antes de que empezaran las pesadillas, al menos un año antes. A Elizabeth le diagnosticaron cáncer y nuestro mundo se puso patas arriba. —Tragó con fuerza—. Creíamos que lo había superado. Le hicieron una doble mastectomía, le dieron quimioterapia y nos dijeron que estaba bien. Le hicieron un seguimiento, pero todo parecía estar bien.

—Lo siento mucho, Stella. Entiendo que no te acordaras siquiera de haber visto al asesino.

—Parecía diferente en ese momento, pero le reconocí después de que lo detuvieran. Nunca le vi en una de mis pesadillas. No me pareció pertinente decirle al FBI que le había visto en una cafetería después de que le detuvieran. Estando Elizabeth tan enferma, la verdad es que me daba igual. Lo único que me importaba era que ella se pusiera bien.

Raine suspiró.

—El asesino en serie de aquí tiene que ser alguien con quien has tenido contacto físico.

Stella asintió.

—Por desgracia, es lo más probable, pero estoy en contacto con mucha gente durante la temporada, Raine. —Añadió esto último porque aquel asesino no era uno de sus amigos. Desde luego que no lo era. Tenía que creer en eso.

—Estás segura de que es un hombre.

—Sí.

—Y no es Sam. —Raine no apartó la mirada de la de Stella, sino que clavó los ojos en los suyos—. Estás completamente segura de que el asesino de este sueño no es Sam.

Stella no dudó.

—Estoy completamente segura. Sam me protegería con su vida.

Raine se relajó de forma evidente, creyendo en su palabra.

—Tienes buen instinto. Agradezco que tengas a Sam, porque es un gran activo para ti. Hasta ahora, ¿a quién le has contado esto?

—Todavía tengo que contárselo a Shabina y a Vienna. Estoy intentando ir despacio y contárselo solo a los que tienen que saberlo para que no haya posibilidad de poner sobre aviso al asesino. No tengo ni idea de quién es, pero aunque no viva ni trabaje aquí, si está de paso, sigue aquí. Si de antemano sabes que es un asesinato y no un accidente, es difícil evitar que las expresiones faciales revelen algo.

Su mayor temor era que el asesino fuera un lugareño, alguien que todos conocieran.

—Tienes que poner a Vienna al tanto. Es la jefa de Búsqueda y Rescate, Stella. Si la llaman, tiene que saber a qué se enfrenta.

Stella se frotó las sienes, que de repente le latían con fuerza.

—Y entonces, ¿qué? ¿Lo trata como la escena de un crimen en lugar de la de un accidente? ¿Y si el asesino está observando? ¿Y si está lo bastante cerca y eso la convierte en un objetivo? No quiero que se fije en ella de repente.

—Sabes Vienna siempre trata cada accidente como la escena de un crimen. Es cuidadosa. Todo el mundo lo sabe. Será la primera en llegar a la escena si no podemos salvar a estas personas. Sabrá qué buscar. Será capaz de preservar las pruebas. Tenemos que confiar en ella.

—Confío plenamente en Vienna —aseguró Stella—. Siempre arriesga la vida, Raine. De todos nosotros, ella es quien se juega la vida en estos rescates. Es la que se cuelga de un acantilado cuando algún idiota se pone a escalar algo que le viene grande. Sale en plena tormenta de nieve, arriesgando su vida, para encontrar a una familia que nunca debería haber ido a dar un paseo en la nieve. Sé lo que Vienna está dispuesta a hacer para mantener a los demás a salvo. Ella no se mantiene tan segura. En cuanto le diga lo que está pasando, encontrará la manera de estar en el Whitney.

—Creo que todos vamos a encontrar la manera de estar en el Whitney —convino Raine—. Cuéntaselo mañana después de tu sueño. Así sabrás si la pareja dejó sus mochilas en Trail Crest y si llevan las mochilas pequeñas. Intentaré encontrar los permisos y revisarlos para buscar las parejas que puedan estar planeando hacer cumbre en el Whitney pasado mañana para ver si podemos adelantarnos. Eso es todo lo que podemos hacer, Stella. —Miró por la ventana—. Los perros han sido pacientes con nosotras.

Podemos sacarlos a pasear y quitarnos todo esto de la cabeza durante un rato.

Stella estaba más que feliz de hacer eso.

«Mamá, papá está haciendo cosas malas otra vez.»

No había duda, los dos mochileros se dirigían a la cima del Whitney con sus mochilas pequeñas a cuestas. Stella pudo distinguirlos a la luz del amanecer. La grisácea luz del amanecer se abría paso en lo que parecía una oscuridad implacable y ambos apagaron sus linternas frontales mientras continuaban a ritmo constante.

De vez en cuando, la mujer parecía llamarle para que se detuviera y ambos contemplaban las amplias vistas. Stella había estado allí más de una vez y sabía lo que estaban experimentando. Valía la pena cada momento del ascenso. No había nada como la belleza de la sierra y, aparte de la gesta, las impresionantes vistas desde lo alto del monte Whitney le daban a uno la impresión de estar en la cima del mundo. El sendero desde Trail Crest hasta la cumbre era de poco más de tres kilómetros. Solo quedaba una curva en horquilla que podría dar problemas a los dos escaladores, y hasta el momento, Stella no sentía la presencia del asesino. No los había seguido desde Trail Crest. ¿Quizá estuviera esperando su descenso?

Se le empezó a acelerar el corazón y se tranquilizó de inmediato. Esa podría ser la última noche para conseguir pistas, pero no iba a dejarse llevar por el pánico. Ese era el objetivo de todo aquello; reunir cada fragmento de información que pudiera conseguir para salvar a esos dos individuos. Se obligó a ser esa espectadora, a pillar cada detalle, a buscar la más mínima forma de una roca o un afloramiento que pudiera distinguir en la penumbra para poder hacer un boceto y, con suerte, encontrar la ubicación exacta si se les escapaban en Trail Crest.

La mujer no había mostrado ninguna señal de que tuviera el mal de altura. Tal vez fuera una mochilera relativamente nueva, pero se había entrenado para esta caminata. Su compañero debía de haberle insistido en lo importante que era aquello o tenía un don a esa altitud.

El mal de altura no era nada del otro mundo y muchos excursionistas experimentados eran víctimas de él. Había que reconocer los primeros síntomas: dolor de cabeza, náuseas, dificultad para respirar. Las piernas se negaban a cooperar por mucho que se les ordenara moverse. Stella lo sabía, le había pasado. Había sido cuidadosa, había ido despacio, había comido los alimentos adecuados, pero aun así, cualquier cosa por encima de los dos mil cuatrocientos cuarenta metros era siempre un riesgo, una probabilidad del cincuenta por ciento para ella. Cuando se preparaba para una montaña como el Whitney, intentaba acampar cada trescientos metros más o menos, pero eso no siempre garantizaba que fuera a evitar el mal de altura que a veces se producía, aunque fuera leve.

La mujer volvió a decir algo al hombre y este se detuvo, volvió junto a ella y miraron hacia el amanecer. Todavía era demasiado pronto para que el sol se elevara lo suficiente como para iluminar el granito. Él señaló la cima, diciéndole que, si conseguían llegar allí para ver el amanecer, valdría la pena. Ella asintió y se pusieron de nuevo en marcha.

Stella le sintió entonces. Solo una fina y ominosa amenaza que el viento que soplaba por el sendero abierto transportaba. Era como una oscura película que impregnaba la belleza de la mañana. Astuto. Malicioso. Una presencia siniestra que se colaba de forma sigilosa en el pintoresco entorno. No podía saber dónde estaba. ¿Detrás de ellos? ¿Delante de ellos? Debería poder verlo. ¿Por qué no podía?

Respiró hondo varias veces en un intento por mantener la calma. No había lugares donde esconderse. La luz de la mañana empezaba a revelar cada vez más y el asesino no podía ocultarse en las sombras durante mucho más tiempo. Se sorprendió tratando de ver, de buscarlo, en medio de la grisácea claridad.

La pareja continuó su ascenso a la cumbre y al llegar al último recodo vieron a una persona acurrucada justo en el precipicio meciéndose de un lado a otro, agarrándose la cabeza con las manos y con la mochila a su lado, sin duda sufriendo el mal de altura. No era nada raro estar tan cerca y no ser capaz de recorrer ni siquiera los últimos doscientos metros, o pensar que uno no podía lograrlo. A ella le había pasado que sus piernas se negaban a moverse.

Stella observó al individuo mientras la pareja se acercaba a él. Estaba claro que se trataba de un hombre, aunque era imposible distinguir su altura o incluso su complexión. Llevaba un chubasquero oscuro para la lluvia encima de la chaqueta y la capucha le cubría el pelo y le ocultaba la cara. Cuanto más se acercaba la pareja a él, más aumentaba esa ominosa y omnipresente sensación de amenaza.

Intentó gritar a la pareja que no se acercara, pero el hombre ya había vacilado mientras se aproximaba. Obviamente habló con el asesino, que sacudió la cabeza e indicó que se encontraba mal.

El hombre sacó su agua y se acercó al asesino; la mujer lo seguía. Stella les advirtió a gritos, pero nada se oyó. Solo pudo observar impotente mientras el asesino, que había fingido el mal de altura, se levantaba de repente. Agarró al hombre con ambas manos con vertiginosa rapidez y se giró para que el excursionista se tambaleara en el borde del acantilado. Resultaba extraño, pero parecía que había alargado la mano y agarrado el dedo anular izquierdo del excursionista mientras lo empujaba.

La mujer se quedó paralizada, en claro estado de *shock*. El asesino había tardado dos segundos en arrojar al hombre por el precipicio. Lo más probable era que ella no tuviera ni idea de lo que había pasado en realidad. El asesino se volvió hacia la excursionista y ella abrió la boca para gritar. Antes de que pudiera emitir algún sonido, se abalanzó sobre ella, tapándole la boca con una mano mientras la empujaba hasta el mismo borde. La mantuvo allí un momento.

Stella no podía imaginar lo que sentía la pobre chica, mirando hacia abajo y sabiendo que iba a morir. No entendía lo que el asesino estaba haciendo, pero parecía sujetarle el dedo, como había hecho con el hombre, mientras la llevaba al borde de forma lenta y cruel. Entonces la mujer desapareció, fuera de la vista de Stella, y solo quedó el asesino, que se agachó a mirar a su alrededor para asegurarse de que no había señales de que hubiera estado allí.

No subió a la cima, sino que, con la cabeza gacha y los hombros encorvados, emprendió el descenso como si ya hubiera hecho la subida y se encaminara hacia Trail Crest. El objetivo se cerró de golpe y no pudo impedirlo, aunque lo intentó.

No le había visto con claridad. Ni su cara, ni su estatura. Ni una marca distintiva. Podría ser cualquiera. No tenía rostro, iba arrebujado en un chubasquero con capucha, encorvado, y no cabía duda de que si se encontraba con alguien en el camino fingiría sufrir el mal de altura. Si les oía llegar, se tumbaría, se acurrucaría y les haría señas para que siguieran adelante, asegurándoles que estaba bien, que se estaba hidratando. Nunca verían su cara ni su constitución.

Se despertó con ganas de gritar a causa de la frustración, pero al menos sabía que la pareja dejaría sus mochilas en Trail Crest. El asesino dispondría de dos días entre aquella pesadilla y el momento en que atacara. Tendrían que vigilar Trail Crest en busca de parejas durante esos dos días, pero seguramente podrían impedir que la pareja subiera.

Intentó no pensar en James Marley y en que el asesino lo había matado al no poder acabar con su primera víctima. Si salvaban a la primera pareja, ¿se limitaría a elegir a otra persona para matarla y la liquidaría en su lugar?

—Stella, ya sabes que tienes que trabajar en esto. —Oyó la voz serena de Sam. Siempre tranquilizadora—. Anótalo y dibújalo. Hoy vas a hablar con Vienna. Raine dijo que buscaría los permisos. Vienna y yo iremos al Whitney. Resulta lógico que vayamos. Nosotros somos a los que llamarían de Búsqueda y Rescate, y podemos alegar que necesitamos encontrar métodos más rápidos y mejores para llegar a la gente con problemas. Vienna podrá llevarnos al sendero los dos días.

Stella sabía que él no la quería allí, pero también que eso tenía mucho sentido.

—Tienes razón, lo que pasa es que cuesta verle asesinar a dos personas inocentes. Fingió sufrir el mal de altura y ellos fueron a ayudarlo. Odio que los hayan matado por hacer algo bueno por los demás.

—Lo sé, cariño —dijo en voz queda—. Vamos a detenerlo.

Stella esperaba que tuviera razón. Solo que al ver al asesino, parecía tan invencible de alguna manera. Tan audaz, escondiéndose a la vista de todos. Por lo general, había varias personas en el camino a tan temprana hora de la mañana, pero de alguna manera siguió en racha.

Vienna Mortenson era alta, rubia y hermosa, con el aspecto de una supermodelo. Su cabello claro y sus grandes ojos verdes mostraban su ascendencia escandinava. No provenía de una familia rica, pero hizo fortuna jugando a las cartas, y con lo que ganó se pagó la carrera de enfermería. Era una jugadora de cartas importante, que había acabado jugando al póker de alto nivel en Las Vegas, aunque era muy discreta cuando era posible. Decía que no era bueno que la gente equivocada se interesara por ti. Había quienes tenían muy mal perder.

Stella sabía muy poco de la vida de Vienna, aparte de que tenía una madre en Las Vegas a la que enviaba dinero para pagar el alquiler y las facturas. Sabía que su madre vivía con alguien, pero Stella no tenía ni idea de quién era esa persona, si eran parientes, y Vienna no hablaba de ello.

La casa de Vienna era pequeña, pero muy ordenada, con todo en su sitio. Cada mueble se había escogido con cuidado. Se tomaba su tiempo para decidir qué sillas quería para el salón o la mesa de la cocina. No era una persona que se precipitara en sus decisiones personales, pero podía pensar con rapidez en una crisis y tomar decisiones que salvaban vidas cuando otros dependían de ella.

Su gata gobernaba la casa. Princesa, la persa blanca, tenía una cama en cada habitación. Tenía un castillo para trepar y rascadores de pared por todas partes, de todos los modelos posibles que pudieran complacer al quisquilloso animal. La pequeña y presumida felina se pavoneaba para demostrar a Stella que era la jefa, sobre todo porque Stella apestaba a Bailey.

Stella no se atrevió a llevar a Bailey a casa de Vienna. Bailey tenía buenos modales y se habría acurrucado en un rincón y habría esperado tranquilamente a que Stella y Vienna terminaran su visita. Lo sabía porque lo habían intentado. La princesa no quería al invasor en su casa. Le había atacado, le había mordido en su gigantesca pata, había trepado por su trasero y se había abierto paso hasta su espalda para tratar de montarlo hasta la puerta principal.

Bailey había dejado muy claro que, a menos que consiguiera vengarse a lo grande, se quedaría en el 4Runner y Stella podría visitar a Vienna y a su agresiva gata ella solita. No iba a protegerla.

—Bailey parece abatido ahí fuera —dijo Vienna, apartándose de la ventana para fulminar a su gata con la mirada lo mejor que pudo.

Stella temía por los hijos que pudiera tener Vienna si algún día le daba por ahí.

—Está bien. Está enfurruñado. Princesa es la única gata que no se ha enamorado de él. No puede entender por qué piensa que es un bárbaro.

—Siento lo de tu padre, Stella —dijo Vienna de repente. Volvió a cruzar el salón para echar un vistazo a los bocetos que había dibujado Stella—. ¿Está en la cárcel?

—Sí. No mantengo contacto con él, pero me aseguro de saber lo que pasa con él para que no me sorprenda si de repente sale por obra de algún milagro.

Vienna se sentó en uno de sus bonitos y cómodos sillones. Nada de cuero para Vienna. Le gustaban los sillones de tela con acolchado extra y un grueso relleno sobre un robusto armazón que prometía durar años; sus sillones también se reclinaban o se elevaban para dar un buen descanso a los pies. Stella no sabía de dónde sacaba los muebles, pero los encontraba porque se tomaba su tiempo y no se conformaba.

—Creo que Sam tiene razón, los dos deberíamos subir allí. Sería natural que subiéramos juntos. Nadie lo cuestionaría, Stella.

—¿Tienes tiempo libre?

—Tengo mañana libre y puedo cambiar los días. Es práctica habitual. Puedo decir que tengo la oportunidad de hacer esto y que el tiempo aguanta. Se acercan las vacaciones, así que alguien querrá cambiar días conmigo.

—Es aterrador pensar que cambiará de víctima como hizo con Marley —dijo Stella—. Ese es otro gran temor. Que voy a salvar a dos víctimas y a condenar a muerte a otra persona.

—Tú no has hecho tal cosa —reprendió Vienna—. No puedes pensar de esa forma o te volverás loca. Esta es una oportunidad para salvar vidas. Puede que no sea esta vez ni la próxima, pero si no lo atrapamos, piensa a cuántas personas matará.

—Eso es lo que dicen Sam y Raine.

—Tienen razón. En cualquier caso, si no conseguimos detener a la pareja, Sam y yo partiremos desde Trail Crest. Gracias a tu sueño, sabemos qué buscar. Es posible que podamos evitar que otros excursionistas traten de ayudar a un hombre solitario que finge el mal de altura. Nos sentaremos a cierta distancia de él y solo hablaremos con él. Eso debería frustrarlo al máximo.

—Es letal.

—Cuento con que tu Sam sea letal. ¿Lo es?

Stella lo pensó y asintió despacio.

—Creo que podría serlo en las circunstancias adecuadas. Si alguien tratara de hacerte daño, sí que lo sería, Vienna.

—Bueno es saberlo.

—Es decir, si subes con Sam, no dejes que te separen de él. Tienes que quedarte con él sin importar quién más esté contigo. No importa a quién más conozcas y lo bien que los conozcas.

Vienna frunció el ceño, uniendo sus claras cejas de color trigo.

—¿Qué significa eso? ¿Sospechas de nuestros amigos? ¿O de alguien que conocemos?

Stella suspiró y se frotó la repentina piel de gallina que le cubría los antebrazos.

—Me repugna admitirlo, pero creo que la única manera de que me ocurran estas pesadillas es si he tenido contacto físico con el asesino en serie. He estado cerca de un asesino en serie antes y no he tenido pesadillas, pero a cada uno de los asesinos con los que he tenido pesadillas los he tocado físicamente.

Vienna miró los bocetos y luego cruzó una elegante pierna sobre la otra. Llevaba puestos unos pantalones rectos de yoga en color burdeos. Los pantalones tenían un pequeño retorcido en la parte inferior que les daba un aspecto elegante. En la parte posterior tenían unas tiras entrecruzadas del mismo tono, solo que más oscuro. El jersey de punto era de color crema con lunares de varios tamaños y tonos de burdeos. Vienna exudaba elegancia, sofisticación y estilo por los cuatro costados y, sin embargo, era una amante de la naturaleza muy hábil.

—Eso apesta, Stella.

—A mí me lo vas a decir.

—Pero podría ser cualquiera, ¿no? Tú registras a todos los hombres y mujeres que compiten en el gran torneo de pesca cada año en el campamento de pesca. Y registras a las personas que alquilan las cabañas en tu *resort*. Cuando estás aquí, en la ciudad, te pasas el tiempo en los comercios, hablando con todo el mundo y recogiendo folletos y mejorándolos. No tiene por qué ser alguien de nuestro grupo de amigos.

—No. —Stella siguió frotándose los brazos.

—¿Por qué alguien que conocemos empezaría a matar de repente?

—No lo sé, Vienna. ¿Por qué las personas hacen lo que hacen? No creo que mi padre matara durante los primeros años de mi vida, pero sí lo hizo después de que cumpliera los cinco. ¿Por qué empezó entonces? Nunca lo ha dicho.

—¿Alguna vez te has sentido tentada de preguntárselo?

Stella negó con la cabeza.

—No soportaría mirarle. Cerré la puerta a mi infancia y he tenido miedo de abrirla. Esto ya ha sido bastante duro. He recordado cosas de mi madre que no he querido examinar demasiado. Lo último que quiero hacer es enfrentarme cara a cara con él.

—Me identifico con eso —repuso Vienna—. Soy partidaria de seguir adelante y dejar que el pasado se quede donde debe estar. Sam y yo deberíamos estar allí esta noche. Si esa pareja llega a Trail Crest sobre las dos de la mañana, tenemos que estar allí. Por los bocetos no sé decir qué hora es. ¿Te dio Raine una lista con los permisos?

—Sí. Todos los que tienen permiso para ambos días. Le diré que te la envíe a tu teléfono. —Ya estaba enviando mensajes de texto. Suspiró cuando le contestaron—. ¡Pobre Raine! Han vuelto a enviar un helicóptero para recogerla. Intentará volver a mi casa por la mañana para esperar conmigo, pero parece que tiene que trabajar. Te enviará la lista de permisos, Vienna.

—Debe de estar pasando algo gordo.

—Siempre que leo que hay algún tipo de asunto terrorista en algún lugar, Raine desaparece de repente —dijo Stella, bajando la voz, aunque no sabía por qué. No había nadie cerca—. Por favor, ten cuidado ahí arriba y no te alejes de Sam, Vienna. Prométemelo.

—Te lo prometo. Este tipo me asusta mucho.

CAPÍTULO 12

—Stella, hay un par de hombres en la puerta que dicen que quieren verte. ¿Te suena un hombre llamado Marco Rossi? —dijo Patrick Sorsey. Su voz sonaba metálica mientras llamaba desde las puertas de seguridad—. Primero ha preguntado por Sam, pero no está en ninguna parte y es muy temprano para las visitas.

Stella miró a Raine. Al menos no estaba sola. Raine acababa de llegar, antes de que saliera el sol. Tenía la sensación de que a Sam no le iba a gustar eso, pero no podía rechazar a su padre. Además, era una distracción bienvenida mientras esperaban noticias referentes a si habían logrado alcanzar a la pareja antes que el asesino.

Había tantos nombres en la lista de permisos para los dos días en los que el asesino podría actuar... Había tantos interrogantes... Vienna y Sam habían subido a Trail Crest para ver qué podían hacer para encontrar a la pareja y, con suerte, evitar que los mataran.

—Por favor, acompáñalo hasta la casa. —Así tendría el tiempo justo para quitarse el pijama, ponerse unos vaqueros y encender el fuego en el salón. Hacía demasiado frío para obligarle a quedarse fuera en el porche, aunque Sam insistiría en que eso era lo que debería haber hecho, o esperar a que volviera antes de permitir la visita de su padre—. Ha venido el padre de Sam —dijo entre dientes, quitándose el pijama, tirándolo en la cama y poniéndose sus vaqueros favoritos. Buscó un jersey de punto para ponérselo encima de la camiseta y se apresuró a ir al salón para encender el fuego.

—¿Sam tiene padre? —preguntó Raine.

—Muy graciosa. —Stella se tomó el tiempo necesario para fulminarla con la mirada por encima del hombro—. No va a estar contento conmigo por dejarle entrar. Tuvieron una especie de pelea. En realidad, no le conozco. ¿Llevas un arma encima?

Raine enarcó una ceja.

—Por supuesto.

—Solo quería estar segura. —Stella frunció el ceño—. Esto es una locura. Ya estoy de los nervios esperando noticias de Vienna y de Sam.

—Entonces esto es una buena distracción. —Raine era una persona práctica.

—Es un mafioso, Raine. Puede que quieras salir por la parte de atrás. Le acompañará un guardaespaldas y no quiero que tengas problemas con tu trabajo.

Raine enarcó una ceja.

—Sabes que mi familia es originaria de Nueva York, ¿verdad? No es que no sepa lo que pasa. Al final nos trasladamos a California, pero yo ya era mayor.

Raine rara vez daba información sobre su familia, aparte de que había tenido una infancia feliz. Stella sabía que su padre había muerto, pero su madre seguía viva. Raine nunca iba a casa en vacaciones. Las pasaba con Stella, Shabina, Denver, Vienna y Zahra y, desde hacía poco, con Sam en la sierra. Stella siempre había disfrutado teniendo a los demás allí para celebrar las fiestas con ellos. Ninguno estaba nunca solo. Habían formado su propia familia.

—No es que piense que sea peligroso ni nada parecido, lo que pasa es que se presentó en plena noche y Sam se enfadó mucho con él por eso.

—Me lo imagino, sobre todo con lo que ha pasado. —Raine se mantuvo estrictamente neutral. Miró por la ventana. Bailey se había puesto alerta y Daisy estaba saltando y dándole una alegre bienvenida. La pequeña jack russell adoraba a todo el mundo hasta que se daba cuenta de que eran extraños y entonces se ponía a gruñir y a mirar con recelo.

Stella hizo una señal a Bailey para que se mantuviera en alerta, haciéndole saber que estaba en guardia. Ignoraría las payasadas de Daisy y no les quitaría la vista de encima a sus invitados, a la espera de una señal de su dueña para que atacara o cualquier indicación de que iban a hacer daño a alguno de sus protegidos. Raine metió a Daisy en el dormitorio y cerró la puerta, dándole la orden tajante de que se mantuviera en silencio.

—¿Quieres que haga café?

—Primero vamos a ver cómo va esto —dijo Stella, y se dirigió a la puerta. Tomó aire y la abrió al escuchar la primera llamada.

—Stella, este es el señor Rossi. Ha venido a ver a Sam, pero ha pedido verte a ti cuando le he dicho que Sam no estaba —le informó Patrick, repitiendo lo que le había dicho antes. Era evidente que sentía curiosidad y que no lo aprobaba en absoluto.

—Gracias, Patrick. Yo me encargo a partir de ahora. —Esperó a que Patrick se fuera de mala gana antes de dedicar toda su atención al padre de Sam. Él la estaba estudiando con sus penetrantes ojos oscuros. Los mismos ojos de Sam, aunque no tenían la misma intensidad—. Soy Stella Harrison. ¿Le gustaría entrar?

—Marco Rossi. Este es Lucio Vitale. —El hombre mayor presentó a su guardaespaldas—. Le agradecería que me dedicara unos minutos de su tiempo.

Stella dio un paso atrás para permitir que los dos hombres entraran en su casa. Marco era un hombre apuesto, con el pelo oscuro veteado de plata. Podía ver que su hijo se parecía a él, aunque los rasgos de Sam eran mucho más duros. Marco parecía poderoso, mientras que Sam era... inquietante. Su guardaespaldas, Lucio, se parecía más a Sam, pues irradiaba esa misma energía oscura aunque aparentara estar relajado.

Lucio abarcó toda la habitación con la mirada, pasando de Stella a Bailey. Observó las ventanas, las puertas y las salidas. Estaba segura de que sabía que iba armada, y entonces Raine entró en su campo de visión y una chispa de calor y reconocimiento brilló en esos ojos oscuros y despiadados cuando se posaron en ella.

Lucio se colocó delante de Marco; el traje que llevaba era tan caro como el de su jefe, pero de alguna manera, aunque Marco exudaba poder con ese traje, Lucio era el más peligroso. Bailey le siguió con los ojos.

Stella sonrió para dar la bienvenida al padre de Sam.

—¿Sam le esperaba?

Marco negó con la cabeza.

—Estaba en el pueblo, a una hora de aquí, y decidí que antes de irme a casa me gustaría hablar con él una vez más. Hacía años que no teníamos ocasión de hablar.

Stella hizo un gesto a los dos hombres para que se acercaran a las sillas situadas frente al sofá.

—Esta es mi amiga Raine O'Mallory. Raine, Marco Rossi, el padre de Sam, y Lucio Vitale.

—Un placer conocerle, señor Rossi. Ya conocía a Vitale —dijo Raine—, soy oriunda de Nueva York. —Se acomodó en el sofá con una sonrisa enigmática en su carita de duendecillo que brindó a Marco, sin apenas dirigirle una mirada a Lucio.

—No serás la hija de Sean O'Mallory, ¿verdad? —preguntó Marco mientras ocupaba la silla frente a Stella, cediendo a su guardaespaldas la que estaba frente a Raine.

—Sí, Sean era mi padre.

—Fue una pena lo de su muerte —dijo Marco—. Era un buen hombre. Siempre cumplía su palabra cuando hacía negocios. Cuando se mudó a California, pensé que estaba retirado.

—Así era, pero alguien no estaba dispuesto a dejar las cosas correr.

—¿Cómo está tu madre? Es una mujer encantadora.

—Hace años que no veo a mi madre —repuso Raine, sin cambiar su expresión ni su tono.

Stella tenía la mirada puesta en Lucio, que tenía la misma máscara que Sam y los mismos ojos inexpresivos y fríos, pero al oír la declaración de Raine, algo afloró a sus ojos y luego desapareció. Pensó que sus ojos eran negros, pero se dio cuenta de que en realidad eran azul marino, un azul muy oscuro. Ahora estaban fijos en la cara de Raine. Stella quería que Raine dejara de hablar.

—Existe un castigo, el último que se puede dar cuando uno traiciona a la familia. Puede ser peor que la muerte. Te expulsan de la familia y te declaran muerto. Ningún miembro de la familia vuelve a pronunciar tu nombre. No reconocen tu presencia aunque estés delante de ellos pidiendo perdón. La traición es imperdonable.

Marco enarcó una ceja.

—No puedo imaginar de qué forma pudiste traicionar a tu familia.

Ella le dedicó la misma sonrisa enigmática.

—Por entonces no tenía conocimiento de lo que implicaba la profesión de mi padre. Era muy joven y mujer, y supongo que consideraba que no tenía cerebro.

—No, no, Raine, te protegía. Él te protegió. Todos los padres quieren proteger a sus hijas.

—¿De los estafadores? ¿De hombres que las utilizarían para obtener información con el fin de arruinar a sus familias? ¿De destruir a su padre? Como una ingenua, me enamoré del hombre equivocado. Pensé que era amor. ¿Imagina lo estúpido que suena eso cuando mi padre está muerto y he perdido a mi familia? Sin embargo, la cuestión es que tengo cerebro. Un cerebro muy bueno. Si mi padre me lo hubiera contado, habría tenido cuidado de los tiburones. Ahora que he aprendido esa lección, sé que los hombres siempre mienten a las mujeres. Es más, me he asegurado de averiguar todo lo posible sobre las circunstancias de su muerte.

Stella esperaba que Raine no estuviera desafiando a Marco. Era imposible que creyera que el padre de Sam tenía algo que ver con la muerte de su padre. Estaba completamente perdida en la conversación y, por alguna razón, no podía dejar de mirar a Lucio y su reacción. No había dicho una sola palabra, pero no estaba más contento que Stella con el curso que estaba tomando la conversación.

—No, no, Raine. —Marco se inclinó hacia delante—. Esto es muy arriesgado. No deberías estar investigando esas cosas.

Raine enarcó una ceja.

—Esto es realmente fascinante. Señor Rossi, ¿me está diciendo que si alguien asesinara a su padre no buscaría al que ordenó su asesinato? Porque ambos sabemos que quien lo mató recibió la orden de hacerlo. El sicario no tiene importancia, no es más que el arma. El verdadero asesino es quien está detrás del asesinato. No me cabe duda de que usted buscaría a esa persona.

—Eso es diferente. —Marco agitó la mano en el aire de manera efusiva.

Stella gimió y se cubrió los ojos durante un momento, sabiendo que eso era como agitar una bandera roja delante de Raine.

—¿Porque yo soy una mujer y usted es un hombre? ¿Porque no debería querer a mi padre de la misma manera que usted quiere al suyo? ¿Ni debería sentir la misma lealtad hacia él? Dígame por qué, señor Rossi —insistió Raine—. No acabo de entenderlo.

—En pocas palabras, podrían matarte solo por investigarlo, Raine —dijo con suavidad—. Necesitas los recursos adecuados. Tienes que saber lo que estás haciendo. Y si encontraras tus respuestas, tendrías que ser capaz de seguir hasta el final.

Raine le brindó su típica sonrisa dulce que no decía nada y, sin embargo, lo decía todo.

—¿Y quién dice que yo no tenga esos recursos y que cuando encuentre las respuestas, no tenga también recursos para seguir hasta el final? Nunca subestime a las mujeres, señor Rossi. Eso es lo que acaba metiendo a los hombres en problemas.

Marco la miró fijamente durante treinta segundos y luego se echó a reír.

—No cabe duda de que eres digna hija de tu padre. Muy astuta. Creo que no me gustaría discutir contigo a menudo.

—A nadie le gusta —convino Stella—. ¿Alguno de ustedes quiere un café?

Ambos hombres asintieron. Raine se ofreció de inmediato a prepararlo. Lucio hizo ademán de levantarse.

Raine irguió la cabeza.

—No necesito ayuda. Tardaré solo un minuto. ¿Alguien quiere leche o azúcar?

Stella tuvo la sensación de que Lucio y Raine no eran amigos ni mucho menos. No se había dado cuenta de que Raine estaba «muerta» para su familia. Cuando hablaba de ellos, siempre lo hacía con mucho cariño. Describía su infancia como feliz. Stella se apenaba por ella. ¿Cómo podían culparla por enamorarse de alguien y hablar de su familia cuando no tenía ni idea de a qué se dedicaba su padre? No podía saber que estaba dando información que no debía contar a nadie. Repudiarla para siempre le parecía muy duro. ¿Cómo podían hacer eso su madre y sus hermanos? Stella no lo entendía, pero su propia madre la había abandonado para que se enfrentara sola a la vida después de que saliera a la luz que su padre asesinaba a gente.

—Tu amiga es una mujer interesante —dijo Marco.

—Es brillante —dijo Stella—. Tiene un coeficiente intelectual fuera de serie.

—¿Qué hace la gente aquí arriba? —Marco echó un vistazo a su salón. Todas las ventanas tenían vistas—. Ya he visto lo bonito que es, pero todos sois jóvenes. ¿De verdad hay trabajo aquí arriba para mantener a todo el mundo? ¿Ganáis suficiente dinero para vivir?

Se recostó contra el respaldo y encogió las piernas debajo de ella.

—No voy a fingir que no sé quién es usted. No habría venido a ver a Sam sin antes investigarme. Sabe que soy la dueña de este *resort* y de los campamentos de pesca, así como de las propiedades que rodean el lago. Sam trabaja para mí todo el año. Tengo contratado a otro par de personas, así como a guardias de seguridad, a tiempo completo. Todos los demás son temporales.

—Descubrí que mi hijo estaba aquí hace poco tiempo. Vine enseguida, temiendo que se marchara de aquí. Hace años que no nos llevamos bien y esta es la primera ocasión que tengo de hablar con él. No fue inteligente por mi parte venir de noche.

—¿Por qué lo hizo?

—Pensé que se avergonzaría de que supieras quién es su padre. —Marco se encogió de hombros—. Yo no me avergüenzo, pero nos separamos en muy malos términos.

Stella asintió.

—Puedo entender por qué lo ha hecho. ¿Le dijo cuáles eran sus razones?

Suspiró.

—No. Empezamos con el pie izquierdo de inmediato.

—Estuve observando desde la ventana. Desde luego no estaba contento con ninguno de ustedes. —Miró a Lucio. Se iba a asegurar de que Raine se enterara de su caída y de que Sam le había quitado el arma. La radio de Búsqueda y Rescate sonó y a Stella se le atascó el aire en los pulmones—. Sam —susurró su nombre y se levantó de un salto, sintiendo que se le iba el color de la cara—. Raine —la llamó, dando unos pasos hacia la cocina. La puerta estaba abierta de par en par y Raine apareció con una expresión compasiva. Stella no podía moverse.

—Lo siento, han llamado a los de Búsqueda y Rescate para que acudan al monte Whitney.

Stella se mordió con fuerza la punta del pulgar.

—¿Sam? ¿Vienna? ¿Alguno de los dos ha contactado contigo? —Apenas podía respirar.

Raine negó con la cabeza.

—Todavía no. Ya conoces a Sam. No le va a pasar nada y no dejará que le pase nada a Vienna.

—¿Qué demonios pasa con mi hijo? —preguntó Marco.

Stella se giró. Marco estaba de pie. Casi se había olvidado del padre de Sam. Bailey gruñó por lo bajo al oír el tono, advirtiendo al hombre que se quedara quieto. Lucio tenía la mirada fija en el perro, con una mano dentro de su chaqueta. Stella hizo una señal a Bailey para que se retirara.

—Sam está hoy en el monte Whitney con nuestra amiga Vienna —explicó Raine con suavidad, cubriendo a Stella, que no podía mirar a ninguno de los dos hombres—. Vienna es la jefa de Búsqueda y Rescate, y Sam forma parte de esa organización. Creo que estaban allí para intentar mejorar la capacidad de rescate en la montaña. Acaban de hacer un llamamiento a los rescatadores. Ambos son buenos escaladores y excursionistas. Saben lo que hacen. Cada vez hay más excursionistas que intentan hacer cumbre y no saben lo que hacen, así que los escaladores experimentados como Vienna y Sam tienen que ayudarles.

Raine se limitó a hablar, a decir lo que se le ocurría con el fin de darle tiempo a Stella para que recobrara la compostura. Su móvil vibró y lo sacó de forma atropellada del bolsillo trasero para mirar la única palabra que en ese momento lo significaba todo. «A salvo.»

Sus piernas amenazaban con ceder bajo su peso. Miró al padre de Sam, parpadeando para contener las lágrimas.

—Está a salvo. No ha sido él.

Raine salió de la cocina, con sus ojos azules llenos de compasión.

—Dos excursionistas se han despeñado. Vienna ha llamado al sheriff.

Stella sacudió la cabeza.

—No puede ser. Iban a detenerlos en Trail Crest.

—Stella... —comenzó Raine con voz queda.

—Lo sé, lo sé. Agradezco que no hayan sido Sam o Vienna. Solo necesito un minuto. Siento que no puedo respirar. —No podía quedarse allí, encerrada en su salón, temiendo ponerse a llorar a mares o decir algo que no debía delante de unos completos desconocidos—. Si me disculpan.

La adrenalina corría por su cuerpo hasta que quiso correr para deshacerse de la energía que la hacía temblar. Se volvió hacia la puerta principal.

—Bailey, ven conmigo. —Solo podía esperar que Raine la perdonara por dejarla con dos extraños mientras salía por la puerta con su perro al lado. Llegó hasta el porche. Hacía mucho frío, y aunque llevaba vaqueros y un jersey, no iba vestida para salir afuera.

Apoyada en la barandilla, se cubrió la cara con las manos. El asesino en serie había ganado después de todo. A pesar de su cuidadosa planificación, se las había arreglado para asesinar a dos personas inocentes que solo querían hacer cumbre en el monte Whitney y contemplar el amanecer. ¿Cómo se les había escapado? Vienna y Sam estaban en Trail Crest. Allí mismo. Esperando a la pareja. ¿Qué había podido salir mal?

Bailey le apoyó su gran cabeza en la cadera y ella bajó una mano en el acto para rascarle las orejas.

—¿Stella?

El corazón estuvo a punto de salírsele por la boca. Debería haber sabido que el perro le estaba avisando de que ya no estaba sola. Se giró y vio al padre de Sam. Él la miró con preocupación.

—No voy a fingir que entiendo lo que está pasando, pero está claro que ha ocurrido algo terrible. ¿Hay algo que pueda hacer para ayudar? —Le entregó una de sus chaquetas. Las tenía colgadas en ganchos junto a las puertas de su casa para poder agarrar una en cualquier momento del día o de la noche en caso de que hubiera alguna emergencia en la propiedad.

—Gracias —murmuró al instante—. No, en realidad no hay nada que pueda hacer. Siento haberme comportado como una tonta. Sam está bien. Algunos de los excursionistas que vienen de la ciudad no tienen ni idea de lo que supone hacer cumbre en el Whitney. Vienna y Sam estaban tratando de averiguar cómo proteger... —Agitó la mano, incapaz de mentir. No sabía qué decir—. Ahora no volverá hasta tarde.

—Me han diagnosticado una enfermedad cardíaca —dijo Marco. Miró hacia la puerta cerrada como si no deseara que nadie, ni siquiera su guardaespaldas, le oyera—. He decidido retirarme, lo que en mi profesión puede ser arriesgado. No tengo más herederos que Sam. —Stella se giró por completo, dando la espalda al lago y al sol naciente con todas sus tonalidades doradas. Esperaba que no pensara que Sam iba a ocupar su lugar. Sacudió la cabeza—. Sé lo que estás pensando. Sam no quiere tener nada que ver con mis negocios. Se salió hace mucho tiempo. No, nombraré a otro para que siga mis pasos. Pero quiero retirarme cerca de mi hijo y tener la oportunidad de arreglar nuestra relación.

—¿Por qué no acudió a él antes?

—Me gustaría decir que fue porque ambos somos tercos, pero la verdad es que, incluso con todos mis recursos, no pude encontrarlo. —Parecía tan orgulloso de Sam como frustrado—. No sabía si mi único hijo estaba vivo.

Stella podía entender por qué se acercaba a Sam en plena noche al enterarse de dónde estaba. Lo más seguro era que Marco temiera de verdad que su hijo se largara a la primera señal de que lo habían encontrado.

—Sé que soy una desconocida para usted, señor Rossi, pero tengo que preguntarle ¿cómo está de enfermo? —Porque ella podría abogar por él si fuera necesario. Habían estado años separados. Si Marco se estaba muriendo y Sam no se sentaba al menos con su padre y hablaba con él, quizá nunca se lo perdonaría.

—Todavía no me estoy muriendo. Tuve un ataque al corazón y los médicos me dijeron que mis hábitos alimentarios y la falta de aire fresco y de ejercicio han contribuido a que mi corazón no esté sano. He decidido que si encuentro a mi hijo me retiraré y trataré de convencerle de que al menos viva cerca de mí. Saber que tiene una mujer lo hace más fácil. Es un lugar precioso, aunque nunca he vivido en el campo ni le he visto el atractivo.

Se sorprendió sonriendo a pesar de las circunstancias. Era un hombre de ciudad hasta la médula. No se lo imaginaba considerando la posibilidad de establecerse en la sierra.

—No es que haya mucha compañía aquí arriba, señor Rossi. Si decide establecer aquí su hogar, o al menos en el pueblo, tiene que saber que no es como una ciudad. —Trató de hacerle una advertencia.

Marco asintió.

—Soy muy consciente. —Dudó—. Conocí a alguien hace dos años. No vivimos juntos, pero creo que si me retirara y me alejara de la ciudad, podría considerar mudarse conmigo.

Lo que significa apartarse del peligro, interpretó Stella. Quienquiera que fuera la mujer, no formaba parte de aquello a lo que él había dedicado toda su vida. Con toda sinceridad, Stella no sabía mucho de a qué se dedicaba, pero sí conocía a Sam. No le haría mucha gracia que su padre viniera a hablar con ella sin que él estuviera presente.

—Sabe que Sam querrá hablar de todo esto con usted en persona.

Marco suspiró.

—Sí, pero no estará muy receptivo. Esperaba que abogaras por mí si mi hijo se niega a cooperar, Stella. Creo que te escuchará.

Podía ver su encanto, su atractivo para las mujeres; un hombre poderoso y guapo pidiendo ayuda. Sabía lo que hacía, qué aspecto tenía y lo que trasmitía su voz. Tuvo la sensación de que había practicado ese encanto muchas veces a lo largo de los años.

—Cuando venga a verme, insiste en acompañarle. Se mostrará más cauto en su trato, en lo que diga. Tendremos más posibilidades de reconciliarnos estando tú presente. —Sonaba sincero y atractivo.

Stella sacudió la cabeza con una leve sonrisa.

—Esta es la cuestión, señor Rossi. Nunca, bajo ninguna circunstancia, haría nada a espaldas de Sam. No lo engañaría ni trataría de persuadirlo de una manera u otra. Sam es un hombre adulto. Es inteligente y no creo que sea impulsivo o que haga algo sin pensarlo bien. Si era terco cuando era más joven, ahora no lo es. Es reflexivo y tranquilo. Creo que le escuchará a usted y lo que sea que haya entre los dos y tratará de resolverlo. No me necesitará allí para eso. Si Sam quiere que esté allí, por supuesto que le acompañaré.

Marco Rossi no era un hombre al que le decían que no a menudo. Eso se le notaba en la cara, pero consiguió disimular su fastidio con una pequeña sonrisa falsa.

—Espero que no seas una de esas mujeres que cree que su hombre se lo cuenta todo.

—No estoy segura de qué significa eso. No le pido a Sam que me lo cuente todo. Esa no es nuestra relación. —Indicó la puerta con un pequeño escalofrío—. Hace mucho frío aquí fuera. Tal vez deberíamos volver a entrar. —No esperó a que él fuera delante de ella. En lugar de eso, abrió la puerta y envió a Bailey primero y luego retrocedió para que Marco pudiera entrar.

Raine tenía el mismo aspecto de siempre, dulce e inocente, como si fuera ese pequeño duendecillo, sentada con los pies cruzados debajo de ella y la melena rubia rojiza recogida de cualquier manera, lo que la hacía parecer más joven que nunca. Stella ignoraba si Raine había cultivado ese aspecto a propósito o si había nacido así por naturaleza, pero funcionaba. La mayoría de la gente se lo creía. No veían a Raine como una amenaza. Stella miró a Lucio. No estaba tan segura de que él se lo creyera, pero tal vez no fuera más que la tensión imperante en la habitación.

—¿Estás bien? —preguntó Raine.

—Sí. ¿Has oído alguna otra noticia?

—No, no esperaba hacerlo, cielo. Van a intentar recuperar los cuerpos. Llevará algún tiempo.

Stella exhaló un suspiro.

—Lo siento, señor Rossi. Lo más probable es que Sam esté en el Whitney el resto del día. No sé cuándo tiene previsto regresar a Nueva York, pero estará agotado cuando vuelva. Tendrán que descender por la ladera de la montaña para recuperar los cuerpos.

Se sentía mal solo con decirlo. Todavía no entendía cómo había podido ocurrir. ¿Cómo pudieron no ver a la pareja en Trail Crest?

—Podemos quedarnos un par de noches más. Te dejaré la información de dónde nos vamos a alojar —dijo Marco.

El móvil de Raine sonó y ella respondió, saltando del sofá y alejándose hacia la cocina. Se la podía oír a pesar de que hablaba casi en susurros.

—Estoy en medio de algo. Acabo de salir de allí. He trabajado toda la noche, general. No he dormido nada y lo que estoy haciendo es de extrema importancia. —Un pequeño silencio—. Dale el trabajo a Jack. Él es bueno. Puede hacerlo.

Raine escuchó un momento, apoyada en la encimera de la cocina. Stella podía verla a través de la puerta abierta. Parecía exasperada.

—Esta no es una línea segura. Me has llamado al móvil. Sí, porque no estoy en casa. No, te he dicho que... —Exhaló un sonoro suspiro—. Siempre es una cuestión de seguridad nacional. Bien. Tardaría una hora en llegar a casa. Envía el helicóptero a recogerme dentro de una hora, así tendré tiempo de terminar aquí. Dile a Dante que tendrá que llevarme a casa. Voy a por algunas cosas y desde allí puede llevarme hasta ti. Eso es lo mejor que vas a conseguir. Tengo una vida, por si acaso te lo preguntas, y no gira siempre en torno a ti. —Hizo una mueca—. Muy gracioso. —Se metió el móvil en el bolsillo trasero y se unió a ellos de nuevo—. Lo siento, Stella. Tengo una hora y luego el trabajo me llama de nuevo.

—Hace días que no duermes —objetó Stella—. Tienen que darte un respiro.

Raine se encogió de hombros.

—Hay muchos puntos calientes ahora mismo.

Marco frunció el ceño al verla.

—¿Alguien envía un helicóptero a recogerte? ¿Le hablas así a un general? ¿Un general del ejército? ¿Líneas seguras? ¿Seguridad nacional? ¿A qué te dedicas?

Raine se rio suavemente y agitó la mano en el aire; parecía inocente y joven como solo ella podía.

—Sí, suena muy dramático, ahora que lo pones todo junto. Soy una trabajadora contratada por el Gobierno, así que sí, cuando necesitan que trabaje en algo que necesitan que se haga rápido, a veces envían un helicóptero porque vivo muy lejos de todo. El resto, sin embargo, es una tontería. —Hizo una mueca—. No sé cómo describir mejor a Peter. Le gusta que le llamen «general». Yo no podría hablarle así a un general de verdad, ¿no cree? No sin meterme en problemas. Peter es muy dramático. Juega mucho a los videojuegos, así que da órdenes como lo hacen en sus ridículos videojuegos. La paga es estupenda y al final los dos estamos contentos.

Stella no creía que ninguno de los dos hombres pareciera del todo convencido, pero Raine hizo una pequeña mueca como si Peter fuera el hombre más tonto del planeta.

—¿Qué hacen los trabajadores contratados? —insistió Marco.

Raine se encogió de hombros.

—No sé lo que hacen los demás, pero en mi caso, soy muy buena con un determinado código informático. Cuando los programas se caen y quieren que se pongan en marcha con rapidez, siempre es una emergencia, aunque realmente no lo sea. Voy y soluciono los problemas. La mayoría de las veces puedo hacerlo a distancia, pero últimamente he tenido que ir a la oficina principal y arreglar el programa allí.

—¿Algún tipo de virus? —preguntó Marco, que parecía informado—. Cabría pensar que los ordenadores del Gobierno tendrían las mejores protecciones contra algo intrusivo como eso.

Stella contuvo la respiración, esperando que Raine no se lo comiera y lo escupiera. No lo hizo. Sonrió con serenidad, abriendo los ojos como si Marco le estuviera dando el mejor consejo posible.

—¿Por qué no se me ocurrió a mí? Tendré que hablarlo con Peter.

Marco guardó silencio un momento y luego se echó a reír.

—Eres una verdadera O'Mallory. Por supuesto que se te ha ocurrido. Así que no es un virus.

Raine le sonrió.

—No, no es un virus. A veces, en un programa, alguien añade una mejora y no piensa en todas las combinaciones que pueden hacer que el programa se bloquee. A veces, el fallo puede producirse por una pérdida de conexión mientras se transmiten los datos y estos son ilegibles. —Se encogió de hombros—. No es precisamente lo más emocionante del mundo, pero es un buen trabajo y un trabajo estable.

Marco asintió.

—No sé mucho del funcionamiento de los programas informáticos, solo que lo hacen y que ahora dependemos de ellos.

Raine tuvo que estar de acuerdo.

—Puede que demasiado. —Bebió un sorbo de su café—. Lucio, no has dicho qué has estado haciendo últimamente. A juzgar por el traje, parece que tus impresionantes habilidades han dado sus frutos.

Marco enarcó una ceja.

—¿A cuál de tus muchas e impresionantes habilidades se refiere, Lucio?

—No tengo ni idea. —Lucio parecía aburrido.

Stella estudió su máscara inexpresiva. Sus ojos carecían de vida. Algo caliente y letal bullía debajo de ese azul oscuro, una promesa de venganza que hizo que Stella se preocupara por Raine. Estaba claro que los dos eran enemigos acérrimos. Marco parecía ignorar el hecho y Lucio no parecía dispuesto a ponerle al corriente.

—Cuando estaba en Nueva York, era todo un donjuán, Marco —dijo Raine—. Podía acostarse con las mejores. Tenía a las mujeres comiendo de su mano. Era una forma fácil de ascender, creo que dijiste, Lucio. Ha pasado mucho tiempo, así que no estoy del todo segura, pero pensé que esa era tu opinión. Las mujeres son tan fáciles...

Stella enarcó una ceja.

—Supongo que cuando somos jóvenes somos bastante crédulos. Creemos en toda esa basura de los cuentos de hadas.

—Se debe a estar protegidas por nuestros padres, Marco —señaló Raine, ignorando el hecho de que Lucio no había respondido—. Es mejor saber que los hombres mienten que aprender la lección por las malas, ¿no crees?

—Chica, te estás dejando llevar por el cinismo —objetó Marco.

—Yo diría que no. Creo que hay que ser realista, ¿no es así, Stella? Prefiero ver la verdad que dejarme engañar por las mentiras. En serio, Marco, si tuvieras una hija, ¿no querrías que supiera la verdad sobre en qué se estaba metiendo cuando la casaran con algún hombre que la engañara? ¿O si saliera con alguien que creía que la amaba cuando en realidad lo que pretendía era impresionarla? ¿Quieres que se desilusione tanto que su mundo se derrumbe en algún momento? Mejor ir con los ojos bien abiertos, ¿no te parece?

Marco frunció el ceño.

—Las jóvenes sois muy independientes. ¿Qué opinas, Lucio? ¿Crees que hay que proteger a las mujeres? ¿Protegerías a tu hija?

Los blancos dientes de Lucio destellaron en una breve sonrisa que no logró iluminar aquellos ojos azul oscuro.

—No tengo hijos ni mujer propia, Marco. ¿Cómo podría opinar sobre esta decisión con verdadera sabiduría?

—Supongo que es la respuesta del hombre sabio cuando está con dos mujeres hermosas. Deberíamos irnos. Gracias por recibirnos tan temprano, Stella. —Marco se puso de pie y Lucio también lo hizo—. Ha sido un placer conoceros a las dos.

—Para mí también ha sido un placer conocerles —dijo Stella, acompañando a los dos hombres hasta la puerta. Se sintió aliviada cuando salieron del porche y empezaron a caminar hacia su coche. No se había dado cuenta de lo tensa que había estado con los dos hombres en su casa.

Una vez que estuvieron fuera de su vista, cerró la puerta de entrada, se apoyó en ella y se enfrentó a Raine.

—Gracias por quedarte. Habría sido muy difícil si no hubieras estado aquí. Sé que te he puesto en una posición incómoda. Está claro que Lucio y tú tenéis algún tipo de historia.

—Le conocí en Nueva York cuando era un niño. Yo era irlandesa. Él era italiano. Ambos éramos católicos. Basta con decir que los dos grupos no se mezclaban. —Raine recogió las tazas de café y las llevó a la cocina—. Entonces era muy consciente de lo guapo que es y ahora es igual de arrogante. De hecho, ha tenido el descaro de intentar decirme lo que puedo y no puedo hacer en el momento en que vosotros dos salisteis por la puerta. Como si aún fuéramos niños y pensara que me pondría a la cola y haría lo que él dijera.

—¿Alguna vez tuvisteis algo? —preguntó Stella, siguiendo a Raine a la cocina y apoyándose en la encimera.

—Uno no tiene un algo con Lucio. No es ese tipo de hombre. Se lo deja muy claro a cualquier mujer a la que se acerque.

—Tienes mucha animosidad hacia él y eso es inusual en ti, Raine. Puedes estar llena de desprecio cuando los hombres se ponen arrogantes y tratan de actuar como si supieran de qué están hablando cuando no es así, pero nunca eres abiertamente hostil con ellos como lo has sido con él. No creo que el señor Rossi fuera consciente de ello.

—Era consciente. No se le escapan muchas cosas. No dejes que te engañe, no es un hombre agradable, Stella. Puede que haya venido aquí para ver a su hijo, pero ha sido jefe de una familia criminal durante años. Ha cometido todo tipo de crímenes, desde cosas muy pequeñas hasta asesinatos. No sé si hombres como él matan, pero desde luego sí lo ordenan. Hoy en día intentan pasar desapercibidos para las fuerzas del orden, por lo que no hacen el tipo de cosas que hacían en el pasado, pero eso no significa que no estén cometiendo delitos.

—Siento lo de tu padre, Raine. No tenía ni idea. Y lo de tu familia. Hablas de ellos con tanto cariño... Debe de ser muy duro no verlos, sobre todo a tu madre.

—Lo he aceptado en su mayor parte. Hay momentos en los que me duele mucho y lloro hasta quedarme dormida. Es su elección. Ella tomó la decisión de no verme nunca, sabiendo que no conocía las circunstancias de la profesión de mi padre. —Raine levantó la barbilla y se encogió de hombros. —Por mucho que me gustaría deshacer las cosas que llevaron a la muerte de mi padre, no puedo. Sucedieron. Conocí a alguien, me enamoré de él y le dije que podía verle una noche porque mi padre había salido a comprobar las cosas en el almacén. No tenía ni idea de que esa era una información que él había estado esperando escuchar. Fui a ver a mi supuesto prometido y estaba dando una paliza a mi padre en el almacén y matando a sus hombres. Se llevaron su cargamento. Nos fuimos a California. De todos modos, alguien contrató a un asesino para acabar con él.

—¿Crees que fue el señor Rossi?

—En este momento, no tengo ni idea de quién lo hizo. Por lo que sé, fue uno de los socios comerciales de mi padre. Perdieron hombres. Hijos. Hermanos. Primos. Y mucho dinero. Deberían haber contratado a alguien para que acabase conmigo. Tendría más sentido. —Raine suspiró—. Por eso vivo en la sierra, Stella. Aquí encuentro paz. Hemos formado nuestra propia familia. Puede que seamos extraños y un poco disfuncionales con todos nuestros secretos, pero trabajamos y somos leales entre nosotros.

Podían oír el sonido del helicóptero en la distancia. Se posaría en el prado, lo bastante lejos de la casa. Raine miró su reloj.

—Será mejor que libere al sabueso. Daisy va a tener que hacer sus necesidades y correr como una loca antes de que subamos a ese pájaro.

—Ten cuidado, Raine.

—Tú también. Espero que Sam no se moleste demasiado porque su padre haya estado aquí sin él.

Stella también esperaba eso mismo.

CAPÍTULO 13

—¿Estaban todos los de Búsqueda y Rescate en las proximidades? —murmuró Stella a Sam—. Eso parece un poco inusual. —Intentó no mirar con recelo a Sean, Bale, Edward y Jason.

Sean tenía un buen motivo para estar en el parque. Su trabajo lo llevaba allí, después de todo. Supuso que Bale, Edward y Jason podían ir a verlo mientras trabajaba. No había ninguna razón para que no pudiera hacerlo. Yosemite era precioso y los diversos campamentos muy pronto estarían cerrados. Se los imaginó mirando con desprecio a todas las mujeres que acampaban.

Denver solía guiar a los excursionistas por el parque hasta algunos de los senderos menos frecuentados y, al parecer, había llevado a un pequeño grupo al parque, por lo que también estaba cerca cuando se produjo la llamada de Búsqueda y Rescate.

El guardia de seguridad del turno de noche de Stella, Sonny Leven, se había llevado a su hermano de excursión al parque. Tenían un permiso para subir por la parte trasera del Whitney. ¿Qué posibilidades había?

—No todos, pero fue una suerte que estuvieran cerca para ayudar —dijo Sam—. La recuperación no fue fácil. —Parecía cansado y Stella se arrimó a él. Sabía que estaba igual de molesto, o quizá más, por no haber conseguido salvar a los dos excursionistas.

—Vienna examinó ambos cuerpos mientras esperábamos a que llegara el sheriff. Tenían múltiples huesos rotos, como era de esperar. Lo extraño fue que, como habías dicho eso de que el asesino les había agarrado los dedos, se fijó bien y ambos cuerpos tenían dos fracturas exactamente en el mismo lugar del dedo anular de la mano izquierda.

Stella frunció el ceño y apoyó la cabeza en su hombro. Sam la rodeó con su brazo. De inmediato se hizo un pequeño silencio. Varios de los presentes en el bar habían dejado de conversar y los miraban con sorpresa. Se dio cuenta de que era la primera vez que Sam le prodigaba alguna muestra de afecto en público. No se movió y se limitó a esperar a que el equipo de Búsqueda y Rescate empezara a analizar de forma minuciosa su operación de la manera habitual.

—¿James Marley no tenía también dos fracturas en el dedo causadas por el hilo de pescar o algo así? —preguntó.

—No creo que fuera del hilo de pescar, Stella. Creo que el asesino tiene una firma, pero no podemos arriesgarnos a que alguien nos escuche aquí.

Ella volvió la cara hacia su cuello, manteniendo la voz muy baja.

—Tienes razón, pero tengo que saber cómo los vieron en Trail Crest. No tiene sentido, Sam. Tú y Vienna estabais allí.

Le acarició la sien y luego la oreja.

—Tenían un permiso para tres personas. Su hermano debía acompañarlos y en el último minuto no pudo ir con ellos. Solo buscamos en la base de datos parejas con permiso.

Cerró los ojos. Un error tan simple. El permiso era para tres personas, no para dos, y Vienna y Sam se habían centrado en buscar permisos solo para parejas.

—Tenemos que hablar de la aparición de mi padre y de que le dejaras entrar.

—Creo que entendí que no era una buena idea, Sam. —Se sentó recta y tomó un sorbo de su mojito. De repente no le sabía tan bien y lo apartó.

El Grill estaba lleno de miembros de Búsqueda y Rescate, sentados en la barra o en la gran mesa redonda, comiendo de las bandejas de los diversos aperitivos que Alek Donovan, el propietario, había creado en su cocina para servir antes de sus sencillas comidas de bar. El comedor estaba casi lleno, pero Vienna había llamado con antelación y Alek les había guardado su sitio, aunque no aceptaba reservas en el bar.

—No se me da bien rechazar a nadie —admitió—. Y el hecho de que el señor Rossi sea un pariente tuyo lo hizo aún más difícil. Fue muy educado. Raine estaba conmigo y mantuve a Bailey en la habitación todo el tiempo.

No te envié un mensaje de texto para decirte que estaba allí porque sabía lo peligroso que era lo que estabas haciendo, o de lo contrario te habría escrito. No intentaba ocultarte nada.

—Soy consciente de ello, Stella. —Esperó, con los ojos fijos en ella, confiando en que le haría saber lo que su padre le había dicho.

—Me dijo que se va a jubilar y que le gustaría vivir más cerca de ti. Dijo que quería que te acompañara cuando fueras a hablar con él para que estuvieras tranquilo.

La expresión de Sam no cambió. Mantuvo su mirada fija en su rostro.

—¿Qué piensas?

—Sé que no me necesitas para mantenerte tranquilo, Sam, y así se lo dije. No actúo a tus espaldas. Puede que de verdad esté enfermo. Dijo que había tenido un ataque al corazón. No le conozco lo bastante como para saber qué es verdad y qué no; eso tendrás que determinarlo tú mismo.

—¿Te ha asustado?

—En absoluto. Fue muy educado. Muy encantador. Le acompañaba un hombre. Lucio Vitale. ¿Le conoces?

—Le conocí cuando ambos éramos niños. Pertenecía a una familia muy pobre. Tuvo que trabajar para salir adelante. Su padre y sus dos hermanos fueron asesinados. Desde muy joven fue responsable de su madre y creo que de una hermana. Luchó para abrirse camino y lo digo de forma literal. No lo tuvo nada fácil. No me sorprendió tanto ver que había llegado hasta la cima. Supongo que es un segundo al mando o un capo, no el guardaespaldas de Marco, aunque lo presenten así.

—Le arrebataste su arma.

—Marco lo incapacitó al decirle que no quería que me dispararan ni me mataran. Ya ves. También está el hecho de que pasé la mayor parte de los años intermedios luchando por mi vida. Lucio no. Puede que se entrene, pero cuando tu vida está en juego cada día, mantienes tus habilidades a punto. No lo subestimes ni por un momento.

—No estaba subestimando a nadie. Me ayudaron a pasar el rato. Y Raine estaba conmigo. Al parecer ya conocía a Lucio de Nueva York. Su padre pertenecía a la mafia irlandesa. Supuestamente se retiró y se mudó a California, pero encargaron matarlo de todos modos y fue asesinado. Su familia la culpa y está muerta para ellos. Tu padre conocía a su padre.

Sam sacudió la cabeza.

—Esto se está complicando, Stella. Iré a hablar con él, pero prefiero que mantengas las distancias hasta que averigüe qué hace aquí en realidad.

—Me parece bien. —Ya era más que suficiente tener que enfrentarse a la presencia de un asesino en las inmediaciones.

Zahra se coló entre la barra y el taburete de Stella.

—¿Qué estáis cuchicheando vosotros dos? Sam parece muy serio y dominante.

Stella estudió su expresión con suma atención.

—Puede que tengas razón, Zahra.

Sam enarcó una ceja.

—¿Parezco dominante? ¿Qué quieres decir con eso, Zahra?

—Quiero decir exactamente lo que parece, que tienes tendencia a decirle a la gente de forma despótica lo que tiene que hacer —Zahra le dedicó su sonrisa pícara—. Es una suerte que nunca hables, así no puedes mangonear a Stella. Solo parece que lo haces.

—Sí que es una suerte —murmuró Sam.

Harlow se echó encima del hombro de Stella.

—Se os ve muy a gusto a los tres. Stella, no te estás bebiendo el mojito.

—Es todo tuyo. —Stella indicó la bebida—. Creo que hoy me basta con mi querido café. Siempre me resulta raro beber alcohol en el almuerzo.

Harlow cogió la copa y bebió un buen trago. Zahra la observó, con el ceño fruncido. De repente, alargó la mano y le quitó el vaso a Harlow.

—Cielo, ¿qué pasa? Tú tampoco bebes por la tarde. Así no. ¿Quieres ir a una mesa?

Harlow parecía afectada.

—Solo estoy disgustada por ti. Preocupada. No sé qué pensar. ¿Has seguido las noticias? La guerra entre Azerbaiyán y Armenia por esa franja de tierra ha vuelto a empezar.

—El presidente firmó un acuerdo para detener la lucha —dijo Zahra.

Harlow asintió.

—Así es. Lo hizo. Y pedí a algunas de mis fuentes que indagaran un poco más para asegurarme de que todo se mantuviera en calma. Han pasado años, pero fue difícil sacarte del país, Zahra. Ese hombre estaba empeñado en no dejarte marchar y ahora ocupa una posición muy alta en el ejército. Tiene sus propios recursos. Si ese conflicto está terminando y pidiera a los comandantes, al presidente o a quien sea que le ayudaran, lo harían, ¿no?

Stella se quedó muy quieta, observando mientras a Zahra se le iba el color de la cara. Sintió los dedos de Sam apretándole la nuca. De repente parecía que todo su mundo se estaba desmoronando. En cuestión de un par de semanas, el asesino en serie no solo había puesto su mundo patas arriba, sino también el de sus amigos, o al menos eso parecía.

—¿Quién es ese hombre, Zahra? —preguntó Sam.

Zahra negó con la cabeza.

—No es del todo culpa suya. —Levantó sus largas pestañas y miró a Harlow—. No lo es. En nuestro pueblo, que es muy pequeño, Ruslan era el hijo del anciano del pueblo. Su madre era de una familia de Turquía. Le había educado en Rusia. Su vida no fue fácil. Tenía un nombre que, aunque se consideraba parte de la cultura azerbaiyana, era más bien de la cultura rusa. Y como había sido educado en Rusia, algunos de los ancianos le miraban como si no fuera completamente leal a nosotros. Para colmo, era difícil de calar. Había estado en una escuela dura y había aprendido a no mostrar emociones.

—Zahra, no tienes que defenderlo —dijo Harlow.

—No lo hago, solo quiero que todo el mundo entienda que la vida es muy diferente donde yo crecí. Las mujeres no tenemos pasaporte. No vamos y venimos a nuestro antojo. Llevamos la ropa que nuestros padres, y luego nuestro marido, consideran respetable. Los matrimonios son concertados. Es muy raro que una pareja se enamore primero, al menos en el pueblo donde crecí.

—¿Es más fácil para los hombres? ¿Tienen voz y voto sobre con quién quieren casarse o son los ancianos los que conciertan el matrimonio? —preguntó Sam.

—A veces se les permite opinar —repuso Zahra—, pero no siempre. En este caso, creo que Ruslan acudió a su padre y me pidió a mí. Su padre, como jefe de la aldea, podía exigir cualquier mujer soltera para su hijo. Sería un insulto rechazarlo.

—Pero no sabes con certeza si Ruslan acudió a su padre o si su padre se empeñó —insistió Sam.

Zahra negó con la cabeza.

—No tengo forma de saberlo. Una mañana, durante un descanso de mis clases en la universidad, me desperté con mi padre diciéndome de repente que ya no iba a ir a la escuela y que debía ir cubierta de pies a cabeza siempre que saliera de casa. Cuando protesté, se puso bastante violento. Fue chocante e inesperado, como poco. —Por un instante pareció que iba a llorar, pero se echó el pelo hacia atrás y levantó la barbilla—. Fue entonces cuando me dijo que iba a casarme con Ruslan Islamov y que él quería que estuviera cubierta en todo momento para aprender el lugar que me correspondía como esposa. Mi padre me dijo que Ruslan le comunicó que era su deber enseñarme cuál era mi lugar, que yo andaba por ahí con ropa inapropiada, diciendo lo que pensaba y actuando como una puta. Ruslan le dijo a mi padre que yo estaba avergonzando a mi familia. —Se miró las manos.

Harlow pasó el brazo por el hombro de Zahra.

—No estabas avergonzando a nadie y menos a tu familia. No hiciste nada malo. Ni siquiera estabas saliendo con nadie.

—¿Y qué pasó? ¿Por qué ese hombre sigue siendo un problema para ti, Zahra? —insistió Sam.

A Stella le pareció curioso que la voz serena de Sam resultara tan persuasiva. Hablaba con esa calma típica en él, pero no cabía duda de que tenía lo que Zahra había descrito en broma como un tono autoritario. Su voz era tan grave y afable, pero tan imponente, que era difícil resistirse a contestarle.

—Era como estar en la cárcel después de tanta libertad. Intenté hacer lo que mi padre me pedía, pero fue muy difícil. Siempre he pensado por mí misma y no se me da nada bien autocensurarme. Sabía que mi familia lo pasaría mal si no aceptaba el matrimonio, así que estaba decidida a seguir adelante, pero sentí que necesitaba al menos hablar con Ruslan. No le conocía y pensé que si me sentaba con él y le preguntaba qué esperaba de nuestro matrimonio, podría llegar a aceptarlo.

Miró a Harlow casi con impotencia.

—Fue una suerte que fuera a visitarla. Ya había programado la visita y se consideraba un honor tener a la hija de un senador en su casa, así que su padre no iba a decirle de repente que no podía venir después de todo.

Zahra asintió.

—Fui a casa de Ruslan a altas horas de la noche, cubierta de pies a cabeza, por lo que solo se me veían los ojos. Él abrió la puerta y creyó que era otra persona, alguien a quien esperaba y que le había traicionado. Antes de que pudiera hablar... —Tragó con fuerza, sacudió la cabeza y volvió a intentarlo—. Las cosas no salieron bien y casi me mata. Conseguí salir de su casa y huí mientras le enviaba un mensaje a Harlow. Me dijo dónde encontrarla y que tendría un coche esperando. Ella disponía de un coche y de un chófer. Fue la primera vez que agradecí estar completamente tapada y que nadie supiera quién era. Harlow consiguió sacarme del país y llevarme a Estados Unidos con la ayuda de su familia. Tuve mucha suerte y estaré siempre en deuda.

Eso no les decía ni a Sam ni a Stella lo que Ruslan le había hecho, pero el rostro de Zahra reflejaba un miedo descarnado y la voz le temblaba al relatar lo sucedido. Para sorpresa de Stella, Harlow se acercó aún más y rodeó a Zahra con su brazo de forma protectora. Dado que parecía que había habido una especie de distanciamiento entre las dos, Stella se alegró de ver que Zahra respondía y se abrazaba a ella, aunque eso significaba que su amiga estaba muy alterada solo de recordarlo.

—Quiero estar seguro de que entiendo bien, Zahra —comenzó Sam—. Ruslan Islamov tiene vínculos con Rusia y con Turquía, así como con tu pueblo natal y con Azerbaiyán. Es importante.

Stella notó una vez más que su tono era grave, pero bastante persuasivo y firme. Zahra reaccionó al suave deje dominante de su voz y se mordisqueó el labio inferior con sus pequeños dientes mientras asentía.

—Sí, y llegó al poder en el ejército con rapidez. Tenía una formación especializada porque fue a la escuela militar casi desde que era niño.

—¿Alguna vez entrenó en Turquía? ¿Es mayor que tú?

—Sí, es unos diez años mayor —susurró—. Siempre me percataba cuando estaba en casa con su padre. Era difícil no fijarse en él. Los hombres tenían cuidado en su presencia. Era la forma en que se comportaba. Algunas mujeres eran coquetas y querían estar con él. Le pedían a sus padres que acudieran al padre de Ruslan, pero él siempre las rechazaba. Una vez me tropecé en la calle con él, literalmente. Iba corriendo y aparté la vista del camino y me choqué con él. Me agarró antes de que cayera. La forma en que me miró, como si estuviera por debajo de él por mi forma de vestir, fue humillante. No dijo nada en absoluto, pero después de eso, cuando volvía, me observaba a veces y eso me inquietaba.

Zahra siempre hablaba rápido cuando estaba nerviosa.

Sam acarició con una mano la parte posterior de la cabeza de Stella.

—Zahra, ¿recuerdas si alguien mencionó alguna vez que Ruslan fuera a Turquía a entrenar con el ejército de allí? —repitió la pregunta con la misma voz suave y tranquila.

Zahra frunció el ceño, juntando sus oscuras cejas.

—Fue a Turquía varias veces. La familia de su madre estaba allí. Se quedaba largas temporadas, pero yo no le prestaba atención.

—Raine debería ser capaz de localizarlo —Stella no pudo evitar intervenir.

Harlow asintió enseguida.

—Así es. Raine puede encontrar a cualquiera.

Zahra alzó la barbilla.

—No sé por qué he dejado que la sola mención de su nombre me desconcertara. Es un poco tonto pensar que me esté buscando después de tanto tiempo. Lo más seguro es que haya encontrado otra esposa y tenga ya tres o cuatro hijos.

—Raine también podría averiguarlo por ti —dijo Harlow.

—¿Qué está pasando en este pequeño rincón? —preguntó Bruce mientras se acercaba y empujaba a Harlow para estar más cerca de Zahra—. ¿Va todo bien, Zahra?

Denver se detuvo detrás de él y sacudió la cabeza con una sonrisa de oreja a oreja al tiempo que les lanzaba a Stella y a Sam una mirada que expresaba que no había que impedir que Bruce comprobara cómo estaba su chica favorita.

—Estupendamente —dijo Zahra, esbozando una sonrisa—. ¿Cómo te va a ti? ¿El trabajo sigue yendo bien?

Bruce asintió.

—La producción ha aumentado. No paramos de recibir nuevos pedidos, así que eso es bueno, pero también significa que necesito a alguien con quien pueda contar para que me ayude. A Denver solo le interesan los seres humanos, vivos o muertos. Incluso le he ofrecido que sea mi socio.

Stella enarcó una ceja y le propinó una patadita a Denver con el pie.

—¿Vivo o muerto? Seguro que Bruce no se refiere a tu trabajo de rescate. Eso sería muy inapropiado ahora mismo.

—No soy tan insensible —objetó Bruce, lanzando una ominosa mirada a Denver, como si el giro en la conversación fuera todo culpa suya.

Denver se encogió de hombros, pero parecía un poco perdido.

—Estoy pasando por la crisis de la mediana edad. Me gusta lo que hago en el hospital, pero a veces, todos estos rescates no me parecen suficientes, ¿sabéis? He intentado acompañar a Griffen para ver si me gustaría cambiar mi profesión por la de agente de la ley. He acompañado a Sean una temporada para ver cómo sería trabajar para el Departamento de Pesca y Fauna Silvestre. Hablé con Vienna y me sugirió que le pidiera a Martha trabajar con ella de vez en cuando haciendo autopsias. Todavía no lo sé. Quizá debería volver a la facultad y convertirme en cirujano.

—Estás apañado —dijo Bruce—. Deja todo ese rollo espeluznante y sé mi socio en la cervecería. Si dejas Búsqueda y Rescate, dejarás de pensar en toda esa gente que se pone en peligro. De todas formas sabes que la mayoría se lo buscan ellos solos. Así que tienes que salir y arriesgar tu vida para intentar salvarlos o recuperar sus cuerpos para las familias.

Bale, Edward y Sean se habían unido al círculo y Bale intervino en la conversación.

—Esa es una discusión que siempre tenemos. ¿Dónde trazas la línea, sabiendo que estás arriesgando la vida de demasiada gente para salvar a alguien que tendría que haber sido más prudente?

Vienna se abrió paso entre los hombres para acercarse a Stella.

—Eso es algo que todo rescatista debe preguntarse antes de arriesgar su vida para ayudar a otra persona. Todos los sabéis.

—Vienna —insistió Bruce—, fíjate en la cantidad de gente que viene de la ciudad a escalar el Whitney sin ninguna experiencia. No tienen derecho. Ningún derecho. Leen lo genial que es hacer cumbre en la montaña, miran unas cuantas fotos y creen que pueden hacerlo. No llevan el equipo necesario ni se visten con la ropa adecuada.

—Tiene razón —convino Bale—. Por desgracia, es cierto. Cada vez que nos damos la vuelta, hay algún idiota colgando de la ladera de la montaña y uno de nosotros, normalmente Sam o Denver, tiene que bajar, poniendo su vida en peligro, para llegar hasta ellos. ¿Y acaso lo agradecen? No. Quieren saber si tienen las fotos.

—¿Cuántos de estos idiotas vanidosos se caen por hacerse selfis? —preguntó Sean—. Vienna, tú tuviste que impedir que esas dos chicas soltaran el cable en el Half Dome el año pasado para poder hacerse selfis. Fue pura suerte que estuvieras escalando esa mañana.

Vienna no pudo negar que tuvo que impedir que las dos chicas se soltaran del cable cuando estaban subiendo. Habían sacado sus teléfonos para hacerse fotos la una a la otra. Incluso habían discutido con ella, hasta que se puso seria y casi les ordenó que siguieran escalando. Una de las chicas se balanceó durante un momento mientras intentaba guardarse el teléfono y eso les quitó la tontería a las dos.

—Se está convirtiendo en una pequeña pesadilla —repuso—. Pero no podemos abandonar a la gente, Bruce.

—No quiero perder a ninguno de mis amigos —adujo Bruce.

—No había visto esta faceta tuya. —Zahra miró a Bruce con sus grandes ojos marrones.

—Me uniré a Búsqueda y Rescate ahora mismo si quieres, Zahra. —Se apresuró a decir Bruce—. Si crees que hay que salvar a quienes suben aquí y ensucian los senderos y escalan la montaña sin preparación para que nuestros amigos arriesguen la vida, yo me apunto.

—Tú no escalas, Bruce —señaló Denver—. Tendríamos que rescatarte.

Todos se rieron, incluido Bruce. Se encogió de hombros.

—No importa, lo intentaría. —Miró a Zahra, con manifiesta sinceridad.

—Sin embargo, Bruce plantea un buen argumento —insistió Bale—. Las tripulaciones de los helicópteros siempre tienen que tomar esa decisión.

—Es cierto —aceptó Vienna—. Es una cuestión que se nos va a plantear cada vez más, aunque no nos guste. Cuántos se han de jugar la vida por la imprudencia de una persona.

—Admito que una vez fui un idiota —murmuró Edward—. Decidí capear un huracán, pero fue una mala idea. Como colaboro con Búsqueda y Rescate, me di cuenta del riesgo que iba a suponer para cualquiera que viniera a rescatarme y me metí en un buen lío. Por suerte pude salir de él, pero fue peligroso durante un tiempo.

—¿Fuiste un idiota una vez? —se burló Bruce, dándole un codazo—. Si eso es todo, no has vivido mucho. Yo me las he apañado muchas veces.

—Bruce, volviendo a tu problema de que el negocio está creciendo demasiado —dijo Stella—, ¿qué vas a hacer? Tienes un buen gerente. ¿Será capaz de ayudarte a mantener el ritmo?

Bruce negó con la cabeza.

—Necesito un socio. Génesis no tiene ese tipo de conocimientos y no lo desea lo suficiente. Necesito a alguien con habilidades.

—¿Un anestesista se ajusta al perfil? —se burló Harlow.

Bruce le sonrió.

—Denver puede hacer casi cualquier cosa si se lo propone.

—Ya te he dicho que no me interesa, colega —rehusó Denver—. Aunque me encantaría ayudarte, me volvería loco en una semana.

Bruce señaló a Bale y a Sean con la cabeza.

—Jason Briggs es ingeniero y muy bueno, además. Tiene la mente perfecta para ello y aquí arriba no hay demasiada oferta de trabajo en su campo de experiencia, sobre todo durante los meses de invierno. Ya le conoces. Es un gran trabajador. Le he estado observando de cerca.

Stella estaba sorprendida, por decir algo. Jason era la última persona que esperaba que Bruce nombrara. ¿Aceptaría a uno de los chicos malos como socio en su cervecería? Miró a Denver y enarcó una ceja con la esperanza de transmitirle que tal vez tuviera que hablar con su amigo. Denver le dirigió una mirada que expresaba que ya lo había hecho en vano. Se sentía culpable, pero no iba a empeorar las cosas aceptando una asociación que sabía que acabaría fastidiando.

Sean y Bale sonrieron de oreja a oreja.

—Jason es uno de los hombres más trabajadores que jamás te encontrarás, Bruce —dijo Bale—. Pregúntale a cualquiera para el que haya trabajado.

—Lo he hecho —dijo Bruce—. He estado indagando a fondo sobre él. Él lo sabe. No le dije que estaba preguntando por ahí porque estaba buscando un socio. Cree que necesito trabajo.

—No, en serio, Bruce —dijo Sean—. Jamás te arrepentirás de tener a Jason trabajando contigo. Es inteligente. Le encanta estar aquí y quiere quedarse y establecerse. Le tiene echado el ojo a alguna propiedad para comprarla.

Si Stella no supiera que Jason estaba firmemente aferrado a Bale, a Sean y a Edward, casi la habrían convencido para que Bruce le diera una oportunidad, pero los cuatro hombres trataban fatal a las mujeres. No quería que Bruce estuviera cerca de ellos, sobre todo porque Zahra era de otro país, y por alguna razón eso era un detonante para los cuatro hombres. No creía que influyeran a Bruce, pero sería una tragedia si lo hicieran.

Denver parecía saber lo que estaba pensando, pero eran amigos desde hacía varios años. Sacudió ligeramente la cabeza, como si dijera que era imposible. Dio una patadita a Zahra con el pie.

—¿Qué pasa, canija? Hoy pareces sobria.

—Algunas trabajamos —dijo Zahra—. Vosotros, los médicos, solo fingís que lo hacéis. Voy a volver al hospital. Tú sigue adelante y empápate el cerebro de alcohol.

—Solo estás celosa, cielo.

Ella le mostró aquella sonrisa matadora.

—Sabes que sí. —Miró a Harlow—. Gracias por todo. Te lo agradezco de verdad.

—Estoy enviando un mensaje a Raine.

—Adelante —aprobó Zahra y se despidió de los demás con la mano mientras abandonaba el círculo.

Bruce la siguió.

—Te acompaño al hospital, Zahra. —Se puso a su lado antes de que ella pudiera protestar.

—¿De verdad quieres cambiar de trabajo, Denver? —preguntó Stella—. No es que tengamos demasiados anestesistas por aquí. Eres importante.

—No es que vaya a dejar mi trabajo diario —respondió—. Pero el trabajo de Martha es fascinante.

Stella se estremeció con delicadeza.

—Te pareces a Vincent, el técnico veterinario, cuando habla de operar con el veterinario. Le invade el entusiasmo. Ahórrame los detalles.

—Siempre me olvido de lo nenaza que eres para ciertas cosas —se burló.

Stella no era ninguna nenaza para la mayoría de las cosas. Tenía que lidiar con cadáveres hinchados en su lago cuando los juerguistas insistían en beber demasiado y se caían al agua cuando no había nadie cerca. Sin embargo, no era la persona que los diseccionaba. Nunca se le dio bien diseccionar ranas. Lo había hecho, pero no le había gustado. Ciertamente no iba a diseccionar cuerpos humanos.

—¿Es eso lo que realmente quieres hacer?

Denver se encogió de hombros.

—No. Después de estar allí unas cuantas veces me di cuenta de que tampoco querría hacer eso día tras día. Creo que solo estoy inquieto. Quizá necesite unas largas vacaciones.

Stella se rio.

—Todo el mundo viene aquí de vacaciones, Denver.

Él frunció el ceño.

—Así es.

Stella rara vez se había puesto nerviosa al estar sola en su propiedad. Mucho antes de contratar a Sam, se había ocupado de muchos de los borrachos difíciles en plena noche y sin ayuda o con uno de sus guardias de seguridad. No era una persona que se dejara llevar por el pánico. Pero ahora se encontraba inquieta y se paseaba por su casa mirando hacia fuera, sintiendo que tal vez la habían seguido hasta el *resort*.

Sam se había quedado en la ciudad para hablar con su padre. Ella había hecho unos cuantos recados y había recogido unas provisiones y recorrido el trayecto de una hora de vuelta desde Knightly sin incidentes. Su *resort* estaba en lo alto de las montañas, por lo que hacía más frío. La elevación garantizaba que tuvieran nieve y hielo, mientras que el pueblo se libraba a menudo.

No era tan tarde cuando volvió a casa, pero el sol se había puesto y ya estaba oscureciendo. Lo había comprobado, pero no parecía haber nadie en la carretera detrás de ella. Aun así, la sensación de desasosiego había empezado a aumentar, y ahora que estaba en casa y había guardado la compra, esa sensación persistía.

—¿Qué piensas, Bailey? ¿Deberíamos quedarnos aquí atrapados o dar un pequeño paseo por la propiedad? —Posó la mano en la cabeza del perro. Parecía tan inquieto como ella, pero la forma en que estaba actuando podía transmitir ansiedad al animal y ponerlo en estado de alerta.

Se acercó a la ventana y se asomó como si quisiera responderle. Stella exhaló un suspiro. No era la mejor noche para que Sam se marchara, pero tenía asuntos familiares que eran importantes para él. Estaba segura de que el vigilante estaba ahí fuera. Había conectado la alarma, aunque eso no significaba nada. Un buen francotirador podría disparar a través de las numerosas ventanas que tenía y matarla si esas eran sus intenciones. Odiaba la sensación de estar atrapada en su casa.

Al final decidió que saldría con su guardia de seguridad y se limitaría a pasear por la propiedad, algo que hacía a menudo. Si el merodeador la conocía un poco, no pensaría que estaba haciendo nada fuera de lo normal. Sonny estaba de guardia, así que le envió un mensaje. Él ya estaría allí, haciendo su ronda. Siempre contestaba de inmediato y subía a la casa a encontrarse con ella.

Esperó, rascando las orejas de Bailey, agradecida de tener a su perro. Sonny no le respondió al mensaje. El tiempo parecía transcurrir despacio. Le llamó, con el corazón acelerado. Sonny siempre respondía. Era responsable. Le gustaba su trabajo. Era minucioso. Incluso se le podría considerar demasiado entusiasta. A diferencia de Patrick, no pasaba por alto ni una sola zona cuando patrullaba el *resort* por la noche. Conocía cada centímetro de la propiedad, lo que lo hacía valioso cuando buscaban a los juerguistas perdidos o a un niño que se hubiera alejado.

Sonny no respondió al teléfono. Ahora estaba más que preocupada. No era propio de él. Comprobó el registro al que podía acceder desde su teléfono. Había llegado al *resort* antes que ella y había relevado a Patrick a tiempo. Maldijo por lo bajo e hizo lo único que podía hacer en esas circunstancias. Envió un mensaje a Sam.

Sonny no responde. Temo que esté herido. Voy a buscarlo. Voy a llamar a Griffen.

Espera a Griffen.

Sonny podría estar herido.

No podía arriesgarse y Sam lo sabía. Tenían que confiar en los demás. Llamó a la oficina del sheriff y esperó que tuvieran a alguien disponible. La mayoría de las veces podían enviar a alguien allí en diez minutos.

Stella se armó con dos pistolas por si acaso, se guardó un cuchillo en la bota y salió por la puerta principal.

—Bailey, busca a Sonny —dio la orden y lo soltó.

Bailey se alejó con rapidez, adentrándose en la creciente oscuridad. Stella corrió tras él, rogando al universo que Sonny estuviera sano y salvo, que estuviera fuera de su alcance, aunque su mensaje había sido marcado como enviado. El perro rodeó el lago y luego se precipitó hacia los árboles más frondosos, donde desapareció por completo de su vista. No había ningún camino ni sendero por el que correr para seguirlo. El suelo era irregular, y si bien no estaba oscuro del todo, correr podría ser peligroso. No quería tropezar y caerse o torcerse un tobillo. Siguió corriendo, pero redujo la velocidad lo suficiente como para fijarse en dónde ponía los pies.

Bailey se puso a ladrar de forma desafiante, un sonido impactante en medio de la noche que se elevó a un crescendo horrible y luego, igual de repentinamente, chilló de dolor, una y otra vez. El aliento abandonó los pulmones de Stella, pero aumentó su velocidad, desoyendo toda precaución. Jamás había oído a Bailey así, ni una sola vez en todos los años que hacía que lo tenía. No ese grito de agonía que le habían arrancado. Fue peor cuando se quedó callado.

Una vez que llegó a la arboleda, redujo la velocidad, sacó la pistola y también el teléfono, iluminando el suelo con la luz.

—¿Sonny? ¿Bailey? —Los llamó a ambos, sin importarle si el agresor la escuchaba. Él vería la luz. Mantuvo el arma pegada al cuerpo. Si la veía, con suerte no repararía en que estaba armada. Primero vio una salpicadura de sangre en las hojas y casi se le paró el corazón. Sin embargo, controló las ganas de entrar corriendo sin antes echar un vistazo con cautela, ayudándose con su luz. Enfocó primero a su alrededor y luego hacia los árboles antes de adentrarse en la arboleda. Bailey estaba tumbado de lado, jadeando de dolor, en medio de un charco de sangre en el suelo y con el pelaje enmarañado. A su lado, Sonny se movió, profirió un fuerte gemido cuando intentó incorporarse y dejó caer la cabeza entre las manos.

Stella se apresuró a acercarse a ellos, pero volvió a enfocar la luz en círculo para asegurarse de que el agresor había desaparecido. No podía estar muy lejos. Bailey tenía cuatro puñaladas que ella podía ver con claridad. Se quitó la chaqueta mientras maldecía y luego la camisa exterior para rodearlo con fuerza.

—Sonny, ¿estás muy malherido? El sheriff llegará aquí en cualquier momento. Tengo que llevar a Bailey al veterinario o no sobrevivirá. Te llevo conmigo a ver a la policía o puedes esperar aquí al sheriff.

Sonny parecía estar medio inconsciente, pero no podía ver ninguna herida de arma blanca. No había forma de dejarlo solo, no si el agresor estaba cerca. ¿Por qué el merodeador había apuñalado a Bailey y no a Sonny? Parecía que habían golpeado a Sonny en la cabeza.

Sonny se llevó una mano a la nuca y la miró, gimiendo de nuevo.

—¿Qué ha pasado?

—Creo que te han golpeado. Tengo que llevar a Bailey a la veterinaria.

—Ya le había enviado un mensaje para que se reunieran en la clínica, que era una emergencia. Esperaba que Bailey sobreviviera al viaje de una hora. Había perdido mucha sangre.

Una potente luz los iluminó de repente.

—¿Stella? —bramó con fuerza la voz de Griffen Cauldrey—. ¿Dónde estás?

—¡En la arboleda! —gritó ella—. Necesitamos ayuda, Griffen.

Oyó dos pares de botas que corrían y, de repente, Griffen se arrodilló junto a ella y la ayudante Mary Shelton lo hizo junto a Sonny. Stella agradeció poder encomendarle a Mary el cuidado de Sonny para poder concentrarse por completo en Bailey.

—Ve a por una lona. La pondremos debajo de él y lo llevaremos a mi todoterreno. Hazle saber a la veterinaria que necesitará sangre —dijo Griffen—. Puedo bajar la montaña más rápido que tú. Mary, ¿puedes encargarte de Sonny?

—Sí, vete —respondió Mary—. Yo me encargo de él.

—El agresor podría estar cerca —advirtió Stella.

—Tendré cuidado —dijo Mary.

Stella era rápida cuando resultaba necesario, pero no tenía ninguna duda de que Griffen sabía de qué estaba hablando. Corrió hacia el cobertizo, cogió una lona y volvió a toda velocidad, sintiendo que pasaba demasiado tiempo. Solo quería coger a su perro y echar a correr, pero era demasiado grande, y cuando un perro tenía tanto dolor, podía ser peligroso.

Le habló en voz baja mientras se las arreglaban para colocar la lona debajo de él. No fue fácil e incluso Sonny y Mary tuvieron que ayudar. Mostró los dientes, pero no ladró. Stella pensó que no tenía energías porque había perdido demasiada sangre y eso la aterrorizaba.

—Ponte la chaqueta —le recordó Griffen antes de que empezaran a subir a Bailey a la lona.

Había olvidado que se la había quitado. Había olvidado su pistola, que estaba encima de su chaqueta. Enfundó el arma y se puso la chaqueta, sin ser consciente de que tenía frío hasta ese momento. Llevaron a Bailey al todoterreno del sheriff. Envió un mensaje de texto a Sam para que se reuniera con ella en la clínica y luego otro a Zahra, pidiéndole que comunicara lo ocurrido a sus amigos. No sabía qué iba a hacer si Bailey no sobrevivía. Bailey había sido su compañero fiel durante años. Su familia.

—Es fuerte, Stella —dijo Griffen.

—Ha perdido mucha sangre —susurró—. ¿Qué demonios ha pasado?

—En realidad no lo sé. He tenido la extraña sensación de que alguien estaba observando. No era la primera vez. Sam también lo ha sentido. Le he enviado un mensaje a Sonny y no me ha respondido. Siempre responde. Luego le he llamado. No ha cogido el teléfono. He llamado de inmediato a tu oficina, pero no podía esperar a que vinieras por si Sonny estaba herido y necesitaba atención. Le he dado la orden a Bailey de que le buscara. Entonces he oído a Bailey ladrar como si hubiera entrado en modo ataque y luego ha chillado. Cuando he llegado me he encontrado a Bailey sangrando en el suelo y Sonny se estaba despertando. Intentaba incorporarse. No había nadie cerca que yo pudiera ver.

—¡Maldita sea, Stella! El agresor tenía que estar cerca. Podría haber ido a por ti.

—Lo sé, Griffen. Voy armada. Tenía miedo de que pudiera matar a Sonny. Tenía que ir. Créeme que me aseguré de que vinieras de camino.

Griffen no respondió, pero condujo rápido y llegó a la clínica en tiempo récord.

La doctora Amelia Sanderson le había comprado la clínica al viejo Fiddleson, que se había jubilado hacía casi dos años. El pueblo había intentado captar a varios veterinarios, pero estaban lejos y los que tenían familia decidían no ir y los que no tenían, no creían que tuvieran demasiadas posibilidades de encontrar pareja.

Amelia quería la clínica, pero como hacía poco tiempo que había terminado la carrera y las prácticas, no tenía los fondos necesarios, así que un par de lugareños, entre ellos Stella, pusieron el dinero. A ninguno le preocupó perder su dinero. Casi todos los habitantes del pueblo tenían mascotas y los granjeros tenían ganado. Los cazadores tenían perros. Necesitaban desesperadamente un veterinario y Amelia era muy trabajadora. Vincent Martínez, su técnico, estaba agradecido por haber recuperado su trabajo y ella tenía empleados a otros dos trabajadores a jornada completa y a uno a media jornada. Eso era bueno para el pueblo.

Amelia nunca rechazaba a nadie, sin importar la hora de la urgencia. Echó un vistazo a Bailey y junto con Vincent y John McAllister, un empleado al que había llamado, se apresuró a llevar al perro al quirófano.

Para Stella fue la noche más larga de su vida. Se sentó a esperar, sintiéndose vacía. Sam ya la estaba esperando allí. Se puso muy serio al ver a Bailey e intercambió una mirada con Griffen y luego con Amelia. Stella pudo ver que no albergaban demasiadas esperanzas. Sam la abrazó y la llevó al único sofá cómodo que había en la consulta.

—Era tan pequeño cuando lo adopté en el refugio... —susurró.

—Es fuerte —aseveró Sam.

Zahra llegó una hora más tarde con café y mantas. Le echó una manta por encima a Stella y les dio el café antes de ocupar la silla junto al sofá. No hizo preguntas, sino que se sentó en silencio a leer en su tableta.

Harlow y Shabina fueron las siguientes en llegar, llevándoles postres de la cafetería de Shabina. Los tenían en una bandeja que pusieron sobre la mesita donde estaban las revistas, junto con un gran termo de café. Ambas ocuparon una silla junto a las ventanas, velando con Stella y Sam.

Vienna y Raine llegaron quince minutos después de Harlow y Shabina, ocuparon las dos últimas sillas junto a las puertas, le dijeron a Stella que la querían y miraron a Sam en busca de algún tipo de ánimo. Él no podía darles ninguno, así que siguieron el ejemplo de Zahra y se pusieron a leer o esperaron en silencio.

Denver y Bruce fueron los últimos en llegar, dos horas más tarde, y llenaron la sala de espera. Tuvieron que llevar sillas de sus vehículos y se instalaron en la parte de la consulta, donde la recepcionista se reunía con los clientes. Era la única parte de la sala de espera abierta para ellos.

Nadie se fue a pesar de que la operación de Bailey duró casi toda la noche. Amelia salió a hablar con Stella alrededor de las cuatro de la mañana, con aspecto de estar agotada. Echó un vistazo a la sala de espera y sacudió la cabeza.

—Bailey está vivo, Stella. Es muy fuerte y todo un luchador. Eso es lo que tenemos a nuestro favor. Eso y que, por sorprendente que parezca, el cuchillo no alcanzó los órganos vitales. Sin embargo, perdió mucha sangre. Si no lo hubieras traído tan rápido, no lo habría logrado. Fue una buena idea atarle tu camisa tan fuerte alrededor de él. Eso le ha salvado la vida. Tendrá que quedarse. Tiene una herida que no me gusta. Todavía no está del todo fuera de peligro. Me quedaré con él toda la noche. Si necesito un descanso, le diré a Vincent que se quede. De todas formas se ha ofrecido como voluntario.

—Puedo quedarme yo si me dices a qué atenerme —se ofreció Stella.

—No, vete a casa, cielo. Deja que yo me ocupe. Estaré en contacto y podrás llamarme cuando quieras para preguntar —aseguró Amelia—. ¿Sabes quién lo ha hecho o por qué?

Stella negó con la cabeza.

—No tengo ni idea. Nada. No tiene sentido.

—Es un hermoso animal. Yo lo cuidaré por ti. Tenéis que iros todos a casa.

Stella y Sam se pusieron de pie, sabiendo que si no lo hacían, todos se quedarían. La comida y la bebida casi se habían acabado, pero le indicaron a la veterinaria que podía tomar algo si lo deseaba. Stella estaba agradecida de que Bailey siguiera con vida. Miró a todos sus amigos en la habitación, amigos que eran como una familia para ella. Se le formó un nudo en la garganta cuando intentó darles las gracias.

Denver le dio un beso en la cabeza, mantuvo la puerta abierta para que los demás salieran y luego le dijo sin más:

—Es Bailey, Stella.

Eso lo decía todo.

CAPÍTULO 14

Roy y Berenice Fulton, la única pareja que vivía y trabajaba en la propiedad a jornada completa, les habían dejado una nota en la puerta principal. Stella estaba demasiado cansada para preguntarle siquiera a Sam de qué se trataba, aunque debería haberlo hecho, porque el pobre Sonny podría estar muy malherido. Si bien le pareció que hablaba bastante con la ayudante del sheriff, Mary Shelton, mientras Griffen la ayudaba a preparar a Bailey para bajarlo por la montaña. E incluso había cierta coquetería en la voz de Sonny.

Stella se derrumbó en su cama y lloró hasta quedarse dormida, vagamente consciente de que Sam se tumbaba a su lado y amoldaba el cuerpo al suyo de forma protectora. Se durmió arropada por su calor. Como siempre ocurría con Sam, se despertó con todo lo que necesitaba. Tenía su café y las últimas noticias sobre Bailey. Su perro había sobrevivido a la noche, le habían hecho otra transfusión de sangre y parecía más fuerte. Le habían asestado cuatro puñaladas y había que coser cada herida por dentro y por fuera. Por suerte ninguna había sido en la cavidad torácica o no habría sobrevivido. La idea de que alguien lo hubiera apuñalado de una manera tan cruel la ponía enferma.

Sonny estaba bien. Mary lo había llevado al hospital para asegurarse de ello. Tenía un pequeño chichón en la cabeza y algo de hematoma alrededor, pero no había ninguna laceración. Le dijeron que se fuera a casa a descansar. Que no lo hubieran herido en realidad supuso todo un alivio. Bailey debió de interrumpir lo que el merodeador había planeado hacerle a Sonny.

Se duchó y se vistió mientras Sam preparaba el desayuno.

—Anoche me asustaste, mujer —dijo Sam mientras dejaba un plato de huevos revueltos delante de ella—. Odio no haber estado en casa contigo y no poder llegar a ti y a Bailey cuando más me necesitabais.

Metió el revuelto en una tortilla caliente como si fuera un burrito.

—Podría haberte apuñalado a ti en lugar de a Bailey, Sam. ¿Crees que esta persona que nos observa es el asesino?

—Me lo he preguntado un millón de veces. Parece demasiada casualidad para que no lo sea. Los incidentes están demasiado próximos en el tiempo.

—Pero eso significaría que él sabría quién soy. —Intentó no sonar alarmada.

—No necesariamente. Podría tener otras motivaciones para acosarte. Los Fulton nos dejaron una nota anoche. Estaba clavada en la puerta principal. La alarma se activó mientras no estábamos, justo después de que el ayudante del sheriff se fuera con Sonny, lo que significa que el merodeador estaba esperando a que se fueran. Se acercó a la casa y trató de entrar. La alarma estaba conectada. —Ella asintió, con la boca llena de comida. Era un magnífico cocinero. No importaba que fuera mañana, mediodía o noche, sabía preparar una comida estupenda—. Quería entrar en la casa. Probó con las puertas y luego con las ventanas, pero fue lo bastante inteligente como para que las cámaras de seguridad no lo captaran por completo. Al ver que no podía entrar, intentó romper una ventana de la parte trasera de la casa. Una de las ventanas del porche.

Stella dejó su burrito y lo miró con ojos sorprendidos.

—¿Entró? —Eso parecía una violación de la propiedad. Ella miró alrededor de su cocina—. ¿Crees que estuvo en el dormitorio?

—No. En cuanto rompió la ventana, saltó la alarma. La oficina del sheriff recibió la alerta y también los Fulton. Roy y Berenice vinieron de inmediato a la casa para ver qué pasaba.

—Podría haberlos matado. Ni siquiera pensé en enviarles un mensaje de texto para contarles lo de Bailey y Sonny —dijo Stella. Se cubrió la cara—. ¿Qué me pasa, Sam?

—Anoche pasaron muchas cosas, Stella. Ya tenías bastante con intentar salvar a Bailey. Me aseguré de que estuvieran al tanto. Le dije a Roy que no era buena idea enfrentarse a quienquiera que estuviera intentando entrar, pero ya conoces a Roy. No iba a dejar que alguien entrara en tu casa. No sé si le asustó la alarma o si oyó la camioneta de Roy, pero ya se había ido cuando Roy llegó con su escopeta de doble cañón. Berenice también iba armada con la suya. Después de saber lo que les pasó a Sonny y Bailey, creo que ahora tienen ganas de usar esas escopetas, si no las tenían ya antes.

Stella volvió a su burrito.

—Me pregunto qué estaría buscando.

—No tengo ni idea, pero ahora sabemos que quiere entrar en la casa. He comprobado la ventana. El cristal está agrietado, pero aguantó. He llamado para que la reparen. No queremos que esté así durante el invierno. Tampoco queremos que sepa que hay alguna parte de la casa que es vulnerable.

—Debía de saber que no estabas aquí, Sam.

Sam asintió.

—No sería difícil. Aparco siempre en el mismo sitio. Si estaba observando antes de que llegaras a casa, te vería llegar sola. Hasta que esto termine, será mejor que nos mantengamos juntos. Sobre todo porque ahora no tenemos a Bailey.

A Stella se le encogió el estómago. Dejó el burrito y bebió un sorbo de café.

—Había mucha sangre, Sam. No creí que fuera posible salvarlo.

—Pero está vivo. Amelia es una veterinaria muy buena. El pueblo tiene suerte de que haya decidido vivir aquí.

Stella asintió.

—Estábamos buscando activamente a un veterinario después de que Fiddleson se jubilara sin conseguir que alguien ocupara su lugar. Es tan bonito este lugar y la clínica tenía tanto éxito que pensamos que sería pan comido, pero resulta que hay razones por las que la gente no quiere formar una familia aquí. Y las largas horas no atraen a todo el mundo. Además, parece que existe la idea de que no todo el mundo puede encontrar aquí pareja.

Sam le dedicó una pequeña sonrisa.

—Tienes bastantes amigas; todas muy guapas y con buenos trabajos, y no tienen pareja, Stella.

—Por decisión propia, Sam. No todo el mundo quiere sentar cabeza con un hombre.

—Desde luego tú no lo querías. He tenido que ir con mucho cuidado, sin dejar que vieras que te tenía en mi punto de mira. Habrías huido como un conejito.

—No tenías la vista puesta en mí.

—Desde la primera vez que te vi. Llevabas puestos tus vaqueros favoritos, que, por cierto, todavía usas. Un pequeño jersey blanco y negro con cuadros por todas partes. El pelo recogido en una especie de moño despeinado que de vez en cuando tenías que recogerte otra vez porque se te caía. Llevabas botas negras y tenías a Bailey contigo. Estabas de pie frente a la obra donde yo trabajaba y hablabas con Zahra y Shabina. No parabas de reírte. Tienes una risa preciosa.

Stella se sorprendió de que recordara lo que llevaba puesto y que estuviera hablando con dos de sus guapas amigas y se fijara en ella.

—Me propuse averiguar más cosas sobre ti. No fue muy difícil. Todo el mundo en la ciudad te conoce. Eres de la realeza. Has ayudado a innumerables negocios. Solo tuve que escuchar. Estaba claro que no salías con nadie y que no tenías pareja. Me mantuve al margen y te observé, tratando de averiguar por qué y qué necesitabas.

—¿Lo has descubierto?

—Necesitas un hombre paciente.

Stella rio de repente y eso la sorprendió. Justo en el peor momento, con Bailey en el hospital, podía sentarse a la mesa del desayuno y reírse.

—Supongo que es cierto. No puedo creer que recuerdes lo que llevaba puesto. —Bebió otro sorbo de café—. ¿Cómo fueron las cosas con tu padre?

—Mejor de lo que esperaba. Marco es complicado. Está acostumbrado a ser la máxima autoridad. Se supone que todo el mundo tiene que obedecer en cuanto decreta algo. Se le ha metido en la cabeza que vamos a tener una relación, lo cual está bien, pero lo quiere en sus términos. Ha tenido tiempo para pensar en cómo va a ir todo. No me conoce en absoluto. La última vez que me vio, era joven e impulsivo. Todavía cree que soy así.

—Seguro que después de volver a verte tiene que saber que ya no eres así, Sam.

—Marco no renuncia a su autoridad con facilidad. Yo le dejo hablar. Cuanto más habla alguien, más fácil es entenderle y captar las mentiras. Se le da bien mezclar la verdad con el engaño.

—¿Lo está haciendo?

—Siempre lo hace. Ha tenido que hacerlo para seguir vivo. En su profesión no se puede confiar en demasiada gente. El negocio moderno es mucho más discreto que antes, pero siempre hay alguien que quiere quitarte lo que tienes. Me habló de su corazón. Me di cuenta de que no mentía sobre eso. Parece que de verdad quiere retirarse. Eso siempre es una cuestión aterradora. En esta profesión a veces es posible hacerlo y otras no. Él lo sabe.

—¿Por qué?

—Conoce los asuntos de todos. Los secretos. Cosas que pueden meter a otros entre rejas. Siempre ha sido notorio por ser de boca cerrada.

—¿Qué pasa con Lucio Vitale? ¿De verdad es su guardaespaldas?

—No lo creo, aunque le protegería. Creo que tiene un rango mucho mayor que el de simple guardaespaldas. Aun así, Vitale podría perfectamente sacar una pistola y meterle una bala en la cabeza a Marco. La lealtad es una cuestión peliaguda en esa profesión, aunque creo que Vitale es leal a Marco por la razón que sea. Y si no lo es, haberme conocido hará que se lo piense dos veces antes de matar a mi padre.

—¿Crees que Marco se retirará y se instalará de verdad aquí?

—Sabe que si lo hace tendrá más posibilidades de seguir vivo —adujo Sam—. Es pragmático en ese tipo de cosas. Dice que ha conocido a alguien que cree que se mudaría aquí con él y sería feliz.

—¿A ti qué te parece que venga aquí, Sam?

—En realidad no tengo una opinión en un sentido o en otro. Mi padre va a hacer lo que él decida, Stella. No hay nada que se lo impida. Voy a vivir mi vida como yo decida. Espero que contigo. Tú eres lo primero. Si Marco encaja de vez en cuando, perfecto, pero si no, no pasa nada. Ya no lo conozco y él no me conoce a mí. Ya veremos cómo funciona.

Stella asintió, mordiéndose el labio inferior durante un momento. Sam conocía a su padre mejor que nadie, y tenía la sensación de que su padre estaba acostumbrado a manipular a la gente. Sam no era un hombre que se dejara manipular por nadie. Quería ser siempre lo primero para Sam. Siempre.

—Muy bien, Sam. Ya lo iremos viendo. —Se frotó las manos en los muslos, pues detestaba mostrar angustia—. Odio que Bailey no esté aquí y que no pueda estar con él. Ha estado a mi lado prácticamente cada minuto del día desde que lo adopté siendo un cachorro. Me siento mal sin él. Sé que tiene que sentir que lo he abandonado.

—Sabes que no es así, Stella. —La voz de Sam era tan suave que le dio un vuelco al corazón—. He hablado con la clínica veterinaria a primera hora para asegurarme de que Bailey había pasado una buena noche.

—Sabes que quiero hablar con Amelia yo misma.

Sam le brindó una sonrisa.

—Por supuesto que lo sé. Me sorprendería que no fuera así. En realidad estaba durmiendo cuando llamé. Me atendió Vincent y me dijo que estaría despierta a las diez.

—No sé qué haría sin Bailey. —Se tragó el repentino nudo que se le había formado en la garganta y cogió su taza de café.

—Es un perro duro, Stella. Amelia es una buena veterinaria. Ha estado allí toda la noche y ha luchado por él.

—Sabía que era buena. Formé parte de la comisión y leímos toda la información sobre ella. Fue la mejor de su clase en la facultad y luego hizo las prácticas con algunos de los mejores veterinarios especialistas en ganado y en pequeños animales. Recibió excelentes recomendaciones en todos los lugares en los que trabajó. Había venido a la sierra con frecuencia para escalar y hacer excursionismo, así que cuando pusieron la clínica a la venta se mostró interesada, pero no pudo conseguir el préstamo. Sabíamos que devolvería el dinero enseguida. Su ética profesional era demasiado buena. Me alegra mucho que fuéramos tras ella de forma implacable. Si no lo hubiéramos hecho... —Se interrumpió.

—Bailey lo va a conseguir, Stella —dijo Sam.

Le tranquilizó la confianza que transmitía su voz. Asintió con la cabeza.

—¿Has hablado ya con el sheriff? ¿O con Sonny?

—Con Sonny. Dice que se encuentra bien. Tiene un poco de dolor de cabeza, nada más. Me acerqué al lugar para buscar huellas. Quienquiera que sea el merodeador, sabe lo que hace. Creo que ha vivido aquí mucho tiempo, tal vez nació aquí, Stella. Sabe moverse en terrenos accidentados sin dejar huella. Encontré algunas cosas, ramas rotas en la maleza, hojas retorcidas, pero poco más. Nada cuyo rastro pudiera seguir.

—Aún me pregunto qué querría él de la casa —dijo Stella—.Tal vez la ha vigilado todo este tiempo con la esperanza de que nos fuéramos.

Sam recogió los platos vacíos y los llevó al fregadero.

—Eso quisiera pensar, pero vamos a menudo al Grill. Habría tenido muchas oportunidades. Hace poco que cierras la casa con llave. Creo que sería una buena idea poner tu diario y tus bocetos en la caja fuerte con tu arma. Si entra, no querrás que acceda fácilmente a ellos.

Stella también se levantó y recogió el resto de la mesa.

—Crees que es el asesino.

Sam se encogió de hombros.

—No lo sé, pero parece demasiada coincidencia. Creo que es mucho mejor que estemos seguros.

«Mamá, papá está haciendo cosas malas otra vez.»

Primero oyó una explosión de sonidos, pájaros cantando de un lado a otro. Había tantos tipos diferentes que Stella era consciente de que se trataba de varias especies. Los insectos zumbaban y, por supuesto, las ranas croaban. La mañana traía consigo la permanente cacofonía de la naturaleza al despuntar. En algún lugar, un búho ululó al no conseguir su presa antes de retirarse. Oyó el continuo aleteo de alas y el furtivo movimiento de roedores y lagartijas entre las hojas del lecho del bosque.

El terreno parecía escarpado, los pastos altos y espesos, de tonos dorados y marrones en su mayoría, salpicados aún de verde a pesar del frío. Un bosque de árboles que se alzaban hacia el cielo. Algunos de gruesos troncos; otros, meros arbolitos. En muchos de ellos las hojas caían ya al suelo. Los rayos de color se abrían paso entre las ramas para iluminar la vegetación en descomposición del suelo. Los densos arbustos se agrupaban, mientras que los helechos y los matorrales se sumaban al paisaje salvaje.

El objetivo enfocó un árbol de recio tronco. La cámara pareció subir y subir, hasta que pudo ver la parte inferior de lo que parecía ser una estructura de acero o aluminio que sobresalía del árbol con un par de botas embarradas en el suelo de listones. Una de las botas estaba apoyada en el suelo, mientras que la otra tenía la puntera entre los barrotes. Pudo ver justo el bajo de los gruesos pantalones de camuflaje de caza, que caían sobre las botas, mientras el objetivo de la cámara empezaba a cerrarse de forma repentina, mucho antes de que ella estuviera preparada.

Stella se incorporó de repente y apartó las sábanas a patadas. El fuego ardía en la chimenea que rara vez utilizaba, de modo que en la habitación hacía bastante calor. Sam estaba sentado en la silla frente a la cama, con sus oscuros ojos fijos en ella, esperando para darle lo que necesitara. Aquella máscara inexpresiva se estaba volviendo un poco más legible para ella y él parecía... receloso.

Respiró hondo varias veces y se llevó ambas manos al pelo. Se lo había trenzado para que no se le viniera a la cara, pero tenía la sensación de haber sudado y de tenerlo todo revuelto.

—Está acelerando, no se toma ningún tiempo entre sus asesinatos.

—Ahora le ha cogido el gusto, o lo que sea que lo haya provocado le ha hecho tan inestable que se está descontrolando. Si ese es el caso, cometerá errores.

Por lo que ella podía ver, el asesino no parecía cometer demasiados errores. Había otros mochileros en el monte Whitney, pero no había tenido problemas para fingir el mal de altura y asesinar a dos personas.

Stella se rodeó con los brazos y se balanceó hacia delante y hacia atrás.

—Gracias por encender el fuego. Ya no sé cuándo tengo frío.

—Está haciendo frío aquí arriba. Pronto empezará a nevar —dijo Sam.

Agradeció que él se quedara en la silla frente a ella, donde pudiera ver su tranquilizadora presencia, pero que no la tocara. Siempre parecía saber lo que necesitaba. Cuando despertaba después de una de sus pesadillas, aunque las estaba llevando mejor, estaba a punto de entrar en pánico, demasiado a punto. Necesitaba tomarse un momento para respirar. Admitir que tenía miedo. Que detestaba ser capaz de conectar con un asesino en serie, aunque eso significara atraparlo y evitar que matara a más gente.

Sam la dejaba ser quien era. No la «arreglaba». No le preguntaba si estaba bien. Sabía que no lo estaba. Se limitaba a dejar que superara la pesadilla de la manera que tuviera que hacerlo y estaba allí para prestarle su apoyo, guardando silencio hasta que necesitara compartir sus ideas con él. Si ella quería hablar de ello, él lo haría. Si quería desviar la atención hacia otra cosa, él le seguiría la corriente. Ese era Sam, justo lo que ella necesitaba. Cada vez se daba más cuenta de por qué encajaban.

Echaba de menos que Bailey le apoyara la cabeza en el regazo. Echaba de menos poder rascarle las orejas, que le diera algo más en lo que concentrarse mientras procesaba. Hacía que se sintiera segura. Siempre le había hecho compañía cuando vivía sola durante esos años.

—El *resort* estaba muy deteriorado cuando asumí la gerencia. Vivía en la cabaña grande, que era una ruina, por cierto. Adopté a Bailey en una protectora. Es una mezcla, mayoritariamente de airedale, pero los criadores estaban disgustados porque había entrado otro macho que no era totalmente airedale, así que dieron los cachorros a la protectora. Era un cachorrito muy dulce. No iba a ningún sitio sin él. Mi pequeño manojo de pelo rizado. —Se frotó el muslo donde Bailey solía colocar la cabeza cuando intentaba consolarla—. He llamado a Amelia una docena de veces hoy y me ha asegurado que estaba mucho mejor. No quería que lo visitara porque decía que se exaltaría demasiado y que no conseguiría que se calmara de nuevo. Yo solo quería traérmelo a casa. Tiene que estar allí varios días y necesita estar muy tranquilo.

Sabía que Sam era consciente de que había discutido con Amelia porque quería visitar a Bailey, pero al final había accedido a los deseos de la veterinaria. Stella estaba farfullando y Sam dejó que lo hiciera, como siempre. Suspiró y se obligó a ir al tema principal.

—No he conseguido casi nada. He bosquejado lo que he visto, pero no tenía ni idea de lo que estaba viendo. Puede que tú lo sepas. En cuanto a la parte del bosque, no había ningún camino ni sendero identificable que pudiera ver. Podía oír todo tipo de pájaros. Shabina sabe mucho sobre ellos, sobre todo de los de nuestra zona. Si tiene grabaciones de aves y las escucho, podría decirle a qué pájaros se parecían. Ella podría identificarlos y también la zona.

—Es una buena idea.

Se restregó la cara con la palma de la mano como si pudiera borrar la siniestra sensación que siempre la invadía cuando tenía la pesadilla. Un pequeño escalofrío le recorrió la espalda. Se sorprendió mirando a su alrededor, con ganas de sacar la pistola de la caja fuerte donde la guardaba y tenerla en la cama a su lado. Echó otro cauteloso vistazo por la hilera de ventanas.

—¿Crees que está ahí fuera otra vez, Sam?

—Sí. Está manteniendo la distancia. Mientras dormías di un paseo por la propiedad, dentro del recinto y alrededor de las cabañas.

—Sam —protestó ella—, después de lo que les hizo a Sonny y Bailey, no puedes arriesgarte así. Me da igual lo que hicieras en el ejército. Esta persona da mucho miedo. Hay algo malo en él. La gente así es... —Se detuvo antes de decir «invencible».

La oscura mirada de Sam se fijó en su rostro.

—Cielo.

El corazón le dio un vuelco al oír la forma en que dijo aquel apelativo cariñoso, pero no cambió la verdad. Quienquiera que estuviera ahí fuera iba muy en serio. Tenía un cuchillo y se lo había clavado cuatro veces a Bailey. Podría haberlo hecho con Sonny si Bailey no hubiera atacado. Stella estaba segura de que quería a Sam muerto. No sabía por qué estaba convencida de ello, pero lo estaba. Eso le dio que pensar.

—Sam, si este hombre es el asesino en serie y te persigue a ti o incluso a mí, ¿por qué no nos ha atacado a ninguno de nosotros últimamente? Tú mismo lo has dicho. Fuiste a caminar solo por la noche en la propiedad. Podría tenderte una trampa, atraerte. No lo ha hecho. Podría hacer que tu muerte pareciera un accidente, si eso es lo suyo. Sales todas las noches, algunas varias veces.

Sam dudó.

—Dilo sin más.

—Últimamente Bailey me ha acompañado. Ahora Bailey está incapacitado. Es posible que veamos que eso cambia. El asesino podría ir a por mí ahora. —Ocultó el rostro entre las manos—. Esto se pone cada vez peor.

—No, en realidad no, Stella. Todavía nos quedan un par de cosas pendientes y vamos a ir por partes. Dibuja tus bocetos y anota en tu diario como de costumbre. Veamos si Shabina tiene alguna grabación de pájaros y puede ayudar a identificar dónde tiene lugar el próximo asesinato. En cuanto al merodeador que tenemos, ya lleva un tiempo rondando. Los dos nos estamos haciendo una idea de cómo es él.

Stella tenía que admitir que Sam tenía razón en eso. A veces, incluso cuando iba a la ciudad, se le erizaba el vello de la nuca como si sintiera al acechador cerca.

Sam continuó.

—Tiene algún lugar estratégico. Por la mañana iré a explorar los alrededores a ver si puedo dar con su rastro. Tiene que estar en lo alto, enfrente de nosotros. Solo hay unos pocos lugares que le proporcionarían una buena vista de la casa. Se le da bien ocultar sus huellas cuando quiere, pero puede que se le olvide cuando se cree a salvo.

—¿Podría estar en un barco?

—Lo había pensado, pero en el agua su posición sería demasiado baja como para ver gran cosa. Me imagino que resultaría demasiado frustrante.

—Lo más probable es que viéramos el barco, aunque no tuviera las luces encendidas —convino.

—Creo que está a una buena distancia. Tal vez piense que no iré a echar un vistazo al otro lado de la parte estrecha del lago en lo alto de la ladera. Creo que es ahí donde se ha instalado. Si tengo suerte, allí será descuidado. Tiene un bonito escondite donde se siente seguro. Se ha llevado comida y agua. Si se ha dejado algo, podría conseguir alguna cosa que tuviera sus huellas dactilares.

Stella levantó la vista deprisa, con una chispa de esperanza.

—¿Crees que es posible?

—Todo es posible, Stella. Nadie es perfecto. Todo el mundo comete errores. Apuñaló a Bailey cuatro veces y esas puñaladas eran profundas. Cuando usas un cuchillo de esa forma, a menudo puedes herirte tú mismo. Puede haber sangrado. Puede que se haya retirado a su lugar seguro para ver cuándo se iba todo el mundo y así tener acceso a la casa. Si se cortó, podría haber sangre y cualquier cosa que usara para limpiarse.

—No había pensado en eso. —Pero por supuesto, Sam sí. Él era así. Parecía pensar en esos pequeños detalles que a ella nunca se le ocurrirían—. Es difícil creer que tenga las agallas de volver después de lo que hizo anoche —añadió, tratando de no volver a balancearse hacia delante y hacia atrás. Era una mala costumbre—. Cabría pensar que, al menos, querría tomarse una noche libre.

—Por lo visto, los asesinos en serie y los imbéciles no se cansan nunca —dijo Sam.

Para su total asombro, Stella se echó a reír.

—Eso parece. ¿Me preparas un chocolate caliente mientras hago bocetos y escribo en el diario?

—Supongo que te lo mereces. —Se levantó, se acercó al lado de la cama, se inclinó y la besó con suavidad en la sien mientras deslizaba un dedo por un lado de su mejilla hasta su barbilla.

Fue apenas un roce, como un susurro, pero ella lo sintió en todo su cuerpo, como ocurría siempre que Sam la tocaba. De repente Sam se dio la vuelta y salió a toda prisa, moviéndose con esa silenciosa elegancia que le recordaba a una pantera. Le observó casi hipnotizada, hasta que se perdió de vista. Incluso antes de que tuvieran una relación, Sam siempre conseguía captar su atención cuando se movía así. Pasaba de estar perfectamente quieto a parecer que se deslizaba por el suelo. Realmente desaparecía en las sombras.

Stella se inclinó y abrió el cajón de la mesita de noche que contenía su cuaderno de dibujo y su diario. Encendió la lámpara de la mesita y empezó a recordar meticulosamente todos los detalles posibles del sueño. Como siempre, cuando empezaba, no le parecía que pudiera obtener lo suficiente de la pequeña porción que le mostraba el objetivo de la cámara, pero cuando se ponía a dibujar de verdad y el cuadro tomaba forma, había más de lo que pensaba.

La hierba era alta y estaba repleta de matices azulados, verdosos, amarillentos y rojizos. Alfombraba una pendiente y se adentraba en los árboles. Los troncos de los árboles eran redondos y pesados, y entre los más grandes había árboles jóvenes luchando por crecer, pero la mayoría flaqueaba, ahogados por la pesada maleza y los altísimos árboles que los rodeaban. Solo tenía la impresión de que los árboles eran altos, porque en realidad no podía ver sus copas. Las hojas y las agujas descansaban en el suelo y algunas de las ramas que podía ver estaban perdiendo, sin duda, la lucha contra el viento.

Lo que la desconcertaba era el extraño armazón metálico con el que no estaba familiarizada, que sobresalía del árbol con la rejilla, las dos botas que descansaban encima y el bajo de los pantalones de camuflaje que asomaba. Tendría que buscar eso en internet si Sam no lo reconocía cuando lo viera.

En cuanto terminó de dibujar, pasó al diario y anotó todos los detalles que pudo recordar, en concreto los pájaros e insectos que escuchó. Cada sonido contaba. Esperaba que Shabina pudiera identificarlos.

Sam dejó el chocolate caliente en su mesita de noche.

—Esta noche te he puesto nata montada.

Stella cogió la taza.

—Y virutas de chocolate. —Le dirigió una sonrisa. Sam tenía la vista clavada en el dibujo—. ¿Tienes idea de qué es eso?

—Claro. Los cazadores los usan. Se sientan en un árbol y esperan que los ciervos vengan a ellos. Ciervos. Alces. Lo que sea que vayan a buscar. Se llama «puesto de caza elevado».

Ella frunció el ceño.

—¿Cómo es que no he oído hablar de ellos?

—No eres cazadora.

—Pero casi todo el mundo por aquí caza para alimentarse, Sam. No hablan de puestos de caza elevados. ¿A qué altura se ponen en el árbol?

—En cualquier lugar de tres metros y medio a nueve. Depende de la cantidad de cobertura que haya. En esta época del año puede ser más difícil encontrar una buena cobertura porque las ramas están perdiendo las hojas.

—¿Cómo se sube al puesto de caza?

—Los cazadores utilizan métodos diferentes. Las escaleras para puestos de caza son muy populares.

Levantó una ceja.

—Te lo enseñaré en internet. Eso sería lo más fácil, pero por lo poco que has captado, sin duda parece un cazador.

—Sam, prácticamente todos los que conocemos son cazadores. Así es como la mayoría de la gente pasa el invierno. Tú cazas. Denver caza. —Dejó la taza y se llevó las manos a las sienes, queriendo gritar de frustración—. Sonny caza. Incluso Griffen. Mary también. Sin la caza no pueden alimentar a sus familias.

—Esas botas parecen demasiado grandes para ser de mujer —respondió, tranquilo como siempre—. Podemos descartar a las mujeres que sabemos que cazan. Podemos descartar a los cazadores que no se sienten en un puesto de caza elevado.

—¿Cómo sabemos quiénes cazan desde puestos de caza elevados? —Stella volvió a rodearse la cintura con los brazos, meciéndose de un lado a otro.

—Cielo, no hay razón para alterarse tan temprano. Tenemos que superarlo. Tenemos que pensar en esto como si fuera un puzle que estamos resolviendo y tú ya tienes piezas que él ignora que tenemos. Cree que es inteligente y que no hay nadie tras su pista. —Sam agarró la taza de chocolate y se la ofreció—. Bébete el chocolate. Siempre te ayuda a pensar.

Stella aceptó la taza.

—Si la persona que nos observa es el mismo que está matando, ¿no crees que está mirando porque ya sabe quién soy? —Miró a Sam, con un nudo en el estómago cada vez más grande—. Es posible que yo haya sido su detonante. Descubrió quién era yo y quiso enfrentarse a mí.

Sam se sentó en el borde de la cama. Stella trató de no pensar que Bailey solía estar en ese lado de la cama, apoyando su gran cabeza en ella. Para no actuar como una nenaza, bebió un sorbo al chocolate y se obligó a mantener la mirada clavada en la de Sam. Era un hombre que decía la verdad sin importar las consecuencias. Puede que no siempre fuera capaz de leer su expresión, pero podía contar con que él le respondería cuando le preguntara su verdadera opinión.

Los ojos de Sam se oscurecieron hasta que casi parecían terciopelo negro. Se acercó y apagó la lámpara.

—No hay necesidad de que le ayudemos a ver. Guardemos tus dibujos y el diario en la caja fuerte. Cuando te inclines, te protegeré con mi cuerpo para que sea imposible que vea lo que estás haciendo aunque tenga visión nocturna.

Stella se inclinó para dejar la taza de chocolate en la mesita de noche. Al mismo tiempo, recogió sus bocetos y su diario. Sam se posicionó para impedir que cualquiera que observara desde la ventana la viera mientras presionaba su huella dactilar para abrir la puerta empotrada en la pared.

—Es una teoría interesante eso de que el detonante de un asesino en serie haya sido descubrir tu identidad, Stella. Encajaría con que alguien te observara, tratando de descubrir cuál podría ser tu próximo movimiento. —Como de costumbre, Sam parecía pensativo, aunque pragmático, como si la idea pudiera tener algún fundamento, pero no terminara de encajarle.

Stella se preguntaba qué haría falta para sacarle de quicio. Desde luego no deseaba verlo enojado ni molesto, pero la idea de que pudiera haber provocado que un asesino en serie matara a personas al azar la enfermaba. Que Sam pudiera estar tan tranquilo al respecto la sorprendía. Metió el cuaderno de dibujo y el diario en el estante de la caja fuerte, debajo de su pistola, y cerró la puerta antes de enderezarse, intentando parecer serena.

—¿Alguna vez te afecta algo? —Intentó evitar que su voz trasluciera desafío alguno.

Sam le colocó con suavidad detrás de la oreja los mechones que se le habían desprendido de la trenza.

—Tú me afectas. Cualquier cosa que te disgusta me afecta. Me afecta que un hombre apuñale a Bailey. Hace mucho aprendí que es necesaria una mente serena para pensar las cosas con detenimiento. La ira es un estorbo y nubla el juicio. Para poder seguir vivo, tuve que aprender a tener siempre la mente despejada.

—Es mucho más fácil decirlo que hacerlo, ¿no? —Bebió un sorbo de chocolate, esa fórmula a la que siempre recurría para serenarse. Eso, Bailey, y ahora aquel hombre al que estaba aprendiendo a amar.

—Mi cuerpo se convirtió en un arma. Aprendí a usar todo tipo de armas, pero ¿sabes cuál es la mejor arma que tenemos, Stella? Nuestro cerebro. Todos tenemos uno. El secreto es usarlo de verdad. No podemos dejarnos llevar por el pánico. No podemos quedarnos paralizados. Tenemos que ser capaces de usar el cerebro en una crisis. La mayoría de las veces, eso es lo que mantiene a alguien con vida mientras que otros mueren.

Stella sabía que eso era cierto. Había asistido a suficientes clases de defensa personal como para que los instructores se lo inculcaran una y otra vez. Su cerebro era su mejor arma. Tenía que usarlo. También le enseñaron a ser observadora. A no mirar hacia abajo. A no mirar su teléfono mientras caminaba o corría. A mirar a su alrededor. A prestar atención a su entorno. Siempre había seguido esas instrucciones.

—Cuesta mantener la calma cuando sé que ese horrible asesino podría haber empezado a matar gente por mi culpa. Pero tienes razón y sé que la tienes.

—No creo que sea consciente de quién eres, Stella. Si este merodeador es el asesino en serie, está aquí por otra razón.

Había algo en su tono que Stella no entendía. ¿Especulación? ¿Una oscuridad subyacente? ¿Un indicio de amenaza?

—¿Cuál, Sam? —Sería interesante escuchar lo que tenía que decir, sobre todo porque ella tenía la sensación de que él no querría decírselo—. ¿Por qué crees que vendría entonces, si no sabe quién soy?

Sam exhaló un suspiro y se apartó de la cama. Era la primera vez que veía a Sam actuar con incomodidad.

—Creo que tenemos que conseguir unas persianas para bloquear la vista de las ventanas, al menos en el dormitorio, Stella. —Se paseó por la habitación—. Si tuviera un rifle de francotirador, seríamos blancos fáciles.

Se apoyó en el cabecero de la cama. La extraña sensación de ser observada había empezado a desaparecer poco a poco.

—Creo que se va. O se ha ido.

—Todavía tenemos que conseguir persianas. No me gusta la idea de que alguien nos mire si te estoy tocando, cielo.

Stella se estremeció. Esa idea no se le había ocurrido y debería haberlo hecho. Era una persona muy reservada.

—Creo que tienes razón. Las pediré mañana por la mañana.

Stella esperó. Sam seguía paseándose de un lado a otro, lo que le recordaba a un tigre encerrado en una jaula demasiado pequeña.

—Hombre.

Sam clavó sus ojos en ella. Como un objetivo. Tendría que haberle resultado incómodo, pero en su mirada solo había una profunda emoción que hizo que su corazón latiera con fuerza. Una sonrisa danzaba en la comisura de los labios.

—Mujer.

—Desembucha —ordenó.

—No te va a gustar.

Ella enarcó una ceja.

—No me gusta.

—Lo más probable es que te equivoques. Solo estamos haciendo conjeturas —le recordó.

—No creo que me equivoque. Ya tienes suficiente mierda con la que lidiar. Debería guardarme esta especulación particular para mí.

—Samuele Lorenzo Rossi. —Le llamó por el nombre completo que le había dado en su expediente laboral, el que no pudo encontrar en ningún sitio de internet.

Sam se estremeció de manera visible.

—Solo mi madre me llamaba así cuando se enfadaba mucho conmigo y me metía en problemas. Sobre todo desde los dos hasta los diecisiete años.

—¿Ese es tu nombre real? ¿Y se escribe así de verdad?

—Sí. ¿Por qué iba a mentirte? Sabía que me iba a quedar. Te lo dije. En el momento en que puse mis ojos en ti, supe que eras la elegida. Me aseguré de que no estabas comprometida y luego me propuse conquistarte. Presta atención, Satine.

Stella puso los ojos en blanco.

—¿Por qué no pude encontrarte en internet? Deberías estar ahí, al menos tu vida anterior con tu padre.

—Dado el tipo de trabajo que hacía, no quería que nada condujera hasta mi familia.

Eso tenía lógica.

—No voy a dejar que me distraigas, por muy encantador que te encuentre, sobre todo sabiendo que tu madre utilizaba tu nombre completo para reprenderte. ¿Cuál es tu teoría de por qué el asesino en serie podría estar acechándome si no sabe nada de mi pasado?

Sam suspiró y, una vez más, se acercó a un lado de la cama y se sentó, haciendo que su peso desplazara el colchón y que ella estuviera a punto de caer encima de él. Él la rodeó con el brazo para tranquilizarla o para ofrecerle consuelo, no sabía cuál de las dos cosas. Stella respiró hondo, preguntándose si había sido una buena idea insistir en saber cuál era su teoría, sobre todo porque en realidad Sam no quería contársela, lo que significaba que estaba razonablemente seguro de que tenía razón.

—Este hombre te conoce, Stella. No tiene por qué conocerte muy bien. Podría haberte conocido de pasada. No te das cuenta, pero en la ciudad se te considera algo así como de la realeza. Hay negocios que prosperan gracias a ti. Eso significa puestos de trabajo. Tú no reparas en ello, pero entras en un restaurante y enseguida te dan mesa. Otros tienen que esperar. Tú no tienes que pagar. El dueño rechaza tu dinero porque le has salvado el culo cuando se estaba arruinando. Ahora pasa el invierno sin estrecheces.

La evaluación que hizo de ella la avergonzó. Había salvado un campamento de pesca en dificultades. Cuando se hizo cargo de la gestión, el lugar se estaba hundiendo y todas las cabañas, vehículos recreativos y campamentos de pesca, muelles y equipos necesitaban que los reparasen con desesperación. El propietario tenía dinero, pero estaba agotado y carecía del personal y de la energía para mantener su querido negocio. La había contratado en un último intento por mantener abierto su campamento de pesca. Fue Stella quien tuvo la idea de crear un lujoso *resort* y un torneo de pesca de primer nivel, dos cosas que no parecían encajar. Consiguió que los lugareños se sumaran a la idea y que reflotaran sus negocios al mismo tiempo que el que ella dirigía.

—Podría ser un trabajador temporal aquí o en la ciudad. Podría ser uno de los campistas o un escalador con el que hayas hablado cuando has ido a escalar. Eres simpática, Stella. Hablas con la gente. Haces que sientan que son importantes. Vas a por un café cuando estás en la ciudad y te pones en la cola y él podría haberse puesto a tu lado y haber hablado contigo. La obsesión empieza así. Algunos acosadores fantasean con que tienen una relación con la persona con la que están obsesionados.

Stella se llevó una mano al estómago.

—Genial. ¿Un asesino en serie podría estar fantaseando con que tiene una relación conmigo? ¿Es eso lo que piensas?

Sam asintió despacio.

—Por eso lo sentiste en el campamento y en el pueblo. Por eso está aquí algunas noches. Puede que haya estado intentando entrar en la casa para coger algunas de tus cosas con el fin de alimentar su ilusión.

A estas alturas, estaba segura de que quien había estado fuera se había ido. No importaba. La idea de que Sam pudiera tener razón era nauseabunda.

—No quiero pensar más en esto, Sam. —Le rodeó el cuello con los brazos y le atrajo hacia ella—. Solo bésame.

No se cansaba de besar a Sam. La colocó debajo él y entonces el mundo desapareció hasta que solo quedaron ellos y Stella no pudo pensar, solo sentir, porque Sam tenía el don de hacerla arder de deseo.

CAPÍTULO 15

El comedor formal de la casa de Shabina Foster era grande, con el techo alto y las paredes de lo que parecía ser mármol blanco con finas vetas doradas. Si se miraba con atención, era justo de eso de lo que estaban hechas. El techo tenía pesadas vigas de madera de secuoya que dividían en cuatro los profundos recuadros de un sutil tono dorado. El suelo combinaba con la tonalidad del techo y resaltaba las finísimas y dentadas vetas doradas de las paredes. La habitación desafiaba toda descripción, pero toda la casa de Shabina lo hacía.

Era propietaria de la cafetería local y trabajaba desde primera hora de la mañana hasta última hora de la tarde atendiendo a los clientes, algunos muy hoscos. Incluso el coche que conducía, un RAV4, era modesto para la zona, cuando uno podía permitirse lo mejor, y sin embargo, cuando volvía a casa, pocos conocían el hogar al que iba y que se encontraba detrás de unas ornamentadas puertas cerradas. El camino de entrada conducía a un garaje adosado con capacidad para tres coches y calefacción por suelo radiante. El garaje estaba unido a una casa de cuatro dormitorios y cuatro baños completos, con una sala de estar, una cocina de ensueño y un comedor formal, así como un comedor más pequeño e íntimo y muchas otras comodidades, como una piscina cubierta y un gimnasio. Stella sabía que Shabina se había enamorado sobre todo de la cocina y de los jardines.

En el exterior de la mansión de dos pisos había un camino de piedra gris y blanca que serpenteaba entre los hermosos y cuidados jardines, con varias fuentes antes de subir tres largos tramos de escaleras que rodeaban la parte delantera de la profunda terraza. Era una terraza larga y techada para resguardar del implacable sol a los que disfrutaban de la brisa de la tarde. Había mosquiteras colocadas a lo largo de las barandillas para mantener alejados a los insectos, protegiendo a los ocupantes de las desagradables picaduras.

A Stella le encantaba la casa de Shabina. A primera vista podía parecer pretenciosa, pero era cálida y hogareña y siempre acogedora. Si hubiera tenido a Bailey con ella, estaría en ese comedor formal, pegado a los guapos chicos de Shabina, tres grandes dóberman: Morza, Sharif y Malik. Sus perros la acompañaban a todas partes. Stella se quedó estupefacta cuando Jason le advirtió que Shabina no debía ir sola al bosque. Siempre iba acompañada de sus perros, que estaban muy bien adiestrados. ¿Acaso no lo sabía todo el mundo? ¿Dispararía alguien a sus perros igual que habían apuñalado a Bailey?

—¿En qué estás pensando, Stella? Estás mirando a mis chicos como si fueran a levantarse de sus camas y a atacar de repente —dijo Shabina, dejando uno de los bocetos sobre su reluciente mesa de comedor de madera de cerezo.

La mesa era enorme y estaba situada debajo de una lámpara de araña escalonada que parecía gotear una multitud de sartas de gotas de lluvia. Stella nunca había considerado extraño que Shabina tuviera camas para perros en todas las habitaciones para los tres dóberman. A ella le gustaban los perros. Bailey solía ir con ella, y si no entraba en una casa, se quedaba en su todoterreno. La mayoría de sus amigas querían que entrara dentro. El gato de Vienna era la única excepción, y a Vienna le mortificaba que su princesa se comportara de forma tan esnob. Estaba decidida a que algún día la tonta gata entrara en razón y apreciara a los perros. Todas sus amigas sabían que eso nunca ocurriría.

—¿Recuerdas que te dije que Jason me advirtió de que no fueras sola al bosque? Siempre llevas a los perros contigo. Alguien apuñaló a Bailey. ¿Crees que quiso decir que iban a herir a tus chicos? ¿A los tres? Tendrían que hacerlo para hacerte daño, Shabina. No creo que salieran huyendo si alguien se acercara a ti.

Los ojos de Shabina, esos extraños e intensos ojos azul pavo real, se clavaron directamente en los suyos.

—No, nunca huirían. Además de ser mis compañeros, son perros de protección personal adiestrados. Los quiero mucho y rara vez se alejan de mí. En la cafetería, están en una habitación con la puerta abierta para que puedan verme en todo momento.

—¿Cómo es que yo no sabía eso? Bailey sabe algunas órdenes, pero está adiestrado por un profesional. ¿Los tuyos sí? —Stella miró a los tres dóberman.

—Sí. Y también me entrenaron a mí para manejarlos. Los tengo desde que eran cachorros, pero nos dieron instrucciones estrictas sobre cómo interactuar a medida que crecían.

—¿Por qué los necesitas, Shabina?

Shabina se encogió de hombros.

—Mi padre trabaja por todo el mundo. Solía llevarnos a mi madre y a mí con él. Pasábamos varios meses en un lugar. A veces había facciones a las que no les gustaban los estadounidenses. Cuando tenía quince años, me secuestraron cuando volvía de clase. Mataron a mis guardaespaldas y me raptaron unos hombres muy crueles.

Le temblaron los labios durante un momento y le dio la espalda a Stella, que apenas podía creer lo que estaba oyendo. En todos los años que hacía que se conocían, Shabina se había mostrado serena y segura de sí misma. Durante ese breve instante se abrió una grieta en esa perfecta serenidad, pero se recuperó con rapidez.

—¡Qué horror, Shabina! No tenía ni idea.

—Mi padre y su empresa no dejaron que la noticia saliera a la luz. Pensaron que si daban publicidad a los secuestradores, solo empeoraría la situación. —Shabina se acarició la garganta con los dedos temblorosos de la mano izquierda.

Los tres perros levantaron la cabeza. El más grande, Morza, se acercó a ella y se apretó contra sus piernas, sin duda en sintonía con ella. Stella sabía que los perros eran sensibles con sus dueños y aquellos recuerdos no podían ser nada agradables para Shabina.

—¿Querían dinero?

—Pidieron un rescate, por supuesto. Mi padre pagó. No me soltaron. Después hicieron todo tipo de exigencias. Todos, yo incluida, tenían claro que jamás escaparía de ellos a menos que me rescataran. Las probabilidades de que eso ocurriera eran muy escasas. Me trasladaban sin parar. —Continuó acariciándose la garganta con los dedos como si le doliera—. Conseguí escapar una vez por mi cuenta, pero me encontraron. Estaba en medio de la nada. Descalza. Tenía los tobillos destrozados. Apenas podía caminar. Se enfadaron mucho conmigo cuando me encontraron. Creí que iban a matarme. Ojalá lo hubieran hecho.

Eso no sonaba bien. Stella frunció el ceño, casi hipnotizada por aquellos dedos que acariciaban su garganta.

—¿Cuánto tiempo te retuvieron, Shabina?

—Tenía quince años cuando me raptaron y dieciséis y medio cuando me rescataron. Casi un año y medio. —Los tres perros la rodearon. De pronto Shabina pareció ser consciente de ellos. Los miró y sonrió—. Estoy bien, chicos. Solo estoy haciendo una visita al baúl de los recuerdos. Lo siento, Stella, no suelo hacerlo. De hecho, intento mantener esa puerta en particular cerrada y bloqueada lo mejor que puedo.

—Y yo que pensaba que había tenido una infancia pésima. Lo siento mucho, Shabina.

—Fue duro para mis padres. Cuando me recuperaron no querían perderme de vista. No quería estar lejos de ellos. Dormí en su habitación hasta los diecinueve años. Mi padre tenía un contingente de guardaespaldas alrededor de mi madre y de mí en todo momento después de mi regreso a casa. Aun así no me sentía segura. —Miró a los perros y sonrió—. Pero entonces vi a una mujer entrenando a varios perros de protección personal cuando acompañé a mi padre a la empresa de seguridad donde contrataba a los guardaespaldas. Estaba en un largo campo que se veía desde las oficinas. Me quedé fascinada. Fue la primera vez que sentí que podía respirar. No quería irme y tuve mucha suerte de que el dueño de la empresa me permitiera bajar a conocerla.

Stella sabía a qué se refería. También ella se sintió así cuando su madre adoptiva le permitió tener un perro por primera vez.

—Conocer a Lisa Fenton y saber que había perros de protección personal me cambió la vida. Lisa trabajó conmigo e hizo que entendiera cómo trabajaban los perros y cómo tenía que interactuar con ellos mientras trabajaban y cuando no lo hacían. Me di cuenta de que sus perros estaban totalmente unidos a ella y, sin embargo, cuando los entrenaba eran como máquinas de precisión. Escogió los dóberman para mí porque eran muy sensibles y sentía que era eso lo que yo necesitaba.

—No tenía ni idea. Son tan dulces... —dijo Stella—. Hacen senderismo contigo y nos acompañan a escalar y de acampada. Nunca los he visto actuar con agresividad. Se ponen en posición de alerta, pero todos los perros lo hacen de vez en cuando.

—Los perros de protección personal no deben actuar de forma agresiva hasta que sea necesario, Stella —explicó Shabina. Hizo una señal a los perros y se apartaron de su lado—. Me esfuerzo por ser lo más independiente posible. Mis padres me visitan a menudo y hablamos por internet, pero necesitaba crear mi propio espacio y sentir que podía salir adelante por mí misma. —Le brindó una sonrisa a Stella—. Vine a la sierra como mochilera. Quería recorrer el sendero de John Muir sola para ver si podía hacerlo sin entrar en pánico. Entonces te conocí, Stella. Fuiste una gran inspiración, igual que Lisa.

Stella no tenía ni idea.

—Pensé que si tú podías ser tan valiente como para aceptar un trabajo como el de dirigir un negocio en decadencia, entonces debería al menos intentar hacer realidad mi sueño de abrir una cafetería. Tenía el dinero. No había nada que me detuviera, salvo el miedo. Tenía los conocimientos necesarios y experiencia empresarial. Mi padre se aseguró de ello, incluso cuando no podía asistir a las clases. Me hizo recibir lecciones en casa. Durante mucho tiempo fui incapaz de salir de casa, y cuando lo intentaba, a menudo fracasaba.

—Pero lo seguiste intentando —señaló Stella.

Shabina asintió.

—Así es. Mis padres me animaron, aunque, como he dicho, mi padre me rodeó durante mucho tiempo de un muro de seguridad. Al principio lo necesitaba. Una vez que vine aquí, me sentí en paz. Aquí hay algo real. Me siento conectada a la naturaleza. Mi mente está en calma y tranquila.

Disfruto oyendo el canto de los pájaros y el viento entre las hojas de los árboles. Conocerte a ti y luego a Zahra, Vienna, Harlow y Raine fue el remate. Supe que este era mi sitio.

—Eso mismo siento yo. Todas tenemos extraños antecedentes. Pensé que todas me miraríais de manera diferente al saber que tengo un asesino en serie como padre, pero en cambio me habéis demostrado por qué sois mis amigas. Me siento un poco avergonzada de mí misma por pensar que me miraríais por encima del hombro.

—Sería lógico que quisieras alejarte de tu pasado, Stella —dijo Shabina—. Yo nunca hablo de lo que me pasó. Todos vinimos aquí por diversas razones y por suerte hemos formado una especie de familia propia. Ha sido bueno para mí y lo aprecio. Estoy de acuerdo con que cualquiera de vosotros quiera compartir su pasado o no hacerlo. Solo agradezco haber descubierto que la sierra era adecuada para mí y que todos vosotros me hayáis aceptado en vuestro círculo. —Shabina cogió uno de los bocetos—. ¿Qué te ha dicho la veterinaria sobre Bailey?

Stella sonrió al instante.

—Hoy está más fuerte. Puedo ir a verlo. Quiere tenerlo unos días más para que esté tranquilo. Está tomando antibióticos y medicación para el dolor. Cuando lo lleve a casa, no podrá moverse más que para hacer sus necesidades. Tendrá que seguir tomando su medicación y llevar un collar isabelino.

—Fue una noche aterradora —dijo Shabina—. No dejaba de pensar que podría haber sido uno de mis chicos. Todos queremos a Bailey. Es un muchacho tan dulce y estaba protegiendo a Sonny.

—Sonny estaba haciendo su ronda. Es muy minucioso. No vio a su agresor. Griffen Cauldrey, el ayudante del sheriff, le conoces, ¿verdad? —Stella prosiguió después de que Shabina asintiera—. Griffen cree que Sonny se topó con él y que el atacante lo oyó llegar, se escondió y lo dejó inconsciente. Por casualidad envié un mensaje de texto a Sonny en ese momento y no respondió, así que Bailey y yo fuimos a buscarlo. Bailey se abalanzó y el hombre lo apuñaló con el cuchillo.

—Bailey debió de morderlo —dijo Shabina—. Es imposible que ese perro no haya mordido a su agresor, no si lo apuñaló cuatro veces. Aunque no sea un perro de ataque entrenado, Stella, es grande y poderoso. No tiene miedo. Lucharía.

Stella no había pensado en eso. Debió de atacar. Bailey había sido adiestrado por un profesional, no de la manera en que habían adiestrado a la manada de Shabina, pero desde luego había recibido clases con un entrenador. Conocía sus órdenes y tenía buen instinto. Le había escuchado rugir con tono desafiante. Por supuesto que se las habría arreglado para morder a su oponente.

—Quienquiera que haya atacado a Bailey y a Sonny tuvo que sufrir mordeduras, y probablemente graves. Imposible que fuera a la clínica u hospital local, pero pudo ponerse en contacto con una de las enfermeras. Podrías hablar con Vienna y hacer que corra la voz en el hospital —dijo Shabina, golpeando con un dedo en la mesa.

—Me preguntaba por qué no se había quedado por allí y me había matado a mí y luego a Sonny. No tenía ningún sentido para mí en ese momento, pero si estaba herido... —Se interrumpió—. No podía estar muy malherido. Más tarde intentó entrar en mi casa.

—¿Cuánto tiempo después? ¿Sabes a qué hora? Tenías que bajar a Bailey de la montaña, ¿verdad? ¿Y qué hay de Sonny? ¿Quién se ocupó de él? ¿Una ambulancia lo llevó al hospital? ¿Cuánto tiempo tardó en salir de allí?

—Esa es una buena pregunta. No se me ocurrió preguntarlo. Estaba demasiado ocupada con Bailey y luego volví a casa y me encontré con eso. Fue bastante horrible. Debería haber considerado el tiempo que había pasado antes del allanamiento y que todos se marcharan. —Frunció el ceño—. Seguro que Sam sí lo hizo. Siempre va un paso por delante de mí en ese tipo de cosas.

—Piensa de forma diferente, eso es todo —dijo Shabina—. Y es bueno. Cuantas más personas piensen en esto y lo aborden desde distintas perspectivas, mejor. También creo que es una suerte que todo el mundo esté acostumbrado a que las mujeres nos reunamos a menudo. Así, si nos juntamos para lanzar ideas, a nadie en la ciudad le extrañará.

—Sam sí que piensa de manera diferente —concedió Stella—. Y mantiene la calma. Después de las pesadillas, de lo de Bailey y del horrible hombre que me observa todo el tiempo, necesito esa calma. Ya sabes que yo no me asusto, pero esta persona lo ha conseguido. No solo tengo miedo por mí, sino que también tengo miedo por Sam y por todos vosotros.

—He tenido muy presente que Jason te hizo esa advertencia. Salgo a caminar todos los días con los perros. Ellos lo necesitan y yo también. La advertencia ha hecho que sea muy cautelosa. Ahora siempre hago que los perros estén alerta, cuando antes era su momento de diversión. Ahora están trabajando. Odio tener que hacerlo, pero sé que es necesario. También me ha hecho considerar que Jason podría saber más de lo que dice.

Shabina deslizó el dedo sobre los árboles y la hierba del boceto. Stella había sido muy precisa en su representación de los colores. Se había tomado su tiempo para plasmarlos después de la segunda noche. La cámara se había abierto el plano para mostrarle una mayor parte del terreno, pero poco de la víctima en sí. Podía ver más trozo de sus piernas y de los pantalones de camuflaje que llevaba, eso era todo. Se había concentrado en dibujar los árboles y la maleza que veía y las hierbas que había por todas partes.

—Dudo que me dé más información si hablo con él, sobre todo si Sean, Bale o Edward están involucrados de alguna manera.

Shabina suspiró.

—Son un grupo extraño. Sean es difícil de calar. No deja de venir al restaurante. Dejaba que viniera y me decía a mí misma que daba igual lo que me dijera o lo mal que se portara con la comida, que sería amable y al final dejaría de hacerlo, pero solo parecía empeorar las cosas. No tengo ni idea de lo que consigue siendo tan ofensivo.

—Siempre pensé que Sean sentía algo por ti, pero con ese tipo de comportamiento no va conseguir nada contigo.

Shabina negó con la cabeza.

—Creo que ya te conté que una vez me invitó a salir, pero yo estaba ocupada la noche que él quería que fuéramos a cenar. Dudé, porque estaba tentada. No había salido con nadie y me había dicho que ya era hora. De hecho iba a pedirle que lo dejáramos para otro día, pero se enfadó conmigo cuando le dije que no podía ir esa noche. No llevo muy bien que alguien me grite. Creo que me quedé paralizada durante un minuto. No podía creer que se enfadara tanto cuando le dije que esa noche estaba ocupada.

—¿Y ahí empezó su acoso?

Shabina asintió.

—Empezó a venir, a devolver la comida a la cocina y a hacer comentarios en voz alta. Al principio fui amable con él, pero las cosas fueron a peor. No sé qué problema tiene conmigo, pero a veces le tengo miedo. No sé si es por mi pasado o si tengo buenas razones para tenerlo.

—¿Has hablado con la policía?

Shabina asintió.

—Bale y Sean nacieron aquí. Tienen vínculos con gente del departamento. Eso lo hace un poco difícil. No digo que nadie me haya hecho caso, porque un par de policías lo hicieron. Craig Hollister, uno de los detectives, es muy consciente de la situación. Me ha hablado de ello unas cuantas veces. —Miró a Stella—. No me mires así. No estoy enamorada de él como todo el mundo piensa.

—Entonces, ¿por qué te sonrojas?

—Porque todos vosotros me ponéis esas caras cada vez que sale su nombre y no puedo evitarlo. Me dijo que tuviera cuidado y que no estuviera a solas con Sean. Pero Sean trabaja para el Departamento de Pesca y Fauna Silvestre y yo estoy mucho en el bosque. Desde que me dijiste que Jason te hizo esa advertencia, he estado hecha polvo. De hecho, pensé en pedirle a mi padre que enviara un equipo de seguridad, pero sabía que si lo hacía estaría retrocediendo. No puedo hacer eso. He luchado mucho para disfrutar de la independencia que tengo ahora. Me niego a dejar que Sean me lo fastidie.

—La temporada ha terminado y me voy por un tiempo. Estaré encantada de ir contigo, Shabina —se ofreció Stella—. Entre los perros y mis armas, dudo que Sean pueda hacernos mucho daño.

Shabina le sonrió.

—Eres una buena amiga, Stella. Gracias. —Volvió a mirar los dibujos, reuniéndolos en orden—. Estos árboles de aquí son de un blanco fantasmal. Hay unas cuarenta hectáreas y media de árboles muertos o moribundos en la zona cercana al lago Horseshoe debido al gas tóxico. Las raíces son incapaces de absorber oxígeno. Hay carteles advirtiendo a la gente de que tenga cuidado en esa zona porque el gas también es peligroso para las personas, sobre todo bajo tierra, en fosas o zonas mal ventiladas.

Stella asintió.

—Desde las primeras pesadillas, estaba bastante segura de que la próxima víctima está de excursión en la zona D7, donde se produjo la fuga de magma que liberó gas. La D7 es muy popular entre los cazadores por varias razones, al menos eso es lo que me dice Sam.

Shabina colocó en fila los dos primeros bocetos que representaban las dos primeras pesadillas.

Stella se llevó la mano a la frente y acto seguido se frotó las sienes. Tenía la sensación de que había tenido jaqueca desde el primer momento en que intentó resolverlo. Ya sabía que era una situación imposible.

—Es un área enorme.

—Una vez que recorres poco más de nueve kilómetros y medio, estás en el bosque. El lago Horseshoe está allí. Es un área enorme, y tienes razón al decir que podrían estar en cualquier lugar, pero si tu cazador tiene uno de esos puestos de caza elevados y lo lleva a cuestas, ¿va a ir tan lejos? No sé lo que pesan, pero no sería ninguna locura pensar que pesan lo suyo. Tiene que tener algo para subir al árbol, ¿no? ¿Una escalera o algo así? También tiene que cargar con eso. Y su rifle. Estamos hablando de un montón de equipo.

—No puede ser de por aquí —dijo Stella—. Ninguno de nuestros chicos haría eso.

—No, no me los imagino.

Shabina dispuso los dos siguientes bocetos con la parte inferior del puesto de caza elevado, las botas y parte del dobladillo de los pantalones de camuflaje junto a los dos primeros dibujos. Incluso con los dibujos uno al lado del otro, no había nada extraordinario que hiciera destacar la zona. Y no lo habría. La zona salvaje que rodeaba el lago Horseshoe era enorme. ¿Cómo iban a encontrar un árbol? ¿O a un cazador?

Ambas se quedaron mirando los dibujos durante mucho rato, sabiendo que era una tarea imposible encontrar a un solo cazador en el Bosque

Nacional de Inyo. No importaba cuántos árboles y variedades dibujara Stella, no había forma de identificar una única zona con solo mirarla.

—Te he puesto varias grabaciones de aves cantando y los que has escuchado eran de la zona del D7 más próxima al lago Horseshoe. Son aves migratorias. Diría que este es el lugar, pero la zona es enorme, Stella.

Stella se mordió el labio.

—No entiendo por qué ha elegido a este cazador en particular. ¿Por qué a él? ¿Qué es lo que le enfurece de estos extraños al azar?

—¿Necesita un detonante? —Shabina sacudió la cabeza—. Estudié a los hombres que me secuestraron. Al principio, quise pensar que me habían secuestrado por alguna causa superior. Al menos por un acto de venganza. Luego por dinero. Pero simplemente eran hombres viles y repugnantes que se excitaban con el poder. No había ningún motivo real detrás. Algunos eran peores que otros.

—¿Tenían otros prisioneros?

Shabina asintió.

—De vez en cuando. Esos prisioneros nunca duraban mucho. Con el tiempo aprendí que la cosa más insignificante podía provocar la más terrible violencia en una persona, mientras que a otra aún podía quedarle una pizca de decencia. Sabía que eso no duraría mucho tiempo estando cerca de los otros, pero fue interesante observar el proceso mientras llevaban a un nuevo recluta por su camino de completa y total depravación. Supongo que se les podría llamar «asesinos en serie». Desde luego eran asesinos y violadores.

Stella sacudió la cabeza y se paseó por la habitación, sintiéndose inquieta de repente.

—Tengo un mal presentimiento. Desde el principio sentí que no tenía muchas posibilidades de salvar a esta víctima. No sé cómo me ha descubierto el asesino, pero dado lo ocurrido con Bailey, es posible. Desde la noche que acampamos juntas sentí como si alguien me observara. Si sabe quién soy, podría ser que esté jugando algún juego cruel conmigo.

Se acercó a la ventana y contempló los hermosos jardines de Shabina. Eran un derroche de color incluso en octubre. En primavera, las distintas tonalidades de verde eran increíbles. Stella no sabía que hubiera tantos tonos de verde. En esa época imperaban los dorados y rojos.

—Recuerdo que de niña pensaba que si era muy buena mi padre dejaría de hacer esas cosas malas. Si obedecía las reglas. Si no me ensuciaba los zapatos nuevos. Si no me derramaba nada en el vestido. Si no lloraba cuando me caía y me hacía daño. Si me iba a la cama sin protestar. Prometí que me portaría muy bien. Sería muy buena para que papá no tuviera que hacer esas cosas malas. —Bailey. Necesitaba a su perro. Estiró la mano pero no fue Bailey el que se la empujó con su cabeza, sino uno de los dóberman de Shabina—. Este es mi chico. Siempre sabes cuando me siento triste, ¿verdad, Sharif? —Le rascó las orejas igual que a Bailey, agradecida de que Sharif siempre la hubiera incluido en su círculo. Los tres perros de Shabina lo hacían, pero Sharif le tenía un aprecio especial.

—Es curioso lo que asumimos cuando somos niños —repuso Shabina, acercándose a ella para ponerse a su lado—. Cuando me escapé y me encontraron, se enfadaron mucho. Me golpearon con fuerza y me arrojaron a un horrible hoyo. Todos los días me pegaban. Las noches eran peores y luego estaba esa fosa. Había ratas y bichos. Pero llegó un momento en el que creí que me lo merecía. No valía nada. No estaba lo bastante agradecida por las cosas que me habían proporcionado, por la forma en que me habían tratado antes, que, por cierto, no había sido mucho mejor. Sobre todo, me lo merecía porque era la responsable de obligar a mi padre a trabajar como lo hacía en esos países.

Stella le dio en parte la espalda a los jardines. Aquello parecía una locura, pero a los niños se les ocurrían cosas muy extrañas. Se quedó callada y dejó que su amiga le contara cómo su yo adolescente había llegado a esas conclusiones.

Los otros dos perros se acercaron a Shabina y se colocaron uno a cada lado.

—Empecé a pensar que si yo no hubiera querido que mi padre me comprara zapatos nuevos para el colegio o una mochila nueva, él no habría querido montar una empresa que ganara tanto dinero. Fue culpa mía que él necesitara ganar tanto dinero. Crecía demasiado deprisa y siempre tenían que comprarme ropa nueva. Si no creciera, él no tendría que trabajar tanto. No tendríamos que viajar a otros países y ponernos en peligro.

Se hizo el silencio mientras las dos mujeres contemplaban los jardines. Stella adoraba su propia casa, pero si tuviera que elegir otra, solo por los jardines, habría querido vivir aquí. Una vez cerradas las puertas, era como si estuvieran en su propio mundo. Así se sentía en el *resort*.

—Has tenido mucha suerte de encontrar este lugar, Shabina. Es realmente extraordinario.

—Raine lo encontró para mí.

—No lo sabía.

Shabina asintió.

—En aquellos primeros días, todavía tenía mucho miedo. Estaba decidida, pero tenía miedo. Ya conoces a Raine y sus conocimientos informáticos. Seguro que supo todo lo que se podía saber sobre mí en dos segundos y medio. Sabía que estaba buscando una casa, una propiedad, con algo de terreno. Les había dicho a los agentes inmobiliarios que quería jardines y suficiente terreno para pasear y ejercitar a los perros, pero creo que Raine sabía lo que necesitaba. Fue una venta privada. Me consiguió una visita. En cuanto lo vi, supe que era lo que quería. La cocina es el sueño de cualquier chef. Los jardines son increíbles. Y dispone de *suites*, así que cuando mis padres vengan, aunque haya una casa de huéspedes en la que no se alojarán, podrán usar una de las *suites*.

—¿No se quedarán en la casa de huéspedes? —repitió Stella.

—No. Ni hablar. Mi madre dice que se niega a renunciar a las charlas nocturnas de chicas, y si te soy sincera, las disfruto mucho. Yo tampoco quiero renunciar a ellas. Papá dice que no quiere dejar de asaltar la nevera, que se muere de hambre porque no estoy en casa para cocinar.

—Pensé que tu madre cocinaba.

—Afirma que ha dejado de cocinar los platos buenos en favor de los que se supone que son saludables. —Shabina se rio—. Como es natural, lo dice para que ella le oiga y que así le persiga por la habitación y pueda dejarse atrapar.

—Tus padres parecen encantadores, Shabina.

—Sí que lo son. Muchas parejas no habrían sobrevivido al trauma de que les quitaran a su única hija y estuviera ausente durante tanto tiempo, pero eso les hizo más fuertes. Tienen un vínculo que parece irrompible. Yo quiero eso para mí, pero... —Se interrumpió y sacudió la cabeza—. Creo que hay que salir o ser amiga de un hombre antes de tener un vínculo irrompible.

Stella se rio.

—Es cierto. Pobre Sam, según él, hizo una campaña secreta durante los dos últimos años porque yo estaba muy cerrada a la idea de una relación.

—Es imposible calar a Sam —dijo Shabina—. Le observaba en el Grill cuando nos reuníamos todos. Siempre venía. Denver y él parecen ser buenos amigos. Y está muy claro que a Carl Montgomery le cae bien. A Carl no le hizo mucha gracia que le birlaras a Sam. Me dijo que es difícil encontrar buenos trabajadores y que Sam era uno de los mejores que había tenido. Era hábil y tenía una buena ética de trabajo. Por aquí, con la llegada de la escoria, no se da esa combinación a menudo.

—Nosotros éramos escoria, Shabina —dijo Stella—. Llegamos aquí y ni siquiera sabíamos que nos consideraban escoria.

—Me ducho a diario. —Shabina se echó a reír—. Alquilé una casa para los perros. Pero estábamos hablando de Sam. Siempre se sentaba en ese taburete un poco alejado de nosotros, más o menos alejado de nuestra mesa. Su cara siempre quedaba en penumbra. ¿Te has fijado en eso?

—Me fijaba en todo lo que tenía que ver con Sam —admitió Stella—. Denver solía sentarse a su lado. A veces lo hacía Carl, si venía. Y de vez en cuando, Craig. Seguro que te dabas cuenta cuando entraba Craig, aunque no llevara uniforme. —Stella le propinó un codazo a Shabina.

Shabina volvió a reírse.

—Eres mala. ¿Ves por qué siempre acabo sonrojándome cuando alguno de vosotros menciona al pobre Craig? El caso es que era imposible saber qué pensaba o sentía Sam. Simplemente estaba ahí, pero no como una presencia espeluznante, sino más protectora.

Eso sorprendió a Stella.

—¿Es eso lo que te transmite?

—Casi siempre, sí. A menos que Sean y su grupito me insultaran en la pista de baile, y entonces se limitaba a acercarse, desprendiendo vibraciones amenazantes. No tenía que decir nada. Les miraba y se iban o volvían a la barra. Podía dar miedo. Yo lo sé bien, he tenido protección casi toda mi vida.

—Me quedaba mirándole y esperaba no soltar alguna estupidez, como que era increíblemente guapo o muy dulce —admitió Stella—. A Zahra le gusta agasajarme con Moscow Mules cuando voy al Grill con ella, o peor aún, con mojitos, porque bebo demasiados sin darme cuenta de que lo hago y entonces digo cosas que no debería.

—¿Es dulce? —preguntó Shabina.

Stella asintió.

—Estos dos últimos años, mientras trabajaba para mí, nunca me hizo preguntas. Nunca me puso en un aprieto. Si tenía un mal día de esos en que algunos de los invitados me habían gritado, me iba a casa y él estaba en mi terraza, preparándome la mejor cena de la historia. Señalaba hacia una nevera y había cerveza helada en ella. No esperaba que yo hablara. Él no decía nada. Podía entrar y cambiarme, poner los pies en alto y sentarme en mi columpio mientras él hacía la cena. Cenábamos y se marchaba. A veces lavaba los platos. A veces, si el día era realmente malo, veía conmigo mi película favorita, *Moulin Rouge*. Creo que pensaba que era una idiota por llorar, pero me pasaba la caja de pañuelos.

—¡Vaya! ¿Quién iba a imaginar que los callados pueden ser todo dulzura cuando es necesario?

—Y quiere a Bailey, que era lo fundamental, y Bailey le corresponde. Ya sabes cómo es Bailey con todo el mundo. Le gusta la gente, pero está entregado por completo a mí. Sam está incluido. Como si fuéramos la misma persona. Ni siquiera sé cuándo empezó a suceder eso. No me di cuenta o podría haberme puesto celosa.

—¿Cómo está Bailey?

Stella suspiró.

—El pobrecito quiere volver a casa y yo también. Sam no deja de repetirme que queremos que tenga los mejores cuidados posibles. Sé que Amelia se los está dando, pero no le gusta estar lejos de nosotros.

—Mientras trabajas en esto, supongo que es bueno disponer de cierta movilidad y no estar atada a la casa —dijo Shabina, mirando de nuevo los bocetos—. Ojalá pudiera ser de más ayuda. No cabe duda de que se trataba de la zona D7. Tu cazador recorrió los nueve kilómetros y medio. No creo que se haya adentrado demasiado, porque va muy cargado. Dudo que sea de por aquí. Tal vez ayudaría si pudieras averiguar cómo se las ingeniará el asesino para matar a su víctima. Me refiero a que está en lo alto de un árbol. No puede acercarse de forma sigilosa por detrás y trepar sin que le vea. Tampoco puede empujarlo del árbol porque está demasiado alto. En realidad, ¿cómo puede matarlo? ¿Tienes alguna idea?

Esa era una buena pregunta y Stella se la había planteado. Si estuviera sentada en un puesto de caza elevado, a salvo de un asesino en serie, ¿cómo llegaría el asesino hasta ella? Si intentaba subir al mismo árbol y la víctima estaba armada, ¿no dispararía? ¿O se sentiría amenazado? ¿Cómo se las arreglaría el asesino para que pareciera un accidente? La mayoría de las veces, un cazador se enganchaba al puesto de caza. Stella lo sabía porque había leído mucho al respecto una vez que Sam le dijo lo que era.

—Alguien en una posición tan elevada en un árbol debería ser capaz de ver a cualquiera que se le acercara, ¿no? —preguntó Shabina—. No sé mucho sobre los puestos de caza elevados, pero para que sirvan de algo tienen que estar muy arriba en el árbol.

—Sam dijo de tres metros y medio a nueve.

—Entonces, ¿cómo espera el asesino llegar a su víctima sin que esta oponga resistencia? —inquirió Shabina.

—No sabrá que es un asesino en serie —señaló Stella—. Es solo otro simpático cazador que pasa por aquí.

—¿Los cazadores se visitan entre sí? ¿No es contrario al objetivo? Si el tipo espera en su puesto de caza a que pase un ciervo y otro cazador se para debajo de su árbol y empieza a hablar, ¿no ahuyentaría a todos los ciervos?

—Tal vez lo hayamos interpretado mal y es el asesino el que está en el puesto de caza —aventuró Stella de repente—. ¿Podría ser? Se sienta allí a esperar y llega un cazador desprevenido. Lo atrae imitando el sonido de un ciervo y luego lo asesina y hace que parezca que era su puesto de caza. ¿Es eso posible?

Shabina arrugó la nariz.

—No sé, Stella. ¿Y qué hay de la compra del puesto de caza? Se podría rastrear. No es posible que el asesino pudiera encontrar la manera de cargarlo a la tarjeta de crédito de la víctima. Incluso si pagó en efectivo, es un gran salto.

Stella profirió un pequeño grito de pura irritación.

—Todo esto es muy frustrante. Un gran salto es pensar que podríamos encontrar un árbol concreto en todo un bosque. Si este asesino en serie realmente está jugando conmigo, tiene que estar riéndose a carcajadas ahora mismo.

—Simplemente no creo que sepa quién eres.

—Eso es lo que dice Sam, pero ¿por qué no?

—Porque, ¿cómo podría saberlo? No es que seas la misma persona.

—Quizá fuera al instituto conmigo. Mi aspecto no puede haber cambiado tanto. Nunca me he cruzado con nadie con quien haya ido al colegio, pero es posible que me hayan visto y yo no les haya visto.

Shabina suspiró.

—Para ser sincera, no había pensado en eso.

Stella se mordió el labio inferior.

—¿Te haces una idea de cuánta gente viene aquí a escalar o a hacer excursionismo? Hay un millón de cosas que la gente puede hacer y esto es muy bonito. Tenemos visitantes sin parar. Siempre estoy ocupada durante la temporada. No reconocería a alguien de aquellos días, no cuando mi madre adoptiva tenía cáncer y un asesino en serie andaba suelto. Mi mundo se estaba desmoronando de nuevo.

—Me dijiste que el asesino en serie tiene que ser alguien con quien hayas tenido contacto físico o no estarías teniendo las pesadillas. Esa era una de las razones por las que no querías contárselo a ninguno de nuestros amigos varones —señaló Shabina.

—Puede que haya tenido contacto con alguien con quien fui al instituto —dijo Stella, aunque lo dudaba. Por entonces era muy reservada. No confiaba en nadie y no tenía amigos. Si se encontrara cara a cara con alguien del instituto, lo bastante cerca como para tocarle, ¿lo recordaría? Eso creía ella. Su mente tendía a obsesionarse con los detalles—. Quiero que sea alguien de mi pasado, Shabina —admitió—, pero no creo que lo sea. Creo que es alguien cercano a mí aquí. Alguien de la ciudad. Uno de los negocios.

—Como Sean.

Stella trató de imaginar a Sean como un asesino en serie. Era muy fuerte. La mayoría de los escaladores lo eran y Sean era guardabosques. Conocía a los animales, pero claro, la mayoría de los de la zona eran cazadores. Conocían la anatomía de los animales.

—¿Qué pasa con Edward? ¿Qué sabemos de él? Bale es el líder del grupo y Jason se mantiene al margen. Sean es un imbécil, pero Edward está ahí en el centro, aunque es tan callado que lo paso por alto —dijo Stella. Escala. Caza. Practica muchos deportes de invierno, ¿verdad? Eso es lo suyo.

—Nació en la ciudad —dijo Shabina—. En la cafetería me entero de todo. Lo crio su abuela. Según tengo entendido, todavía vive en la misma casa. La heredó después de que ella muriera. Una de las mujeres de la ciudad estaba hablando con su amiga en el almuerzo un día..., hace un par de años de esto..., y mencionó que él la llevó a la casa después de que fueran a cenar. Dijo que la casa era espeluznante. Había tapetes de encaje por todas partes, que los muebles y los cuadros y todo parecía anticuado, como si nada se hubiera tocado desde la época de su abuela. Estaba oscuro y unas viejas y pesadas cortinas cubrían las ventanas. No le gustó cómo olía la casa, como a viejas bolas de naftalina o algo así. En cualquier caso, no pudo relajarse y acabó volviendo a casa antes de que pasara nada. No volvió a salir con él.

—¡Qué extraño! Parece un hombre moderno. Tiene todos los últimos juguetes y equipos —adujo Stella—. Su camioneta, su equipo de escalada, la moto de nieve, todo es lo último y lo mejor.

Shabina suspiró.

—Vamos a dar un paseo por los jardines. Esto no nos lleva a ninguna parte. Siento no poder ser de más ayuda.

—Era una posibilidad remota. Lo sabía cuando te traje esto —admitió Stella. Siguió a Shabina al exterior y los tres dóberman se apresuraron a salir con ellas. Inspiró el aire fresco de octubre y se tomó un momento para saborear el hecho de que no sentía que la estuvieran vigilando. Podía relajarse. Tal vez solo tenía que mudarse con Shabina durante unos días para descansar.

CAPÍTULO 16

El cuerpo del cazador Victor Bane fue encontrado casi de inmediato por su hermano, Lawrence, que había ido a buscarlo justo antes de la puesta de sol. Al parecer Victor se había caído de su puesto de caza y se había roto el cuello. Su hermano estaba muy confundido por el «accidente», ya que Victor siempre tomaba precauciones de seguridad y se ponía su arnés.

Lawrence había guardado el equipo de Victor él mismo. Lawrence había sido el encargado de montar el puesto de caza y de asegurarse de que Victor estuviera cómodo y tuviera todo lo necesario antes de dejar a su hermano para que practicara su deporte favorito. A Victor se le daba bien la caza. Era él quien solía proporcionar la carne para el invierno y estaba orgulloso de sus habilidades. Tenía esclerosis múltiple y a veces a duras penas podía caminar y recorrer los senderos con mochila, pero lo hacía. Ahora cazaba desde un puesto de caza, pero seguía teniendo buena puntería. Nunca disparaba si le temblaban las manos.

Nada del «accidente» tenía sentido. Lawrence no dejaba de repetirlo una y otra vez a cualquiera que quisiera escuchar. Victor no habría tratado de bajar sin que él estuviera allí. Si le disparaba a un ciervo, usaban *walkie-talkies* para comunicarse. Lawrence habría acudido. Si había una emergencia, tenía un teléfono vía satélite.

Vienna les dijo a todos que a la forense le parecía sospechoso que el dedo anular izquierdo tuviera dos fracturas en los mismos lugares que los escaladores y que James Marley. Incluso hizo que el sheriff fuera a echar un vistazo, pero ni siquiera habiendo cuatro personas con las mismas fracturas en el mismo dedo pensaba que pudiera montar un caso. Las caídas de los árboles no eran tan raras, y si a eso se le añadía la esclerosis múltiple, era lógico que un accidente fuera un accidente. La forense se tomó una copa con Vienna y le expresó su preocupación. Dijo que cuatro personas con exactamente las mismas fracturas en el mismo dedo sobrepasaba los límites de la coincidencia para ella. Cuando Vienna la presionó, preguntándole qué estaba considerando, la forense se echó atrás y se encogió de hombros mientras negaba con la cabeza.

Stella no podía culparla. ¿Qué probabilidades había de que un accidente en el monte Whitney, un accidente de pesca en el lago Sunrise y un accidente de caza en el Bosque Nacional de Inyo estuvieran relacionados de alguna manera? Si el sheriff no creía que los dedos rotos fueran suficiente para montar un caso (y ella sabía que tenía razón), ¿qué podía hacer ella? Stella tampoco le culpaba. Aunque creyera que había motivos para pensar que la muerte de Victor no había sido un accidente, no había testigos. No había nada en absoluto, ninguna evidencia que sugiriera que un asesino en serie lo había asesinado. Ese era el peligro de aquel asesino. Aparte de su «firma» del dedo fracturado, no había forma de identificar sus asesinatos.

Stella se compadecía del cazador, pero se había resignado al hecho de que no iba a poder salvarlo. No había suficientes pistas para encontrarlo a tiempo.

Shabina llamó y preguntó si Stella quería ir a una noche de chicas en su casa. Sam insistió en que fuera porque necesitaba al menos una noche libre antes de que Bailey regresara y el asesino atacara de nuevo, ya que cada vez dejaba pasar menos tiempo entre un asesinato y otro. Sam temía que eso significara que estaba desvariando.

Sentaba bien ponerse sus mallas favoritas y una camiseta larga, comer pizza y estar con sus amigas. A Stella le resultaba extraño estar sin Bailey, pero los dóberman de Shabina, el jack russell de Raine y el beagle de Harlow estaban allí. Zahra había perdido a su perro dos años antes y seguía dudando entre adoptar otro perro o un gatito negro. Nadie sabía de dónde había sacado esa idea. Se le rompió el corazón cuando perdió a su querida perra de áspero pelaje, cruce de pastor de los Pirineos y de algo que nadie conocía. Su activa Elara, gris, negra y blanca, era seis kilos de pura diversión. Zahra seguía diciendo que si tenía otro perro, tendría la misma combinación, aunque juraba que Elara la agotaba porque la «obligaba» a sacarla a correr cien veces al día. Todos sabían que a Zahra no le gustaba correr. Compartía la opinión de Stella sobre este pasatiempo. Hacer *jogging* estaba bien, pero correr era lo peor del mundo. Se sacrificaba por su perro, pero quejándose sin parar.

Stella se sentó con las piernas cruzadas en el suelo de la gran sala de Shabina, cubierto por una lujosa alfombra en la que prácticamente se podía nadar. La enorme chimenea de piedra estaba encendida y las anaranjadas y rojizas llamas proyectaban imágenes en las paredes. En lugar de sentarse en los acogedores sofás y sillas, las seis mujeres se sentaron en el suelo, utilizando los muebles como respaldo. En los últimos años se habían acostumbrado a sentarse así. En el centro de su círculo había cuencos con palomitas de maíz y pequeñas chocolatinas que Shabina había preparado para la velada.

—Voy a engordar mucho esta noche —gimió Zahra mientras se decidía por otra de las barritas—. No me la comería, pero solo con mirarla me engorda los muslos, así que bien puedo disfrutarla.

—Hay una cosa que se llama «ejercicio» —dijo Stella—. Miguel, nuestro entrenador personal, sigue en marcación rápida.

—No pronuncies su nombre delante de mí —resopló Zahra indignada—. Ya no existe. No después de decirme que tengo que pasar mi tarjeta por el lector si quiero entrar en su clase.

Las otras mujeres se echaron a reír.

—Tú nunca pasas la tarjeta, Zahra —señaló Harlow—. De hecho, no llevas tu tarjeta.

—Si no sabe quién soy a estas alturas, es que le pasa algo muy grave. —Los ojos oscuros de Zahra estaban encendidos, como siempre que se ponía muy seria cuando hablaba de un tema—. Miguel Valdez puede coger ese lector que tanto le gusta y metérselo por algún sitio del que no quiera hablar. Además, es muy malo conmigo cuando nos obliga a hacer los ejercicios.

Stella puso los ojos en blanco.

—No hablemos de eso. Tú expresas una pequeña queja y te cambia el entrenamiento, pero a mí me obliga a hacer el mismo programa horrible y extremadamente difícil cueste lo que cueste. Y para ti siempre es fácil. Tú nunca sudas y yo parece que me he metido en una piscina. Mi cara está roja como un tomate y me sudan hasta las pestañas, y ahí está Miguel, ayudándote a levantarte y con la vista clavada en tus grandes ojos castaños.

Las demás se echaron a reír. Harlow le lanzó una palomita a Zahra.

—Stella tiene razón. Yo hago ejercicio sin parar y tú te limitas a quejarte de lo difícil que es correr y luego sales a correr, sin parar de darle al pico y sin quedarte nunca sin aire o sin cosas que decir mientras yo me desplomo.

Zahra enarcó sus oscuras cejas y las miró a todas con seriedad, con aspecto inocente. Ninguna se lo creyó.

—Además eres una coqueta —la acusó Vienna—. No hay ningún hombre en la ciudad que no esté enamorado de ti, sin importar la edad que tenga. Yo iba cargada con tres bolsas de comida y tú llevabas solo una. ¡Una! Dos tontos adolescentes se acercan y dicen: «Oh, Zahra, deja que te llevemos eso». —Adoptó una voz de adolescente y puso los ojos en blanco.

Zahra se encogió de hombros y se examinó las uñas, con una pequeña sonrisa en los labios. Hasta eso resultaba atractivo.

—No puedo evitar que esos chicos sean educados, Vienna. Tú los fulminas con la mirada cuando intentan ayudar. Hablas de la independencia de las mujeres. Solo quiero ser independiente cuando me conviene. Sacar la basura no me conviene. Hacer los ejercicios de tortura de Miguel y pasar la tarjeta con mi nombre no me conviene. Y detesto correr a menos que me acompañe mi perra, que ya no tengo, así que correr es una faena. Incluso lo odiaba entonces, pero lo hacía por ella.

—Te juro que te voy a conseguir otro perro —gruñó Harlow.

—He estado pensando que debería ser una loca de los gatos como Vienna. Ella tiene un gato blanco y yo adoptaré una gata negra y la llamaré Matilda.

—Necesitas un perro que corra contigo —dijo Raine con firmeza—. Cómete otra chocolatina.

Zahra eligió obedientemente una y dio un mordisco, gimiendo de nuevo como si estuviera en éxtasis.

—¿Quién necesita un hombre cuando tenemos las chocolatinas de Shabina?

Todas rieron de nuevo. Stella apoyó la cabeza en el sofá, agradecida por tener tan buenas amigas. Sam tenía razón, las necesitaba, necesitaba su cercanía. Las risas que compartían. Sin embargo, se habían reunido con un propósito. Se dio cuenta de que había una tensión subyacente entre ellas. Querían que se sintiera cómoda y relajada, en un ambiente tranquilo, abierto y en confianza.

Cogió una de las chocolatinas y miró a sus amigas.

—Será mejor que vayáis al grano, porque sé que queréis hablar conmigo de algo. Ninguna de vosotras tiene cara de póker, a excepción de Vienna. —Se rio de su propia broma. Era bastante significativo que ninguna de ellas se riera realmente con ella. Sonrieron, pero no se rieron. En todo caso, parecían inquietas.

Stella se sentó un poco más recta. Miró a todas sus amigas reunidas en el salón de Shabina. Parecían preocupadas y daba la impresión de que ninguna quería sacar a relucir lo que les preocupaba. Miró a Zahra. Nunca entendió qué tenía Zahra que la había atraído desde el principio. Tenían personalidades muy diferentes, pero sabía que eran almas gemelas, aunque sonara raro. Podía contar con ella.

—¿Qué pasa? Todos tenemos nuestra copa. Estamos cómodas o deberíamos estarlo, pero parece que alguien esté a punto de cargarse a su mejor amiga. A mí, y yo ya he tenido suficientes golpes las últimas semanas, así que vamos al lío. Contadme.

Las mujeres intercambiaron largas miradas entre ellas. Stella bebió un trago de su margarita y deseó tener a Bailey para que la acompañara.

No fue Zahra, sino Vienna, la que le respondió:

—He hablado con Amelia Sanderson, la veterinaria, sobre Bailey y sus heridas.

Stella se puso en tensión de inmediato, temiendo que Amelia le hubiera dado a Vienna malas noticias que no le hubiera dado a ella, tal vez los efectos a largo plazo que Bailey sufriría.

—Teniendo en cuenta el número de puñaladas en su cuerpo, su tamaño y su fuerza, el hecho de que fuera apuñalado mientras atacaba y que sin embargo no se produjeran daños importantes en sus órganos internos, quien le apuñaló tenía que saber lo que estaba haciendo. Tenía conocimientos de anatomía.

Stella frunció el ceño, con los ojos clavados en los de Vienna mientras trataba de comprender a dónde quería ir a parar su amiga.

—Estás diciendo que quien apuñaló a Bailey no quería matarlo.

—Amelia dice que el agresor tenía un cuchillo grande y podría haber matado a Bailey, pero no lo hizo. Se lo clavó a unos cinco centímetros y tiró, abriendo laceraciones pero evitando tocar cualquier órgano interno. Bailey se abalanzó y probablemente le mordió. Tenía sangre en los dientes, por lo que tal vez tuvo un brazo en la boca. El hombre tenía que ser fuerte y debía de estar tranquilo durante todo el ataque. Eso requiere que fuera alguien increíblemente bien entrenado.

Vienna guardó silencio. Las otras mujeres evitaron la mirada de Stella. Ella bebió otro trago de su margarita helada. Morza, uno de los dóberman, se levantó y se acercó a Stella para tumbarse a su lado. Siempre había sido su favorito de los tres.

—Hola, cariño. ¿También echas de menos a Bailey? —Stella continuó buscando los ojos de Vienna. Ella iba a alguna parte con todo aquello—. Os escucho.

—Estaba oscuro. Tú corrías hacia ellos. El agresor solo tuvo unos segundos y aun así le asestó cuatro puñaladas, Stella. De esa manera tendrías que llevar a Bailey montaña abajo hasta el veterinario lo antes posible para evitar que se desangrara. Una ambulancia transportaría a Sonny.

Stella frunció el ceño.

—Ya sé todo eso, yo estaba allí, ¿recuerdas?

—Cariño —dijo Zahra, con suavidad—, piensa que el asesino tendría que ser alguien muy calmado. Muy fuerte. ¿Cuántos hombres conoces así?

—¿Cuántos hombres conocen anatomía? —insistió Vienna.

Stella se encogió de hombros.

—La mayoría de los hombres de esta zona cazan para llevar carne a sus familias durante el invierno. Son muy fuertes porque escalan y cargan con sus piezas. Conocen la anatomía porque despiezan la carne y la empaquetan. No estáis eliminando sospechosos.

—¿A quién conoces que pueda permanecer tan tranquilo durante el ataque de un perro feroz que pesa casi treinta kilos? Bailey es puro músculo. El agresor habría tenido que meter adrede el brazo en la boca de Bailey y después apuñalarlo de forma repetida, sabiendo que tú te aproximabas corriendo a ellos. Dejó a Bailey en el suelo y se retiró con calma. Es probable que te observara mientras atendías a tu perro y el sheriff acudía en tu ayuda. ¿A quién conoces que sea tan fuerte y tan frío bajo presión?

Parpadeó. Se le encogió el estómago. Sam. Estaban hablando de Sam. Miró las caras de cada una de ellas. Vienna. Zahra. Shabina. Harlow. Raine. Esta era la única que parecía no estar convencida. De hecho, su expresión decía que las demás estaban tan equivocadas que pensaba que estaban mal de la cabeza. Era obvio que ella había argumentado en contra de su razonamiento.

Stella sacudió la cabeza lentamente. No entendía cómo podían pensar que el asesino en serie podía ser Sam. Él no era así. Podría matar si tuviera que hacerlo, pero no mataría de forma indiscriminada.

—Sam no es el asesino en serie. ¿No creéis que lo sabría? Me acuesto con él, ¡por el amor de Dios! —Nadie dijo nada. Stella suspiró y volvió a intentarlo—. Para empezar, él estaba contigo en el Whitney cuando los dos escaladores se cayeron por el precipicio, Vienna.

—Pero no estaba conmigo. Nos separamos.

Stella la fulminó con la mirada, no porque pensara que Sam fuera culpable, sino porque eso había puesto a Vienna en peligro.

—Prometiste que los dos os mantendríais unidos. ¿Tienes idea del peligro que corriste? Podría haberte matado.

—Decidí que el asesino buscaba a una pareja, no a una mujer sola o a un hombre solo. Corríamos más peligro juntos —arguyó Vienna—. Estaba claro que no habíamos alcanzado los objetivos previstos y no sabíamos por qué, así que nos separamos para cubrir más terreno. Al final, dio igual. Llegamos demasiado tarde. Así que no, no estaba con él.

—Sin embargo, Sam no es el asesino en serie. Al primero al que atacó fue a él. ¿Os acordáis? Yo estaba allí. Me sumergí en el agua. Vi a alguien con un traje de buzo tratando de ahogarlo. Ese buzo me golpeó en la cara y luego me dio una patada en el pecho. ¿Creéis que me lo estoy inventando para protegerle?

Hizo todo lo posible para evitar que su voz sonara beligerante. Tuvo que recordarse a sí misma que eran sus amigas y que se preocupaban de verdad. Querían que estuviera a salvo. Desde su perspectiva, Sam podría ser una opción lógica. No lo conocían como ella. Podía ser intimidante a veces, no le costaba reconocerlo. Corrían todo tipo de rumores sobre él. Incluso Denver, su mejor amigo, le había advertido sobre él. Raine le había dicho que tuviera cuidado con la relación.

—No creemos que mientas para proteger a Sam, Stella —dijo Vienna—. Pero el hecho es que podría haber tenido ayuda. Pudo haber preparado ese ataque contra sí mismo sin problema. Apenas tenía un rasguño en la cabeza. Desde luego, no lo bastante grave como para perder el conocimiento.

—Me dijo que no había perdido el conocimiento —admitió Stella—. No es él. Por un lado, no tendría que forzar la casa, conoce el código para entrar, y alguien intentó entrar después del ataque a Sonny. Y habría visto las marcas de las mordeduras de Baily en su cuerpo. De hecho le veo desnudo, pero sobre todo, le conozco. No es él.

—Será mejor que estés segura, Stella —dijo Harlow—. Las personas que amas pueden ser monstruos.

—Mi padre es un asesino en serie, Harlow —señaló Stella con tranquilidad—. Creo que sé muy bien que las personas a las que amamos pueden ser monstruosas. También sé que los asesinos pueden tener episodios repentinos de enorme fuerza. Sé que los cazadores de esta zona son fuertes. Tienen conocimientos de anatomía. Los escaladores son fuertes y tienen mucha sangre fría en graves momentos de crisis. Tenemos muchos escaladores en la zona que también son cazadores. Puedo decirte con total seguridad, sin reservas, que Sam no es el asesino en serie.

—¿Y has visto sus brazos desde el ataque a Bailey? —reiteró Vienna—. Siento insistir tanto, pero te queremos y tenemos que estar absolutamente seguras de que estás a salvo, Stella —añadió al ver que hacía una mueca.

Stella bebió otro sorbo de su margarita y luego asintió con la cabeza despacio, dejando que vieran la forma en que se oscurecían sus ojos al recordar sus encuentros sexuales.

—He visto ambos brazos, piernas, además de todo su magnífico cuerpo. Numerosas veces, debo añadir. No tiene una marca de mordisco que no le haya dejado yo misma. No le gusta llevar ropa en la cama y le gusta despertarme de maneras muy interesantes. Lo que pasa con Sam es que es muy bueno en todo lo que hace. ¿No os habéis fijado? Es concienzudo. Es muy, muy concienzudo.

—Para —dijo Harlow y se tapó los oídos con las manos.

—No, tenéis que saber hasta qué punto es concienzudo para que entendáis que he aprendido ese mismo enfoque de él. Explora cada centímetro de mi cuerpo con su lengua. No puedo explicar lo que se siente. Hace un delicioso movimiento, como el aleteo de una mariposa, que me lleva a arder en deseos de gritar, y eso que ni siquiera ha llegado a lo mejor...

—¡Stella! —se quejó Shabina—. Danos un respiro.

—Solo me aseguro de que sepáis que le exploro a fondo y que es muy grande en..., uh..., en ese aspecto, así que le dedico bastante tiempo. El perro no hizo ningún daño ahí y estaría bastante molesta si lo hubiera hecho. Lo habría denunciado en el acto.

—Eso entra en la categoría de «demasiada información» —dijo Raine—. Hasta yo tengo que protestar.

Zahra lanzó su cojín y golpeó a Stella en la cara.

—No quiero mirar a ese hombre y preguntarme por su paquete. No digas ni una palabra más.

Stella se estaba divirtiendo demasiado. Sus amigas parecían horrorizadas o se reían, o hacían ambas cosas a la vez.

—Quiero que sepáis que es totalmente imposible que el asesino sea Sam porque he examinado su cuerpo con la misma minuciosidad y atención absoluta que él emplea con el mío. No tiene arañazos de las garras de Bailey, pero sí algunos hechos por mí en pleno éxtasis...

Las demás le lanzaron una lluvia de cojines y a continuación la bombardearon con todos los demás cojines que Shabina tenía en la habitación. A Stella estuvo a punto de caérsele la margarita en la alfombra. Se estaba riendo tanto mientras se defendía del ataque de cojines, que consiguió por los pelos dejarlo sobre la mesa.

—Nunca me sacaré esas imágenes de la cabeza —dijo Harlow—. ¡Uf! Muchas gracias.

—Podría haber sido mucho más descriptiva, pero Sam es muy reservado —adujo Stella—. Y, ¿sabes?, es probable que tenga micrófonos en la habitación o algo así, ya que fue un agente secreto —susurró las dos últimas palabras.

Las mujeres se pusieron serias al instante y se miraron entre sí y luego la habitación. Raine cogió uno de los díscolos cojines y ocultó la cara en él.

—¿Fue un agente secreto? —repitió Zahra—. ¿Como James Bond?

—En realidad no podría poner micrófonos en mi casa. Mi seguridad es demasiado buena —repuso Shabina. Frunció el ceño—. ¿Raine? ¿De verdad alguien podría piratear mi seguridad?

Raine intentó parecer muy seria.

—Supongo que James Bond podría. —Se echó a reír—. Sois todos tan fáciles...

Vienna la miró con el ceño fruncido.

—Estamos hablando de asesinos despiadados, Raine. Y nosotras somos mujeres indefensas que están solas en una casa enorme en una noche oscura y tormentosa.

Todas miraron a las ventanas. Soplaba el viento, pero no llovía. De hecho, brillaban la luna y las estrellas.

—Por curiosidad, ¿cuántas vais armadas? —preguntó Shabina.

Stella levantó la mano. Shabina, Raine, Harlow y Vienna también la levantaron.

Zahra enarcó las cejas.

—¿De verdad? ¿Soy la única que no tiene un arma?

—Llevas algún tipo de arma —dijo Stella—. Te conozco, Zahra.

—Nada tan burdo como una pistola.

—Así que ni hay tormenta ni estamos tan indefensas —concluyó Raine. Todas empezaron a reírse de nuevo. Vienna se encogió de hombros y se sirvió otra copa de la jarra que había en la mesita de café—. Entiendo la parte de que está oscuro.

—¿Las armas son burdas? —Stella se hizo eco—. ¿Desde cuándo?

—Son pesadas. Cuando recorres los caminos cargada con esas horribles mochilas que insistes en que lleve, solo añaden más peso. Me he vuelto minimalista —declaró Zahra.

Una vez más, prorrumpieron en carcajadas. Zahra se levantó toda digna, rodeó a Stella y a los perros, y llenó su vaso con el contenido de la jarra.

—No entiendo por qué os reís. ¿Sabéis siquiera lo que es ser minimalista? —preguntó Zahra con la cabeza muy erguida. Volvió a su sitio, recogiendo cojines a su paso—. Son muy bonitos, Shabina, ¿de dónde los has sacado? Siempre encuentras cosas bonitas para tu casa.

—Chata —objetó Harlow—, no puedes andar comprando cojines para tu casa si eres minimalista.

Zahra bebió un sorbo de su copa y miró a Harlow por encima del borde con el ceño fruncido.

—Por supuesto que sí. Soy minimalista en lo que respecta al equipo. Cada una de vosotras tiene equipo suficiente para abrir una tienda de deportes. Stella, ¿alguna vez has tirado una pieza del equipo de escalada sin importar lo vieja que sea?

Stella abrió la boca, la cerró y luego negó con la cabeza.

—No me pongas en el punto de mira. No soy yo quien dice que las armas son burdas y pesadas. ¿Qué tipo de arma has traído?

Zahra esbozó una de sus misteriosas sonrisas. Podría haber posado fácilmente para un cuadro artístico con esa hermosa sonrisa que no delataba nada.

—Un arma antigua que requiere destreza, pero que puede ser bastante mortal en las manos adecuadas.

—¿Has tenido que practicar para poder usarla? —preguntó Shabina.

—¿Te refieres a mover una de tus bonitas y cuidadas uñas para aprender de verdad? —Vienna parecía dudar.

—No ha dicho que sepa manejar dicha arma —señaló Raine—. Solo que la lleva encima.

—¡Oh, mujeres de poca fe! —Zahra profirió un bufido de indignación—. Tengo bastante puntería y disfruto del desafío, mucho mejor que si tratara de disparar a alguien. —Levantó el brazo y apartó hacia atrás su enorme jersey para mostrar las sartas de pequeñas cuentas de la pulsera que llevaba en la muñeca. Las cuentas eran pequeñas y muy pulidas; parecían ser de ónix negro o de una piedra similar.

—¿De verdad puedes usar eso como un arma? —preguntó Stella.

Zahra tocó las cuentas y luego se bajó el jersey.

—Sí. Cada día se me da mejor. He tardado un tiempo en sentirme cómoda llevándolo en la muñeca, pero me lo pongo todos los días y practico con él. Lo hago desde que perdí a Elara. Me mantuvo ocupada mientras deliberaba si tener otro perro.

—Vas a tener otro perro —dijeron todas a la vez.

Zahra volvió a poner los ojos en blanco.

—Supongo que sí. Pero no sé cuándo. Sigo pensando que voy a indagar, pero luego no lo hago. No quiero poner expectativas en un nuevo cachorro. No sería justo para la pequeña. Quiero la misma raza, así que de entrada, creo que puede ser difícil. Es decir, ¿cómo se consigue la misma mezcla?

—Los pastores de los Pirineos tienen un aspecto diferente, Zahra —dijo Raine—. Los he investigado a fondo. Diferentes colores y pelajes. Y hay refugios que tienen cruces. No serán exactamente iguales, pero tampoco quieres que el cachorro sea igual.

Todas las mujeres asintieron con la cabeza.

—¿Habéis investigado todas? —preguntó Zahra.

—Por supuesto. Te íbamos a regalar uno por tu cumpleaños. Intentamos en refugios, pero no tenían ninguno disponible.

—Me vas a hacer llorar. Eso es muy bonito. —Zahra parecía que iba a echarse a llorar—. Estaría bien tener un pequeño compañero, aunque lo de correr era un suplicio. Tendría que enseñarle a que quisiera caminar a un ritmo suave. —Se rieron de verdad solo de pensar que una raza tan enérgica prefiriera pasear cuando podía correr. Zahra era muy consciente de que esa raza necesitaba hacer ejercicio y en realidad no le molestaba en absoluto, por mucho que le gustara quejarse—. ¿Cómo es que te dedicaste a jugar al póker para ganarte la vida, Vienna? —preguntó Zahra—. Yo he intentado practicar para no revelar ninguna emoción en mi cara cuando venía para aquí y sabía que íbamos a hablar con Stella sobre Sam, pero cuanto más practicaba, peor se me daba. Si yo jugara una partida de póker de apuestas muy altas con un grupo de hombres malvados que quieren verme fracasar, sudaría la gota gorda.

Vienna se encogió de hombros.

—Necesitaba dinero y se me daban bien las cartas. En realidad no es que supiera contar las cartas, sino que más bien no se me olvidan. No se me olvida casi nada de lo que veo, así que jugar a las cartas es bastante fácil siempre que me toque una buena mano. A veces no se trata de habilidad. También estudio a las personas. Eso también ayuda. Y mis oponentes tienden a subestimarme. Lo más difícil fue empezar. Conseguir el dinero suficiente para entrar en el juego. —Les dedicó una pequeña sonrisa torcida—. Luego, una vez que empiezas a ganar, se trata de averiguar cómo conservar tus ganancias. Todo el mundo quiere quitártelas.

—¿Lo disfrutas? —preguntó Raine.

Vienna asintió.

—Mucho. Pero tengo cuidado. He visto a demasiada gente volverse adicta al juego. No es ganar dinero lo que me emociona, aunque siempre es un subidón. Es acabar con los abusones. Supongo que cuando uno es el que recibe los empujones todo el tiempo, puede detectar a los que disfrutan empujando. Puedo verlos a un kilómetro de distancia.

—Como Bale —dijo Shabina.

Vienna asintió.

—Exactamente como Bale. Es un abusón. Tiene que dirigir el cotarro. A sus amigos más les vale obedecer y también a todos los demás. Si no lo hacen, se burla de ellos hasta que hacen lo que él quiere. Sigue insistiendo hasta que se sale con la suya. Le he visto hacérselo hasta a sus mejores amigos. Rara vez le hacen frente. Sean es el que más se acerca, y cuando lo hace, desaparece durante días en el bosque, sin duda esperando hasta que cree que a Bale se le ha pasado el cabreo.

—Me imagino que los de Las Vegas son aún peores que Bale —aventuró Stella.

—No sé si son peores —dijo Vienna, pensativa—, pero desde luego se creen con más derecho. Tienen dinero, mucho dinero, y cada uno se cree el mejor a las cartas. No quieren que una mujer llegue y les quite su reputación. Es humillante para ellos. Sonríen y se hacen los simpáticos, pero puedes ver la ira bullendo bajo la superficie. Yo transfiero el dinero a mis cuentas antes de salir del hotel y luego hago que el personal de seguridad me acompañe hasta el coche. Aun así tuve dos incidentes en los que alguien intentó sacarme de la carretera de camino a casa. Tampoco se anduvieron con chiquitas con eso.

—Vienna —Harlow susurró su nombre—, espero que acudieras a la policía. ¿Tenías al menos el dinero para contratar guardaespaldas después de eso? Vivías en Las Vegas. ¿Es esa la razón de que hayas acabado aquí? ¿Te estás escondiendo?

Vienna se rio.

—Nada tan dramático, Harlow. Venía aquí siempre que podía porque me aportaba paz cuando en ningún momento sentía que la tuviera. Hay algo en la sierra que lo ralentiza todo y lo pone en perspectiva. Puedo ver lo que es la verdadera belleza y lo que realmente importa, y el dinero no es importante. Dar una bofetada a los abusones no es importante. Respirar aire fresco y ver salir el sol sobre el lago hace que el mundo esté bien para mí. Cuando tuve la oportunidad, me mudé aquí de forma permanente.

—¿Estás unida a tu madre? —preguntó Shabina.

—Hubo un tiempo en que lo estaba. Éramos muy buenas amigas. Pensé que siempre estaríamos unidas. Ella conoció a alguien y es muy feliz, o eso dice. Espero que lo sea. Le pago el alquiler y le envío dinero extra para las facturas y la comida. Me escribe y me envía postales que no firma, invitándome a ir a verla a ella y a su pareja. Pero cuando la visito, está tan nerviosa que me siento incómoda y tengo la sensación de que no me quiere allí. Nunca me quedo más de unos minutos y ella no intenta que lo haga.

—¿Está su pareja cuando la visitas?

—Nunca. —Vienna bajó la mirada a su bebida—. En realidad, eso es culpa mía, no de mi madre. Ella nunca hablaba de mi padre. De hecho, cuando le pregunté por él, se negó a hablar de él. No tengo ni idea de quién es. Es extraño, como si hubiera nacido en este vacío. Sin abuelos ni hermanos. No había fotografías ni antecedentes familiares. Mi madre jamás hablaba de su pasado. Siempre estábamos las dos solas.

Vienna rara vez hablaba de su pasado, por lo que todas guardaron silencio. Stella deseó que Bailey estuviera allí. Le tenía mucho cariño a Vienna y habría percibido su estado de ánimo y habría acudido a ella para reconfortarla. Bebió un sorbo de su copa y esperó.

Vienna levantó la vista y las miró. No habían encendido las luces, así que solo el suave fuego de la chimenea que proyectaba esos danzarines colores sobre las paredes iluminaba la habitación lo suficiente como para ver su expresión pesarosa.

—Me comporté como una cría cuando mi madre anunció que se había enamorado. Quiero que sea feliz. ¡Por el amor de Dios, soy una mujer adulta! No quiero que esté sola ni que viva su vida conmigo y con mi gata. Es que he luchado tanto para que siga viva y de repente va y me dice que se ha enamorado. Conoció a una mujer llamada Ellen en la clínica. Era voluntaria allí. Se hicieron amigas.

Zahra frunció el ceño.

—¿Sabías que prefería a las mujeres?

Vienna negó con la cabeza.

—Nunca tuvo una cita. Ni una sola vez. Ni con hombres ni con mujeres. Ni durante mi infancia ni cuando era adulta. Nunca habló de su sexualidad conmigo. Creía que lo sabía todo sobre ella. No creía que tuviéramos secretos la una para la otra, pero parece que toda mi vida se construyó con ellos.

Les dedicó una sonrisa temblorosa y bebió otro trago de su margarita helada.

—Gracias al cielo por las margaritas de medianoche. Esta es una gran manera de pasar la noche.

Zahra levantó primero su copa. Las demás la siguieron y bebieron con aire solemne.

—¿No conoces a Ellen? —preguntó Stella para incitar a Vienna a seguir hablando.

Vienna negó con la cabeza.

—No. Mi madre y yo tuvimos una terrible pelea cuando me lo contó. Como he dicho, fue culpa mía. Reaccioné como una adolescente celosa que no quería que mi mamá saliera con nadie. Me avergüenza pensar en lo egoísta e infantil que fui. Yo estaba yendo a la escuela de enfermería a tiempo completo y jugando algunas partidas de alto riesgo para seguir ganando dinero con el que pagar las facturas. Estaba agotada y alguien había intentado sacarme de la carretera. Esa fue la noche que eligió para revelar lo feliz que era. Estaba en mi momento más bajo. Asustada. Quería consuelo y hablar de las cosas con ella. Incluso me planteé aplazar la carrera de enfermería para poder pagar más rápido las facturas médicas y no estar quemando la vela por los dos extremos.

—¡Oh, no! —susurró Harlow.

Vienna asintió.

—Eso no justifica mi reacción. Entré por la puerta y se me echó encima, venga a darme abrazos y prácticamente dando saltos de lo emocionada que estaba. No se dio cuenta de lo mal que estaba ni de que había estado llorando. Se limitó a soltar la noticia. Recuerdo que la miré fijamente. De pie en la entrada de nuestro apartamento la miré con la chaqueta aún puesta. No podía hablar. No pude decir ni una palabra. Ojalá hubiera seguido así, porque cuando hablé, le dije cosas horribles.

El silencio se hizo de nuevo y solo se oía el crepitar del fuego. Uno de los perros de Shabina, Sharif, se acercó a las ventanas y acercó su nariz al cristal.

—Esa es siempre mi señal para cerrar las persianas —dijo Shabina—. Es mandón en ese sentido. Al menos me permite tenerlas abiertas si hay tormenta. Sabe que me gusta ver llover. —Utilizó el mando a distancia para bajar las persianas, cubriendo todas las ventanas de manera simultánea.

—¿Tu nombre no significa «ojo de la tormenta»? —preguntó Stella.

—Sí, aunque mi padre dice que yo soy la tormenta. —Shabina se recostó y apoyó la espalda en el sofá. Sharif se acurrucó a su lado. Vienna frunció el ceño.

—De todas nosotras, tú eres probablemente la más adorable, Shabina. ¿Por qué narices pensaría eso tu padre?

—¿Perdona? —dijo Zahra, juntando sus oscuras cejas—. Me parece que la más adorable soy yo.

Las risas estallaron de inmediato y Zahra las soportó con gran dignidad. Se sirvió la última margarita de la jarra.

—Ahora mismo ninguna de vosotras es amiga mía. Y me pienso comer el resto de las chocolatinas, así que no las toquéis.

Stella se levantó.

—Voy a hacer otra jarra de margarita. No tardaré mucho.

—Hay muchas galletas en la cocina —dijo Shabina tras ella—. Pon algunas en otra bandeja, ya que Zahra no comparte.

—Solo porque todas os negáis a reconocer que soy adorable. —Zahra volvió a sentarse y tomó otra chocolatina. Esperó a que Stella volviera y les diera a todas una nueva bebida—. ¿Se pusieron muy mal las cosas entre tu madre y tú, Vienna?

Vienna frunció el ceño por encima de la exquisita copa.

—Le lancé insultos hasta que finalmente me los devolvió. Pero entonces dijo algo así como que había desperdiciado toda su vida escondiéndose, con una espada suspendida sobre su cabeza, y ¿para qué? Yo ni siquiera era de su propia sangre. Sé que dijo eso. Lo sé. Ella se calló de golpe y se puso pálida. Incluso se llevó la mano a la boca. Le pregunté qué quería decir y me dijo que estaba equivocada. Que no había dicho eso. Que tal vez deseaba que lo hubiera hecho. Que por desgracia para mí iba a tener que aguantar. Después de eso se puso muy desagradable y dijo cosas realmente horribles. Creo que lo hizo a propósito para evitar que volviera a ese momento de la pelea que en realidad contenía la verdad sobre mi pasado.

Stella sintió una cierta conmoción por la historia de Vienna. Parecía dolida y Stella podía entender por qué. Vienna había crecido muy unida a Mitzi, su madre; solo estaban ellas dos. Había trabajado duro para ayudar a su madre a sobrevivir y lo había hecho encantada. Tuvo que parecerle una traición, aunque Vienna fuera adulta. Siempre habían sido ellas dos, y añadir de repente a una tercera persona sin previo aviso la habría pillado por sorpresa.

Ya deberían haberlo resuelto. ¿Por qué no lo habían hecho? No tenía sentido que no lo hubieran hecho. Habían pasado demasiados años. La madre de Vienna ya había tenido cáncer una vez. Vienna era enfermera. Sabía lo rápido que se podía perder a un ser querido por culpa de un accidente o de una enfermedad. Sabía la frecuencia con la que reaparecía el cáncer.

—Desde aquella noche, ¿has intentado hablar con tu madre sobre lo que se dijo, Vienna? —preguntó Stella, con la voz más suave posible.

Vienna asintió.

—Creo que por eso se siente incómoda cuando me ve. Le aterra que saque el tema. No quiere responder a ninguna pregunta. Me digo a mí misma que no preguntaré, pero claro, ¿quiero arriesgarme a perderla y no saber nunca de dónde vengo si en realidad no es mi madre? —Hizo una mueca—. Aun diciéndolo en voz alta delante de mis amigas más cercanas parece ridículo. Claro que es mi madre. Nos parecemos mucho. Quizá no en el aspecto, pero sí en todo lo demás. No quiero que nadie más sea mi madre.

—Nadie más lo es —aseveró Raine—. Ella te crio. Ha estado a tu lado en todo momento. Eso la convierte en tu madre, te haya o no dado a luz. Estoy con Stella en esto, Vienna, tienes que encontrar una manera de resolverlo. Tal vez invitarlas para que vengan las dos aquí para asistir a una cena especial en la cafetería de Shabina con todas nosotras. De esa manera la conversación no se convertirá en algo tan personal. Todas podríamos ayudar con la cena.

—En realidad, no es una mala idea, Vienna —dijo Stella—. ¿Crees que vendrían? Podríamos regalarles una habitación en el hotel de la ciudad.

Vienna se quedó en silencio, luchando por no llorar.

—Sois las mejores. Lo consideraré, pero tal vez prefiera esperar hasta que atrapemos a ese asesino en serie. No quiero que Stella lo vea de repente acechando en el pasillo del hotel mientras mi madre está allí.

Stella asintió.

—Ahora que lo mencionas, puede que esperar sea un plan mejor.

CAPÍTULO 17

«Mamá, papá está haciendo cosas malas otra vez.»

El sol de primera hora de la mañana intentaba brillar entre las nubes a la deriva. Tierra, rocas y hierba amarilla y marrón cubierta de pequeños restos que el viento había arrastrado yacían en el suelo. Ramitas. Hojas. Agujas de pino. El sendero no era muy transitado y no estaba bien señalizado, pero aun así, mientras Stella lo observaba a través del estrecho foco, había algo que le resultaba familiar.

Dos personas caminaban por aquel sendero de tierra irregular y hierba crecida. Vislumbró sombras en el suelo. Dos hombres, ambos altos, con lo que podrían ser mochilas, lo que les hacía parecer deformes.

Sintió el estado de ánimo de cada uno de ellos porque ambos los transmitían con fuerza. Ambos estaban excitados. Expectantes. Hablaban, reían. Derrochaban camaradería. Se conocían. Ella se esforzó por escuchar. Para oír lo que decían. Al menos para captar el sonido de sus voces. Sabía que se reían y hablaban, pero no podía distinguir las palabras. ¿Risas? ¿Podría identificarlos por medio de la risa? Había un extraño golpeteo en sus oídos que interfería con su capacidad de escuchar. Los latidos de su corazón retumbaban como un tambor, tan fuerte que temía que los dos hombres pudieran oírla.

Aunque ambos parecían compartir las mismas emociones por la subida del día, uno sentía con más intensidad. Uno sentía pura euforia, un torrente de furtivo regocijo, de poder absoluto. Por instinto supo que el asesino estaba disfrutando tomándose su tiempo con aquel «accidente». No solo conocía a su víctima, sino que era amigo suyo. Eso era nuevo. Hizo todo lo posible por mantener la calma y trató de ajustar el objetivo de la cámara en un esfuerzo por abrirlo más. No funcionó, solo le frustró el hecho de no poder encontrar más pistas en las sombras de los hombres ni ver algo más, aparte del terreno que cubrían al paso rápido que marcaban los dos.

El objetivo comenzó a cerrarse, dejándola frente a una pantalla en negro.

Stella se incorporó con el corazón desbocado y se restregó la cara con las manos una y otra vez en un intento de borrar el miedo infantil y enfrentarse a la pesadilla como una adulta.

—Los conozco —susurró y levantó la vista, segura de que Sam estaría allí.

Se habían ido a dormir juntos, rodeada por sus brazos, pero cuando tenía sus pesadillas, él siempre hacía lo mismo: le daba espacio. Parecía saber de manera instintiva que lo necesitaba. Se sentaba al otro lado de la habitación, donde pudiera verle, así que todo lo que tenía que hacer para verlo era levantar la vista. El mero hecho de saber que él estaba allí calmaba los terribles nudos que le encogían el estómago y le permitía respirar cuando sentía que le ardían los pulmones y los tenía en carne viva.

Sam le devolvió la mirada, con sus oscuros ojos fijos en ella. Podía ver amor en ellos y eso la conmovía. A veces se sorprendía. No se decían palabras como «amor» entre ellos. No llevaban juntos demasiado tiempo. Tal vez dos años no fuera mucho, y llevaban todo ese tiempo juntos, aunque nunca lo hubieran reconocido, pero los sentimientos que se profesaban habían ido creciendo desde entonces.

Intentó sonreír. Era temblorosa, pero estaba ahí.

—Está claro que ha acelerado el ritmo, ¿no es así? Su último asesinato no le satisfizo demasiado para actuar tan rápido. ¿Un día? No sé si puedo seguir haciendo esto. Tal vez deberíamos hablar con el FBI.

—Estás agotada, Stella. —La voz de Sam era suave—. No estás durmiendo demasiado, y después del ataque a Bailey, duermes una o dos horas y te despiertas. Tú y yo sabemos que el FBI no puede atraparlo porque no hay pruebas. No deja nada. Lo máximo que tenemos para demostrar que existe son los dedos rotos. Incluso la forense diría que eso es poco. Hay una explicación para cada hueso roto.

—Lo sé. —Stella se levantó de la cama y se acercó a él, rompiendo la rutina. No pudo evitarlo—. Sam —se sentó en su regazo, rodeando su cuello con los brazos, y permitió que él la consolara—, los conozco a los dos. Sé que los conozco. Había algo en ellos que me resultaba muy familiar, pero no he podido determinarlo.

Ocultó el rostro contra su pecho. Sam parecía invencible. El corazón le latía con fuerza. Su pecho parecía de hierro. Sus brazos rodeándola eran una fortaleza segura. Solo quería quedarse un rato ahí y esconderse. Estar a salvo. No tener que pensar en perder ese asalto con el asesino en serie. No tener que pensar que podría descubrir a un amigo y saber que había sido un despiadado asesino en todo momento, capaz de caminar con alguien que conocía sabiendo que iba a matarlo.

Sam ahuecó la palma de la mano sobre la parte posterior de su cabeza y luego le acarició el cabello.

—Está bien llorar por él, cariño. Por la pérdida de un amigo. Sea quien sea, lo perdimos en el momento en que tomó este camino. Ya no es la misma persona y no podemos pensar en él de esa manera. Eso significa que ya hemos perdido a un amigo, Stella.

—No quiero perder a dos de ellos. —Levantó la cabeza y le miró a los ojos—. Ya he fallado muchas veces. No puedo fallar esta vez. Conozco a la víctima. Había algo en las voces. La risa. No puedo decir qué era. El objetivo no se mantuvo abierto el tiempo suficiente, pero sé que debería ser capaz de identificarlos a ambos. Y el lugar al que iban a subir.

Frunció el ceño y se mordió el labio inferior mientras trataba de recordar.

—Tienes que hacer lo que siempre haces, cariño. Dibújalo. Los detalles vienen a ti. Una vez que lo hagas, puedes ver si algo te suena. Yo también le echaré un vistazo y luego lo comentas con tu pandilla. Todos escaláis.

Stella se levantó de mala gana de su regazo. Él siempre desprendía calor y la pérdida de su calor la hizo estremecer. O tal vez fuera el saber que el asesino en serie estaba fuera de control.

—Parecía tan alegre, Sam. Tan petulante. Odiaba saber que estaba hablando y riendo con un amigo suyo y que al mismo tiempo planeaba matarle. Se complacía en saberlo.

Volvió a meterse en la cama y sacó su bloc de dibujo, su diario y sus lápices de la caja fuerte empotrada en la pared.

—Él no está aquí esta noche. Nadie nos observa. O al menos yo no lo percibo.

—Yo tampoco. Sí que he husmeado un poco por la ladera de la cresta que hay por encima del recodo del lago, casi justo enfrente de nosotros. Pensé que si alguien quería una posición estratégica y conocía la propiedad, ese sería el lugar más probable para construir un campamento. Podría permanecer allí de forma indefinida con los suministros adecuados, llueva, haga sol o incluso nieve, y estaría protegido.

—Genial. Pensé que ya habías descubierto su escondite después de que atacaran a Bailey.

—Era demasiado fácil. Consideré lo inteligente que es este asesino y lo tuve en cuenta, junto con la idea de que estaba obsesionado contigo.

Stella se estremeció.

—Prefiero no pensar que está obsesionado conmigo, Sam.

—Sé que es una mierda, pero si consideras el momento de tu primera pesadilla, coincidió más o menos con el momento en que empezamos a consolidar nuestra relación. Es posible que el asesino nos viera juntos y no le gustara la forma en que nos mirábamos. O la forma en que yo te miraba a ti, al menos. A veces no oculto mis sentimientos por ti tan bien como debería.

Se había tapado las piernas con las sábanas, pero ante su última afirmación, se agarró a las mantas y parpadeó.

—Hombre. —Tenía un nudo en la garganta con el que temía ahogarse.

—Mujer. —Su voz era tan aterciopelada que acariciaba su piel.

—No me miras abiertamente como si estuvieras loca por mí. O tal vez ocultas muy bien tus sentimientos. Soy yo el que se vuelve un poco loco cuando bebo. Yo... digo cosas.

Esbozó una sonrisa pausada al principio y el estómago le dio un pequeño vuelco. Luego la sonrisa iluminó sus ojos y Stella se derritió por dentro. Ahora Sam provocaba eso en ella con suma facilidad.

—Recuerdo que hubo una noche en la que os metí a ti y a tus amigas en el 4Runner y os llevé a casa. Dijiste que era guapísimo. Y creo que otra palabra que usaste fue «buenorro».

—¿Lo dije en el bar?

Asintió con la cabeza.

—Varias veces. A horcajadas sobre mi regazo. Me besaste dos veces. Ese fue el momento en que decidí que habías bebido suficiente y que te iba a llevar a casa. No pude aguantar más. No me malinterpretes, estaba disfrutando cada segundo, pero las cosas se estaban descontrolando, cielo.

Stella cerró los ojos.

—Tenía la esperanza de que no había intentado poner en práctica todas las cosas que pensé hacerte. —Abrió los ojos—. Lo hice, ¿no?

—Solo te cogí en brazos y metí tu culo en la camioneta. Créeme, yo fui el único que sufrió esa noche, cielo.

—Y luego casi te matan a la mañana siguiente. —Frunció el ceño y acarició con los dedos el cuaderno de dibujo—. ¿Recuerdas lo que pasó el fin de semana anterior? ¿Qué estábamos haciendo? Las pesadillas empezaron antes. Si el catalizador fue realmente vernos a ti y a mí juntos, entonces tuvimos que dejar entrever algo a principios de la semana, Sam.

Se le encogió el estómago. No quería que su recuerdo fuera el mismo que el del asesino. Había atesorado ese momento sagrado como algo especial, pues tenía muy pocos. No quería pensar que un asesino en serie había empezado a asesinar porque podía haber presenciado esa intimidad entre ellos.

Su expresión se suavizó. Sam era un hombre de carácter. De rasgos angulosos. Cuando le dedicaba esa mirada particular, la que no dedicaba a nadie más, ella sabía que era suyo y la hacía sentir segura y deseada.

—Stella, llevamos más de dos años juntos. Siempre vamos juntos a la ciudad. Compramos suministros para el *resort*. Nos arrimamos mucho cuando miramos tu lista, que está escrita en una especie de galimatías que nadie más que tú puede entender. Te pongo la mano en el hombro o te rodeo la cintura. Tú me pones la mano en el brazo cuando caminamos. Nos sentimos cómodos el uno con el otro. Hacemos juntos todas las comidas en la ciudad, a no ser que te reúnas con alguien de tu pandilla, y la mitad de las veces estoy sentado en la mesa a un metro de ti, cuidándote. Todo el mundo sabe lo que siento por ti. Todo el mundo. Lo dejo claro.

Ella asintió porque todo lo que decía era cierto. Iban juntos a la ciudad. En algún momento de los últimos dos años eso había evolucionado de forma natural. Eso seguía sin explicar qué habría sido tan diferente como para provocar que alguien se convirtiera en un asesino en serie. Pero tenía miedo de saberlo. Esperaba que no, pero temía que fuera su primer beso, el que ella había iniciado.

—¿De qué forma dejas claro que sientes algo por mí? Nadie puede leer tu expresión, Sam. —Lo pospuso una vez más, luchando para que el asesino tuviera otras razones para acecharla.

—Los hombres pueden leerme alto y claro cuando se trata de ti, Stella. Hay una gran señal de «No acercarse». ¿No has notado que los hombres no te piden salir?

—Emito vibraciones que dicen que no me interesan las citas.

—¿Eso los detuvo hace tres años?

Stella frunció el ceño.

—Tal vez no. No lo sé. Pero si advertías a los hombres que se mantuvieran alejados en algún misterioso código entre colegas que se me pasó por alto durante dos años, ¿por qué el obsesionado asesino en serie no comenzó su ola de asesinatos en ese momento?

—Porque todavía tenías las puertas cerradas, cielo. Me estabas dejando entrar poco a poco, pero nadie podía verlo más que yo. Al principio pensaba que trabajábamos juntos y que teníamos que pasar mucho tiempo juntos. Luego fuimos amigos. Tienes muchos amigos, y bastantes son varones. No parecías tratarme de forma muy distinta a los demás. Al principio. Supongo que nuestra relación cambió con el tiempo de forma tan lenta que se acostumbró, igual que tú.

Stella frunció aún más el ceño.

—No lo entiendo.

—Planifiqué estos dos años con mucho cuidado. Por ejemplo, lo de mirar por encima del hombro para leer la lista. Yo soy más alto, así que tenía que agacharme. Eso requería que posara la mano en tu hombro para no perder el equilibrio.

Stella le miró con los ojos entrecerrados.

—Tú nunca pierdes el equilibrio. En ninguna situación.

Sam le sonrió de verdad por primera vez y su corazón reaccionó casi dándole un vuelco.

—No, no suelo perder el equilibrio, pero supongo que puede ocurrir.

—Estabas haciendo que me acostumbrara a que me tocaras.

Sam enarcó una ceja sin una pizca de remordimiento.

—Ha funcionado. ¿Cómo es el dicho? Todo vale en el amor y en la guerra. Cortejarte fue un poco de ambas cosas.

Se sentó en mitad de la cama, de espaldas al cabecero, y contempló la forma en que Sam le había cambiado la vida. Ya no temblaba ni lloraba. Ya no se mecía de un lado a otro. Él era una roca en la que apoyarse, pero no se hacía cargo y arreglaba las cosas por ella. Esperaba a hablar las cosas cuando ella estaba preparada. Y se había tomado su tiempo, había tenido la paciencia de cortejarla de otra manera, de introducirse gentilmente en su vida y convertirse en una parte indispensable de ella. Se sentía halagada y divertida.

—Das un poco de miedo.

Él asintió con la cabeza.

—El tipo de hombre contra el que te advierten tus mejores amigas.

Se rio.

—Desde luego que lo hicieron. —Su sonrisa se desvaneció—. Si fuiste coherente y nos ceñimos a la teoría de que el asesino está obsesionado conmigo, algo de lo que hice tuvo que desencadenarlo, ¿no?

«Que no sea nuestro primer beso. Al menos dame eso.»

—Podría haber sido una combinación de cosas, Stella. No busques culpables, es un camino resbaladizo.

—En realidad no lo estoy haciendo. Estoy tratando de recordar qué podría haber hecho de manera diferente, cómo podría haber actuado contigo justo antes de que comenzaran las pesadillas. Eso nos daría una idea de quién estaba cerca entonces.

Ya lo sabía, pero quería que fuera otra cosa, no ese momento preciso en el que estaba convencida de que había hecho el ridículo más absoluto. Esperaba que nadie la hubiera visto y que Sam no lo recordara, pero por supuesto se acordaba de ello. Había hecho todo lo posible por no pensar en aquello, aunque había pensado en ello cada noche hasta que empezaron las pesadillas.

—Estabas en la calle con Bailey y conmigo, tratando de decidir si ir de compras en ese momento o almorzar con Raine. No disponíamos de mucho tiempo porque teníamos que volver y reunirnos con el inspector. Hacía más de una semana que no habías visto a Raine. Nadie la había visto y estabas preocupada por ella. Te dije que yo me ocuparía de las tareas y cuidaría de Bailey, que le mandaras un mensaje a Raine para que se reuniera contigo en la cafetería de Shabina. Lo hiciste y enseguida te respondió que podía reunirse contigo. Me rodeaste con tus brazos y me besaste. Allí mismo, en la calle, delante de todo el mundo.

Sintió que se ponía roja como un tomate desde el cuello hasta la cara.

—De eso nada. —Pero lo había hecho. Recordaba muy bien aquel beso. Había empezado de manera muy casta. Como un agradecimiento. Tenía la intención de rozarle los labios con los suyos, nada más. Pero luego lo saboreó. Debería haber parado ahí mismo. Sam debería haberse puesto tenso o haberla empujado.

Sam no era el tipo de hombre que invitaba a las mujeres a echársele encima. Si lo era, al menos ella no lo sabía. Su brazo la había rodeado como una barra de hierro, encerrándola contra él, y había enroscado una mano en su pelo y entonces..., bueno..., simplemente fue su perdición. No había nada más que sentimiento y pasión y se olvidó de dónde estaba. Se fundió con él. Sam tuvo que ponerle las manos en las caderas para sujetarla y mantenerla alejada de él mientras le miraba como una completa idiota, preguntándose qué acababa de suceder. Entonces estuvo a punto de desplomarse en la acera porque sus piernas se volvieron de gelatina. En serio, había sido realmente terrible. Cerró la puerta a su comportamiento.

—Estoy bastante segura de que me besaste tú, Sam.

—Cualquiera que nos observara habría visto que tú iniciaste el beso, Satine. Puede que yo me haya aprovechado de la situación, pero tú definitivamente lo iniciaste.

—¿Crees que de verdad alguien prestó atención?

Él enarcó la ceja.

—Cielo, ¿de verdad? Estábamos en el centro de la ciudad, al aire libre. Eres de la realeza. Estabas en la calle, todo el mundo mira. Luego casi te metiste en medio del tráfico y tuve que detenerte. Casi me has hecho reír. Seguro que eso haría reaccionar a cualquiera que estuviera mirando. Te acompañé a la cafetería solo para asegurarme de que llegabas porque estabas aturdida.

—No lo estaba. —Sí que lo estaba.

—Mujer.

—Me vio besarte.

—Lo más probable.

—Siempre lo has sabido.

—Consideré la posibilidad al ver que no dejaba de observarte. O sabía quién eras o estaba obsesionado contigo. Si estaba al corriente de quién eras y de que sabías que era un asesino, esperaría que contactaras con las autoridades. No lo hiciste. No intentó matarte. No creo que sepa quién eres en realidad, así que eso significa que o bien no es el asesino y es un acosador, o bien es el mismo hombre.

Stella le observó con atención. Le encantaba su forma de pensar, la manera en que ataba cabos, pero la dejaba pensar por sí misma. Eso era importante para ella. No quería que nadie le resolviera los problemas, llevaba demasiado tiempo haciéndolo ella sola. Sin embargo, era agradable poder apoyarse en él de vez en cuando, saber que estaba ahí y que le ofrecería orientación. Le gustaba que él también dejara que le orientase.

—Simplemente no creo en las coincidencias, en que sean distintos los hombres que hacen estas cosas; uno es un asesino en serie y el otro un acosador, sobre todo porque aparecieron exactamente al mismo tiempo. Lo más lógico es que sean la misma persona —dijo Sam.

Intentó asimilarlo sin inmutarse ni asumir la culpa. Ese hombre era responsable de sus actos, no ella. Tampoco era responsable de lo que había hecho su padre. Su madre adoptiva le había hecho ese regalo a través de su amor y asesoramiento, negándose a permitir que Stella asumiera esa carga. No le había permitido seguir creyendo que había roto su familia y empujado a su madre al suicidio. No iba a tirar por la borda esa sabiduría y menos ahora que tenía que aferrarse a ella para intentar salvar una vida y evitar que un asesino volviera a matar cuando parecía imparable. Pero era difícil no pensar que el asesino le estaba arrebatando el tipo de recuerdos que ella apreciaba y que quería conservar.

—Yo tampoco creo en ese tipo de coincidencias, Sam. —¿Cómo podrían relacionarle con los «accidentes»?

Durante las siguientes noches, Stella registró cuidadosamente los detalles de sus pesadillas. Dibujó la luz del sol de primera hora de la mañana derramándose sobre la escasa hierba que crecía en el suelo rocoso. La hierba estaba amarillenta y parda en su mayoría y se había enlaciado en lugar de haber sido pisoteada. Las rocas incrustadas en la tierra hacían que el camino fuera irregular y el sendero se desdibujara, como si lo recorriera poca gente. Aun así, el sendero estaba ahí, con no más de treinta centímetros de ancho. Ahora que el objetivo se había abierto un poco, era más fácil de ver. Las hojas y los residuos, como palitos e incluso ramas pequeñas, cubrían el suelo, haciendo que los bordes del sendero fueran más difíciles de ver, pero al tener un campo de visión más amplio, Stella fue capaz de discernir los giros y las vueltas del sendero que parecía no tener fin y conducir a ninguna parte.

Resultaba evidente que no se trataba de una zona de escalada preferida por los lugareños ni por los turistas. La temporada de escalada estaba llegando a su fin en octubre, sobre todo la escalada en bloque, pero los días bonitos no se desperdiciaban. A menudo, como Stella estaba tan ocupada durante la temporada de pesca y turística, después de cerrar el *resort* intentaba practicar escalada en bloque todo lo posible antes de que cambiara la climatología. No era de extrañar que aquellos dos escaladores estuvieran disfrutando del tiempo despejado, aunque fresco, de octubre.

Stella estudió los bocetos de la tercera noche, colocándolos sobre la cama para que Sam los examinara con ella. A él también le gustaba escalar. Eso era lo que en un principio le había atraído de la zona, como a tantos otros. Acudían escaladores de todo el mundo para poner a prueba su pericia en las distintas rocas. Por fortuna había todo tipo de escaladas, para todos los niveles, desde principiantes hasta expertos.

—Esto es lo mejor que he podido conseguir, Sam —dijo, mordiéndose el labio inferior—. Tres noches y sobre todo he visto el sendero que se adentra. Este es el fondo de la roca. Granito. Menuda sorpresa. He dibujado todos los detalles que he podido ver en la parte inferior de la roca. Hay un saliente muy grande aquí. Juro que lo he visto antes. ¿Ves que los colores pasan del rojo a casi un tono más profundo de púrpura? Eso no es solo una sombra. Al principio pensé que lo era, pero no creo que lo sea. Las líneas del granito se arremolinan aquí. —Sam la empujó con la cadera y se colocó a su lado, cogiendo el dibujo para estudiarlo.

—No he escalado en este lugar. Tiene que estar lejos. He mirado el sendero que se adentra varias veces y puede que, como mucho, dos personas hayan transitado por él en varios meses. Se puede ver por la hierba y los residuos. Si tuviera que adivinar, diría que es probable que fuera la misma persona al hacer el trayecto de regreso. Tal vez los dos.

—Sé que he estado allí al menos en una ocasión —dijo Stella—. Rara vez olvido algo, sobre todo de algún lugar en el que haya hecho escalada en bloque.

—Es posible que no estuvieras haciendo escalada en bloque —señaló Sam—. Si son dos, podrían practicar escalada tradicional. O escalada deportiva. Fíjate en las sombras. Llevan cuerda.

A Stella no le gustaba escalar con cuerda. Eso era un hecho bien conocido entre sus amigos. Podía hacerlo, pero no le gustaba. Prefería resolver los problemas que entrañaba la escalada en bloque. Era una escaladora solitaria. Los riesgos los corría ella.

—Este lugar en particular está muy alejado, Sam. Si alguien lo está trabajando, mi suposición es que se trata del proyecto a largo plazo de alguien. Ha estado trabajando en él durante semanas, tal vez más, pero eso es solo una suposición. —Se llevó la mano a la frente—. Esto es muy frustrante.

Sam le cogió la muñeca y tiró de su mano hacia abajo, sin soltarla.

—Te estás volviendo loca, Stella. Tienes que olvidarte de esto por un tiempo. Has hecho todo lo que puedes hacer por ahora. Mañana por la noche tendrás una visión más amplia de la roca y eso, con suerte, te refrescará la memoria. Si no, cuando enseñemos todos estos dibujos a los demás, alguno reconocerá el lugar. Siempre, en la quinta noche, obtienes una visión mucho más clara.

—Ha estado matando al día siguiente. No espera una o dos noches como los otros asesinos. Está demasiado ansioso.

Sam deslizó el pulgar arriba y abajo por el dorso de su mano en una pequeña caricia mientras posaba la palma de Stella sobre su corazón.

—En el momento en que sepamos la ubicación, podemos ir allí. ¿Qué hay más natural que practicar la escalada con cuerda? ¿Sobre todo donde sabemos que no hay nadie más? Interrumpimos al asesino y descubrimos quién es.

Algo en su voz hizo que su corazón le diera un vuelco y luego se acelerara. No había ninguna inflexión real. Su tono era suave, incluso gentil, tan propio de Sam. Ella giró la cabeza y sus ojos se encontraron con los de él.

—Sam.

—¿Qué pasa, cielo?

Se llevó la mano de ella a la boca y rozó con los dientes las yemas de sus dedos, encendiendo un millón de ardientes terminaciones nerviosas, casi distrayéndola. Stella respiró hondo.

—En cuanto sepamos quién es, tenemos que hablar con Griffen.

Su mirada no se apartó de la de ella. La miró fijamente mientras sus dientes la mordisqueaban. A Stella se le encogió el estómago y sintió la tensión en su entrepierna.

—¿Qué vamos a decirle exactamente a Griffen, Stella? ¿Que tenemos pruebas? No hay manera de condenarlo.

—Sam, no puedes ir tras él.

No dijo nada, solo la miró.

Stella sacudió la cabeza.

—No. Por supuesto que no. No puedes.

—Cielo, ¿qué otra opción hay? No podemos dejar que siga matando gente. Una vez que sepamos quién es, cualquier persona que mate después de eso será culpa nuestra. La policía no puede arrestarlo sin pruebas. Ya lo sabes. Necesitan lo suficiente para una condena. No tienen nada contra él y no lo van a conseguir. Es demasiado inteligente. Tendrían que esperar a que mate. Entonces tendría que cometer errores durante sus asesinatos.

—No puedes.

—Es lo que hago.

—Ya no. Esa ya no es tu vida. Viniste aquí buscando una vida diferente y la has encontrado, Sam. Sería diferente si fuera en defensa propia, pero no lo es. Y no te atrevas a ponerte en evidencia para que vaya a por ti. Lo digo en serio.

—No puede vivir, Stella. —El mismo tono firme. Suave. Paciente. No apartó la mirada de ella ni siquiera un momento.

Stella le enmarcó la cara con las manos.

—Tienes que escucharme, cielo. No podemos ser juez, jurado y verdugo. No tenemos ese tipo de autoridad.

—Yo sí.

—Ya no.

—La tengo. He decidido no usarla. No podemos dejar que continúe.

—Y luego, ¿qué? ¿Vas a la cárcel?

—Por favor, Stella. Puedo organizar un «accidente» tan bien como este tipo.

—No voy a sacrificarte por él ni por nadie. Tenemos que pensar en otra manera —insistió Stella, y se arrimó a él para depositar suaves besos en su boca con el fin de evitar que discutiera con ella.

Stella no tenía ni idea de cómo le afectaría tener que matar a un amigo. Había dejado atrás esa vida. Tal vez fuera más lento que antes. Podría titubear. Aunque matara al asesino en serie y el cuerpo desapareciera, o su muerte se considerara un accidente, ¿cómo afectaría eso a Sam? Por fin había hecho las paces con su pasado. No necesitaba empezar de nuevo. Y cualquier agencia para la que hubiera trabajado podría ver eso como una señal de que quería volver. O podrían chantajearlo para que lo hiciera.

—Stella. —Su nombre surgió como una mezcla entre un gruñido y un gemido—. Cielo, vamos a vestirnos y a dar un paseo. Es la tercera noche consecutiva que no sale a vigilar el lugar. Aprovechemos, a menos que haga demasiado frío para ti.

Sabía que Sam era inquieto por la noche y merodeaba por la propiedad incluso más que los guardias de seguridad.

—Me parece bien.

Ambos se pusieron ropa de abrigo, botas y guantes y salieron al frío. La temperatura había bajado aún más de lo que ella esperaba. Stella profirió un pequeño grito ahogado y él se rio.

—Sacaré a Bailey cuando volvamos. ¿Estás segura de que vas lo bastante abrigada?

—Sí. —El cielo estaba despejado, sin nubes, y permitía que las estrellas y la media luna brillaran en lo alto. Dejó que Sam tomara su mano. Todavía le resultaba un poco raro ir de la mano con él, pero le gustaba, no podía evitarlo. La mano de Sam era bastante más grande y sus dedos la envolvían.

—¿Te has sentido mejor en tu relación con tu padre después de hablar con él, Sam? —Stella se había guardado la pregunta durante algún tiempo y se molestó consigo misma por soltarla de golpe—. No lo pregunto por curiosidad. No te presionaría para que me dieras respuestas. Es que se acercan las vacaciones. A pesar de que me lo pidió y de que eso no tiene nada que ver, como sabes, Shabina y yo organizamos cenas para los demás que están en la ciudad. El caso es que suponía que pasarías las vacaciones conmigo...

Apretó los dedos alrededor de los suyos.

—Has supuesto bien —repuso con decisión.

—Es tu única familia. Si quieres invitarlo, es bienvenido. Solo tendría que saberlo con antelación. No lo invites si te incomoda que esté presente. El objetivo de reunirnos todos es pasar un buen rato. Podemos beber demasiado si queremos o darnos un atracón con las riquísimas tartas o postres de Shabina. Ya sabes cómo somos.

—Lo sé. Denver y yo sacamos a todos los perros a pasear mientras vosotras os volvéis un poco locas con nosotros.

Stella se rio.

—Así es. No veo a tu padre sacando a los perros a pasear. Me dijo que tenía una amiga. Es posible que ella prepare unas comidas navideñas increíbles.

—Espero que piense complacer todos sus caprichos. A eso le tenía acostumbrado mi madre.

—¿No se volvió a casar?

—No —dijo Sam, y la arrimó a él mientras caminaban por la orilla del lago. Corría una suave brisa, que jugueteaba con sus ropas—. Eso sí me sorprendió. Siempre pensé que al menos conviviría con una mujer, pero no lo hizo.

—¿Le preguntaste por qué no se divorció de tu madre? —se atrevió a preguntar Stella—. Esa habría sido mi primera pregunta. No entiendo por qué los hombres que engañan se molestan en casarse. Y cuando lo hacen, por qué no se portan como es debido y se van. —En cierto modo, intentaba decirle que eso era lo que esperaba de él.

Sam se llevó la mano de Stella al pecho mientras paseaban.

—Le pregunté por qué no la dejaba tranquila, por qué no dejaba que siguiera con su vida.

—¿Te dio alguna respuesta?

Sam negó despacio con la cabeza.

—Al principio trató de evitar responder, culpando de su decisión a la Iglesia y a los votos sagrados. Le señalé que faltaba a sus votos constantemente, por lo que no significaban una mierda para él. Al final reconoció que mi madre llevaba la casa como él quería. Se ocupaba de que estuviera cómodo. También impedía que cualquiera de las mujeres con las que se acostaba albergara esperanzas de convertirse en la próxima señora Rossi.

Stella se contuvo para no dedicarle a su padre un apelativo bastante grosero, pero le costó lo indecible. Se mantuvo en silencio, pues pensaba que era la mejor manera de no meterse en problemas. En lo que a ella concernía, Marco Rossi era un cretino integral.

—Creo que pensaba que, como ya era mayor, lo entendería. Se equivocaba. No lo entiendo. Nunca lo entenderé. Y no solo porque era mi madre. Es un cabrón egoísta y nunca debió casarse. Se casó con ella porque su familia era una de las familias gobernantes y era como emparentar con la realeza. Pensé que la amaba. Afirmó que lo hacía a su manera. Me dijo que la amaba más de lo que nunca había amado a ninguna mujer. También me dijo que esa era en parte la razón por la que no se divorció de ella. Eso y que la familia de mi madre nunca lo entendería. —Sam se frotó el puente de la nariz con un dedo enguantado mientras continuaban su paseo por el lago. El agua lamía suavemente la orilla—. Admitió que tenía muchos remordimientos. Me dijo que desearía haberse quedado en casa en su cumpleaños. No lo hizo porque ya había quedado con varios de sus amigos en el club de *striptease* y no quería parecer débil. Se había olvidado de la fecha. Dijo que debería haberlos llamado para cancelarlo.

—Es muy triste que su ego no le permitiera echarse atrás, aunque quisiera.

—De hecho, le dije eso mismo y me señaló que eran otros tiempos. Los hombres y las mujeres tenían papeles diferentes. Incluso los niños los tenían. Él se crio en un ambiente más duro que en el que lo hice yo. Supongo que tiene razón.

—Aun así, es obvio que no tiene mucho respeto por las mujeres, ¿verdad? —preguntó Stella.

—Agradezco que nunca haya tenido una hija. Si la hubiera tenido, la habría tratado como si fuera una mercancía —dijo Sam—. Habría tenido que cargármelo yo mismo. Jamás hubiera consentido que tratara así a mi hermana pequeña.

—Ese hombre que está con él, su guardaespaldas o lo que sea, Lucio Vitale, tampoco parece sentir demasiado respeto por las mujeres. O no cree que tengan cerebro.

—Toda su familia fue aniquilada. Es una larga historia y poco agradable. Imagino que está muy amargado y es implacable en su necesidad de venganza. Es un hombre del que hay que alejarse. No me sorprende verlo con mi padre, aunque me choca un poco que Marco confíe en él.

Stella levantó la mirada hacia él.

—¿Crees que le haría daño a tu padre?

—Si se enterara de que Marco tuvo que ver con el asesinato de su familia, lo mataría sin pestañear. Y además lo haría de forma lenta y horrible, saboreando cada momento de su tortura. Su familia no murió de manera plácida. Primero su padre. Luego sus hermanos mayores. Se hizo cargo económicamente de su madre y de sus hermanas luchando a puñetazo limpio en los combates a muerte.

Stella le miró con el ceño fruncido.

—¿Qué es eso? —Un pequeño escalofrío le recorrió la espalda porque tenía el terrible presentimiento de que lo sabía—. No es como esas películas de Hollywood en las que se lucha hasta la muerte, ¿verdad? —Intentó parecer sarcástica porque no quería que fuera real.

—Es exactamente así.

—No creí que fuera real. Todavía está vivo, así que debió de ganar.

—Ganó, pero le quitaron el dinero para pagar la deuda de su padre en cada combate. Eso dejó a su madre y a sus hermanas sin techo y sin comida. Tuvo que hacer otras cosas para conseguir dinero, y aun así la vida no se portó bien con ninguno de ellos.

Caminaron en silencio, escuchando los familiares sonidos de las criaturas nocturnas y el susurro del viento, que agitaba la superficie del agua. Los murciélagos volaban a la luz de la luna y se lanzaban en picado para atrapar insectos en la orilla del agua.

—No se sabe lo complicada que es la vida de una persona, ¿verdad, Sam? —preguntó Stella—. Desde que empezaron las pesadillas he descubierto todo tipo de cosas sobre mis amigos, desde Denver hasta Vienna, cosas que no sabía antes. —Alzó el rostro hacia el suyo—. Cosas sobre ti. Supongo que todo el mundo tiene cosas en su pasado que prefiere que se queden ahí. Ahora lo siento por él, por Vitale, y no quiero tenerle pena. Creo que se parece demasiado a tu padre. También creo que es el hombre que le rompió el corazón a Raine. No lo sé, pero si lo hizo, es el responsable indirecto de la muerte de su padre y de que su familia la repudiara.

—Espero que no —repuso Sam—. Raine me parece vengativa. Si ambos lo son, podría ser una combinación muy mala. Sobre todo si se sientan a la mesa en nuestra cena navideña.

—Como la charla no fue tan bien, supongo que no tendré que preocuparme por eso —dijo Stella, sintiéndose algo aliviada.

—En realidad, fue mejor de lo que esperaba. Antes de ir a verle, me informé de su historial médico. Tiene una afección cardíaca. También puse a un par de investigadores de primera a averiguar todo lo que pudieran en una tarde. Parece que está considerando retirarse. Ha transferido la mayor parte de su dinero, todo legítimamente suyo, a sus cuentas en el extranjero. Parece que se ha reunido con el hombre que le sustituirá.

—¿Crees que se retira?

—Está dando los pasos para hacerlo. Con cuidado —reconoció Sam, dando la vuelta y dirigiéndose de nuevo hacia la casa—. Ha estado investigando propiedades aquí y es verdad que ha conocido a una mujer que parece gustarle. Esta es más de su edad y no parece estar interesada en su dinero, aunque es demasiado pronto para saberlo. Parece que decía la verdad sobre eso.

—Estás adoptando la postura de esperar a ver qué pasa con respecto a él, ¿no? —aventuró Stella.

—Le he aconsejado que contrate una empresa de seguridad muy buena y le he proporcionado el nombre de una. Tengo amigos que son excelentes guardaespaldas. Ya depende de él hacer caso o no. El padre de Raine debería haber contratado guardias. Que te retires no significa que estés fuera del juego. Sigues sabiendo muchas cosas. Los federales aún pueden decidir ir a por ti. No es como en los viejos tiempos, cuando había tiroteos a todas horas, pero eso no significa que no haya actividad criminal. Simplemente tiene lugar entre bastidores y las familias aparentan ser totalmente legales y pasan lo más desapercibidas posible. Nadie quiere llamar la atención. Por lo tanto, matar de un tiro en la cabeza a un anciano que vive en la sierra sería una estupidez. Organizar un accidente sería fácil.

Sam le abrió la puerta y dejó que entrara. Antes de que ella llegara muy lejos, ahuecó la palma de su mano sobre su nuca y la atrajo hacia él, con sus ojos oscuros ardiendo de pasión. A Stella se le aceleró el corazón en el acto. Su boca se aproximó muy despacio, de una forma que siempre le decía que tenía la opción de detenerlo, pero que solo la hacía arder de deseo por él.

Entonces la besó y todo desapareció, excepto Sam. Podía hacer que se derritiera por él en cuestión de segundos, que su cuerpo se fundiera con el suyo, que su mente se desvaneciera y solo quedara el sentimiento, esa sensación de caída libre, de fuego en sus venas y esa bola de necesidad que se formaba en su estómago y en su sexo. Levantó la cabeza y la besó con delicadeza en ambos ojos y a continuación en las comisuras de la boca y en la barbilla, dándole tiempo para encontrar las fuerzas necesarias para volver a sujetarse por sí misma.

—Debes de tener calor con toda esta ropa. Quítatela y espérame en la cama. Solo tardaré un minuto en sacar a Bailey.

Ese tono ronco en su voz normalmente suave era lo único que le decía que estaba tan afectado por su beso como ella. Eso y ese duro cuerpo apretado contra el suyo. Stella asintió con la cabeza, un tanto aturdida.

CAPÍTULO 18

«Mamá, papá está haciendo cosas malas otra vez.»

Stella pudo ver los pies de gato y el equipo de escalada, las cuerdas e incluso el borde de una mochila apoyada contra una roca más pequeña. Los pies de gato se movieron y la base de la roca quedó a la vista. Había un saliente justo en la parte inferior del granito que parecía estar hueco a lo largo de un buen trecho. De inmediato supo que lo había escalado o lo había intentado. La razón por la que su recuerdo era tan vago se debía a que solo había ido allí una vez. El peñasco era demasiado difícil y alto para su destreza.

Intentó apartar sus recuerdos y concentrarse en lo que estaba viendo. Necesitaba catalogar cada detalle para asegurarse de que lo hacía bien. Los colores se extendían por la roca. Rojos y grises oscuros, amarillos y dorados claros, aquella roca mostraba todos los colores de granito cuando el sol de primera hora de la mañana incidía en ella. Incluso vislumbró un púrpura intenso en las grietas mientras los dos hombres se paseaban por el suelo, mirando hacia arriba.

Era una roca muy alta. Cuando uno de ellos se giró ligeramente y el objetivo siguió ese movimiento, divisó una segunda roca, casi igual de alta y con una parte superior irregular. Ambas eran anchas y largas. Parecía que iban a ser el sueño de un escalador..., y también su pesadilla. No sería fácil escalar ninguna de las dos, pero pocos escaladores dejarían pasar la oportunidad de superar el problema de subir a la cima con aire triunfal. Al parecer eso era exactamente lo que la víctima había estado haciendo: trabajar en su proyecto durante algún tiempo.

Stella estudió lo que podía ver de la base de la roca. El saliente era extremadamente pronunciado. El escalador tendría que ser una araña, ir cabeza abajo y encontrar una ruta que lo llevara arriba y remontar la cornisa para llegar a lo que parecía ser una superficie lisa. Había grietas y afloramientos, si se tenía la paciencia de encontrarlos. El granito no era liso en absoluto, sino que tenía pequeños asideros y lugares diminutos que los dedos de los pies de gato podían encontrar para impulsar el cuerpo hacia arriba.

Las sombras proyectadas de madrugada por las dos rocas indicaban que se las consideraría *highballs*. Calculaba que podrían tener al menos nueve o doce metros, si no más. No quería ni pensar que el escalador se planteara escalar sin cuerda por su cuenta. Era algo que se hacía. Había muchos escaladores que practicaban la escalada libre. A ella no le gustaban las alturas y le daba miedo solo de pensarlo. Saber que el asesino pretendía matar a su amigo hacía que escalar las rocas y depender de otra persona fuera aún peor.

Solo podía ver partes de la roca mientras los dos hombres empezaban a prepararse para la escalada. Uno escalaba y el otro aseguraba desde abajo. Su corazón empezó a latir con fuerza. Una vez más, del asesino emanaba una sensación de triunfo absoluto. La atmósfera le resultaba pesada y opresiva, un manto siniestro y amenazador que el asesino había creado con su perverso regocijo. Estaba allí con un amigo. Su amigo confiaba en él lo suficiente como para poner la vida en sus manos y mientras él planeaba matarlo y hacer que pareciera un accidente.

Stella no sabía cómo iba a conseguirlo sin que las sospechas recayeran sobre él.

Captó todos los detalles que pudo de la roca y del equipo antes de que el objetivo se cerrara y se encontrara de nuevo ante una pantalla en negro.

Stella se incorporó despacio, sin abandonar la pesadilla por la fuerza. En el momento en que abrió los ojos se encontró con los de Sam. Sabía que él estaría allí, sentado frente a ella en la silla, con la mirada fija en su rostro.

Sereno. Su ancla. Desde luego se estaba enamorando de él. El mero hecho de verle ponía en orden su mundo.

—Tengo más detalles. He estado allí. Sé que incluso una vez intenté escalarlo. No estaba capacitada para ello. Nunca habría ido allí sola, así que fui con una de mis amigas. No entiendo cómo el asesino planea hacer que parezca un accidente sin que todos sepan que estuvo involucrado.

Su mirada se aferró a la de Sam. Aunque estaba mejorando mucho en el manejo de las pesadillas, necesitaba esa primera conexión con él y Sam nunca le fallaba. Siempre estaba ahí. Miró el gran cajón donde Bailey estaba acurrucado, con la mirada alerta y fija en ella. Le era tan fiel como siempre. El terrible ataque no había afectado en absoluto a su relación. Tenía mucho que agradecer. A esos dos y a sus amigos.

—Esta vez lo vamos a atrapar, Sam. Lo sé.

Él asintió con la cabeza.

—Te queda otra noche más. Lo que sea que planee hacer, lo verás mañana por la noche. Siempre es así. Para entonces, tendremos la ubicación. Iremos allí y escalaremos un poco. Resultará bastante natural que quieras escalar. Hace unos días preciosos y a ti no te gustan las alturas. Parece la roca perfecta para practicar.

Un pequeño escalofrío la recorrió cuando se agachó para abrir la caja fuerte.

—Está aquí esta noche. Puedo sentirlo.

—Así es. Es evidente que lo que le ha impedido venir las últimas tres noches ya no se lo impide. O simplemente se ha tomado un descanso.

Stella volvió a mirar a Bailey.

—Preferiría que no salieras sin mí. Sé que te gusta merodear por la noche, pero siempre has tenido a Bailey contigo. Podría haber apuñalado a Bailey a propósito para que no pudiera alertarte.

Se retorció los dedos con fuerza en su regazo, esperando que él no se diera cuenta. No tenía ni idea de cómo pensaba que se saldría con la suya, porque Sam se daba cuenta de todo. Su mirada descendió hasta sus dedos entrelazados y sus duros rasgos se suavizaron en el acto.

—Mujer.

—Hombre —susurró de forma automática mientras el nudo de la garganta amenazaba con ahogarla. Sus ojos se habían oscurecido. Rebosantes de pasión.

—¿Recuerdas a qué me dedicaba antes de venir aquí?

Stella negó despacio con la cabeza.

—No soy de las que se entrometen. En realidad no llegué a preguntártelo. Sé que no eres un fantasma. Aparte de eso, solo sé que trabajabas para el Gobierno y que eras muy bueno en lo que hacías.

Sus ojos se oscurecieron aún más y un asomo de sonrisa se volvió sexi.

—Ya sabes lo que hacía.

—De acuerdo, tal vez sí que lo sepa. Más o menos.

—Sigo vivo por una razón, Stella. Si salgo por tu puerta solo de noche, ese hombre que me vigila no podrá encontrarme con o sin sus gafas de visión nocturna. Puedo acercarme a él sin que se dé cuenta. Sé dónde está su campamento. Te dije que estaba al otro lado del lago donde se encuentra el recodo. Es astuto como un animal y huirá en cuanto no pueda verme, pero no podrá acercarse de forma sigilosa. Yo soy el comodín, Stella. No me conoce. No puede averiguar quién soy ni de dónde vengo. Puede investigar todo lo que quiera porque no encontrará registros míos en ninguna parte.

Stella exhaló un suspiro.

—Sigue sin gustarme, Sam.

Se le marcaron las arrugas alrededor de los ojos.

—Eso es porque eres un encanto, Stella. Y feroz.

—Donde pongo el ojo, pongo la bala —señaló—. Cuando disparo, sé lo que estoy haciendo, y no dudaría en protegerte, Sam. —No lo haría.

—Soy muy consciente. Y lo agradezco. No querría que tuvieras un arma que no supieras usar.

—La cuestión es que yo debería serte de igual ayuda a ti. No deberías estar siempre pendiente de mí. No soy una mujer que necesite que la rescaten. —Intentó no sonar beligerante, pero no era una mujer que necesitara que la cuidaran. Era autosuficiente. Había reflotado su negocio. Había tenido el sentido común de contratar a Sam, y en los últimos dos años, tal vez se había apoyado en él un poco más de lo debido, pero podía valerse por sí misma y, si era necesario, cuidar de él y de Bailey.

Ese asomo de sonrisa se convirtió en un destello de sus blancos dientes.

—Creo que puede decirse que siempre hemos sido una pareja, Stella. Nos cuidamos el uno al otro. Esta es una situación extraña. Si recuerdas, al principio fuiste tú quien se zambulló en un lago helado para salvarme.

Eso era cierto. Resultaba gratificante saber que había hecho eso..., salvo que...

—Tenías el cuchillo fuera y creo que habrías conseguido matarlo en ese momento si yo no hubiera intervenido —reconoció.

—Puede que sí o puede que no. Me di un golpe en la cabeza. No esperaba que un asesino en serie me arrastrara bajo el agua. Desde luego estaba desorientado. Dime qué más has descubierto esta noche.

—Se nota que los dos se conocen muy bien. Son amigos desde hace mucho tiempo. Eso solo hace que el crimen me parezca todavía más horrible. Tampoco me ha dado la sensación de que el asesino en serie le guarde rencor a su amigo. Más bien parece un alarde de poder. Una especie de subidón, como si lo hiciera porque puede. Es más listo, mucho más inteligente, y nadie lo descubrirá jamás. Cree que puede parar cuando quiera y volver a empezar cuando decida seguir con su juego.

Sam profirió un débil sonido que podría haber sido una imprecación en voz baja.

—¿Es un juego para él? ¿Así lo percibes, Stella? Sé que es capaz de captar emociones tanto de la víctima como del asesino.

—Esto es lo máximo que ha transmitido. Antes era algo reservado hasta casi el último minuto. Parecía un depredador cazando y luego había una potente sensación de euforia. Ahora lo percibo como si tuviera un subidón continuo, constante. Le gusta saber que pasará horas con su víctima y que puede matarla en cualquier momento.

—En dos ocasiones me enviaron a cazar a un depredador dentro de una unidad, una en los Marines y otra en el ejército, con cuatro años de diferencia. Los hombres salían a entrenar o a una pequeña escaramuza con el enemigo. Uno no regresaba. Encontraban al soldado asesinado cuando iban a buscarlo. El comandante empezó a sospechar que tenían un asesino en serie entre sus filas, pero por muchas trampas que pusieran, no conseguían dar con él. Me llamaron a mí. Por supuesto nadie sabía quién era yo. La mayoría de las veces no me veían. Llevé a cabo una investigación entre bastidores, por así decirlo.

Stella esperó, con los ojos clavados en los suyos. Sam rara vez hablaba de su pasado ni de las misiones que había realizado. Le resultaba fascinante pensar que lo enviaran a investigar dentro de las filas del ejército y que, sin embargo, nadie supiera jamás que estaba allí.

—Supongo que encontraste a los dos.

Sam asintió.

—Así es. No fueron entregados para someterlos a juicio. —Continuó sosteniéndole la mirada con firmeza—. Era parte de mi trabajo. Debía eliminarlos de forma permanente.

—¿Has tenido que dar caza a muchos asesinos en serie?

—Depende de si consideras asesinos en serie a los terroristas o a los jefes de los cárteles de la droga. Todos tienen una razón para lo que han decidido hacer, pero si me enviaron a por ellos, puedes creer que mataron a mucha gente inocente.

Quería acercarse a él y rodearlo con sus brazos. Al igual que ella, el horror que estaban viviendo lo había arrastrado de nuevo a su pasado. Se había mostrado estoico al respecto. Con la cabeza bien alta. Pero existía una razón por la que Sam había acabado en la sierra, en el pequeño pueblo de Knightly. Como todos ellos, buscaba la paz. Quería alejarse de su trabajo, y aunque no se le notaba en la cara, porque nunca lo dejaba entrever, Stella sentía en él la tristeza subyacente al pensar que tendría que ser él quien diera caza al asesino.

—Averiguaremos quién es este hombre, conseguiremos las pruebas que necesitamos y lo entregaremos a Griffen, Sam. —Infundió una gran determinación a su voz.

—No es fácil conseguir pruebas contra este tipo de asesinos, Stella. Por eso existen hombres con mis habilidades. Por eso me envían a mí.

—Por eso te enviaban a ti. Ahora es otro quien se ocupa del trabajo. Tú no. Tú estás fuera. Estás aquí para empezar una nueva vida, lo mismo que yo. Igual que Raine, Vienna y todos los demás. Sam, ya no puedes pensar como antes.

Una sonrisa perezosa iluminó sus ojos, haciendo que su estómago diera una serie de volteretas. Era muy sexi sin ni siquiera intentarlo.

—No puedo dejar de pensar así, cielo. Es lo que soy.

—Vas a tener que esforzarte más. —Le dirigió su mirada más severa, la que empleaba con Bailey cuando le hablaba en serio.

—Empieza a dibujar, Stella. Iré a dar mi paseo y luego sacaré a Bailey. Por cierto, esa mirada es encantadora. Bailey también lo cree. —Sam se levantó y se estiró de forma indolente.

Stella le miró con el ceño fruncido, una expresión feroz que pretendía intimidar.

—Mi mirada severa no es encantadora. Bailey siempre me presta atención cuando le miro de ese modo. Sugiero que tú también lo hagas si sabes lo que te conviene.

La boca de Sam se crispó. Los rabillos de sus ojos se arrugaron. No eran arrugas producidas por reírse, sino que más bien estaban causadas por entornar los ojos para protegerse del sol, pero pensaba que deberían haber sido arrugas de la risa. Siempre lo serían para ella. Nunca se cansaría de mirarlo.

—Estoy tentado de ver qué me pasaría si desobedezco. Creo que te saltan chispas del pelo, Satine.

Su sonrisa estuvo a punto de derretirle las entrañas. Se llevó la mano al estómago y le miró con los ojos entornados adrede, pues le gustaba la facilidad con la que se burlaban el uno del otro, incluso en las circunstancias más extremas.

—No creo que quieras arriesgarte —le advirtió.

Se acercó al lado de la cama con esa fluidez típica en él y arrimó la cabeza a la de ella. Con lentitud. Tomándose su tiempo. Stella volvió el rostro hacia el suyo y le entregó su boca. Él ahuecó su mano sobre un lado de su cara y le acarició la mejilla con el pulgar mientras su cabeza continuaba aproximándose.

El corazón le latía de forma irregular. Su sexo palpitaba. Sus ojos se cerraron poco a poco. En el momento en que sus labios la reclamaron, la recorrió una descarga eléctrica. Se le erizó la piel. Sus brazos la rodearon y la atrajo contra su pecho. Stella alzó los brazos para poder entrelazar los dedos detrás de su cuello.

Cuando Sam la besó, no hubo espacio para nada más en su mente. Nadie más. Nada. Solo él. Solo la sensación que le producía. Podía ser tierno o apasionado, y no importaba cómo se unieran, porque estallaban, iluminaban el mundo a su alrededor, y Stella se sentía segura y en casa en todo momento. Sentía que había encontrado su lugar.

Sam levantó la cabeza, dibujó con los labios la estructura ósea de su mandíbula y acto seguido descendieron por su garganta.

—Eres tan hermosa, Stella...

Ella sacudió la cabeza.

—Gracias, Sam. Nunca me había considerado así hasta que llegaste tú.

Le colocó el cabello detrás de la oreja.

—Créeme, lo eres. Vuelvo dentro de un rato. No quiero que te preocupes por mí. Voy a cerrar con llave, pero puedes comprobar las cerraduras desde tu teléfono —le recordó.

—Necesito un dispositivo de rastreo para ti —señaló—. Así sabría con certeza que estás bien ahí fuera.

Se rio suavemente.

—Se irá en cuanto no me encuentre fuera. Espera y verás. Calculo que dentro de cinco minutos. Entrará en pánico y saldrá corriendo. —Deslizó la yema del pulgar por su barbilla en una pequeña caricia.

—De acuerdo, Sam.

¿Qué podía hacer ella sino ceder y dejar que se fuera solo?

—No estés tan triste, cariño. Él se irá y yo volveré de una pieza. Mañana vendrán las chicas a comer y podrás enseñarles todos tus bocetos. Una de ellas fue contigo a escalar a ese lugar. Conocían el camino, así que seguro que lo recuerdan. Mientras están contigo, iré a la ciudad a comprar provisiones y más golosinas para Bailey. Nos hemos vuelto un poco locos mimándolo.

Stella hizo una pequeña mueca.

—Te refieres a mí. Odio que tenga que estar tan tranquilo en su jaula cuando quiere estar con nosotros. Lo saco a escondidas para que se acueste conmigo cuando estoy en la otra habitación. Si tiene un hueso grande para masticar, entonces no se lame los puntos.

—Lleva puesto el collar isabelino.

—Detesta esa cosa. Se lo quito cuando no está solo —admitió, evitando la mirada de Sam. No quería que pensara que era débil. Simplemente Bailey la miraba con una expresión suplicante en sus grandes ojos y no podía soportarlo. Cedía en el acto, pero solo si estaba allí mismo, vigilando cada uno de sus movimientos.

Sam sacudió la cabeza.

—Eres muy severa, Stella.

Ella alzó la barbilla hacia él y entrecerró los ojos cuando él dio un paso atrás y se dirigió a la puerta del dormitorio.

—Así es. ¿Me has visto lidiar con los pescadores que se quejan?

—Continuamente, Satine. Es algo digno de verse. —Su voz traslucía admiración, además de risa. Sus ojos oscuros se reían de ella, o más bien con ella. Porque Stella no pudo evitar reírse también. Podía ser muy severa cuando era necesario, pero no con Bailey. Y probablemente tampoco sería muy severa con Sam.

Sacó sus lápices de colores y empezó a dibujar todos los detalles que podía recordar antes de pasar al diario.

Su mirada se dirigió al reloj. Sam tenía razón. Al cabo de seis minutos dejó de sentir la presencia del merodeador.

Stela podía cocinar cuando quería, pero para ser sincera, no había pensado en cocinar ni en hornear últimamente. Su mente estaba ocupada tratando de averiguar quién era el asesino en serie y cómo atraparlo y hacer que lo condenaran. Tener a sus amigas en su casa significaba darles de comer. Lo había olvidado. Antes de que el pánico la dominara, Sam había sacado varias cuñas de queso de la nevera y un par de cajas de galletitas de la despensa.

A Sam no le importaba ayudar en la cocina. De hecho, él cocinaba más que ella, sobre todo en esos momentos. Se aseguraba de que ella comiera. Cortaron juntos el queso y pusieron galletitas en la bandeja para las mujeres. Sam buscó la fruta que había comprado hacía poco, así que al menos estaba fresca.

Cuando las cinco mujeres llegaron, Stella no estaba tan asustada. Sam y ella ya habían paseado a Bailey y lo habían devuelto a su jaula cuando sus amigas salieron del coche y entraron en el salón. Todas las mujeres estaban acostumbradas a sentirse como en casa en las viviendas de las demás. Shabina y Harlow ya habían sacado la limonada de la nevera y habían puesto la bandeja en la mesita de café. Raine dejó la bandeja de queso y galletas en el suelo y se sentó junto a ella, al lado de las otras dos mujeres.

Vienna bostezó.

—Lo siento, es que todavía estoy muy cansada. Llevo dos noches seguidas en el hospital operando por estos terribles accidentes de tráfico. Las víctimas fueron trasladadas por aire desde la montaña. No podía creerlo. Ambos fueron accidentes con un solo coche involucrado. El doctor Teller estuvo brillante. No sé cómo logró salvar el brazo del niño, pero lo hizo, y luego la vida de la madre. Perdimos al padre. Eso fue la primera noche. La segunda noche fue una pareja joven. El doctor Teller volvió a obrar un milagro. Pensé que tendría que amputar la pierna de la mujer, pero la salvó, así como la vida de ambos. Resultó ser una noche larga pero buena. La noche siguiente la dormí entera y anoche tuve que hacer un turno, aunque fue tranquilo. Sigo sintiendo que necesito dormir durante la próxima década.

—Vienna, deberías haber optado por no participar —dijo Stella—. El resto podríamos haber resuelto esto. —Vienna parecía cansada, algo que era raro en ella—. ¿Por qué no te acuestas en una de las habitaciones de invitados?

—Estoy bien aquí. Me estiraré en el sofá, y si empiezo a roncar, échame agua encima, ¿vale? Los ronquidos son muy desagradables.

Las mujeres se rieron, pero intercambiaron miradas de preocupación cuando Vienna se tumbó en el sofá, algo que no solía hacer. A menudo trabajaba en Urgencias, pero era la mejor enfermera quirúrgica del hospital, y cuando se trataba de una emergencia, era a Vienna a quien llamaban. No importaba lo que pasara, ella siempre respondía a la llamada.

—Os dejo, con esto, señoritas. Tengo trabajo que hacer. —Sam se inclinó y le dio un beso en la cabeza a Stella antes de salir por la puerta.

Zahra se asomó a la ventana para ver cómo se alejaba de la casa con su paso tranquilo y fluido.

—Es realmente guapo, Stella —dijo.

Stella se echó a reír.

—Apártate de ahí. No se te permite coquetear con él ni babear por él. Si lo haces, me echaré hielo en el agua y lo morderé cada vez que esté cerca de ti.

Zahra se apresuró a alejarse de la ventana.

—Era solo un comentario. Nadie debería beber agua fría, y mucho menos ponerle hielo. —Tuvo un pequeño escalofrío—. Solo agua caliente con limón. —Cogió un queso, lo puso en una galleta y se lo metió en la boca—. Masticar el hielo es pura tortura. —Se sentó en el suelo con las piernas cruzadas junto a las demás.

Stella extendió los bocetos en el suelo del salón.

—He estado aquí antes, así que eso significa que una de vosotras me llevó allí. La escalada superaba con creces mis capacidades. ¿Alguna reconocéis el camino de acceso o las rocas por lo poco que he dibujado?

Hizo todo lo posible para evitar que su corazón se acelerara sin control. Contaba con que la ayudaran a encontrar ese escurridizo conjunto de rocas. Había vivido allí mucho tiempo y, sin embargo, no sabía dónde estaba ese lugar.

Zahra frunció el ceño mientras contemplaba los bocetos.

—Nunca he visto ese lugar y siempre voy a hacer escalada en bloque contigo, Stella.

En realidad, eso no era del todo cierto. Zahra prefería la escalada tradicional. Solo había que darle un arnés, unos cuantos amigos, alguien que dirigiera la escalada y otro que limpiara, y era feliz. La escalada en bloque no era ni mucho menos su preferida, pero la practicaba cuando

Stella quería compañía, al igual que hacía senderismo o excursionismo cuando Stella quería compañía.

Raine miró los bocetos con atención y negó con la cabeza.

—Lo siento, cariño, no los reconozco.

Shabina se inclinó sobre el hombro de Raine para examinar los dibujos de cerca.

—Yo tampoco. No fui yo quien te llevó allí.

Solo quedaban Harlow y Vienna. Harlow ya estaba negando con la cabeza. Vienna se quedó en el sofá, pero estiró la mano para coger los bocetos. Pasó por los dibujos con rapidez y asintió, estirando de nuevo el brazo, con los ojos cerrados.

—Te llevé allí hace tres años. Muy pocos lugareños lo conocen. Las rocas se llaman Twin Devils. Cuando estás en la cima de cualquiera de las rocas, tienes una vista muy amplia. Hay que tomar la antigua carretera de Hot Springs, la que ya no se usa. Sigues adelante y unos once kilómetros y medio después de los manantiales termales hay un desvío. No está indicado. Solo hay un camino de tierra, que está cubierto en su mayoría de vegetación. Está en el lado izquierdo. No hay ninguna señal que lo indique. No hay vallas, nada en absoluto, por eso nadie va allí. Ha caído casi por completo en el olvido y cuando la gente trata de encontrarlo, se pierde. La carretera es llana justo ahí, así que parece que estás girando hacia un prado. Hay que prestar mucha atención o te lo pasas.

—¿Por qué el camino no está indicado? —preguntó Raine.

Vienna se aclaró la garganta y esbozó una leve sonrisa que enseguida desapareció.

—Me dijeron que es una propiedad privada, una extensión bastante grande, pero los dueños no viven aquí y no hay casa ni cabaña. Nunca vienen por aquí. La heredaron de los bisabuelos o algo así y ha estado en la familia desde siempre. Como nadie va por allí, la tierra se vuelve cada vez más salvaje. Muchos animales silvestres. Osos. Pumas. Serpientes de cascabel.

—¿Por qué no lo venden? —preguntó Harlow.

Vienna exhaló un suspiro.

—Existe una especie de enemistad, si es que vamos a creer estas cosas.

—¿Nunca va nadie por allí? —dijo Zahra—. ¿Hay señales de prohibido el paso?

—Antes lo había. Hace años que no. Al menos la última vez que fui no vi ninguna señal.

—Vienna, ¿sabías que era una propiedad privada y aun así entraste?—inquirió Shabina.

—¿Quién iba a saber que eras una chica tan mala?

—Todas lo sabíais.

—Y me llevaste allí a mí también —señaló Stella—. Si nos hubieran pillado, habría tenido que declararme inocente.

Vienna agitó la mano en el aire, con los ojos cerrados.

—Habría mentido como una bellaca y hubiera dicho que lo sabías todo. Si caigo yo, tú también. Podemos divertirnos juntas en la cárcel.

Stella se echó a reír.

—Supongo.

—Te pagaríamos la fianza —prometió Zahra.

—Gracias. —Stella le sopló un beso—. ¿Las rocas están en algún mapa?

—Si lo son, no lo sé. Un compañero de escalada me lo enseñó. Fue jefe de Búsqueda y Rescate antes que yo, pero dejó Knightly, alegando que necesitaba ir a otro lugar en el que tuvieras más posibilidades de encontrar pareja.

—¡Caramba, Vienna! ¿Qué creía que te pasaba? —preguntó Harlow—. Estabas ahí delante de él.

—Le dije que no.

—Entonces esa sería la razón por la que se fue —adujo Raine—. Buscaré en Google Earth las rocas y veré si puedo encontrarlas, Stella. Cuantas más indicaciones te demos, mejor. ¿Tienes un plan?

—Sí. Es bueno. No queremos que el asesino sepa que vamos tras él. Sam y yo iremos a las rocas como si fuéramos a pasar el día escalando y aguantaremos más tiempo que él.

—Sam puede lograrlo —repuso Raine—, pero tú no tienes precisamente cara de póker, Stella. El asesino sabrá que hay algo raro, sobre todo si es alguien conocido.

—Tal vez deberíamos ir todos —sugirió Zahra.

—Ni por asomo —objetó Stella al instante—. Si crees que lo voy a delatar, cuantos más seamos, más probable será que uno de nosotros tenga un desliz. No, seguiremos con el plan. Iremos Sam y yo. Tiene sentido que me lleve al medio de la nada para practicar los amarres de seguridad con él porque no quiero que nadie sea testigo de mis ataques de nervios. Esta es la época del año en la que puedo escalar, ya que acabo de cerrar el *resort*.

—¿Serás capaz de no avisar a la víctima, ya que es un amigo? —preguntó Harlow.

Stella se pasó una mano por el pelo.

—No lo sé. Solo espero que podamos encontrar el lugar. Quiero averiguar cómo pretende salir impune del asesinato, haciendo que parezca un accidente. Esa información debería llegarme esta noche. Sam y yo nos levantaremos a primera hora y saldremos para allá. Mañana os enviaré un mensaje de texto a todas para informaros de lo que ocurre y de quién creemos que es. —Miró alrededor de la habitación a sus amigas—. De verdad que sois las mejores. No sé qué haría sin vosotras.

Stella se incorporó en mitad de la noche, con el corazón desbocado, y sus ojos se encontraron con los de Sam.

—Le está dando cuerda. Todo amistoso. La víctima ha estado trabajando en este proyecto durante meses. El asesino lo deja caer y luego elimina todo rastro de que ha estado allí. Asegura una cuerda desde la cima para que parezca que la víctima estaba trabajando solo en su proyecto y se cayó. Tararea mientras elimina las huellas en la tierra y recoge el equipo. —Se le revolvió el estómago mientras se lo contaba a Sam—. No podía oír exactamente el tarareo, sino que más bien parecía un sonido sepultado en el viento y supe lo que estaba haciendo. Era meticuloso con cada detalle. Incluso le vi romper el dedo de la víctima como si tal cosa. Su mano se introdujo en el objetivo de la cámara y agarró el dedo de la víctima. Fue nauseabundo escuchar el crujido.

—¿Viste alguna parte del asesino?

—Solo vi su sombra en la roca. Ha dedicado mucho tiempo a montar la escena, a asegurarse de que parecía que su víctima había estado allí completamente sola. Sabía que nadie iba a ir a molestarle. —Intentó evitar que la amargura asomara a su voz—. Estaba entusiasmado, Sam. Se sentía victorioso. Tenía sentimientos de superioridad e incluso de euforia. No va a parar. Le gusta demasiado.

—Por desgracia, ese fue el tipo de cosas que presencié cuando investigaba las muertes de los soldados asesinados. Una vez que estuve seguro de tener al asesino en la mira y comencé a seguirlo, pude captar esos pequeños matices mientras acechaba a su víctima. El rostro enrojecido. La respiración acelerada. A veces acechaba la víctima una y otra vez solo para prolongar esa euforia, la sensación de poder, de tener la vida y la muerte en sus manos.

Stella le miró.

—Tenías que arrebatar vidas, Sam. ¿Alguna vez tuviste esa sensación?

Sam frunció el ceño.

—Al principio, siempre me sentía un poco mal. Nunca dudé, pero siempre sentía náuseas en la boca del estómago. Con el tiempo, eso desapareció y me quedé entumecido. Por la noche, cuando estaba solo, no estaba entumecido, pero luego eso también desapareció. —Levantó la vista y la miró a los ojos. Con firmeza—. Decidí que era hora de salir, Satine. No iba a correr ningún riesgo. Serví a mi país y me esforcé por hacerlo con honor. Corrí riesgos que tal vez no debería haber corrido porque era un crío tonto que sentía que tenía que pagar por los pecados de mi padre y la sangre que corría por mis venas.

—Yo me sentí así durante mucho tiempo. Creo que somos muy parecidos.

—Yo creo que no, cielo. Creo que tú eres alguien muy especial.

—Sam, para mí eres un regalo inesperado. Ni siquiera lo sabes. Me sentía responsable de mi madre y de la ruptura de nuestra familia. Aprendí a no hablar nunca con nadie de lo que pasaba en mi vida. Se convirtió en una costumbre tan arraigada que me resultaba difícil dejar entrar a nadie. —Le brindó una pequeña sonrisa—. Tú te colaste cuando no estaba mirando.

Él le respondió con una sonrisa.

—Esa era la idea. —La sonrisa se desvaneció—. Tal vez a los dos nos inculcaron los mismos códigos y por eso fuimos capaces de entender la necesidad de privacidad del otro. Yo también me crie entre secretos. Mi profesión solo aumentó la necesidad de mantener ese código.

—El misterio aumenta tu atractivo. Mis amigas te miran con lascivia —le dijo, para aligerar el momento.

Sam enarcó una ceja.

—¿Las mismas amigas que trataron de convencerte de que era un asesino en serie?

—Bueno..., sí. A excepción de Raine. Ella no se lo creyó ni por un momento. Estoy convencida de que Raine puede tener información que no ha revelado a nadie más o simplemente tiene un sexto sentido en lo que a la gente se refiere. Es diferente y siempre lo ha sido. Sabe lo que es amar y perder a su familia. Siempre habla de ellos, Sam. Su madre, su padre y sus hermanos. De su infancia. Tuvo una infancia feliz. No sabía que la consideraban muerta para ellos.

—He oído hablar de ese castigo —dijo Sam—. Parece extremo, sobre todo porque nunca le dijeron que su padre pertenecía a la mafia. Me parece extraño que su madre acepte lo que sin duda es el castigo de sus hermanos... A menos que... —Se interrumpió de golpe.

—¿Qué?

Sacudió la cabeza.

—No conozco muy bien a Raine. Es siempre muy callada. Casi siempre se queda en un segundo plano observando a todo el mundo, pero es muy inteligente.

—Eso es un eufemismo, Sam. Tiene la inteligencia de un genio. Se mantiene serena bajo presión. Puede manejarse en cualquier situación.

—¿Se pondría a sí misma como objetivo para hacer salir al asesino de su padre? ¿Haría que su familia la repudiara para protegerla?

—¿Qué quieres decir?

—¿Hablaría con sus hermanos y con su madre para que la repudiaran públicamente? Quienquiera que matara a su padre pensaría que su familia la culpaba a ella y no mirarían dos veces a una niña que vive sola en la sierra. Ella no se acerca a su familia. Si tienen vigilados a sus hermanos, estos no están investigando la muerte de su padre. Lo han aceptado como el precio que uno paga por estar en el negocio.

A Stella se le cortó la respiración. Eso era exactamente algo que Raine era capaz de hacer. Es muy probable que estuviera desentrañando de manera paciente el rastro que conducía a quien estuvo detrás del asesinato de su padre.

—Si eso es lo que ha hecho, encontraría una manera de hablar con su madre y sus hermanos sin que corrieran peligro. No en persona, sino a través de su ordenador —admitió Stella.

—Creo que tus amigas encajan contigo porque saben lo que es guardar secretos y lo que es el amor y la pérdida, igual que tú, cielo.

—Que nosotros —le corrigió.

Stella se quedó mirando la familiar camioneta y luego volvió lentamente su mirada hacia Sam.

—Va a matar a Denver, Sam. Va a matar a Denver. A nuestro Denver.

—Apenas podía concebir que alguien hiciera algo así—. Es parte de nuestra familia. La tuya y la mía. Tenemos que apresurarnos. ¿Y si ya es demasiado tarde?

Abrió de un empujón la puerta de su 4Runner y se precipitó fuera, con el corazón acelerado y la boca seca. ¿Quién querría matar a Denver? De todos los miembros de la comunidad, a excepción de Vienna, era el más servicial. Era el más amable. Lo necesitaban como anestesista residente. Estaba en el equipo de Búsqueda y Rescate. Ayudaba a los ancianos a pasar el invierno compartiendo la carne que cazaba y el pescado que pescaba. Incluso muchos de los miembros de la comunidad envasaban las verduras de su gran huerto. Siempre estaba dispuesto a ayudar en las reparaciones de sus casas y acompañaba a Sam cuando les avisaban de que un anciano tenía goteras en el tejado de su casa o el suelo hundido. Los dos hombres solían cortar y partir leña y llevársela a los que ya no podían conseguirla por sus propios medios.

Sam la agarró de la muñeca y la arrastró hacia el asiento.

—Para, Stella. Respira hondo. No le vas a servir de nada si pierdes así los estribos. Si no puedes hacer tu papel, tendrás que quedarte aquí e iré yo solo. El asesino no puede saber que vamos tras él. Denver cree que ha venido aquí con un amigo para trabajar en un proyecto. Tienen que creer que hemos venido a trabajar en tus miedos. El asesino no tiene ninguna razón para pensar que le seguimos la pista. Ninguna. A menos que nos delates, creerá que es pura coincidencia que hayamos elegido hoy para venir. Y tiene sentido. Hace un día precioso.

Stella se obligó a inspirar hondo.

—Es que se trata de Denver. Es de la familia. Es prácticamente un icono en la comunidad. —Miró más allá de la camioneta de Denver hacia el todoterreno aparcado delante. Se le escapó el aliento—. Debería haberlo sabido. Debería haberlo adivinado. —Tal vez una pequeña parte de ella lo había hecho—. Jason Briggs. Es el que me aconsejó que Shabina no se acercara al bosque. —Miró la máscara inexpresiva de Sam—. ¿Por qué? ¿Se suponía que eso iba a hacer que sospecharan de sus amigos? ¿O estaba tentado de ir a por Shabina?

—No lo sé, pero tenemos que coger el equipo y ponernos en marcha. Queremos asegurarnos de que vamos justo detrás de ellos.

—Tienes razón —aceptó Stella. Tomó aire con fuerza otra vez para calmarse—. No quiero que Denver esté en esa roca antes de que lleguemos. No puede haber ningún accidente, mucho menos mientras subimos. Puede cambiar su plan a mitad de camino, como lo hizo en el lago porque lo interrumpimos. Tenemos que mantener a Denver a salvo de un modo natural.

Recorrieron la distancia deprisa, con el equipo de escalada en las mochilas, junto con botellas de agua y comida, como si tuvieran previsto pasar el día. Stella esperaba no tener que hacerlo, pero por si acaso estaban preparados para aguantar más que el asesino.

Era un día precioso, el sol brillaba y proyectaba su luz sobre las rocas a medida que se acercaban. Oyeron las risas bajas de los dos hombres transportadas por la ligera brisa. Sam se situó ligeramente delante de ella, tapando de forma parcial con su corpulento cuerpo la vista de los dos escaladores cuando se volvieron hacia ellos.

La sonrisa de Jason se desvaneció y una expresión ceñuda desvirtuó su atractivo mientras ponía los brazos en jarra y daba media vuelta para fulminarlos con la mirada.

La sonrisa de Denver se ensanchó a modo de saludo.

—Sam. Stella. ¿Qué estáis haciendo aquí? ¿No me digas que Stella va a escalar esta cosa?

Stella no pudo evitarlo y se lanzó a los brazos de Denver. Él la atrapó en un abrazo.

—¿Vas a desafiar esta roca?

—No es una roca —objetó ella contra su hombro, sin querer levantar la cabeza y mirar a Jason, por miedo a lanzarle una mirada furiosa.

—¿Qué estáis haciendo aquí? —exigió Jason.

—A Stella no le gustan las alturas —dijo Sam con naturalidad—. Voy a asegurarla mientras practica para sentirse cómoda aquí, donde no hay nadie. ¿Qué hacéis vosotros aquí?

Sam parecía animado. Despreocupado. Como si no pasara nada y hablara con asesinos en serie todos los días.

—Llevo meses trabajando en este proyecto —admitió Jason—. Llevo un tiempo hablándole a Denver de ello y de lo lento que va. Se ha ofrecido a acompañarme y a asegurarme hoy. Será mucho más fácil sin tener que usar una polea.

Stella escuchó a Jason como si le hablara desde lejos. Ya se había alejado un paso de Denver para poder mirar la cara de Jason. Quería ver su expresión cuando respondiera a Sam. Se esforzó todo lo que pudo para asimilar la declaración de Jason. Para hacerla encajar con los hechos.

No podía ser el proyecto de Jason. Tenía que ser el proyecto de Denver. Jason tenía que ser el que se ofreciera para asegurar a Denver. Nada de aquello tenía sentido. Miró hacia la roca y luego de nuevo a la cara de Jason. A continuación miró a Sam. Como siempre, sus rasgos eran una máscara carente de expresión. No ayudaba en absoluto.

¿Había oído bien? Una vez más, trató de retorcer la afirmación de Jason para que encajara con lo que estaba segura de que eran los hechos, pero no importaba cuántas veces reprodujera lo que había escuchado, porque siempre oía lo mismo. Aquel era el proyecto de Jason y Denver se había ofrecido como voluntario para asegurarlo. Lo que significaba...

Se volvió hacia su querido amigo, con el corazón encogido, levantó la mirada hacia él y sus ojos se encontraron.

CAPÍTULO 19

«Mamá, papá está haciendo cosas malas otra vez.»

El objetivo de la cámara enfocaba una habitación oscura, que parecía ser rectangular. Stella hizo cuanto pudo, dentro de la escasa visión que tenía, para captar todos los detalles posibles, pero estaba oscuro. La única luz provenía de lo que parecía ser una linterna de bolsillo que se movía de un lado a otro de la habitación, y que incluso estaba protegida, como si la persona que sostenía la luz temiera que la vieran. Enseguida divisó el borde de una colchoneta. Solo la esquina, pero estaba segura de que era una colchoneta. El objetivo ya empezaba a cerrarse. Justo cuando lo hacía, vio que la luz se posaba en el par de botas de montaña de la esquina. El objetivo se cerró de golpe.

Stella se sentó, luchando por salir de debajo de las sábanas a patadas, haciendo movimientos de tijera con las piernas en su desesperación por librarse de la ropa de cama, con la respiración entrecortada. Se levantó de un salto mientras intentaba deshacerse de los últimos restos de la pesadilla, sin recordar que se había acostado prácticamente sin ropa y que en esa época del año hacía mucho frío. Sam era un horno por la noche y de todas formas le quitaba la ropa.

—Cielo.

Sam estaba en la silla frente a la cama, como siempre que tenía sus pesadillas, pero ni siquiera le miró. A decir verdad, ni siquiera le vio. No se dio cuenta de que el suelo estaba helado bajo las plantas desnudas de sus pies ni de que Bailey se había levantado en su jaula. Se limitó a salir corriendo de la habitación, con el corazón retumbándole en los oídos. La parte trasera de la casa estaba a oscuras y no se le ocurrió llevarse una luz. Se detuvo delante de la puerta de atrás, que conducía a su zaguán, la misma habitación en la que alguien había intentado entrar la noche en que Bailey había sido atacado.

—Stella, habla conmigo. —Sam se acercó por detrás a ella.

Se quedó frente a la puerta temblando, pero no por el frío. Estaba entumecida, incapaz de sentir nada en ese momento. Se limitó a mirar la puerta cerrada. No quiso encender las luces. Si lo hacía y el asesino la observaba, sabría que iban tras él. Se mordió el labio. Todavía no se atrevía a decir su nombre. Permitirse pensar que era él. Su amigo. Uno de sus mejores amigos. ¿Por qué? ¿Por qué había empezado a matar? Ni siquiera tenía sentido.

Puso la mano en el pomo de la puerta y empezó a girarla para abrirla. Sam colocó la palma de la mano sobre su cabeza y se inclinó, impidiendo que la pesada puerta se moviera.

—Háblame, Stella.

—Sabías que era él, ¿no? —Temía que aquello pareciera una acusación.

—No tenía forma de saberlo, pero empecé a sospechar cuando apuñaló a Bailey cuatro veces con tanta saña y no murió. Había que tener coraje para hacer lo que hizo el atacante. Coraje. Fuerza. Conocimientos de anatomía. Y entonces, aunque era una cosa sin importancia, de repente Denver hizo prácticas con la forense. Afirmó que no sabía estarse quieto. Y debido a tus pesadillas, Vienna señaló la extraña coincidencia de los dedos rotos al sheriff y a la forense. Denver perdió el interés después de eso. Creo que quería ser él quien lo señalara y se llevara la gloria. No dejaba de darle vueltas a eso. Ya estaba metido en tantas cosas, ¿por qué meterse en otra para luego dejarlo sin más?

—No habías dicho nada —insistió Stella.

—No tenía ninguna prueba sólida y no quería que el asesino fuera Denver. No tengo muchos amigos, Stella. Denver me importa. Así que no, no lo sabía, pero poseía todas las habilidades indicadas y estaba en el lugar correcto en los momentos adecuados. —Volvió a suspirar—. Y luego estaban las veces que el merodeador no estaba. Vienna estaba agotada el otro día. Mencionó que había habido un accidente dos noches seguidas y que la tercera noche la dedicó a dormir. Me di cuenta de que si ella estaba en el quirófano, necesitaban a un anestesista, y ese sería Denver. Si estaba en el hospital, no podía estar aquí. Lo comprobé. Estaba allí. Volví a comprobar los otros días en la ciudad, cuando dijiste que no había nadie vigilando, y también aquí, y él estaba en el hospital todas las veces.

—Vino al veterinario la noche que atacaron a Bailey.

—Llegó tarde y ninguno vimos el estado de su brazo —señaló Sam.

—No me habías dicho nada. —Se mantuvo apartada de él mientras susurraba, y esta vez era una acusación—. ¿Por qué no, Sam?

—Ayer, cuando fuimos a las Twin Devils y Jason y Denver estaban escalando juntos, al principio pensaste que Jason era el asesino, ¿no? —replicó, acercándose más. Sin contestar a su pregunta.

Sam, lo sentía por él. Por los dos. Stella podía sentir en la espalda el calor que irradiaba. Asintió pero no lo miró. No apartó los ojos de la puerta del zaguán. Siguió mirando la mano de Sam, con los dedos bien separados, que mantenía la puerta cerrada. La caja de Pandora. Si la abría...

—Sí —susurró—. Entonces Jason comenzó a decir que llevaba meses trabajando en el proyecto y que Denver se había ofrecido a controlar su cuerda. Y miré a Denver. Le miré a los ojos. Lo supe. Fue allí a matar a Jason. Iba a matarlo y a hacer que pareciera que Jason había ido a trabajar en su proyecto él solo con una cuerda fija. Llegamos allí y no tuvo ocasión de hacerlo.

Sam ahuecó la palma de la mano en su nuca con mucha suavidad.

—Anoche no quisiste hablarme de ello.

Sam se había marchado a primera hora de la tarde durante varias horas y al volver no había dicho ni una palabra y ella no le había hecho ninguna pregunta. Estaba aterrada por lo que pudiera haber hecho, pero ahora, después de su pesadilla, sabía que Denver seguía vivo.

—Estuviste callada todo el camino de vuelta a casa, y cada vez que lo intentaba, solo sacudías la cabeza. Tuve que darte espacio para llorar,

Stella. —Su voz era tan suave... Demasiado suave. Demasiado compasiva. No podía soportarlo en ese momento. No podía derrumbarse más de lo que ya lo había hecho. Sam era demasiado importante. Su Sam. Tenía que pensar con claridad, repasar con sumo cuidado cada movimiento que hiciera antes de hacerlo. Respiró hondo y se giró hacia él, dándole adrede la espalda a la puerta del zaguán y apoyándose contra ella.

No podía correr por su casa asustada y Sam no podía entrar en esa habitación con ella ni ver sus bocetos ni hablar de su pesadilla. De esa última no. Él tomaría el asunto en sus manos, sabía que lo haría. Consideraría que era su responsabilidad hacer justicia con Denver. Ya había señalado que pensaba que debía hacerlo. Pero se trataba de Denver y Sam le quería, tanto si podía decirlo en voz alta como si no. Sabía que estaba tan afligido como ella.

—Esto es muy doloroso para los dos. Para todos. Vamos a tener que decírselo a los demás, Sam. Todavía no sé cómo se lo vamos a decir, pero tenemos que hacerlo. Jason aún podría estar en peligro.

—Le convencí de que no volviera a ir allí por un tiempo —le aseguró Sam—. Pero eso no va a salvar a otro escalador de las represalias de Denver. Tenemos que hablar de ello y no tenemos tiempo que perder, Stella. Necesito saber qué te ha asustado esta noche.

—Ha sido una pesadilla.

—Soy consciente de que ha sido una pesadilla, cielo. Veo que las tienes todo el tiempo.

—No. —Apartó la mirada de él, incapaz de mirarle a los ojos cuando mentía—. Ha sido una pesadilla normal, no una pesadilla del asesino en serie.

Hubo un largo silencio. Stella sintió su mirada en la cara y no pudo evitar retorcerse bajo la intensidad. Le asió la barbilla con absoluta delicadeza y la obligó a levantar la cabeza hasta que le miró.

—Creo que los dos vamos a tener que confesarnos porque es posible que seas la peor mentirosa sobre la faz de la tierra y no me gusta ocultarte nada, mucho menos cosas que no te van a gustar, cielo.

Stella supo al instante lo que había hecho.

—Has ido a ver a Denver.

—Anda suelto. Tenemos que hablar con Griffen, Stella. Tenemos que poner a todos sobre aviso. Sabes que si no lo hacemos, cualquier persona a la que hiera, será culpa nuestra.

—Estoy de acuerdo. —No quería que Sam diera caza a Denver. Le asió la mano y tiró de ella, intentando que volviera hacia el dormitorio.

Sam no se movió.

—¿Qué es lo que no quieres que vea en el zaguán?

Stella exhaló un suspiro.

—Vamos a hablar en el dormitorio. Acabo de entrar en pánico.

—Cielo, no hagas que recurra a la palabra que empieza por «A» y te asuste. Solo dímelo.

—Él lo sabía. Ayer en las rocas, cuando me di cuenta de que no era el proyecto de Denver y le miré, debió de haber algo en la forma en que le miré que le hizo darse cuenta de que sabía lo que estaba planeando. La pesadilla mostraba un zaguán. Equipo. Pero lo último eran unas botas de montaña. Te juro que eran mis viejas botas de montaña, Sam. Las dejo en la esquina del zaguán. Viene a por mí.

—¿Por qué no querías que lo supiera? —Le acarició el cabello con la mano.

—No quiero que lo mates. Es tu amigo. No quería eso para ti de todos modos, pero ahora parece mucho peor. Sabía que si pensabas que venía a por mí, nada impediría que lo mataras.

Le enmarcó el rostro con las manos y le acarició la piel con el pulgar.

—Nada iba a detenerme, Stella. Hay que pararlo. Pero tienes razón. El hecho de que intente matarte lo convierte en una prioridad aún mayor. Tenemos que advertir a todos tus amigos y al sheriff.

—Denver podría vivir de la tierra de forma indefinida. Podría estar en cualquier sitio. Caza, pesca, conoce todas las cuevas y las viejas cabañas de caza en propiedades que la mayoría de la gente ha olvidado —repuso Stella.

—Bien podría estar alojado en esta propiedad, en el campamento de pesca, en alguna de las cabañas más antiguas —aventuró Sam—. Las que habíamos decidido arreglar. No cabe duda de que Denver las conoce. Me acompañó varias veces cuando estaba trabajando en los suelos. Hasta me ayudó con los fregaderos y con la electricidad.

—No quiero que Sonny o Patrick se acerquen a esas cabañas —se apresuró a decir Stella.

—Una cosa sería que Denver se hubiera marchado, pero que hayas tenido esa pesadilla y que sepas que viene a por ti, significa que se ha quedado por aquí. Está realmente obsesionado contigo, Stella. —Su voz denotaba cierta preocupación.

—Sin embargo no sabe nada de mí —susurró ella—. Aún no sabe que yo era aquella niña que veía asesinos en serie en sueños. Si lo alertamos, nos arriesgamos a que escape. ¿Confiamos en que Griffen y su jefe, Paul Rafferty, no acudan de inmediato al FBI con esto? No podemos, pero tenemos que decirles algo para que avisen a todo el mundo.

Sam la siguió por el pasillo hasta el dormitorio.

—Tengo que instalar esas persianas en las ventanas. Las encargamos especialmente y pagué una fortuna para que llegaran rápido.

—¿De veras?

—Pienso como un francotirador, Satine.

Volvió a meterse en la cama y cogió su cuaderno de dibujo y su diario. No tenía la sensación de que Denver estuviera observando. Si estaba allí, no estaba cerca. Tenía un gran respeto por Sam y no iba a correr ningún riesgo.

—Como Denver no conoce tus habilidades, podemos tenderle una trampa. Mientras tanto, yo le buscaré. No voy a mentirte sobre eso, cielo. Quiero que las chicas lo sepan. Shabina no puede corretear por el bosque durante un tiempo.

—Se van a enfadar mucho.

—Sé que lo harán —aceptó Sam—. Voy a pedir una reunión con Griffen y con Paul a primera hora de la mañana. No voy a decir nada sobre sus pesadillas, pero sí que hemos estado preocupados por Denver y que ha dicho cosas que nos han llevado a creer que es inestable y que es posible que esté cometiendo estos crímenes.

Stella exhaló un suspiro. Sabía que no había forma de evitar que hablaran con las autoridades. Había que hacerlo. No tenían pruebas, pero Griffen respondería por ellos ante su jefe. La forense ya había expresado su preocupación al sheriff en una ocasión. Quizá Sam tenía razón y hablar de sus pesadillas solo enturbiaría las aguas.

—¿Qué pueden hacer? No pueden acusar a Denver, no hay pruebas de ningún delito.

—La oficina del sheriff puede tratar a Denver como persona desaparecida y darle el giro que consideren oportuno; que es mentalmente inestable y que no se acerquen a él, pero que avisen a las autoridades de inmediato. Algo así.

Stella ya estaba dibujando los detalles que el objetivo de la cámara le había mostrado. La imagen del zaguán y del contenido que pudo distinguir. Dibujó cada elemento que vio con meticuloso cuidado, incluyendo las esquinas del armario, el suelo y sus botas de montaña.

—Lamento esto por ti, Stella —dijo Sam en voz baja. Se agachó y le limpió justo bajo el ojo mientras una lágrima caía sobre el cuaderno de dibujo.

—Es igual de doloroso para ti, Sam —murmuró, sufriendo por ellos.

La conmoción sumió a todas en el silencio. Stella era la única que estaba de pie en el hermoso salón de Shabina, con su alto techo y su enorme chimenea de piedra.

Vienna se llevó la mano a la garganta de forma protectora.

—No puede ser, Stella. Tiene que haber un error. Has cometido un terrible error. Denver es...

—De la familia —terminó Harlow por ella—. Uno de nosotros. Parte de nosotros.

—Él salva vidas —añadió Vienna—. ¿Sabes cuántas vidas ha salvado? Le he visto luchar por la gente. Arriesgar su propia vida una y otra vez para salvar a un completo desconocido. No, estás equivocada, tienes que estar equivocada.

El silencio volvió a invadir la habitación. Una especie de desesperación sin remedio mientras cada uno de ellos trataba de asimilar lo que Stella les había contado.

—¿Estás segura de que lo siguiente que va a intentar es matarte? —preguntó por último Raine.

—No he visto a la víctima —admitió Stella—, pero sin duda es mi zaguán. Esas eran mis botas de montaña. Podría ir a por Sam. Tal vez a por los dos. Eso parece más probable. Sabré más esta noche. Sam fue a reunirse con Griffen y Paul Rafferty.

—¿Has hablado con Jason para asegurarte de que Denver no da la vuelta y va a por él de nuevo? —preguntó Shabina—. Si Denver está tan enfermo como para querer mataros a ti y a Sam, no tendría ningún problema en llevar a cabo su plan original de matar a Jason.

—Sam le advirtió. No sé qué le dijo, pero sí, debería saber que debe ser precavido, aunque a la mayoría de la gente de Knightly le va a costar creer que a Denver le pasa algo —dijo Stella.

—¿Estás completamente segura, Stella? —preguntó Zahra.

—Por desgracia, no hay duda. Está escondido. No ha abandonado el área y viene a por mí. O a por Sam y a por mí. —Se miró las manos—. No sé por qué. Pasamos el día en las rocas con ellos. Sam fue el que más habló con Denver. Yo estaba en la roca. No podía hablar.

—¿Cómo sabía Denver que eras consciente de que iba a matar a Jason? —preguntó Raine a su manera tranquila. Se sentó junto a Vienna, con una mano en la rodilla de su amiga de forma compasiva.

—Cuando Jason dijo que llevaba meses trabajando en el proyecto y que Denver se había ofrecido para asegurarlo, intenté darle la vuelta, pero no funcionó. Recuerdo que sentí un horrible escalofrío en la espalda y miré a Denver. Debí de mirarle con expresión acusadora. Con conocimiento. Él me devolvió la mirada. Estaba sonriendo. La sonrisa se desvaneció y lo vi. Al asesino. Me vio. Fue solo un momento y luego volvió a ser Denver. Me volví hacia Sam y oculté mi cara en su pecho. Él me rodeó con sus brazos y me quedé así hasta que pude controlarme.

—Debe de preguntarse cómo lo has sabido —reflexionó Raine.

—Hace un tiempo, Denver me dijo que Sam era un fantasma. Estábamos en el Grill antes de que ocurriera todo esto y Denver me dijo que su padre y su tío habían muerto y que había heredado mucho dinero. También me dijo que Sam era un fantasma y que no me involucrara con él porque era muy peligroso. Cree que Sam lo sabe todo. Denver venía a mi propiedad y nos observaba. O me observaba a mí. No estoy segura de cuál de los dos. Tal vez a Sam. Me dijo que a los hombres como Sam no se les ve. Estaba muy intrigado con él. Sam pensó que Denver estaba obsesionado conmigo, pero empiezo a temer que estaba obsesionado con Sam. No de una manera sexual, sino para medir sus habilidades con las de Sam. —Se volvió para mirar a Raine—. En realidad fue el único amigo que Sam permitió que se le acercara y eso se debió sobre todo a que Denver fomentó la amistad. Ya sabes cómo es Denver. Se invitaba él mismo o insistía en invitarte. Eso hacía con Sam. Le enseñó los lugares de pesca. Las mejores zonas de caza. Iba a ayudar cuando Sam tenía demasiado trabajo. Denver hablaba. Sam rara vez lo hacía, pero era un buen oyente y Denver le caía bien.

—A todos nos caía bien Denver —dijo Harlow.

—¿Qué te dijo exactamente sobre que Sam era un fantasma? —preguntó Raine—. ¿Puedes recordar sus palabras? Me preguntaste sobre ello, pero no recuerdo lo que me dijiste que contó Denver.

Había bebido mucho. Nunca bebe tanto. Yo también había estado bebiendo. Fue entonces cuando empezó a hablarme de su padre y de su tío y de que habían muerto. Había tenido una infancia horrible. Nunca hablaba de su pasado, así que me sentí muy privilegiada de que se abriera a mí. También me di cuenta de que estaba un poco amargado. Luego dijo algo sobre que Sam y yo teníamos una relación. Que nunca habíamos bailado más de una canción y que Sam tenía sus manos sobre mí. Me disgustó un poco haber bebido tanto que no pude disfrutar plenamente de sentir las manos de Sam sobre mí, así que le envié un mensaje y le pregunté.

—¿Le enviaste un mensaje a Sam y le preguntaste si te había metido mano? —repitió Harlow, riéndose a pesar de la seriedad de la conversación.

—Te dije que había bebido demasiado —se defendió Stella.

—Continúa —insistió Raine.

—Sí, pero empieza con lo que dijo Sam —sugirió Zahra.

Stella no compartía eso.

—Eso no es relevante.

—Seguro que no —murmuró Zahra.

—Le recordé a Denver que era amigo de Sam y me dijo que nadie era realmente amigo de un fantasma y que Sam era justo eso.

Raine frunció el ceño.

—¿De verdad dijo que nadie era realmente amigo de un fantasma y que Sam era justo eso? ¿Estás segura? —Había un cierto tono especulativo en su voz.

Stella asintió.

—Sí, porque le dije que Sam era de carne y hueso. Que se dejaba la piel en el *resort* y en Búsqueda y Rescate, que él mismo me lo había dicho. Entonces empezó a hablar del ejército otra vez.

—Espera —Raine la detuvo—. ¿Otra vez? ¿Había estado hablando del ejército?

—Antes, cuando hablaba de su vida, dijo que aunque su familia era rica, él no tocó su dinero. Se pagó la universidad alistándose en el ejército. Así fue como se convirtió en anestesista. Fue oficial del ejército y se convirtió en médico. Dijo que los hombres como Sam eran necesarios y que se les llamaba cuando todo lo demás fallaba.

Stella se acercó a la mesa auxiliar en la que Shabina había dispuesto botellas de agua y la tetera con agua caliente, principalmente para Zahra, y pasteles. Cogió una botella de agua fría y bebió de ella, pues necesitaba el descanso.

—Stella, sé que esto es difícil —dijo Raine—. No insistiría en seguir con esta conversación si no creyera que es importante. ¿Puedes decirme algo más que haya dicho con respecto a que Sam es un fantasma?

Stella frunció el ceño, tratando de recordar.

—Algo sobre que algunas veces los veía como sombras, cazando como lobos, pero solos, siempre en silencio. Lo recuerdo porque se me quedó grabado. Sam se mantiene en las sombras y es muy silencioso. Es difícil de detectar, así que eso me sonaba. Denver dijo que la mayoría de las veces no veías a los fantasmas, solo los sentías. Que te sacaban de una mala situación. Pensé que eso era algo bueno y lo dije.

Sus otras amigas la miraban con los ojos muy abiertos, como si lo que Denver decía de Sam fuera la pura verdad. Esperaba que Raine tuviera una razón, que aquello llevara a alguna parte.

—Necesito saber lo que dijo sobre su familia. Dijiste que estaba molesto, Stella. Cuéntame lo que dijo.

Stella detestaba revisar el pasado de Denver con todas. En cierto modo, por muy tonto que pareciera, le parecía una traición. Él nunca había compartido sus secretos y ella se había sentido honrada de que lo hiciera, a pesar de que ambos habían estado bebiendo.

—No te lo pediría si no fuera importante —adujo Raine—. No es simple curiosidad. Si entiendo el estado de ánimo de Denver, es posible que pueda averiguar cuál es su objetivo.

Stella sabía muy bien cómo funcionaba la mente de Raine. Ella encajaba piezas de los rompecabezas muy deprisa. Todos los demás la observaban con atención. Incluso los perros parecían estar alerta. Bebió otro trago de agua para tranquilizarse.

—Dijo que los abogados le habían llamado hacía una semana para comunicarle la noticia de que su padre y su tío Vern se habían disparado el uno al otro y se habían desangrado antes de que nadie pudiera llegar a ellos, y que él todavía lo estaba asimilando. Denver dijo que era una auténtica estupidez, pero inevitable. Intentó actuar como si no le importara ni le afectara, pero le temblaban mucho las manos. Su madre murió mientras él estaba en el ejército, así que dijo que había heredado todo el patrimonio. La conclusión fue que su herencia era cuantiosa.

—Dame unos minutos —dijo Raine, y abrió su ordenador y se puso a teclear con rapidez.

Vienna se levantó y se rodeó la cintura con los brazos.

—No sé ni qué pensar. Denver es el ser humano más agradable sobre la faz de la tierra. No me lo imagino arrojando a extraños al azar desde el monte Whitney o ahogando a James Marley. —Se frotó los brazos con las manos—. No consigo obligarme a creer que podría haber hecho esas cosas, por mucho que lo intente.

—A mí me pasa lo mismo —dijo Stella—. A excepción de ese momento en el que le miré a los ojos. Vi a otra persona. Me devolvió la mirada y no era mi Denver. Nuestro Denver. Era otra persona. No sé cómo explicarlo.

—Si Denver venía de una familia con tanto dinero, ¿por qué tendría que estar aquí? —preguntó Zahra.

Harlow enarcó una ceja.

—Que una persona provenga de una familia adinerada no significa que no puedan ocurrir cosas malas en su familia, ya lo sabes, Zahra. ¿No has oído lo que ha dicho Stella? No quería que le pagaran su formación médica. Se alistó en el ejército para poder ser médico.

—Denver tenía un historial horrible —dijo Raine—. Estoy en su historial médico. Su padre y su tío deberían haber sido procesados un millón de veces. Otro dato interesante es que el tío fue sospechoso de torturar y asesinar a tres mujeres jóvenes en tres ocasiones distintas, pero al final tenía una coartada irrefutable en cada caso. La razón por la que sospecharon de él fue que su sobrino declaró haber visto a su tío arrastrar a una de las mujeres a su vehículo. La segunda vez, su sobrino declaró que vio a su tío con la mujer desaparecida en un almacén y que ella estaba atada. La tercera vez afirmó que el tío tenía a otra mujer desaparecida en el sótano de un edificio abandonado.

—¿La policía empezó a pensar que Denver era el que mataba a las mujeres? —preguntó Shabina.

—En ese momento era demasiado joven, pero dejaron de creerle. A Denver le rompieron el dedo múltiples veces y se lo colocaron cuando era solo un niño, lo que coincide con el momento en que le contó a la policía lo de las jóvenes que vio con su tío —relató Raine.

—¿Cuántas mujeres fueron asesinadas? —preguntó Stella.

—Estoy haciendo una búsqueda —dijo Raine—. Si tuviera que llegar a una conclusión, diría que el padre y el tío estaban matando y se intercambiaban para proporcionarse mutuamente una coartada. Tenían vigilado a

Denver, quizá le obligaron a participar desde que era un niño. Eran unos monstruos.

Stella se apartó de los demás y se acercó a la ventana. Quería irse a casa y encerrarse con Bailey y con Sam y fingir que nada de eso estaba sucediendo. Pensó que su infancia había sido monstruosa. Denver había vivido realmente una infancia destructiva y espantosa, y ahora no tenía escapatoria.

—Vino aquí en busca de paz, para que no pudieran llegar a él —susurró—. Nunca quiso ser como ellos.

—La policía sospechó muchas veces de su padre y de su tío en varias desapariciones de mujeres a lo largo de los años, pero nunca pudieron conseguir pruebas suficientes para montar un caso —dijo Raine, y cerró su ordenador—. ¿Qué más dijo Denver sobre que Sam era un fantasma, Stella?

Stella apretó los dientes por un momento, conteniéndose para no replicar que Sam no era un fantasma. Era un hombre de carne y hueso con sentimientos. Denver también había sido su amigo.

—Dijo que utilizaban a los fantasmas para otras tareas fuera del ejército y que normalmente no duraban mucho tiempo, morían jóvenes. Dijo que si se liberaban, los perseguían porque entrañaban un riesgo demasiado grande para la seguridad, pues sabían demasiado, y el Gobierno los quería muertos.

—Lo que implicaría que, como Sam está vivo, es demasiado bueno como para que lo atrapen, incluso por cualquier otro fantasma que lo persiga —dijo Raine.

—Supongo que sí —convino Stella, sin saber cómo les ayudaba eso en absoluto.

—Tienes que repetirle toda esta conversación a Sam.

«Mamá, papá está haciendo cosas malas otra vez.»

El cristal de la ventana se hizo añicos desde fuera y luego apareció una mano enguantada que golpeó de forma rápida y eficaz los fragmentos, que cayeron como lluvia en el suelo del zaguán. Sabía exactamente dónde estaba la cerradura de la puerta y la abrió en cuestión de segundos, sin importarle la alarma que sonaba. Denver salió de nuevo al porche para arrastrar a su rehén hasta el zaguán y luego la empujó con tanta fuerza que cayó al suelo. Incapaz de agarrarse con las manos atadas a la espalda, Vienna se golpeó la cara con la esquina del armario empotrado y profirió un pequeño grito.

Denver se agachó junto a ella y le apartó el pelo para examinarle la mejilla. Parecía amable con Vienna, pero no la levantó. En cambio, le puso el filo del cuchillo en la garganta y aguardó. Ella era el cebo para atraer a Stella hasta el zaguán, pues de lo contrario, no había manera de que Stella entrara allí. Ya le había mandado un mensaje a Stella y, como era de esperar, ella abrió la puerta muy despacio; parecía asustada cuando asomó la cabeza para echar un vistazo primero. Denver no dijo nada, solo deslizó la hoja afilada por la garganta de Vienna y dejó que apareciera una línea de gotas de sangre de color rojo rubí. Stella entró tal como él le había indicado, a pesar de los gritos de advertencia de Vienna.

—Denver, ¿qué estás haciendo? Cielo, tienes que parar. —Stella estiró una mano para suplicarle.

Denver no la miró a la cara. No esperó. Se abalanzó sobre ella en cuestión de segundos, la tiró al suelo y la llevó junto a Vienna mientras le clavaba el cuchillo. Una y otra vez, girando y tirando. Veinte, treinta veces. Ni una sola vez miró su cara o los rastros de sangre. Los charcos. Bloqueó el sonido de sus gritos. No sintió el familiar júbilo ni la esperada euforia. Simplemente continuó asestando puñaladas de forma automática.

Un minuto. Dos. Tres era todo lo que tenía. Luego se puso en pie. Agarró a Vienna del pelo para levantarle la cabeza, le rebanó la garganta con el cuchillo, haciéndole un corte profundo, y la soltó sin miramientos mientras salía, dejando las paredes del zaguán salpicadas de rojo y el suelo encharcado. El objetivo de la cámara se cerró de golpe y todo se volvió negro.

Cuatro pesadillas más tarde, Stella tenía muy claro que Denver la perseguía a ella, no a Sam.

Stella se recostó contra el pecho de Sam mientras contemplaba el lago y veía salir el sol. Estaban juntos en el muelle privado mientras los distintos tonos de oro y carmesí se derramaban sobre la superficie del agua. Apenas había viento que agitara el agua. Parecía cristal y las tonalidades de los diversos colores brillaban igual que piedras preciosas. No importaba la época del año, ver el lago nunca dejaba de conmoverla.

Entre los brazos de Sam se sentía como en su propio lugar seguro, pero no estaba allí cuando Denver conseguía entrar en el zaguán. Gracias a sus pesadillas tal vez supieran lo que Denver planeaba y cómo pensaba llevarlo a cabo, pero no estaban más cerca de encontrarlo. La oficina del sheriff le había declarado persona desaparecida, indicando que había preocupación por su salud mental y que no se acercaran, sino que llamaran a la oficina del sheriff si lo veían. Nadie lo había visto.

Sam había ido a todos los campamentos de caza y pesca favoritos de Denver, a todas las cuevas de las que había hablado, pero no había encontrado huellas. Denver estaba demasiado familiarizado con el bosque, con las propiedades privadas donde la mayoría de los propietarios solo iban en ciertas épocas del año. Podía estar en cualquier sitio.

Había tanta belleza; solo contemplar el lago y ver amanecer infundía una sensación de sosiego y de paz. Estar de pie entre los brazos Sam le permitió a Stella respirar cuando se sentía como si hubiera sido incapaz de tomar aire durante horas.

Sam le acarició la cabeza con la barbilla.

—¿Te sientes mejor, cielo?

Había llorado durante horas o eso le había parecido. Hasta que no le quedaron lágrimas. Notaba los ojos y la cara hinchados, pero el fresco aire de la mañana la ayudaba a sentirse revitalizada. Sam había sugerido que fueran al muelle privado a ver amanecer. Él no se había inmutado ante su cara roja y congestionada. Le había tomado la mano y la había ayudado a pasar por encima de las rocas mientras se dirigían al muelle privado e iban hasta el final del mismo.

Había dibujado cada detalle de la pesadilla, lo había escrito en un diario y luego le había contado a Sam todo lo que se le había ocurrido mientras lloraba por su amigo perdido que quería matarlas a Vienna y a ella. Sam era Sam, y la dejó llorar. Luego la abrazó mientras estudiaba los bocetos, leía su diario y escuchaba su relato, haciéndole una pregunta de vez en cuando al tiempo que le pasaba pañuelos. Después le dijo que se vistiera con ropa de abrigo porque iban a ver salir el sol sobre el lago y a beber café. Stella no iba a rechazar esa oferta.

—Voy a llevarte a la ciudad, Stella. A ti y a Bailey. Quiero que os quedéis con Shabina hasta que vaya a buscaros. Le he pedido que os quedéis todas allí; Raine, Harlow, Zahra y también Vienna.

Giró la cabeza para mirarle por encima del hombro. Volvía a ser inescrutable.

—¿Por qué en casa de Shabina?

—Tiene la mejor seguridad. Sé que allí estarás a salvo —dijo Sam—. Y, por si acaso, para pecar de precavido, he pedido a algunos de mis amigos que me ayuden. Estarán fuera, en los jardines, patrullando. Nadie entrará ni saldrá. Eso significa que no podrán sobornarlos con los productos de pastelería de Shabina ni ser seducidos por los encantos de tus amigas. Son profesionales.

—¡Dios mío, Sam! Sabes dónde está, ¿no? —Se apartó de él, obligándole a bajar los brazos para poder darse la vuelta y enfrentarse a él—. Lo sabes. Sabes dónde está. Planeas matarlo. —Sam no respondió, sino que le sostuvo la mirada. Stella sacudió la cabeza—. No puedes. Sam, no puedes. Llama a Griffen. Que lo arreste él.

—¿Para qué? No estás pensando con claridad. Griffen no puede arrestarlo. Denver no ha hecho nada que puedan probar.

—Entonces deberíamos ir juntos. Convencerlo de que confiese. Grabarlo en una cinta o algo así. No me importa. No puedes matarlo. Quiero que te quedes conmigo. Si haces esto, ¿cómo podrás quedarte aquí? Te arrepentirás y querrás seguir adelante.

—¿Por qué iba a arrepentirme? Escúchame, cielo —dijo Sam con suavidad—. Sé que quieres protegerme, pero piensa que Denver es familia. De los nuestros. ¿Qué crees que Raine estaba tratando de decirte? Denver sabía que se estaba deteriorando. No quería ser como su padre o su tío.

Siempre fuiste su último recurso, Stella. En última instancia sabía que si iba a por ti, yo lo perseguiría y acabaría con él.

Stella sacudió la cabeza, incapaz de hablar por culpa de terrible nudo que tenía en la garganta.

—Sam, no.

—Tú misma lo has dicho, no había sensación de triunfo, de poder, cuando te apuñalaba en tu pesadilla. Fue diferente de todas las otras veces. Apenas podía mirarte a ti o a Vienna. Os mató a las dos porque en su mente enferma era la única manera de conseguir que yo pusiera fin a todo esto por él.

—No lo sabes —susurró ella.

—Sé que no puede suicidarse, pero está dispuesto a medir sus habilidades con las mías. Es su juego y él ha puesto las reglas. Tengo que saber que estáis todas a salvo. Cree que puede atraer a Vienna, pero no puede. Me he asegurado de eso. En el momento en que me contaste lo de la pesadilla, envié un mensaje a uno de mis amigos y él recogió a Vienna y la llevó a casa de Shabina. Le quitó el móvil antes de dejarla allí. —Le brindó una pequeña sonrisa—. Por lo visto estaba furiosa. Esa chica tiene mal carácter.

—¿De dónde han salido todos estos amigos de repente? —preguntó Stella con suspicacia, pero en realidad era más bien para ganar tiempo. Nunca le habían interesado sus amigos, aparte de Denver.

—Cuando empecé a sospechar de Denver, llamé a algunos de mis amigos que me debían favores y les pedí que vinieran rápido si podían. Tuve la suerte de pillarlos entre una misión y otra y han venido. Estaba esperando que les dijera lo que tenían que hacer. Evitar que Denver llegue a Vienna o a cualquiera de tus amigas es el número dos en mi lista de prioridades. Evitar que llegue a ti es el número uno de esa lista.

—Evitar que llegue a ti ocupa el primer puesto de mi lista, Sam —murmuró Stella—. Sé que tanto tú como Raine pensáis que se trata de un plan bien pensado por Denver para enfrentarte con él, y eso solo lo empeora. Tiene un lado que se cree intelectualmente superior. Sabes que es así. Todos lo sabemos. Aquella noche en el Grill, cuando había bebido demasiado, cuando me advirtió de que eras un fantasma, tenía ese tono en su voz.

—¿Qué quieres decir?

—Era un oficial, Sam. Venía de un entorno de dinero. Le haya dado o no la espalda a ese dinero, le criaron así. Era médico. Siempre ha tenido una posición de autoridad. Todos lo admiraban. Podía ser callado y parecer modesto, pero lo admiraban. Estaba acostumbrado a una cierta deferencia y gozó de ella en el ejército, igual que aquí. —Sam no la interrumpió. Nunca lo hacía. Esperaba a escucharla. Stella no podía ocultar que temía por él—. Denver no era un hombre muy sexual, Sam. No salía con muchas mujeres. De vez en cuando invitaba a salir a alguna, pero no las perseguía. Le gustaba, en cambio, que le consideraran muy bueno en todo. Era falsamente modesto al respecto. El primero en ofrecerse para las escaladas más peligrosas cuando se trataba de los rescates, porque podía hacerlos. Compartía la carne que podía con los ancianos. El pescado. Todo lo que hacía se le daba bien. Todo el mundo en el pueblo le apreciaba y le elogiaba. Era importante en Knightly. Y entonces llegaste tú. —La mirada de Stella se movió sobre el amado rostro de Sam. No sabía quién tenía razón, pero fuera quien fuese, Denver no se iba a ir en paz. Eso sí lo sabía—. Era un oficial y creía que sus hombres le admiraban, y sin embargo no podía sacarlos de una situación difícil. Llega un hombre solo, al que llamaban «fantasma», alguien sin rango ni educación real, a su parecer. Sus hombres admiraban a ese hombre porque los había salvado él solo. ¿Cómo crees que se sentiría Denver en realidad, sin importar lo que dijera?

Sam asintió despacio.

—Esa es una buena pregunta, Stella.

—Y aquí, cuando él es el centro de atención, por muy discreto que sea, ¿cómo crees que se siente realmente cuando a ti se te da bien todo lo que haces y podrías ser perfectamente uno de los fantasmas que le robaron el protagonismo en su día, Sam? Llegaste a su ciudad, un mamarracho, uno de esos que solo vienen a escalar y luego se van, pero tú no te fuiste. Te quedaste y eres bueno en todo, y aunque eres discreto, todo el mundo se da cuenta. Incluso Bale y su equipo se achantan en tu presencia.

Sam se inclinó y le dio un ligero beso en sus labios temblorosos.

—Ya veo por dónde vas, cariño, y al final no importa qué tipo de trampa esté tendiendo Denver. Lo único que importa es que lo encuentre. Mi amigo Rafe está esperando en su todoterreno para llevaros a Bailey y a ti a casa de Shabina. Las demás estarán allí. Yo voy a ir contigo a casa, vas a hacer una maleta y te acompañaré hasta el 4Runner.

—Sam. —Se preguntó si a él ya se le había ocurrido cada una de sus suposiciones. Seguramente sí.

—No vamos a discutir por esto. Tú has hecho tu parte, tienes que dejarme hacer la mía.

Stella quería discutir, pero no veía otra solución, y no era el tipo de mujer que discute por discutir. Ella no podía ayudar a Sam, y lo que él estaba haciendo era su especialidad. Era evidente que él tenía un plan y ella no. Solo podía esperar que fuera tan bueno como parecía ser.

CAPÍTULO 20

Denver se levantó despacio en medio de su campamento. Era imposible encontrarlo. Había evitado todos los lugares en los que había estado. No se acercaba a una cabaña de caza, de pesca o vacía. Había cubierto su camioneta con ramas. La pintura era especial, imposible de ver gracias a que se camuflaba entre las hojas y la maleza incluso desde el aire, sobre todo cuando la ocultaba como lo había hecho. No había encendido una hoguera ni utilizado nada que pudiera llamar la atención sobre su posición. Sus ropas se fundían con la maleza que le rodeaba.

Sin embargo, su instinto le decía que no estaba solo.

Puso la mano sobre el cuchillo de caza enfundado que llevaba en la cadera. Era más que bueno con el cuchillo. Con sumo cuidado, y muy despacio para no llamar la atención cuando estuviera escondido en el círculo de maleza, miró a su alrededor. Tenía una visión excelente. Mucho mejor que la mayoría de la gente, y también buen oído. Los insectos seguían zumbando sin cesar. No había cesado su incesante ruido. Las ardillas correteaban por un árbol, peleando entre ellas, tratando de conseguir las últimas nueces para almacenarlas para el invierno. Los pájaros revoloteaban de un árbol a otro. La vida continuaba en el bosque incluso cuando las agujas y las hojas caían al suelo para prepararse para la próxima estación.

Un escalofrío le recorrió la espalda. Un estremecimiento. Nunca lo había sentido. ¿Era realmente miedo? No tenía miedo. Se sentía... excitado. Había entrado en un juego. Ese era su juego. No tenía miedo. Aun así, le temblaban las piernas. Le temblaban las manos. Ni siquiera sabía por qué.

Si a su alrededor las lagartijas se deslizaban por la vegetación podrida y los insectos zumbaban sin detenerse ni una fracción de segundo, entonces nada le acechaba. ¿Por qué sentía que tenía un blanco justo entre los omóplatos? ¿O entre los ojos? ¿O sobre el corazón? Cada zona le picaba un momento y luego ese picor se trasladaba a su garganta. Se estaba volviendo loco. Se negó a aceptar ese diagnóstico.

Agarró sus dos grandes botellas de agua mientras maldecía por lo bajo y se dirigió a la pequeña entrada de su campamento. Solo tenía que esperar un par de horas antes de poner en marcha su plan. En ese instante necesitaba conseguir agua fresca. Era lo único que no había conseguido, pero había montado el campamento cerca de la cima de la alta cascada que corría sobre las rocas. El agua caía más de doce metros hasta un revuelto charco en la parte inferior. Podía purificar el agua sin problema.

Denver salió del estrecho círculo de maleza que había creado con plantas de verdad y enfiló el sendero de los ciervos hacia las cataratas. No estaba lejos y tuvo cuidado de caminar con ligereza, sin rozar hojas ni arrancar ramitas que delataran su paso por el camino. El sonido del agua que discurría sobre las rocas se hacía más fuerte a medida que se acercaba a la cascada, ahogando su capacidad de oír a cualquiera que se acercara a él. Tenía que confiar en su sistema de alerta y en su instinto.

Al igual que los ciervos que cazaba, antes de salir de la espesura se detuvo de nuevo y levantó la cabeza para olfatear el aire, haciendo todo lo posible por captar el olor de cualquier enemigo que le estuviera acechando. Los insectos y los pájaros continuaban parloteando. El viento le rozaba la cara y nada indicaba que hubiera un adversario cerca, pero las manos se le habían enfriado. Incluso humedecido. El corazón se aceleró hasta que empezó a latirle con fuerza e hizo que se le secara la boca.

Denver se encontraba en la entrada del sendero de los ciervos, asomándose al exterior como un animal salvaje, paralizado de auténtico miedo por primera vez en su vida. No sabía por qué. No había nada allí. Era de día. El sol brillaba en el agua. Los pájaros cantaban. Intentó tomar aire, pero sus pulmones se habían agarrotado y el terror le encogió las entrañas, hasta que se sintió mareado y débil.

Se quedó allí durante varios minutos, tratando de recuperar el control. Ningún mito iba a derrotarle. No iba a permitir que eso ocurriera. Ese era su juego. Sus reglas. No iba a perder. Era superior. Repitió su mantra, las palabras que le habían salvado tantas veces en la vida. Tras unos minutos más, consiguió respirar hondo varias veces, alejando el miedo y el temor y recuperando el control.

Estiró una mano y esperó a que dejara de temblarle antes de sonreír, mostrando sus perfectos y blancos dientes.

—Si estás ahí fuera, buscándome, no me das miedo, Sam. Es imposible que me encuentres. El bosque es demasiado grande y yo soy demasiado bueno en lo que hago. Te quitaré la única cosa en este mundo que te importa y veremos lo bueno que eres cuando estás fuera de juego.

No susurró. No era necesario. Estaba completamente seguro de que estaba solo. No había dejado ningún rastro. Había sido más astuto que cualquiera que tratara de averiguar a dónde iría. El Bosque Nacional de Inyo era demasiado grande para que alguien lo encontrara. Poseía habilidades que superaban incluso a las de los guardabosques que habían trabajado allí durante varios años. Se había dedicado a estudiar tranquilamente la zona mientras cazaba, pescaba y trabajaba en Búsqueda y Rescate. Había ido de excursión, acampado y escalado. Estaba familiarizado con la mayoría de los senderos. Había esperado este momento y se había preparado para ello.

Jamás sabría cómo Stella se había dado cuenta de sus intenciones. Ese fue el momento más impactante, estimulante y deprimente de su vida, cuando la miró fijamente a los ojos y se dio cuenta de que ella lo sabía. Alguien le había visto. Al verdadero hombre. Todo de él. Había rememorado ese momento una y otra vez y lo había examinado desde todos los ángulos. ¿Cómo lo había sabido? ¿Qué la había puesto sobre aviso? Saboreó ese reconocimiento a pesar de que lo despreciaba.

¿Había sido Sam? ¿Se había dado cuenta de lo que era Denver y se lo había dicho a Stella? No, ella se había alegrado mucho de verlo. Ese saludo había sido sincero. Algo que él había dicho o que Jason había dicho había sido el catalizador, pero eso significaría que ella sabía lo de los otros, y eso no tenía sentido. ¿Le había estado persiguiendo desde el fiasco en el lago, cuando estuvo a punto de matar a Sam? Lo más probable era que nunca lo supiera.

Se metió en el agua, que se movía rápidamente, rebosante de confianza una vez más. Sujeto por las rocas, contempló las vistas, tal y como hacía siempre antes de llenar sus dos botellas. De pie en la cima de la poderosa cascada, por encima de los árboles y de las criaturas que allí habitaban, siempre se sentía invencible.

Se había sentido atraído por ese lugar por una razón. Era su lugar de poder. Su centro. Sintió el viento en la cara, lo sintió tironear de manera juguetona su ropa mientras formaba remolinos sobre el agua que corría hacia las rocas, justo antes de que desapareciera por el borde para formar la larga cascada.

Llevaba las botellas colgadas del cuello con una cuerda. Desenroscó la tapa de la primera botella y se agachó para sumergirla en el agua que corría rápidamente por el lado opuesto de la roca, donde normalmente se precipitaría al vacío. La botella se llenó enseguida y se enderezó para enroscar bien la tapa y desenroscar la otra.

El viento pareció arreciar, soplaba con más fuerza y le empujaba, tironeaba de su camisa y se retiraba, pero volvía de golpe y agitaba el vello de su cuello. Cuando se inclinó una vez más para llenar la botella de agua, el viento le susurró en una voz baja y familiar. Una voz que siempre era suave, que nunca elevaba el tono: «El fantasma te ha encontrado».

Cayó de repente. De cabeza. Dando tumbos. Sin control. Su cuerpo golpeaba contra algo duro una y otra vez. El dolor era insoportable. El agua helada lo empapó al chocar contra las rocas irregulares que sobresalían del acantilado mientras caía; la espalda, las piernas, la cabeza, los hombros. Sabía que el impacto contra las rocas le rompía los huesos, se hacían añicos, y entonces aterrizó con fuerza sobre la masa de rocas dentadas que sobresalían en el río. La corriente trató de arrastrarlo de inmediato. Había aterrizado de lado, clavándose las costillas en el pulmón. Sintió el estallido de su pulmón al colapsarse y entonces le fue casi imposible respirar. Pero después de caer de lado, la fuerza del agua arrojó su cuerpo contra una segunda agrupación de rocas y una le perforó la parte baja de la espalda, como lo hubiera hecho un puñal.

Denver yacía encima de las rocas, jadeando y tratando desesperadamente de ver sin girar la cabeza. Si lo hacía el dolor sería aún mayor. Si se movía de la roca, sin duda la corriente lo atraparía, pero no podía quedarse allí o moriría. Tenía la espalda rota por varios sitios. Tenía una herida en la cabeza, y se había fracturado el brazo izquierdo y las dos piernas. Tenía las costillas rotas y un neumotórax. Eso no era lo peor. Al aterrizar se había perforado el riñón. Estaba sangrando y era grave.

Necesitaba atención médica de inmediato. Era médico y sabía con certeza que no tenía mucho tiempo, no con sus heridas. Tenía que quedarse ahí mismo, con el cuerpo clavado en la roca, porque si se levantaba, se desangraría muy deprisa. El torrente de agua trataba de desincrustarlo de la roca y cada empellón a su cuerpo era pura agonía.

Miró al cielo. El sol brillaba y tuvo que entrecerrar los ojos. Una sombra cayó sobre él y el corazón le dio un vuelco. Había alguien allí. En la orilla, a poco más de treinta centímetros de distancia. Podrían ayudarle. Se obligó a girar la cabeza apenas un par de centímetros a pesar del dolor. Parpadeó para aclarar su visión borrosa.

Sam estaba acuclillado, mirándolo con frialdad, como si Denver no fuera nada, menos que un insecto que se arrastrara por el suelo. Su rostro carecía de toda expresión. A pesar de que le había dicho a Stella que Sam era un fantasma, Denver no lo había creído ni por un instante.

—Fantasma —graznó, o lo intentó. Apenas podía respirar y mucho menos hablar.

—Te equivocaste en algunas cosas cuando le advertiste a Stella que se alejara de mí, Denver. El Gobierno no nos persigue y nos mata. Somos demasiado valiosos para ellos. Quieren tenernos a mano para que hagamos trabajos para ellos cuando lo necesitan. ¿De verdad pensabas que no reconocería a un sociópata? Una estupidez tomar la decisión de ir a por mi mujer.

Era imposible que lo supiera. Nadie lo sabía.

—¿Cómo? —Tosió sangre. Eso no era una buena señal y cada movimiento dolía.

Sam se puso en pie.

—No importa.

—Ella sabrá que has hecho esto —se atragantó.

—No le miento. En cualquier caso, el mundo va a saber lo que eres. En tu ordenador has dejado un relato detallado de tu superioridad..., encriptado, por supuesto. El mundo y todos tus amigos tienen que saber que planeaste con sumo detalle ser un asesino mucho mejor que tu padre y tu tío y que, a diferencia de ellos, habías preparado el escenario de forma minuciosa.

Horrorizado, Denver intentó protestar. Él jamás cometería semejante error. De su boca no salieron más que burbujas de sangre y saliva que resbalaron por su barbilla. Las sombras se deslizaron sobre él y miró al cielo, pero solo pudo ver las imágenes borrosas de los pájaros que volaban en círculos, en lo alto. El terror se mezcló con la agonía.

Volvió a toser y expulsó más sangre. Parpadeó. Sam no estaba. Su corazón estuvo a punto de estallar. Despreciaba a Sam, pero el hombre no podía dejarlo allí para que muriera solo. ¿De verdad había estado allí? ¿Su mente le había jugado una mala pasada? Nadie podía saber lo que había planeado. Había sido muy meticuloso. Había tardado años en perfeccionar sus planes. En encontrar la tapadera perfecta. Todo se oscurecía y la tos empeoraba. No podía tomar aire y se estaba ahogando. ¿Dónde estaba Sam?

Stella estaba sentada en el extremo del muelle mirando el agua helada de color zafiro y esperando a que saliera el sol como cada mañana durante la última semana. Sam llevaba siete días fuera, haciendo sabía Dios qué, como pago por los favores que le debía a alguien en el que no quería pensar. El aire de la mañana prometía nieve. Ya no faltaba mucho. Había bregado ella sola con la nieve muchas veces a lo largo de los años y podía hacerlo de nuevo. Solo necesitaba saber que Sam estaba a salvo. Por desgracia, cuando él estaba en alguna misión no podía enviarle mensajes de texto y los que ella le mandaba no iban al teléfono que llevaba consigo, por su seguridad, no por la de él. Al menos eso era lo que le había dicho antes de irse.

Los ríos de montaña que surtían el lago Sunrise ya estaban vertiendo agua en el lago abastecido por las tormentas en las montañas. El viento azotaba las pocas hojas obstinadas que quedaban en los árboles que daban al embarcadero, decidido a arrastrarlas hasta los tablones con el resto de la dorada y rojiza vegetación.

Las olas bañaban la orilla y las rocas, así como los pilares del muelle, creando una especie de canción. Siempre le había gustado escuchar a los insectos, los pájaros y las ranas que se llamaban unos a otros por la mañana, que acompañaban al sonido del agua de fondo. Siempre le aportaba paz a su caótica mente.

No había dormido muy bien en la última semana sin Sam, y sentarse en el muelle a ver amanecer le ayudaba a disminuir la tensión causada por sus temores por él. Bailey estaba acurrucado junto a ella, como siempre, como si no le hubiera pasado nada y no hubiera sobrevivido a las heridas de arma blanca y le hubieran dado puntos hacía tan solo unas semanas.

Una mano la agarró por el hombro sin previo aviso y estuvo a punto de arrojarse del muelle, pero el brazo que la rodeaba por la cintura impidió que cayera al vacío. Reconoció el tacto de Sam. Bailey no levantó la vista, pero meneó su corto rabo.

Sin atreverse a respirar, giró la cabeza para mirar por encima del hombro al hombre que se acuclilló detrás de ella. Trató de pronunciar su nombre, pero de su garganta no salió ningún sonido.

Tenía el mismo aspecto de siempre: duro, rasgos angulosos, ojos fríos como el hielo, que se ablandaban por ella, y esa mandíbula amoratada que le resultaba muy atractiva. Parpadeó con rapidez para evitar que se le saltaran las lágrimas. Carraspeó varias veces para deshacer el gran nudo que amenazaba con ahogarla.

—Has vuelto.

—He vuelto, Satine.

—Ha sido una semana muy larga.

—Así es. —Se sentó, colocando sus largas piernas a ambos lados de ella, y le prestó su pecho para que se apoyara en él. Apoyó la barbilla sobre su hombro y le rodeó la cintura con los brazos—. No necesitamos más emociones por aquí durante mucho tiempo, mujer.

Stella no apartó la vista del lago. El sol empezaba a salir, pintando el agua de colores. Debido a la niebla del aliento de nieve, los colores de ese día eran tonos azules, lavandas y morados. Raras veces ocurría, pero cuando lo hacía, el fenómeno era de una belleza infinita. Stella había capturado la salida brumosa del sol en fotografías, pero nunca había sido capaz de pintarla de forma realista porque la pintura no parecía lo suficientemente real.

—Al final resultó que yo no era la razón de esas emociones, hombre. Eras tú. En cualquier caso, las habladurías se han calmado en Knightly. Dejé de ir al pueblo porque ya no quería hablar de asesinos en serie. Creo que todos los que conocían a Denver sienten lo mismo. —Continuó mirando el sol, que se elevaba en el cielo de forma pausada. Cuanto más alto estaba, más se extendían los azules y los morados por la superficie del lago—. ¿Vas a tener que irte de nuevo?

Sam le apartó el pelo del cuello con la barbilla y luego la besó justo donde latía su pulso.

—No, fue un pago único. Le pedí a mi antiguo supervisor un favor bastante grande y a cambio me pidió que me ocupara de un pequeño problema. Me ha costado un poco más de lo que esperaba, pero ya ha terminado y no tendré que volver por ningún motivo.

Stella posó una mano sobre las de Sam.

—No se trataba de un trabajo sin importancia, o alguno de sus hombres ya se habría encargado de ello.

—Es cierto, pero ya se ha acabado y no voy a volver, Stella.

Ella se quedó en silencio, viendo propagarse los colores sobre la superficie del lago.

—No puedes cambiar tu vida por la mía, Sam. En el fondo fue eso lo que estabas haciendo. Al pedir un favor así sabías lo que te iban a pedir a cambio. Bastante peligroso era ya acabar con Denver.

Sam le frotó la barbilla contra la parte superior de la cabeza y su sedoso cabello se enganchó en la barba de siete días.

—Cariño, siempre cambiaría mi vida por la tuya. Siempre, así que limitemos los dramas al mínimo, Stella.

Amaba a Sam. Tenía que aceptarlo tal y como era. Stella inclinó la cabeza hacia atrás y le dedicó una media sonrisa.

—Eres tú el que tiene un padre que quiere venir a la cena de vacaciones y traer a su nueva novia. La cena es en casa de Shabina. Me ha dicho que pueden venir si tú das el visto bueno. Y él me dijo que serían tres, porque necesita su propio guardaespaldas. No le basta con la seguridad de Shabina. Eso se considera un drama, ¿no?

Sam suspiró de forma exagerada.

—Eso se considera ser un divo. Créeme, Stella, si se muda a vivir aquí, no has visto nada.

—Puede que sea bueno que venga a cenar, ya que Denver no estará con nosotros este año. Puede ayudarnos a superar este primer año —aventuró.

—¡Oh! No cabe duda de que el entretenimiento correrá a cargo de mi padre. Dará órdenes a diestro y siniestro y se asegurará de que todos centren en él su atención. Y en cuanto a su nueva novia, es posible que cuando pruebe la cocina de Shabina, la abandone en el acto y le proponga matrimonio a ella.

Stella se rio, contenta de que el sol saliera sobre su lago y de que sus amigos volvieran a planear una cena con o sin el padre de Sam. Sin embargo, pensó que la cena con su padre sonaba muy divertida.

¿TE GUSTÓ ESTE LIBRO?

escríbenos y
cuéntanos tu opinión en

f /Sellotitania   **🐦** /@Titania_ed

📷 /titania.ed

#SíSoyRomántica

Ecosistema digital

Floqq
Complementa tu lectura con un curso o webinar y sigue aprendiendo.
Floqq.com

Amabook
Accede a la compra de todas nuestras novedades en diferentes formatos: papel, digital, audiolibro y/o suscripción.
www.amabook.com

Redes sociales
Sigue toda nuestra actividad. Facebook, Twitter, YouTube, Instagram.

EDICIONES URANO